치유 코드로 소설을 읽다

송명희 지음

지식과교양

머리말

 문학은 아주 오래 전부터 치유의 도구로 사용되어 왔다. 우리는 문학작품을 읽고 공감하며 위안을 얻고 삶의 새로운 방향을 제시받기도 한다. 문학작품은 우리로 하여금 고정되고 편협한 시각에서 벗어나 새로운 관점과 시선으로 다양한 삶과 생활양식을 관찰하고 탐색하여 자아를 새롭게 인식할 수 있는 기회를 갖게 한다. 우리는 문학작품을 읽음으로써 자기의 내면을 성찰하고 이 성찰을 통해 깨달음의 기회를 얻을 수 있다. 그리고 자기 이해의 폭이 넓어질 뿐만 아니라 타인과 세상에 대한 이해의 폭도 넓어진다.

 그런데 문학치료는 문학작품을 읽음으로써 얻게 되는 카타르시스나 깨달음과 같은 독서치료의 효과를 넘어서서 시 쓰기, 소설 쓰기, 저널 쓰기와 같은 표현적 글쓰기 행위를 통해서 치유에 도달하는 것을 목표로 한다. 최근에는 글쓰기의 치료효과에 주목하여 이를 실용적 치료 도구로 활용하는 여러 방법들이 개발되고 있다. 나 역시 최근에는 표현적 글쓰기 방법들을 강의 현장에서 활용함으로써 그것이 어떻게 자기통찰과 치유에 이르게 하는가에 깊은 관심을 갖고 있다. 상담 심리, 미술치료, 문학치료 등에 관한 자격증도 취득하고 실제 강의 과 정에서 이를 다양하게 활용하기도 한다.

이 책은 내가 그동안 문학치료학에 관심을 갖고 써온 글들과 인간 관계의 상처에 관심을 갖고 써온 글들을 싣고 있다.

제1부 〈문학은 치유에 어떻게 도움을 주는가〉는 문학과 치유의 관 계를 쉬운 언어로 밝힌 「문학과 치유」, 이를 이론적으로 천착해 본 「문 학의 치유적 기능에 대한 고찰」, 그리고 실제 시 쓰기를 통한 문학치 료 프로그램의 결과를 정리한 「마음을 치유하는 시 쓰기」로 구성되어 있다.

내가 문학치료학에 본격적인 관심을 갖기 시작한 것은 2010년대에 접어들어서였지만 그 이전부터도 인간관계의 갈등과 트라우마에 대 해 관심을 갖고 글을 써 왔다. 제2부 〈인간관계의 트라우마와 치유〉는 우리 소설 가운데 신경숙의 「부석사」, 이승우의 「나는 아주 오래 살 것 이다」, 은희경의 「아내의 상자」, 박완서의 「마른꽃」에 나타난 인간관 계의 트라우마와 치유에 대해서 살펴보았다.

신경숙의 「부석사」는 인간관계에서 배신의 트라우마가 어떻게 사 람을 정서적 무기력증에 빠지게 하며, 그 상처에서 어떻게 빠져 나오 는가를 살폈다. 이승우의 「나는 아주 오래 살 것이다」에서는 IMF의 외

환위기를 겪으면서 회사의 최고경영자였던 한 남성이 어떻게 사회적
가정적으로 역할을 상실하며 자폐적인 인간으로 몰락해 가는가를 그
의 어린 시절의 트라우마, 그리고 공간과 연관하여 해석하였다. 은희
경의 「아내의 상자」는 소통불능에 빠진 소외된 부부관계를 젠더정치
학이라는 관점에서 파악하였다. 박완서의 「마른꽃」은 노년의 재혼이
라는 소재를 통하여 노년의 정체성과 부모자식 간의 권력관계 변화를
살펴보았다.

　사실 나에게 상처를 주는 사람들은 멀리 떨어져 있는 타인이 아니
다. 그들은 나의 애인이며, 배우자이며, 부모나 자식이며, 가까운 친
구나 동료들이다. 그들은 물리적 심리적으로 나의 가까이에 존재하는
소중한 사람들이다. 그렇기에 상처를 받았을 때 나는 오히려 더 아프
고 그 상흔은 더 오래 간다. 하지만 우리는 상처를 넘어서서 자기를 치
유하고 세상과 화해하는 방법을 배우고 자기를 변화시켜 나가야만 한
다. 분노, 적대감, 슬픔, 상실감과 같은 부정적 감정을 벗어나 평온, 평
화, 자신감, 자존감과 같은 긍정적 감정으로 자신을 변화시켜 나가야
한다.

　제3부 〈디아스포라의 트라우마와 치유〉는 정든 땅을 떠나 새로운
곳에서 살아가는 디아스포라 그 자체가 근원적 트라우마일 수밖에 없
다는 문제의식에서 작품들을 분석하였다. 분석 대상이 된 작가는 재

일한인작가 김학영, 이양지, 현월, 그리고 재미작가 이창래이다. 그들은 이국땅에서 이주민으로 살아가는 디아스포라의 삶을 그들의 소설에서 치열하게 그려내고 있다.

재일한인작가 김학영, 이양지, 현월의 작품은 재일한인으로 살아간다는 것 자체가 말더듬이나 피해망상, 그리고 소외를 불러일으키는 근원적 상처라는 것을 보여준다. 한때 식민 본국이었던 일본에서 피식민지인이었던 과거를 갖고 있는 재일한인으로 살아가는 것 자체가 사회경제적 차별을 불러일으키며, 민족콤플렉스를 야기하기 때문이다.

재미작가 이창래의 소설 『제스처라이프』를 분석한 「주류사회에서 아웃사이더의 정체성 찾기-이창래의 『제스처라이프』를 중심으로」는 한국인, 일본인, 미국인이라는 다중정체성을 지닌 인물의 자아 찾기의 문제를 칼 융의 분석심리학의 관점에서 분석하였다. 「이창래의 『생존자』에 재현된 전쟁으로 인한 외상 후 스트레스 장애와 그 치유」는 한국전쟁의 고아였던 주인공과 주변인물을 통해 전쟁이라는 폭력이 어떻게 인간성을 파괴하며 평생을 외상 후 스트레스 장애에 시달리게 만드는가를 집중적으로 살펴보았다.

이처럼 모국을 떠나 새로운 거주국에서 살아가는 삶은 그 자체로 정체성의 갈등, 문화적 충격, 사회경제적 차별에 이르기까지 아웃사이

더로서의 소외의식을 불러일으키고, 주류사회에서 배제당한 주변적 존재로서의 열등감에 사로잡히게 한다. 어쩌면 디아스포라 문학은 이주민이라는 존재의 근원적 상처를 드러내고, 그 드러냄을 통해서 상처를 치유해 가는 자기초월과 통합의 창작활동이라고 할 수 있을 것이다.

이 책이 문학치료에 관심을 가진 분들에게 작은 도움이라도 되길 바라며 지식과교양의 윤석산 사장님과 편집진의 노고에 감사드린다.

2019년 8월을 보내며
송 명 회

| 차례 |

제1부

문학은 치유에
어떻게 도움을 주는가

문학과 치유

1. 힐링이 필요한 시대

요즘 우리 사회의 핵심적 키워드의 하나는 '힐링(healing)'이다. 그저 바라보고만 있어도 치유가 될 것 같은 순진무구한 얼굴의 혜민 스님이 쓴 책 『멈추면, 비로소 보이는 것들』이 1년 만에 200만 부를 돌파했다는 소식이 전해진다. 우리나라 독자들은 돌아가신 법정 스님을 비롯하여 이해인 수녀님 등 종교인이 쓴 책을 선호하는 취향을 가지고 있다는 것을 『멈추면, 비로소 보이는 것들』이 다시 한 번 확인시켜 준 것이다.

혜민의 글은 시도 수필도 아닌 트위터 등에서 사용하는 짧은 잠언 형식을 취하고 있다. 그는 가장 인기 있는 트위터리안으로 자리잡고 있고, 그의 글은 불교적 냄새를 풍기지도 않는다. 산속으로 들어간 불교가 대중들로부터 외면을 받고 있는 사이 법륜 스님은 '즉문즉설'을 통하여 대중들과 수시로 만나고 있고, 혜민 스님은 트위터와 책으로

독자들과 끊임없이 소통하고 있다. 종교인의 권위가 필요한 시대가
아니라 대중과의 소통이 필요한 시대라는 것을 그들은 정확하게 꿰뚫
고 있는 것이다. 그래서 그들은 새로운 방식으로 포교를 하고 있는 셈
이다. 그렇다고 하여 법륜이나 혜민이 대중들을 향해 불교를 강요하
는 것은 결코 아니다. 그래서 수많은 대중들이 더욱 열광하고 있는 것
이리라. 그들에게 열광하는 수많은 사람들을 보면서 우리 시대에는
왜 이처럼 힐링이 필요한 사람이 많아진 것인지 생각해 보지 않을 수
없다.

　최근 한국의 국력은 세계 10위권을 상회하고 있다. 우리는 그 어느
때보다도 경제적 물질적으로 풍요로운 시대를 살아가고 있는 것이다.
이러한 역사상 유래 없는 풍요에도 불구하고 한국인의 영혼은 병들
고, 삶이 결코 행복하지 않다는 것을 OECD 국가 중 한국의 자살률이
8년째 1위를 차지하고 있는 것이나, 우리나라 음주율이 성별과 연령
을 막론하고 전 세계에서 3배가량 높다는 사실에서, 또한 한국인의 행
복지수가 OECD 국가 중에서 꼴찌를 차지하고 있는 데서 인정하지 않
을 수 없다.

　누가 그들을 자살로부터, 알코올중독으로부터, 불행으로부터 구출
할 것인가? 학생들의 입시경쟁을 완화하고, 청년실업을 해소하고, 늘
어난 노년을 의식주 걱정 없이 건강하게 살아갈 수 있도록 해줄 임무
는 정치인들에게 있다. 개인이 건강해지기 위해서는 당연히 그가 살
고 있는 사회가 건강해야 한다. 건강한 사회란 무엇일까? 기본적으
로 의식주의 걱정이 없고, 일하고 싶은 사람에게 일자리가 주어지고,
과도한 경쟁만능과 빈부격차 같은 것이 사라진 사회일 것이다. 푸코
(Michel Foucault)는 인간의 내면에 잠재되어 있는 병리적 현상이 사

회의 억압적인 권력구조와 연관이 되어 있다고 보았다. 즉 개인이 건강하기 위해서는 사회가 건강하지 않으면 안 되는 것이다. 국민들을 각종 불안과 스트레스로부터 해방시켜 편안하게 살아갈 수 있도록 건강한 사회시스템을 만드는 임무는 당연히 정치인들의 몫이다.

하지만 의사가 인간의 신체를 치료하여 건강하게 만들 의무가 있듯이 종교인은 종교인대로 인간 내면의 갈등을 치유하고 안정과 성숙으로 이끌 임무를 지니고 있다. 혜민 식의 힐링을 값싼 힐링이라고 비난하는 사람들이 있지만 안심입명(安心立命)을 주는 종교 본래의 역할을 종교인은 포기하지 말아야 할 것이다.

2. 문학의 치유적 기능

문학작품을 읽는 목적이 혜민 스님의 책을 읽는 것과 같을 수는 없지만 문학에도 교훈과 쾌락이라는 기능을 넘어서서 치유의 기능을 본래적으로 가지고 있다.

아리스토텔레스(Aristoteles)는 비극이 관객에게 불러일으키는 효과를 공포와 연민을 통한 카타르시스(catharsis)라고 언급함으로써 문학의 치유적 기능을 최초로 논하였다. 아리스토텔레스 이후에도 여러 이론가들이 문학의 치유적 효과를 논한 바 있다. 시가 종교와 철학을 대신해서 인류를 구원해주리라고 믿었던 인생비평가 아놀드(Matthew Arnold)는 문학이 인간완성과 사회정의를 실현할 수 있다고 보았다. 프랑스의 비평가 알베레스(René-Marill Albérès)는 시가 목표로 하는 것은 하나의 진실이며, 하나의 현실이고, 또한 하나의 계시라고 했다. 그리고 시인과 예술가의 역할은 우리를 각성시키고 좁은 양식으로부터 우리를 끄집어내는 데 있다고 했다. 독일의 대문호 괴테(Johann Wolfgang von Goethe)가 "위대한 작품들은 우리를 가르치지 않고 우리를 변화시킬 뿐이다"라고 했을 때의 변화란 협의의 교육적 효과와는 다른 것으로서, 편협한 아만에 사로잡힌 인간을 보다 성숙하고 확대된 자아의 세계로 확충시키고 실현시킨다는 의미일 것이다. 영국의 비평가 리처즈(I.A. Richards)는 문학의 효용이 즐거움에 있지 않고 상황의 실제를 확실히 파악하는 데 있다고 보았다. 그리하여 시는 갈등이나 혼란을 화해와 조화의 세계로 정제시켜준다고 보았다. 정제된 시적 경험은 새로운 질서와 자유를 제시하며, 여기서 독자는 참다운 평정(equilibrium)을 느끼게 된다고 보았다.

아놀드가 말한 인류에 대한 구원, 알베레스가 말한 계시와 각성, 괴테가 말한 변화, 리처즈가 말한 화해와 조화, 새로운 질서와 자유의 제시, 그리고 평정은 광범위한 의미에서 치유 효과로서의 문학적 기능이라고 해석할 수 있을 것이다.

이처럼 문학의 본래적 기능 속에 내포된 치유 효과에 대해서 여러 문학이론가들이 일찍부터 설파해 왔음에도 '문학치료(literary therapy)'라는 용어가 생긴 것은 최근의 일이다. 문학치료를 비롯하여 음악치료, 미술치료, 무용치료, 연극치료 등 다양한 장르의 예술치료(art therapy)를 넘어서서 철학치료, 역사치료, 인문치료까지 등장한 것이 최근의 현실이다. 예술과 인문학의 실용적 가치와 융복합에 대한 관심이 예술치료와 인문치료를 탄생시켰다고 고상하게 포장할 수도 있지만 모든 것이 돈으로 환산되어야만 가치를 인정받는 황금만능주의와 실용주의에 지배된 시대 분위기가 예술치료와 인문치료를 만들어냈다고 말하는 것이 보다 솔직할 수도 있을 것이다.

즉 배고픈 예술가와 인문학자들이 고유의 예술활동과 인문학 활동만으로는 먹고 살 수가 없기 때문에 돈이 될 수 있는 것을 찾다보니, '치료'라는 것을 접목시킨 것이 소위 예술치료요, 인문치료이다. 그런데 정작 예술치료와 인문치료에 종사하는 사람들은 예술가나 인문학자들이 아닌 경우가 많다. 즉 상담치료를 하는 사람들이 상담의 도구로 예술을 활용하는 경우가 많다는 것이다. 돈벌이에는 영 밝지 못한 예술가나 인문학자들은 정작 예술치료나 인문치료에서도 소외되어 있다는 뜻이다. 문학치료사로 활동하고 있는 사람들의 면면도 살펴보면 문학을 전공한 사람들이 아닌 경우가 더 많은 것이다. 따라서 문학치료학이 학문적으로 제대로 정립되지 않은 가운데 임상만이 활발하게 진행되고 있는 상황이다.

하지만 문학치료를 누가 하든 보다 중요한 것은 이미 문학은 인간을 치유하는 역할을 문학이 생긴 이래 담당해 왔으며, 이러한 문학의 본래적 기능이 없다면 문학치료라고 하는 것은 성립할 수 없었다는 것이다. 문학치료사가 치료에 도움을 줄 수는 있지만 결국 인간을 치료하는 것은 문학 그 자체이다.

3. 심리적 카타르시스와 인문학적 통찰

문학치료(literary therapy)는 문학 작품을 매개로 치료자와 내담자가 1대 1이나 집단으로 토론, 글쓰기 등의 방법으로 당면한 문제를 해결하는 치료법이다. 문학치료는 통합적 치료방법으로서 신체와 정신의 건강을 돌보기 위하여 여러 수단을 사용한다. 이때 문학이 주도적, 또는 부수적으로 사용된다. 독서치료(bibliotherapy)가 문학 이외에도 다른 텍스트를 사용할 수 있고, 읽기와 듣기 등의 수동적 방법에 의존 한다면 문학치료는 문학작품을 텍스트로 사용하며, 읽기와 듣기뿐만 아니라 말하기와 쓰기의 능동적 방법까지 통합한 치료방법을 사용한 다.

상담사(치료사)는 참여자(내담자)에게 글쓰기 작업을 통해 자신의 문제를 인지하고 감정을 표현하게 하여 자신의 삶을 변화시킬 수 있 도록 도와준다. 문학은 참여자들에게 그들의 느낌을 드러내고 깊이 느끼도록 하며, 그들의 정서적 이해의 폭을 넓게 하도록 동기를 유발 한다.

문학치료는 심리적 카타르시스(배설, 순화, 정화 등)만이 아니라 무 의식이나 억압된 감정에 접근하게 하고, 그와 관련된 감정을 드러내 어 의미의 형상화가 가능하게 만든다는 점에서 정신분석적이다. 문학 치료는 수용적이고 수동적 입장의 독서치료(bibliotherapy)를 넘어서 서 능동적 글쓰기를 통해 이미지와 상징을 만들어내고, 상징의 형상 화를 통해 자신의 상처를 드러내는 적극적인 치료다. 뿐만 아니라 문 학치료는 심리적 카타르시스만을 추구하지 않는다.

즉 다른 예술 장르가 갖지 못한 인지적 통찰을 통한 치유라는 강한 강점을 문학치료는 가지고 있다. 이것은 깨달음을 통한 지성적 카타 르시스와도 맞닿은 견해로서 인지적 통찰 내지 지성적 깨달음은 문학 이 예술인 동시에 인문학이라는 성격에서 기인한다. 예술로서의 문학 이 감성적 치유를 담당한다면, 인문학으로서의 문학은 인지적 깨달음, 그것이 윤리적인 것이든 지성적인 것이든 삶에 대한 사유와 통찰을 통하여 인간을 치유하고 변화시킨다고 생각되는 것이다. 인간에게는 신체적, 감정적 고통만이 아니라 인식론적 고통, 존재론적 고통, 가치론적 고통도 있다. 이런 고통은 의학이나 정신분석학, 심리학적 치유 방식에 의존해서는 결코 해결될 수 없다.

인문학적 치유는 김석수 교수가 말했듯이 "인식론적, 존재론적, 가치론적 문제 전반과 관련하여 내담자가 겪고 있는 문제에 대해서 스스로 논쟁점과 갈등점을 찾아내고 거기에 대해서 해답을 찾아가도록 도와주는 소통의 역할을 적극적으로 수행"한다. 한마디로 인문학적 치유는 인간 전체에 대한 반성적 접근과 철학적 사유를 통한 치유를 지향한다. 문학은 예술의 일종이지만 동시에 인문학의 한 분야이기도 하다. 더욱이 문학은 인간의 삶을 언어를 통해 구체적으로 보여주고 있기 때문에 반성적 접근과 철학적 사유에 구체성을 부여할 수 있는 장점이 있다. 이것은 같은 인문학이지만 구체성을 갖지 못한 철학보다 문학이 치료에 더 효과적일 수 있는 강점으로 작용한다.

4. 누구를, 어떻게 치료할 것인가

세계보건기구(WHO)는 "인간이 건강하다는 것은 질병과 허약으로부터 벗어난 상태만을 일컫는 것이 아니라, 신체적 정신적 사회적으로 온전히 만족스러운 상태에 있음을 가리킨다"라고 했다. 즉 신체적으로 질병과 허약으로부터 벗어날 뿐만 아니라 정신적 사회적으로도 만족스러운 상태가 되어야 건강하다고 본 것이다. 인간이 건강한 삶을 영위하기 위해서는 질병으로부터 벗어나야 할 뿐만 아니라 신체적

정신적 사회적으로 충분히 만족스럽고 행복한 상태가 되어야 하는 것
이다.

페촐트(Petzold) 인간이 정체성을 위한 5가지 기둥을 가지고 있을
때 건강한데, 두 가지 이상이 미약할 때 심리적 문제가 발생한다고 보
았다. 그가 말한 다섯 가지 기둥이란 1.육체성-건강, 외모, 역동성, 성
적 정체성, 2.사회적 네트워크-공존, 친구, 친척 등, 3.일, 능력, 여가,
4.물질적 상황-경제적 상황, 집, 미래에 대한 전망, 5.가치 -삶, 규범,
이상, 신뢰 등이다. 문학치료는 이 가운데 미약한 부분을 정신적으로
채워주는 역할을 한다.

문학치료는 신체적 건강, 정신적 건강, 사회적 건강 가운데서 어느
것에 가장 잘 기여할 수 있을까? 물론 정신적 건강이 신체적 건강에도
영향을 미칠 수 있지만 대체로 문학치료는 신체적 질병을 치료한다기
보다 정신적 건강을 치료한다고 보는 것이 옳을 것이다. 정서불안이
나 우울증, 알코올이나 인터넷 등 각종 중독에 빠진 환자들, 이 경우에
도 약물치료로 확실한 치료 효과를 기대할 수 있는 사람은 약물치료
를 받게 되지만 그 경계에 놓인 사람들의 경우에 문학치료가 관여할
수 있다. 특히 중독과 같은 경우는 무엇보다 인지적 통찰이 중요하므
로 문학치료의 효과를 기대할 수 있는 분야이다. 뿐만 아니라 정상적
으로 발달해 가면서 겪는 갈등이나 문제를 가지고 있는 사람, 예술을
개인의 성장과 발전의 수단으로 생각하는 건강한 사람들에게도 문학
은 치료 효과를 줄 수 있다고 본다.

프로이트(Sigmund Freud)는 인간의 정신적 상처는 모두 어린 시절
의 체험이나 정서장애에서 온 것이라고 보았다. 하지만 인간의 정신
적 트라우마(trauma)는 반드시 과거의 어린 시절로부터만 온 것이 아

니다. 게슈탈트 심리학(Gestalt psychology)에서는 '지금 여기'의 문제에서 원인을 찾는다. '지금 여기'의 자아가 직면한 실존적 문제들이 과거의 상처보다 더 갈등의 원인이 된다고 보는 것이다.

게슈탈트 심리학은 다양한 삶의 문제들을 하나씩 따로 떼어보지 않고, 그것들이 서로 전체적이고 유기적으로 관련된 것으로 이해하는 새롭고 독특한 접근방법을 제시한다. 게슈탈트 심리학의 창시자 퍼얼스(Fritz Perls)는 즉 신체와 감각, 감정, 욕구, 사고 그리고 행동 등을 서로 분리된 현상이 아니라 하나의 의미 있는 전체로 보았다. 또한 인간을 신체와 정신, 그리고 환경을 서로 불가분의 관계에 있는 통합적이고 유기적인 존재로 이해함으로써 기존 심리치료의 이원적 세계관을 극복했으며, 내담자로 하여금 자신의 문제를 새로운 시각에서 바라보고, 독창적인 방법으로 해결하도록 도와줌으로써 그들의 삶을 창조적이고 신선한 것으로 바꾸어준다.

퍼얼스는 개체는 게슈탈트(전체) 형성에 실패하면 심리적 · 신체적 장애를 겪게 된다고 보았다. 따라서 건강한 삶이란 바로 분명하고 강한 게슈탈트를 형성할 수 있는 능력과 같다고 하였다. 건강한 개체는 매순간 자신에게 중요한 게슈탈트를 선명하고 강하게 형성하여 전경으로 떠올릴 수 있는 데 반해, 그렇지 못한 개체는 전경을 배경으로부터 명확히 구분하지 못한다. 즉 특정한 욕구나 감정을 다른 것과 구분하여 강하게 게슈탈트를 형성하지 못한다. 이런 사람들은 흔히 자신이 하고 싶은 일이 무엇인지 잘 모르며, 따라서 행동 목표가 불분명하고 매사에 의사결정을 잘 하지 못하고 혼란스러워한다.

게슈탈트 심리학의 관점에서 볼 때에 문학치료의 글쓰기의 과정은 내담자가 자신의 몸과 마음이 진정으로 원하는 것이 무엇인지 알아차리게 도와주고, 그것을 스스로 해결할 수 있게 해주는 역할을 한다. 작품을 읽거나 쓰는 행위는 참여자가 자신의 삶과 관련된 주제를 발견하거나 삶의 본원적인 문제에 대해 사유할 수 있게 하는 과정이다. 문학의 감성적인 언어는 보이지 않는 존재의 세계를 열어 보여줄 수 있고, 언어와의 접촉으로 진정한 존재체험을 할 수 있게 만든다. 언어 스스로 자기를 드러내도록 내맡김으로써 존재체험을 할 수 있게 하는 것이다. 언어에 내맡기면 언어 자체가 유희를 하며 우리에게 그 존재를 드러내주고, 그렇게 하여 쓴 글은 내담자가 자신도 모르고 있던 세계를 새롭게 발견해나갈 수 있는 계기를 제공한다. 문학치료는 참여자들로 하여금 일상적 언어, 이성적 언어에 오염된 세계로부터 잠시 벗어나 좀 더 본원적인 감성언어의 세계에 귀 기울임으로써 존재 상실의 위기를 극복하게 하고 실존적 체험의 세계로 나아가는 기회를 제공해준다. 따라서 문학치료에서의 글쓰기는 작품으로서의 완성도가 중요한 것이 아니라 얼마만큼 솔직하게 자신의 내면의 감정을 잘 드러내느냐 하는 것이 관건이다.

지금 문학치료학은 각 장르 별로 문학의 어떤 요소가 어떻게 치료를 가능하게 하는지를 밝혀내야 하는 것이 당면과제이다. 이 과제가 잘 해결될 때에만 문학치료에 대한 신뢰도 높아질 것이다.

(『문학도시』2013년 3월호, 부산문인협회)

문학의 치유적 기능에 대한 고찰

1. 서론

세계보건기구(WHO)는 “인간이 건강하다는 것은 질병과 허약으로부터 벗어난 상태만을 일컫는 것이 아니라, 신체적 정신적 사회적으로 온전히 만족스러운 상태에 있음을 가리킨다”라고 했다. 세계보건기구의 말대로 인간이 건강하다는 것은 반드시 질병에 걸린 와병상태가 아닌 것만을 의미하는 것이 아니다. 즉 질병에까지 이르지 않았다고 해서 건강하다고는 결코 말할 수 없다는 뜻이다. 건강하다는 것은 신체적 정신적 사회적으로 활기차고 조화로우며 쾌적한 상태에 놓인 것이라고 할 수 있다.

특히 인간은 정신적 측면에서 생로병사와 같은 존재론적인 고통으로부터 일상생활 속에서 겪는 크고 작은 갈등, 대인관계가 원활하지 못한 데서 오는 인간관계의 갈등, 경쟁만능의 현대사회가 개인들을 압박하고 있는 스트레스 등 다양한 불안과 고통에 노출된 삶으로부터 자유롭지 못하다.

노년은 노년대로, 중년은 중년대로, 청소년은 청소년대로, 아동은 아동대로 수많은 불안과 스트레스에 시달리고 있다는 것은 OECD 국가 중 한국의 자살률이 8년째 1위를 차지하고 있는 것이나 우리나라 음주율이 성별과 연령을 막론하고 전 세계에서 1위로 나타난 데서, 또한 한국인의 행복지수가 OECD 국가 중에서 꼴찌를 차지하는 현실에서 극명하게 확인되고 있다. 한국의 국력이 세계 10위권을 상회하는 요즈음 우리는 그 어느 때보다도 경제적 물질적으로 풍요로운 시대를 살아가고 있다. 그러나 역사상 유래 없는 풍요에도 불구하고 한국인의 영혼은 병들고, 삶이 결코 행복하지 않다는 것을 객관적 수치들은 입증하고 있는 것이다.

요즘 우리 사회의 핵심적 키워드의 하나가 '힐링(healing)'이라는 것을 부정할 사람은 없다. 심지어 어느 텔레비전 방송국에서는 '힐링캠프'라는 연예프로그램을 통하여 전 국민이 치유가 필요한 상태임을 웅변하고 있지 않은가. 어떤 의미에서 과도한 생존경쟁의 격랑 속에서 숨가쁘게 앞만 보며 내달려야 하는 현대인들은 누구라고 할 것 없이 집단적으로 치유가 필요한, 즉 심신이 지친 상태라고 말할 수 있을 것이다. 현대인이 치유가 필요한 시대를 살아가고 있다는 것은 음악치료, 미술치료, 문학치료, 무용치료, 연극치료 등 다양한 장르의 예술치료(art therapy)가 유행하고 있는 현실에서도 찾아볼 수 있다.

음악치료, 미술치료, 독서치료에 비해 우리나라에서는 한발 늦게 출발한 문학치료는 아직 학문적으로 이론적 토대나 임상적 경험이 충분히 체계화되지 않은 분야이다. 학문적으로 볼 때에 문학치료학이 아직 체계적으로 정립되지 않은 가운데 임상관련의 논문들이 우후죽순으로 쏟아져 나오고 있는 실정인 것이다. 2000년대 이후 대학원에서 문학치료학과가 개설되고[1], 문학치료학회[2] 등이 구성되었으나 문학 치료학은 지금부터 체계적 연구가 필요한 신생학문이라고 할 수 있다.

본고는 문학의 치유적 기능을 논의함에 있어 먼저 문학의 본질적 기능을 살펴보고, 플라톤과 아리스토텔레스 등의 이론을 검토한 후 문학의 치유적 가능성을 논의함으로써 문학치료학의 이론 정립에 기 여하고자 한다.

2. 문학의 기능에 대한 플라톤과 아리스토텔레스의 이론

문학의 기능을 무엇으로 보느냐는 학자에 따라 견해를 달리해왔다. 플라톤(Platon)은 『국가론』에서 인간을 감정에 빠뜨리고 교육적 기능 을 갖지 못하였다는 이유에서 시인추방설을 주장했고, 아리스토텔레 스(Aristoteles)는 『시학』에서 교훈설 대신 시의 쾌락적 기능을 인정 하며 시인옹호론을 내세웠다. 로마의 대시인 호라티우스(Horatius)는 『작시법』에서 "시인의 소원은 가르치는 일, 또는 쾌락을 주는 일, 또는 둘을 겸하는 일"이라고 하여 교육적 기능과 쾌락적 기능 모두를 인정 했다. 교훈은 윤리적 차원의 교훈이 아니라 인간과 사회의 보편적이 고 영원한 진리로, 쾌락은 감성의 쾌락을 넘어서서 미학적 쾌락으로

1) 경북대학교 대학원에 문학치료학과, 대구예술대학교에 예술치료학과, 건국대학교 서사학과의 문학치료사업팀(BK사업팀), 부경대학교 글로벌정책대학원 문화학부 (문화치료학 전공) 등에서 문학치료 연구가 활발히 이루어지고 있다.
2) 건국대 중심의 한국문학치료학회, 경북대학교 중심의 〈한국통합문학치료학회〉와 〈대한통합문학치료학회〉, 부경대학교 중심의 〈문학예술치료학회〉 등이 있다.

그 개념이 확대되어가며 이후 문학이론가들 사이에서는 문학의 기능에 대한 열띤 논쟁이 수없이 전개되어 왔다.

문학이 독자를 가르치고 교화시킨다는 교육적 관점과 문학이 독자에게 즐거움을 주어 기쁘게 한다는 쾌락적 관점은 늘 대립되어 왔지만 교훈과 쾌락은 무엇이 주가 되고 무엇이 부가 되느냐 하는 논자들 간의 관점의 차이일 뿐 둘 다 문학의 본질적인 기능이라는 것은 두말할 여지가 없다.

루크레티우스(Lucretius)는 문학당의설을 주장했는데, 그의 주장은 교훈이라는 알맹이가 아무리 중요하다고 하더라도 그것은 쾌락이라는 포장을 거쳐야만 전달될 수 있다는 점에서 교훈과 쾌락은 서로 분리할 수 없는 표리의 관계에 놓였다는 사실을 확인시켜준다. 시드니(P. Sidney) 역시 시는 정서라는 껍질로 싸서 독자가 즐겁게 수용할 수 있게 만들어야 한다고 했다. 이때 정서라는 것은 교훈이라는 알맹이를 감동적으로 전달하기 위한 도구이다. 물론 교훈과 쾌락 사이에는 본질과 전달 수단이라는 문제가 개재되어 있다. 그리고 르네 웰렉(René Wellek)과 오스틴 워렌(Austin Warren) 역시 교훈과 쾌락이라는 두 기능은 공존하고 합체해 있어야 한다고 했다. 교훈설, 쾌락설 또는 종합설의 어느 관점에 서 있든 문학에서 교훈과 쾌락이라는 본질적 기능과 효용을 부정하는 사람은 없다.

하지만 영국의 낭만파 시인이자 비평가인 코울리지(S. T. Coleridge)에 의하면 모든 예술의 공통적인 본질은 미를 매개로 해서 쾌락이라는 직접적 목적을 위하여 정서를 자극함에 있다고 했다. 그에 따르면 쾌락은 교훈을 전달하는 수단이 아니라 모든 예술의 직접 목적이자 본질이다. 그리고 쾌락은 정서를 자극함으로써 이루어지는데, 이때 정서는 미를 매개로 해서만 자극된다고 했다. 워즈워드(W. Wordsworth)나 셸리(Percy B. Shelly) 역시 낭만주의적 입장에서 미학적 쾌락을 문학의 궁극적 목적으로 파악했다.[3]

영국의 시인이자 비평가인 엘리엇(T.S. Eliot)은 뉴크리티시즘(new criticism)의 입장에서 시 자체의 미학적 쾌락을 강조했지만 역사정신에 입각한 정서의 객관적 순화라는 점에서 낭만주의자들과는 차이가 있다.[4]

그런데 현대에 올수록 문학의 쾌락적 오락적 기능은 강조되고 있으며, 교육적 기능을 강조한 문학과 예술은 소위 설교조의 목적문학으로 배척당하고 있다. 그리고 오락적 기능이 더 강화된 다른 장르의 예술, 즉 영화와 같은 장르로 문학의 독자가 급속하게 이동하고 있다는 것은 주지의 사실이다. 이른바 문학의 죽음을 말할 정도로 오락적 기능에 있어서 열세인 문학의 위기의식은 현재 매우 광범위하게 퍼져 있다.

1) 플라톤의 이론

서양의 문학사에서 문학의 기능과 효용을 논의할 때 가장 먼저 언급되는 철학자는 플라톤이다. 플라톤(BC 427-347)은 『국가론』에서 '시인추방설'을 주장함으로써 문학인들의 입장에서는 그야말로 추방해야 할 적이 되었다. 그는 단지 펜을 들었을 뿐인 시인을 왜 이상국가

---

3) 최명규, 「문학의 기능과 효용성에 관한 역사적 고찰」, 『인문과학연구』 1, 국제대학 인문과학연구소, 1982, 113-114면.
4) 최명규, 위의 논문, 117면.

인 공화국에서 추방해야 할 위협적인 존재로 취급하게 된 것일까? 플라톤이 이상국가에 대한 비전을 제시한 『국가론』에서 시인추방설과 직접 관련하여 언급한 것은 제2, 3, 10권이다.

『국가론』의 제2, 3권에서 플라톤이 시(시인)를 비판한 이유는 호메로스나 헤시오도스 같은 시인들이 신들을 비도덕적인 존재로 그렸으며, 맹세를 저버리는 신의 없는 존재로 묘사했다고 파악했기 때문이다. 또한 시인들은 인간을 가치 없는 하찮은 존재로 제시했으며, 조국을 위해서 죽는 것을 영광스럽게 여기지도 않는 인물들을 그렸기 때문이다.[5] 어디 그뿐인가? 문학에는 절제와 일상 법도에 어긋나는 묘사가 많다는 이유 때문에 시와 시인은 부정되었던 것이다. 즉 국가지도자가 될 수호자의 양육과 교육이라는 관점에서 시는 부정적 기능만을 가질 뿐이기 때문에 시인은 추방해야만 하는 존재가 되었던 것이다

플라톤이 구상한 이상국가의 국민은 3등급으로 나누어진다. 일반평민, 군인, 그리고 나라의 내적 외적 안전을 지키는 소임을 맡은 수호자가 그것이다. 플라톤은 특수한 교육과 훈련을 통해서 평민 위로 부상한 선택된 지배 엘리트, 즉 수호자에 대해서 큰 관심을 기울였다. 나라의 실질적 지도자들은 나이 쉰 살에 이른 수호자들 가운데서 뽑게 되는데, 이들은 최고의 선이자 나라의 목적인 정의와 공정을 이해하는 철학자들이어야 한다. 플라톤은 이들 최고 지도자들에게 수많은 자질을 요구했다. 시인추방설은 수호자들의 교육과 관련하여 시가 그들의 교육에 유해하다는 판단에서 나온 것이다.[6]

---

5) 김성곤, 『사유의 열쇠』, 산처럼, 2006, 17면.
6) 유종호, 「미메시스와 카타르시스」, 『문학이란 무엇인가』, 민음사, 1991, 252-253면.

플라톤은 『국가론』의 제10권에서 생산자의 세 가지 유형을 '본질 형상자'와 '제작자', '모방자'로 구분했다. '본질 형상자'는 원형적(原型的) 지성, 즉 원형상(原型象) 혹은 이념(idea)의 신적 제조자이다. '제작자'는 물질적 생산자이다. '본질 형상자'에는 철학가가, '제작자'에는 목수가 예가 될 수 있다. 그리고 '모방자'에 해당하는 것이 예술가, 곧 시인이다. '모방자'는 원형적 이념, 즉 이데아의 구체적이고 물질적인 현실계의 사물을 다시 본뜨는 사람이다. 따라서 그의 복제(미메시스)는 본질인 이데아로부터는 두 단계나 멀어질 뿐더러 이러한 가상(假象), 즉 '그림자'는 본질의 파악을 방해할 뿐이다. 그러니 그의 이상국가에서 이데아의 모방자에 불과한 시인은 추방할 수밖에 없는 것이다.

플라톤이 시인추방설의 근거로 제시한 것은 첫째 모방의 관점에서이다. 시인(예술가)은 자기가 모방하고 있는 것에 관하여 이야기할 만한 가치가 있는 것이라고는 아무것도 알지 못할 뿐만 아니라 모방(예술)은 일종의 유희에 불과하므로 진지하게 다룰 것이 못 된다고 플라톤은 생각했다. 이는 모든 비극시인에게 해당된다. 둘째, 시가 이성이 아니라 인간의 감정에 호소한다는 점에서이다. 왜냐하면 감정은 이성보다 열등한 것으로서 (비극)시인은 인간의 과도한 감정을 억제하기는커녕 부추기기 때문이다. 셋째, 시는 비극이건 희극이건 공감적 감정 탐닉을 조장함으로써 사람됨의 품성을 손상시키기 때문이다. 플라톤은 오로지 신에 대한 찬가와 훌륭한 사람을 기리는 송가를 공화국에서 받아들여도 좋은 시로 결론 내린다.[7]

---

7) 유종호, 위의 책, 258-260면.

애욕과 분노 그리고 기타 모든 감정들, 모든 행동과 떼어놓을 수 없는 욕망과 고통과 쾌락들에 관해서도 같은 말을 할 수 있네. 이 모든 것들에 있어 시는 이것들을 건조시키지는 않고 정열에다 물을 뿌리네. 행복과 덕을 더하기 위해서는 이것들은 제어되어야 하는데, 시는 이것들이 지배하도록 내버려 두는 것이네.[8]

플라톤이 신의 질서를 본딴, 즉 지혜와 정의와 덕성에 의해 관장되는 이상국가에 관한 구상을 펼친 『국가론』에서 시인을 추방하여야 한다고 주장한 이유는 한마디로 신과 훌륭한 사람에 대해 고상한 거짓말을 하지 않는 시는 시민교육에 도움이 되지 않으며, 이데아(진리)를 모방하고 왜곡할 뿐만 아니라 진리로부터 멀어지게 하고, 특히 인간의 감정에 호소하는 비이성적인 감정 탐닉을 조장하고 사람됨의 품성을 손상하기 때문이다.

플라톤은 인간의 영혼을 세 가지 부분으로 구분했다. 첫째는 선한 사람들 속에서 그들을 지배하고 있는 이성적인 부분, 둘째는 야심가들 속에서 그들을 다스리고 있는 기개, 셋째는 기아와 기갈, 성 등과 같이 인간의 욕망이 깃들어 있는 가장 저급한 단계인 감정적인 부분이 그것이다.[9] 즉 그는 감정을 이성은 물론이며, 기개보다 열등한 것으로 취급했다. 더욱이 그가 보다 심각하게 여긴 문제는 시가 인간의 감정에 영합함으로써 지적 사고에 혼란을 초래하는 것이다. 그의 철학에서 감정은 이성보다 저급할 뿐만 아니라 영혼의 고귀한 부분인

---

8) 플라톤, 이병길 역, 『국가론』, 박영사, 2007, 422-423면.
9) 김은애, 「아리스토텔레스의 『시학』에 나타난 '카타르시스' 이해」, 『인문학연구』 32, 한양대학교 수행인문학연구소, 2002, 148면.

이성을 해칠 수 있는[10] 유해한 것이다.

당위론의 관점에서 시는 교육적 가치가 있어야 하는데, 결과론적으로 시는 인간을 감정에 빠뜨리는 비교육적 결과를 초래하므로 플라톤은 시인추방설을 주장한 것이다. 하지만 시는 인간의 감정을 환기하는 바로 그 이유 때문에 오늘날까지도 존속되고 있으며, 오히려 시는 "인간의 심성을 개발하는 가장 강력하고 힘 있는"[11] 예술 장르로 인정받고 있다. 부정적인 의미에서 "시의 위력을 가장 철저하게 인식하고 있던"[12] 플라톤이야말로 역설적이게도 시가 인간의 감정에 작용한다는 기능을 인정한 최초의 시론가라고 할 수 있다. 역설적인 의미에서 플라톤은 자신의 의도와는 달리 문학의 교육적 기능과 쾌락적 기능을 모두 인정한 셈이다.[13]

2) 아리스토텔레스의 이론

플라톤의 제자였던 아리스토텔레스(BC384~322)는 스승과는 달리 결코 감정을 이성보다 열등한 것이나 유해한 것으로 취급하지 않았다. 뿐만 아니라 플라톤과는 다른 입장에서 시가 환기하는 감정적 효과를 새롭게 조명하였다. 『시학(Poetica)』에서 언급한 '카타르시스(catharsis)라는 개념이 그것이다.

---

10) 김용수, 「플라톤과 아리스토텔레스의 논쟁을 중심으로 살펴본 연극이론의 양면성」, 『한국연극학』 17, 한국연극학회, 2001, 81면.
11) 황필호, 「플라톤은 왜 시인을 추방했는가: '국가론'을 중심으로」, 『교육철학』 12-1, 한국교육철학연구회, 1994, 277면.
12) 황필호, 위의 논문, 291면.
13) 최명규, 앞의 논문, 105면.

비극은 진지하고 일정한 크기를 가진 완결된 행동을 모방하며, 여러 부분에서 여러 형식으로 아름답게 꾸민 언어를 사용한다. 또한 비극은 희곡의 형식을 취하고 서술적인 형식을 취하지 않으며, 연민과 공포를 일으키는 사건에 의해 감정의 카타르시스를 낳는다.[14]

아리스토텔레스가 "비극은 희곡의 형식을 취하고 서술적인 형식을 취하지 않으며, 연민과 공포를 일으키는 사건"에 의해 "감정의 카타르시스를 낳는다"라고 말한 이후 '카타르시스'에 대하여 수많은 학자들이 해석상의 논란에 휩싸였다. 왜냐하면 원래 두 권으로 되어 있던 『시학』 중 희곡과 카타르시스를 상세히 다룬 두 번째 권이 소실되었기 때문이다. 따라서 현존하는 『시학』에서는 더 이상 카타르시스에 대해서 자세한 설명을 찾을 수 없어 혼란은 더욱 가중되었다. 오죽하면 골드스타인이 "그리 의미심장하지 않게", 단 한 번 사용된 카타르시스라는 "귀찮은 단어"라고[15] 그 어려움을 표현했겠는가?

카타르시스에 관한 전통적 해석은 크게 두 개의 관점으로 분류할 수 있다. 그 하나는 의학적 관점의 '배설'이란 의미로 해석하는 것이다. 다른 하나는 윤리적 관점에서 '순화'로 해석하는 것이다. 전자를 유종호는 '정화이론'으로, 후자를 '조정이론'으로 구별하였으며, 제3의 이론으로 비극 자체의 명료화와 통찰경험으로서의 명징이론이 있다고 했다.[16]

---

14) 아리스토텔레스, 손명현 역, 「시학」, 『니코마스 윤리학/정치학/시학』, 동서문화사, 2007, 553면.
15) 김은애, 앞의 논문, 145면.
16) 유종호, 앞의 책, 272-276면.

정화이론은 카타르시스를 비극이 연민과 공포를 불러일으킨 뒤에 이들 감정을 다시 몰아내는 재귀적 과정으로 파악한다. 즉 몰아내고 정화하기 위해서 격정을 불러일으킨다는 것이다. 마치 이열치열과 같은 동종요법에 의한 것으로, 이러한 관점은 20세기에 와서 프로이트(Sigmund Freud)의 정신분석요법에 수용되며 널리 받아들여졌다.[17]

의학적인 배설의 관점에서 카타르시스를 이해하는 논자들은 아리스토텔레스의 『정치학』 제8권 〈청소년의 교육〉의 제7장에서 음악의 카타르시스(정화)를 다룬 대목을 인용하여 이론을 전개시킨다. 그는 음악의 선율을 성격을 표현하는 것, 행동을 자극하는 것, 영감을 자극하는 것들로 나누어진다고 한 후 영감을 자극하는 선율에 대해서 다음과 같이 말하고 있다.

몇몇 사람의 영혼을 강하게 자극할 수 있는 감정은 모든 사람의 영혼을 움직일 것이며, 사람에 따라 정도의 차이밖에는 없을 것이다. 연민, 공포, 영감이 그런 감정이다. 많은 사람들이 특히 경험하기 쉬운 것은 어떤 종류의 영감에 사로잡혀 있다는 느낌이다. 우리가 관찰할 수 있는 것과 마찬가지로, 이런 사람들은 종교적인 선율에 영향을 받는다. 그들이 영혼을 종교적인 흥분으로 채우는 선율들의 영향 아래 있을 때는 마치 의사의 치료를 받거나 종교적으로 정화된 것처럼 조용해지며 평정을 회복한다. 공포나 연민의 감정 또는 어떤 감정에 특히 지배받기 쉬운 사람들에게도 마찬가지 효과가 일어난다. 그렇지 않은 사람이라 할지라도 저마다 어느 감정에 흐르기 쉬운 정도에 비례하여 일어날 것이다. 그 결과 모든 사람이 어떤 감정의 정화와 쾌락이 뒤따르는 감정의

---

17) 유종호, 위의 책, 273-274면.

표출을 경험하게 될 것이다. 특별히 감정을 정화하도록 하는 의도를 갖고 만들어진 선율들은 우리 모두에게 기쁨의 근원이 된다고 말해도 좋을 것이다.[18]

영감에 사로잡혀 있는 사람들은 영혼을 종교적인 흥분으로 채우는 선율들의 영향 아래 있을 때, 마치 "의사의 치료를 받거나 종교적으로 정화"된 것처럼 "조용해지며 평정을 회복"하게 된다. 마찬가지로 공포와 연민 그리고 여타의 감정에 지배받기 쉬운 사람들도 "감정의 정화와 쾌락이 뒤따르는 감정의 표출"을 경험하게 된다는 것이다. 즉 "의사의 치료를 받거나 종교적으로 정화"된 것처럼 "조용해지며 평정을 회복"하게 된다. 따라서 공포, 연민, 영감처럼 인간의 영혼을 강하게 자극할 수 있는, 특별히 감정을 정화하도록 하는 의도를 갖고 만들어진 선율들은 우리 모두에게 기쁨의 근원이 된다고 아리스토텔레스는 말하고 있다.[19] 이 대목을 학자들은 비극에 확대 적용하는데, 그 이유는 아리스토텔레스가 『시학』에서 비극은 "연민과 공포를 일으키는 사건에 의해 감정의 카타르시스를 낳는다"라고 말했기 때문이다. 즉 선율이 환기하는 카타르시스의 효과와 비극과 같은 사건이 환기하는 카타르시스의 효과를 동일시함으로써 정화이론은 가능했던 것이다.[20]

『정치학』에서 개진한 내용을 비극(문학)에 확대 적용할 수 있다면, 공포와 연민의 감정을 환기하는 사건, 즉 비극을 감상할 때 인간은 종

---

18) 아리스토텔레스, 「정치학」, 541면.
19) 이에 대해서 공포와 연민 같은 감정을 자극하여 이를 몰아낸다는 점에서 동종요법으로 해석하는 논자들이 있고, 이에 반대하는 논자들 역시 존재한다.
20) 특히 아리스토텔레스의 아버지가 의사였다는 실증적 사실에 의해서 이 이론은 더욱 널리 수용되었다.

교적인 선율에 자극받았을 때와 똑같이 의사의 치료를 받거나 종교적
으로 정화된 것처럼 조용해지는 평정을 회복하게 된다. 즉 감정의 정
화와 쾌락이 뒤따르게 된다.

이처럼 아리스토텔레스는 비극이 인간의 감정에 작용한다고 해서
결코 해로운 것이 아니라 오히려 감정을 정화하는 유익한 가능을 한
다고 보았던 것이다. 즉 비극이 관객으로 하여금 연민과 공포라는 감
정을 일으키는 것은 사실이나 이는 플라톤의 주장처럼 이성을 해치는
것은 아니다. 이로써 플라톤의 감정 유해론은 반박된 셈이다. 하지만
이런 관점은 (선율에 의한) 음악적 카타르시스를 (사건에 의한) 문학
적 카타르시스로 동일하게 확장시킬 수 있을 것인가라고 하는 문제를
여전히 남긴다고 하겠다.

그런데 이보다 아리스토텔레스의 『정치학』에서 주목해야 할 대목
은 음악이 줄 수 있는 혜택, 즉 효용이라고 생각한다. 아리스토텔레스
는 "음악이 줄 수 있는 혜택에는 세 가지가 있다. 첫째는 교육이며, 둘
째는 감정의 표출이고(이 말의 의미는 우리가 『시학』에서 자세히 설
명할 것이므로 여기에는 생략한다.), 셋째는 계발의 혜택인데, 여기에
는 휴식과 긴장 해소가 연관되어 있다"라고 했다.[21] 이를 문학이 줄 수
있는 혜택, 즉 효용으로 그대로 확대 적용할 수 있지 않을까?

즉 문학은 교육, 감정의 표출, 계발의 혜택을 줄 수 있는데, 여기에
는 휴식과 긴장 해소가 연관되어 있다는 의미로 파악해도 무방할 것
이며, 이는 문학의 본질적 기능으로 여러 학자들에 의해서 이미 정립
되어 왔다. 따라서 '카타르시스'의 효과에만 너무 집착할 것이 아니라

---

21) 아리스토텔레스, 「정치학」, 540면.

는 것이다. 문학은 감정의 표출에 의한 카타르시스 이상의 더 많은 효과, 즉 교육과 계발의 혜택까지 기대할 수 있는 예술장르이다. 이 점에 대해서는 뒤에 다시 논의하겠다.

두 번째 카타르시스를 윤리적 관점의 '순화'로 해석하는 '조정이론'을 지지하는 논자들은 카타르시스를 도덕적인 교훈이나 정신적인 가르침이란 측면에서 이해한다. 이들은 아리스토텔레스가 플라톤과 달리 감정을 이성 못지않게 인간에게 중요한 일부라고 생각했으며, 감정이란 그 자체로서 해로운 것이 아니라 다만 이를 적절히 제어하지 못한 채 일상생활에서 적절하게 사용되지 못했을 때 해로울 수 있는 것이라고 주장했다. 감정이나 격정은 적절히 통제되고 조정되어야 할 것으로, 조정이론의 장점은 감정의 몰아내기라는 개념을 동반하지 않는다는 것이다. 즉 연민은 좋은 감정이며, 적절한 공포 역시 건강한 것이라는 데에서 아리스토텔레스의 『니코마스 윤리학』의 논거를 원용하며, 감정의 중용을 이야기한다. 즉 비극을 보는 관객들은 무대의 상황을 통하여 연민이나 공포와 같은 감정의 적절한 조정에 대해 배우게 된다는 것이다.[22]

윤리적 정화는 다시 바그너(Ch. Wagner)에 의해서 재강조된 '윤리적 개화'와 골든(L. Golden)에 의해서 주장된 '지성적 정화'로 갈라져 이론을 발전시켜왔다. 윤리적 개화란 감정의 도덕적 정화, 순화를 의미하는 것이고, 지성적 정화는 심리학적 개념을 배제한 '깨달음'을 통한 지성적 정화를 의미한다.[23] 골든의 이론은 유종호가 말한 명징이론

---

22) 유종호, 앞의 책, 275-276면.
23) 김은애, 앞의 논문, 146-149면.

으로 분류할 수 있다.

골든이 말한 '지성적 정화(intellectual clarification)'는 『시학』의 제
1, 4장에서 언급한 모방의 목표인 배우는 과정과 제9장에서 비극의 특
수한 즐거움이 모방을 통한 연민과 공포로부터 유래한다는 것을 중시
하여 이론을 개진한다.[24] 제1장에서 아리스토텔레스는 비극을 비롯
한 예술을 모방의 형식으로 규정하고 있으며,[25] 제4장에서는 인간을
모방본능을 내재한 존재로서 모방에 능할 뿐만 아니라 모방에 쾌감을
느끼는 존재라고 파악했다. 그리고 예술을 보고 쾌감을 느끼는 이유
는 그것을 봄으로써 배우기 때문이라고 했다.[26]

> 인간이 다른 동물과 다른 점은, 모방을 잘하며 모방을 통하여 지식을
> 얻는다는 점에 있다. 또한 모든 인간은 날 때부터 어떤 모방된 모습을
> 보면 즐거움을 느낀다.[27]

또한 제9장에서 아리스토텔레스는 비극을 "완결된 행동의 모방일
뿐만 아니라 공포와 연민을 불러일으키는 사건의 모방"으로 규정하
며, "이러한 사건은 불의에, 그리고 서로 인과관계 속에서 일어날 때
가장 효과가 크다"라고 했다. 그리고 인과관계에 의한 플롯을 다른 플
롯보다 훌륭하다고 평가했다.[28]

결론적으로 모방의 양식인 비극은 완결된 행동의 모방일 뿐만 아니

---

24) 김용수, 앞의 논문, 84면.
25) 아리스토텔레스, 「시학」, 547면.
26) 아리스토텔레스, 「시학」, 550면.
27) 아리스토텔레스, 「시학」, 550면.
28) 아리스토텔레스, 「시학」, 559면.

라 공포와 연민을 불러일으키는 사건의 모방으로서 사건이 인과관계 속에서 일어날 때 최대의 효과를 거둔다. 그리고 비극을 보고 관객이 쾌감을 느끼는 것은 그것을 봄으로써 배우기 때문이라는 것이다. 즉 비극의 목표는 연민과 공포의 현상과 관련된, 지적으로 즐거운 배움 의 경험이라는 것, 다시 말해 감정적 쾌감과 지적인 즐거움이라는 것 이 분리된 것이 아니라 결합된 것임을 아리스토텔레스는 이미 『시학』 에서 설파해 놓았던 것이다.

로티(A.O.Roty) 역시 비극은 그 자체로 완벽한 스토리를 재현하기 때문에 종결감의 즐거움과 잘 구성된 이야기를 인지하는 즐거움이 있 으며, 이와 같은 인지의 즐거움은 감정적 배출과 함께한다는 주장을 폈다.[29] 즉 비극이 가진 인과관계에 의한 스토리의 종결감, 완벽한 플 롯을 인지하는 즐거움은 감정적 배출과 결합되어 있다는 견해이다. 그 런데 로티가 말한 '인지의 즐거움'이란 정신적 깨달음에 기반한 인지적 즐거움이 아니라 미적 구조를 인지하는 미학적 즐거움에 해당된다.

아무튼 '지성적인 정화'를 주장하는 논자들에 의하면, 공포와 연민 이라는 감정이 매개(비극)를 통해 인간에게 작용하고자 하는 것은 다 름 아닌 감정 속에 내재되어 있는 이성적인 면의 활성화이다. 따라서 감정의 카타르시스란 감정의 억제도 방출도 훈련도 아닌, 감정의 이 성적인 면의 활성화를 통한 적절한 상황에서 적절한 감정의 유발을 의미하는 것이다. 그리고 그를 통해 인간의 지각이 착각이 아닌 제대 로 된 판단력을 통해 올바른 행위로 이어질 수 있도록 유도하는 것이 다. 그리고 감정의 개화도 가르침이나 교훈을 통해서가 아니라 바로

---

29) 김용수, 앞의 논문, 84면.

감정 그 자체를 이용해서 이루어진다. 즉 감정 안에 이미 내포되어진 이성적 요소의 일깨움과 고양을 통해서 이루어진다는 것이다.[30]

　최근에 슈미트(A. Schmitt) 교수와 그 학파는 감성적인 부분과 지성적인 부분 사이의 구분을 하지 않고 그 둘을 하나로 파악한다. 이 견해는 아리스토텔레스의 『영혼론』에 의거하고 있는데, 인간은 어떤 대상, 또는 상황을 지각하고 그에 상응하는 행위를 하는 과정에서 맨 먼저 어떤 상상의 과정을 거치게 된다. 즉 그가 접한 상황이나 대상에 대해 그것이 '마음에 든다, 혹은 들지 않는다'라는 감정 작용이 일어나고, 동시에 욕구에 의한 판단을 하게 되며, 그 판단에 따라 행동을 하게 된다. 그런데 이때 지각한 바에 따라 행동을 하게 되는 과정에서 판단의 근거로 작용하는 감정에는 이미 이성적이고 논리적인 요소가 내재되어 있다는 것이다. 왜냐하면 대상을 지각하고 그에 따른 행동을 결심할 때 작용하는 감정에는 이미 판단이라는 이성적 요소가 반드시 함께 작용하기 때문이다. 이렇듯 인간의 감정은 그 자체가 무조건적으로 비이성적인 것이 아니라 그 안에는 이미 행동을 위한 사고와 판단의 성향을 가진 이성적인 부분도 함께 내포되어 있고, 이 감정의 이성적인 부분은 인간의 지각의 단계에서 이미 동시작용을 하게 되는 것이다. 따라서 아리스토텔레스는 인간의 감정과 이성적 행동 사이에는 이성적임과 비이성적임을 확실히 구분할 그 무엇도 존재하지 않는다고 보았다.[31]

---

30) 김은애, 앞의 논문, 149-153면.
31) 김은애, 위의 논문, 149-151면.

3. 문학의 치유적 효과

문학치료학에서는 아리스토텔레스가 비극이 관객에게 불러일으키는 효과를 공포와 연민을 통한 카타르시스라고 언급한 것에 주목하여 문학의 치유적 효과를 논하여 왔다.[32] 아리스토텔레스 이후에도 여러 이론가들이 문학의 치유적 효과를 논한 바 있다. 시가 종교와 철학을 대신해서 인류를 구원해주리라고 믿었던 인생비평가 아놀드는 문학이 인간완성과 사회정의를 실현할 수 있다고 보았다.[33] 프랑스의 비평가 알베레스는 시가 목표로 하는 것은 하나의 진실이며, 하나의 현실이고, 또한 하나의 계시라고 했다. 시인과 예술가의 역할은 우리를 각성시키고 좁은 양식으로부터 우리를 끄집어내는 데 있다고 했다.[34] 독일의 대문호 괴테가 "위대한 작품들은 우리를 가르치지 않고 우리를 변화시킬 뿐이다"[35]라고 했을 때의 변화란 협의의 교육적 효과와는 다른 것으로서, 편협한 아만에 사로잡힌 인간을 보다 성숙하고 확대된 자아의 세계로 확충하고 실현시킨다는 의미이다. 영국의 비평가 리처즈는 문학의 효용이 즐거움에 있지 않고 상황의 실제를 확실히 파악하는 데 있다고 보았다. 그리하여 시는 갈등이나 혼란을 화해와 조화의 세계로 정제시켜준다고 했다. 정제된 시적 경험은 새로운 질서와 자유를 제시하며, 여기서 독자는 참다운 평정(equilibrium)을 느끼게 된다고 보았다.[36]

---

32) 변학수, 『문학치료』, 학지사, 2009, 245-249면.
33) 최명규, 앞의 논문, 114-115면.
34) 알베레스, 이진구 · 박이문 역, 『20세기 문학의 결산』, 신양사, 1960, 179-185면.
35) 구인환 · 구창환, 『문학개론』, 삼영사, 2002, 63면.
36) 최명규, 앞의 논문, 118면.

아놀드가 말한 인류에 대한 구원, 알베레스가 말한 계시와 각성 기능, 괴테가 말한 변화, 리처즈가 말한 화해와 조화, 새로운 질서와 자유의 제시, 그리고 평정은 광범위한 의미에서 치유 효과로서의 문학적 기능이라고 해석할 수 있을 것이다.

앞에서 살펴보았듯이 아리스토텔레스가 말한 카타르시스에 대해 의학적 배설, 윤리적 순화, 지성적 정화, 감정 안에 내포된 이성적 측면의 활성화 등 논자들은 다양한 이론들을 개진하여 왔다. 어쩌면 문학을 통하여 인간이 얻게 되는 효용은 의학적 배설, 윤리적 순화, 지성적 정화 그 가운데 하나가 아니라 모두의 총화라고 하겠다. 즉 감정의 카타르시스와 함께 윤리적으로 순화되고, 지성적 깨달음과 인지적 통찰을 통한 변화가 문학을 통해 이루어진다고 볼 때, 문학치료는 폭넓은 의미에서 교육적 기능과 쾌락적 기능의 통합에 의한 치료효과를 기대할 수 있을 것이다.

특히 문학치료는 감정의 카타르시스(배설, 순화, 정화 등) 이외에 특히 다른 예술 장르가 갖지 못한 인지적 통찰을 통한 치유라는 강한 강점을 가지고 있다고 생각한다. 이것은 깨달음을 통한 지성적 정화와도 맞닿은 견해이다. 인지적 통찰 내지 지성적 깨달음은 문학이 예술인 동시에 인문학이라는 성격에서 기인한다고 생각한다. 예술로서의 문학이 감정적 치유를 담당한다면, 인문학으로서의 문학은 인지적 깨달음, 그것이 윤리적인 것이든 지성적인 것이든 삶에 대한 사유와 통찰을 통하여 인간을 치유하고 변화시킨다고 생각되는 것이다.

인간에게는 신체적, 감정적 고통만이 아니라 인식론적 고통, 존재론적 고통, 가치론적 고통도 있다. 이런 고통은 의학이나 정신분석학, 심리학적 치유방식에 의해서는 해결될 수 없다. 인문학적 치유는 "인식론적, 존재론적, 가치론적 문제 전반과 관련하여 내담자가 겪고 있는 문제에 대해서 스스로 논쟁점과 갈등점을 찾아내고 거기에 대해서 해답을 찾아가도록 도와주는 소통의 역할을 적극적으로 수행"한다.[37] 인문학적 치유는 인간 전체에 대한 반성적 접근과 철학적 사유를 통한 치유를 지향하는데,[38] 인문학의 하나인 문학은 인간의 삶을 언어를 통해 구체적으로 보여주고 있기 때문에 반성적 접근과 철학적 사유에 구체성을 부여하는 장점이 있다.

비극을 포함하여 이야기(서사)를 가진 문학 장르를 통해서 얻게 되는 즐거움이라는 것이 단지 로티가 말한 '스토리의 종결감, 완벽한 플롯을 인지하는 즐거움'과 같은 미학적 즐거움만은 아니라고 생각한다. 아리스토텔레스는 『시학』의 제7장에서 플롯의 원칙을 다음과 같이 밝히고 있다.

> 우리는 비극이, 완결된 일정한 크기를 가진 전체적인 행동의 모방이라고 규정했다. 전체 중에는 너무 작은 전체도 있기 때문이다.
> 전체는 처음과 중간과 마지막으로 이루어진다.[39]

즉 "완결된 일정한 크기를 가진 전체적인 행동의 모방"인 비극의 플롯은 "처음과 중간과 마지막"의 구조를 가지고 있다는 것이다. 이는 비단 비극뿐만 아니라 현대의 소설을 비롯하여 이야기를 가진 모든

---

37) 김석수, 「심리치료와 철학상담의 발전적 관계에 대한 모색」, 『사회와 철학』17, 사회와 철학연구회, 2009, 90면.
38) 엄찬호, 「인문학의 치유적 의미에 대하여」, 『인문과학연구』25, 강원대학교 인문과학연구소, 2010, 425-426면.
39) 아리스토텔레스, 「시학」, 556면.

장르의 특징이기도 하다. 플롯이 사건의 인과적 배열과 상황 설정을 위한 배열이라고 할 때, 여기에는 일정한 과정이 있게 마련이다. 즉 처음이 있고, 중간이 있고, 마지막이 있어야 한다. 이때 말하는 "처음과 중간과 마지막"은 이야기의 순서를 뜻하는 것이 아니며, 작품의 질서, 즉 플롯을 의미한다.[40)]

　"처음과 중간과 마지막"이라는 플롯의 구조는 문학치료에 어떤 인지적 효과, 즉 깨달음의 효과를 줄 수 있는가? 한 강연회에서 소설가 신경숙은 한 청중으로부터 "소설을 쓴다는 것이 왜 좋은가"라는 질문을 받았다. 그녀는 망설이지 않고 "우리가 살아가는 인생과 달리 소설은 끝까지 가볼 수 있기 때문입니다"라고 대답했다. 그렇다. 비극을 비롯하여 무릇 이야기를 가진 모든 예술 장르를 읽거나 보게 될 때에 독자(관객)는 플롯의 전체를 알 수 있다. 다시 말해 작품 속에 일정한 질서와 인과관계에 의해 창조된 삶의 전체를 구체적으로 파악할 수 있다. 즉 끝까지 가볼 수 있다는 것, 다시 말해 어떻게 결말이 된다는 것을 알게 된다. 즉 언어적 서사물은 읽음으로써, 비언어적 서사물은 봄으로써 알게 된다. 하지만 우리의 인생은 지금 여기의 과정 속에 있어 과정의 전체나 결말을 알지 못한다. 그래서 혼란에 빠지고 실수를 범하게 된다. 하지만 책을 읽는 독자나 비극을 보는 관객은 작품 속에 펼쳐진 주인공의 운명이 "행복에서 불행으로 바뀌"는 결말을 지켜보며, 그것이 "잘못된 행위 때문이 아니고 중대한 실수"[41)] 때문에 일어난 사실을 깨닫게 된다.[42)]

---

40) 송명희, 『현대소설의 이론과 분석』, 푸른사상, 2006, 108면.
41) 아리스토텔레스, 「시학」, 562면.
42) 아리스토텔레스는 '중대한 실수'를 중시했지만 그것은 성격 때문일 수도 있고, 또

소설과 같은 이야기를 가진 문학작품을 읽는 독자, 또는 연극이나 영화를 보는 관객은 처음에서 중간과 마지막에 이르는 플롯의 전 과정을 지켜봄으로써 주인공과 같은 중대한 실수를 반복하지 않을 수 있는 깨달음과 혼란에서 벗어날 수 있는 지혜를 얻을 수 있다. 또한 어떤 실수가 주인공을 곤경(갈등)에 빠뜨렸는지를 직시하고 분석하고 해석할 수 있다. 나아가 어떻게 함으로써 주인공이 곤경(갈등)을 벗어나게 되는가(벗어나지 못하는가) 하는 과정을 지켜봄으로써, 또는 주인공이 어떻게 하면 곤경(갈등)을 벗어날 수 있는가를 사유함으로써 궁극적으로 자기 자신의 삶의 문제를 해결할 수 있는 지혜와 통찰을 얻을 수 있는 것이다.

필자는 이와 같은 인지적 깨달음이야말로 읽기로서의 문학치료(독서치료)나 영화(연극)치료가 가진, 다른 장르의 예술이 가질 수 없는 최대의 강점이라고 생각한다. 가령 미술치료나 음악치료, 그리고 무용치료는 감성적 해방과 카타르시스는 줄 수 있지만 인지적 통찰을 기대할 수는 없다는 점에서 문학치료만이 유일하게 감정적 카타르시스와 더불어서 인지적 통찰이 가능한 것이다. 이것은 문학이 언어예술이라는 특징에서 나오는 것이다. 문학은 언어를 통해 인간과 세계를 구체적으로 묘사하고 재현하며, 그것이 인간의 감성뿐만 아니라 이성을 활성화시킬 수 있기 때문에 가능한 것이다.

정운채는 "문학치료란 결국 문학작품의 작품서사를 통하여 환자의 자기서사를 온전하고 건강하게 변화시키는 일이다"라는[43] 말로 표현

다른 이유 때문일 수도 있다.

43) 정운채, 「서사의 힘과 문학치료방법론의 밑그림」, 『고전문학과 교육』8, 한국고전문학교육학회, 2004, 167면.

한 바 있다. 이때 작품서사는 자기서사를 보충하기도 하고 강화하고 통합시킨다. 여기서 작품서사란 사람들과 공유할 수 있도록 작품으로 형상화된 서사이며, 자기서사란 자기 인생을 지배하고 있는 서사를 뜻하는 문학치료의 용어이다.[44] 정운채는 문학작품을 향유할 때 결국 은 서사에 의지함으로써 이해와 공감이 가능하다고 말했지만 그것은 단지 이해와 공감이 아니라 그것을 넘어선 깨달음과 통찰이다.

문제는 서사, 즉 이야기 자체가 아니라 결말을 포함하여 서사(이야기)의 플롯 전체를 다 알 수 있다는 것이 중요한 것이다. 즉 중대한 실수에 의한 불행한 결말을 통하여 독자(관객)가 얻은 통찰은 독자(관객)로 하여금 삶을 변화시킬 수 있는 힘을 부여한다. 즉 작품의 주인공의 삶을 바라봤던 시선, 즉 타자를 행했던 시선으로 자기 자신(자기서사)을 객관적으로 바라봤을 때 자기 자신(자기서사)을 변화시킬 수 있으며, 치유할 수 있는 힘이 생기는 것이다. 이는 소설 읽기를 통한 치료(독서치료)뿐만 아니라 소설 쓰기에 의한 문학치료에서도 가능하다. 즉 소설 쓰기에서 허구적 인물이 창조되고, 플롯이 구성되면 그것을 쓴 내담자는 쓰는 과정을 통해서 이미 감정적 카타르시스의 효과를 느낄 뿐만 아니라 자기서사를 변화시킬 수 있고, 자신이 쓴 허구화된 소설을 일종의 작품서사로서 객관적 거리를 갖고 읽으면서 자기서사를 변화시킬 수 있는 힘이 생기게 된다. 즉 치유가 일어나게 된다.

문학치료는 미해결의 고통스런 갈등의 문제들을 문학작품을 읽음으로써 또는 씀으로써 새로운 관점에서 스스로 자아를 성찰하고 이

---

44) 정운채, 「질투에 대한 영화창작치료의 실제」, 『고전문학과 교육』 13, 한국고전문학 교육학회, 2007, 236-237면.

해할 수 있도록 도와줌으로써 독자(내담자) 스스로 자신의 어리석음
을 깨닫고 삶의 활기를 회복하고 변화할 수 있도록 도와주는 데 있다
고 할 수 있다. 이러한 깨달음과 통찰에 기반한 문학치료의 인지적 치
료효과는 다른 예술치료, 즉 음악치료 미술치료 무용치료에서는 결코
기대할 수 없는 오직 문학만이 가진 치료효과라고 할 수 있을 것이다.
궁극적으로 문학은 예술이자 인문학의 이중적 성격을 지니고 있기 때
문에 인문학의 일종인 철학 치유가 결여한 감성적 치료, 다른 예술치
료가 결여한 인지적 치료 모두가 가능하다는 점에서 치료효과를 극대
화시킬 수 있다.

　"처음과 중간과 마지막"이라는 플롯의 구조를 통해서 인생에 대한
깨달음과 통찰을 통한 변화라는 치유적 효과 이외에도 문학작품은 그
허구적 성격 때문에 독자나 관객에게 또 다른 치유적 효과를 줄 수 있
다. 즉 "인간이 부딪히게 되는 재앙과 불행의 극한적인 상황을 간접
경험한 독자나 관객은 적어도 이러한 극한적 경험을 변제받고 있다는
사실에서 순간적인 안도감을 느끼게도 된다."[45] 다시 말해 무대 위에
서 보여주는 삶, 또는 소설 속의 삶이 나의 삶이 아니라 타자의 인생,
즉 허구라는 데서 발생하는 거리, 객관화와 안도감이 그것이다. 이 거
리는 가까울 수도 있고, 멀 수도 있다. 이 거리가 가까우면 동일시의
효과, 멀면 이화(소격, 소외 효과)의 효과를 기대할 수 있다.

　동일시의 효과는 주인공에게 적극적으로 감정을 이입한다. 가령 비
극의 경우, 비극적 사건에 공감하며 연민의 감정이 발생할 수 있다. 지
금까지 문학치료학에서는 공감과 동일시가 주는 치료효과에만 주목

---

45) 유종호, 앞의 책, 277면.

해왔다.[46] 하지만 공감을 기반으로 한 동일시의 효과 이외에도 이화에 의한 객관화의 효과에 대해서도 주목하지 않을 수 없다. 작품이나 주인공과 독자나 관객과의 거리가 멀면 독자와 관객은 흥분되지 않은, 객관적이고 차분한 자세로 작품과 주인공을 관찰하고 분석하는 이성적인 활동을 하게 된다. 그리고 이를 통해 깨달음과 통찰이라고 하는 인지적 효과를 기대할 수 있다. 문학치료에서 동일시가 바람직할지 이화가 바람직할지에 대해서는 문학 텍스트에 따라, 그리고 내담자에 따라 다른 효과를 기대할 수 있을 것이다. 이 문제에 대해서는 별도의 논의가 필요하다고 보는데, 이에 대해서는 별도의 논문에서 자세하게 논의할 예정이다.

4. 결론

본고는 문학의 치유적 기능을 말함에 있어 먼저 문학의 본질적 기능을 살펴보고, 플라톤과 아리스토텔레스 등의 이론을 검토하였다. 그리고 문학의 치유적 효과에서 감정적 카타르시스 이외에 인지적 깨달음을 통한 치유의 가능성을 말해 보았다.

특히 문학치료는 다른 예술치료에서 기대할 수 없는 인지적 통찰을 통한 치유라는 강한 장점을 가지고 있다고 생각한다. 이것은 깨달음을 통한 지성적 정화와도 맞닿은 견해로서 문학이 예술인 동시에 인문학이라는 성격에서 기인한다고 보았다. 예술로서의 문학이 감정적

---

46) 변학수, 앞의 책, 49-52면.

치유를 담당한다면, 인문학으로서의 문학은 인지적 깨달음, 그것이 윤리적인 것이든 지성적인 것이든 간에 인간과 세계에 대한 통찰을 통하여 인간을 치유하고 변화시킨다고 생각된다.

문학치료학은 아직 출발점에 서 있다. 아직 문학의 치료적 효과에 대해서조차 학문적 해명이 제대로 이루어지지 않았다. 본고는 문학치료학의 정립에 작은 보탬이라도 되기 위한 목적으로 작성되었다.

문학의 치유적 기능에 대해서는 그것이 읽기 치료인가 쓰기 치료인가에 따라 달리 논의해야 하고, 또한 장르에 따라서도 각기 달리 논의해야 한다. 수많은 학문적 과제들이 문학치료학 앞에 산적해 있고, 그것이 학문적으로 명쾌하게 해명될 때에만 문학치료학은 하나의 학문으로서 제대로 자리 잡을 수 있으며, 문학치료의 효과에 대한 신뢰도 커진다고 할 수 있다. 앞으로도 필자는 문학의 치유 효과에 대한 사유를 거듭함으로써 문학치료학의 학문적 정립에 기여해 나갈 것이다.

(『한어문교육』27, 한국언어문학교육학회, 2012)

마음을 치유하는 시 쓰기

1. 들어가며

나의 유일한 시집 『우리는 서로에게 가는 길을 잃어버렸다』(2002)
의 〈머리말〉에서 "나 자신 휴식과 위안에 목말라 할 때 시집을 찾아 읽
는다. 시를 읽고 가벼워지고 싶기 때문이다."라고 적었던 기억이 난다.
내가 심신이 지쳐 휴식과 힐링이 필요할 때 시집을 찾아 읽었듯이 문학
의 가장 오래된 장르인 시는 일찍부터 치유의 도구로 사용되어 왔다.

치료, 즉 테라피(therapy)의 어원은 그리스어 테라페이아(therapeia)
이다. 이 말은 춤, 노래, 시, 연극 등과 같은 표현예술을 통해 간호하고,
병을 고친다는 의미를 가졌다. 이처럼 시는 다른 예술 장르와 함께 일
찍부터 치유의 도구로 활용되어 왔다는 것을 어원에서부터 확인할 수
있다.

나는 최근에 12주간(2019.03.20.-2019.06.05.)에 걸쳐 10명의 여성

들¹⁾을 대상으로 선정된 시를 낭송한 후 자유롭게 토론하고, 자신의 마음을 솔직하게 표현하는 시 쓰기를 하는 집단문학치료과정인 〈마음을 치유하는 시 쓰기와 시낭송〉을 시행했다. 이 프로그램은 매주 수요일 야간에 7시에서 9시까지 2시간씩 한 참여자가 운영하는 작은 카페에서 이루어졌다.

참여자 가운데 한 명은 나에게 처음 왔을 때, 남편의 갑작스런 와병으로 우울증에 빠져 감정적 균형을 잃고 있었다. 하지만 시를 낭송하고 토론하고 무엇보다도 자신의 마음을 마음껏 표현하는 시 쓰기를 하는 가운데 그녀는 어느새 우울증의 터널에서 빠져 나와 성격이 쾌활해졌다. 그녀가 스스로 자신이 변화했다는 것을 밝혔을 뿐만 아니라 나 역시 그녀의 태도가 눈에 띄게 변화했다는 것을 확연히 느낄 수 있었다. 그녀가 처한 상황이 달라진 것은 결코 아니었다. 그녀의 남편은 여전히 병원을 들락거리고, 때로 위급한 상황에 빠져 앰뷸런스에 실려 가기도 하지만 그녀 자신의 마음 자세가 달라진 것이다. 즉 그녀 스스로 감정을 잘 조절할 수 있게 된 것이다.

그녀를 처음 만난 곳은 2018년 하반기, 당시 내가 강의를 하고 있던 부산광역시 내의 한 지자체 인문학강좌에서였다. 그때의 강좌명은 〈마음을 치유하는 시와 글〉(2018.09.20.-2018.12.06.)이었다. 이 강좌 역시 문학치료가 강의 주제였다. 12주간에 걸쳐 2시간씩 진행된 강의의 절반은 문학치료와 관련된 이론의 소개였고, 나머지 절반은 그 이론에 입각한 자기치유의 시(글) 쓰기였다. 12주에 걸친 과정이 모

---

1) 참여자들의 직업을 직접 물어보지 않았지만 전업주부, 전직 미용사, 사회복지사, 카페사장, 직장인 등 30대부터 60대에 이르는 다양한 연령층의 여성.

두 끝나자 그녀를 비롯한 여러 수강생들이 강의 종료를 매우 아쉬워
했다. 특히 그녀가 나서서 강의를 더 해줄 수 있겠느냐고 요청해 왔다.
그래서 〈마음을 치유하는 시 쓰기와 시낭송〉 프로그램²⁾이 열리게 된
것이다.

그런데 시를 읽는 것이 치유에 도움이 된다는 것인가, 아니면 시를
쓰는 것이 치유에 도움이 된다는 것인가?

시를 읽고 토론하는 것은 독서치료(bibliotherapy)에 해당될 것이
다. 물론 독서치료라는 용어를 문학치료(literary therapy)에까지 확대
하여 사용하는 경우도 있다. 독서치료는 책을 매개체로 하는 치료로
서, 심리적 성장 및 치유를 목적으로 하는 모든 독서 관련 행위를 의미
한다. 1930년대부터 미국에서는 복잡한 정신문제 해결을 위한 방법
으로 독서치료가 활용되어 왔다. 특히 제2차 세계대전에 참여했던 군
인들의 외상 후 스트레스장애의 치료에 이 방법이 효과적이었던 것이
이를 확산시키는 계기가 되었다.

독서치료는 책이라는 매개체를 통해서 참여자가 자신의 문제를 인
식하고 자기 이해의 폭을 넓히는 것이 목적이다. 책을 읽음으로써 독
자(참여자)는 자신의 고정되고 편협한 시각에서 벗어나 새로운 관점
과 시선으로 다양한 삶과 생활양식을 관찰하고 탐색하여 자아를 새롭
게 인식하는 기회를 얻게 된다. 협의의 독서치료가 읽고 말하는 과정
에서 일어나는 치유의 효과를 도모한다면, 문학치료는 참여자의 표현
적이고 창조적인 글쓰기를 통해서 치유가 이루어진다.

---

2) 이 프로그램은 지자체에서 강사비를 지원하는 공모 프로그램에 선정되어 기획되었
   다.

특히 시는 그것을 읽는 사람의 내면에 연상작용을 일으키고 의식적, 무의식적 기억과 생각을 환기시켜 언어로 이끌어 내는 강력한 힘이 있다. 시를 비롯한 글쓰기가 놀라운 치료적 효과가 있다는 것은 여러 연구자들에 의해 밝혀지고 있다. 볼튼(G. Bolton)은 말하기와 달리 글쓰기는 말하기로써는 접할 수 없는 인지적, 정서적, 영적 영역을 탐구하게 하고, 글쓰기가 아니면 표현할 수 없는 요소들을 표현하도록 해준다고 했다. 글쓰기의 창작행위는 자신감, 자존감, 그리고 삶에 대한 동기 부여를 증가시킨다고도 했다.[3]

한마디로 내가 시행한 집단문학치료과정은 〈마음을 치유하는 시 쓰기와 시낭송〉이라는 강좌명이 말해 주듯이 시를 읽고 쓰는 과정 모두가 포함되며, 시를 읽고 쓰는 행위 모두 치유에 도움이 된다. 즉 시낭송을 통한 독서치료를 넘어서서 시 쓰기를 통한 문학치료를 목표로 기획되었다.

2. 시 쓰기 치료의 실제

1) 제1단계-선정된 시낭송

나는 선정한 11편[4]의 시를 매주 한 편씩 참여자 10명이 모두 돌아

---

3) 이봉희, 「문학치료에서 활용되는 글쓰기의 치유적 힘에 대한 고찰과 문학치료사례」, 『교양교육연구』8-1, 한국교양교육학회, 2014, 289면.
4) 나희덕의 「너무 늦게 그에게 놀러간다」, 이병률의 「별」, 안도현의 「네가 보고 싶어서 바람이 불었다」, 임동확의 「모든 비밀번호엔 비밀이 들어산다」, 이성선의 「사랑하는 별 하나」, 신경림의 「아버지의 그늘」, 정현종의 「방문객」, 문정희의 「오빠」, 김

가며 읽게 했다. 이때 낭송하듯이 읽을 것을 권하였다. 이것이 치유의 제1단계이다. 왜냐하면 낭송하듯이 읽기 위해서는 시의 내용과 분위기를 충분히 파악해야 하고, 낭송을 할 때 그 시에 대한 동일시가 보다 효과적으로 이루어질 수 있기 때문이다. 시낭송은 참여자로 하여금 자신의 내면에 존재하는 의식적, 무의식적 기억, 생각, 감정들을 자동적으로 환기하는 강력한 작용을 하게 된다.

10차례의 낭송 과정에서 참여자들은 같은 시를 두고 각기 느끼는 감정이 다르다는 것을 자연히 알게 된다. 그런데 이 제1단계의 시낭송은 다음 단계로 넘어가기 위한 일종의 발문(questioning) 효과를 유발하게 된다. 11편의 시는 죽음, 용서, 그리움, 비밀, 인간관계, 우정, 사랑, 아버지, 대출상환 독촉 등등의 다양한 주제와 소재를 담고 있다. 따라서 참여자들은 시를 낭송하고 다른 사람의 낭송을 듣는 가운데 그러한 주제들에 대해서 자연히 여러 가지 생각들을 하게 되기 때문이다.

상담자는 첫 주에 시낭송의 방법에 대해서 강의했지만 이후의 낭송 과정에는 전혀 개입하지 않고 참여자 스스로 시의 분위기를 파악하여 낭송하게 했다. 그리고 시가 환기한 주제들에 대하여 생각하고 해답이나 깨달음을 얻게 만드는 적극적 사고를 유발하게 했다.

2) 제2단계-낭송 시 토론

제2단계는 각자가 시를 읽은 느낌과 생각에 대해서 충분한 대화를

용택의 「오늘도」, 문병란의 「인연서설」, 맹문재의 「말일」

나누는 시간이다. 이때의 느낌과 생각 말하기는 시의 주제를 올바르게 해석하고 토론하는 분석적인 과정이 아니다. 각자가 읽은 시에서 촉발된 감정이나 생각들에 대해서 자유롭게 말하는 것이다. 이 단계는 참여자가 읽은 시에서 촉발된 개인적 반응을 인식하는 인식단계이며, 왜 그런 반응을 보였는지 더 깊게 자아를 탐구하는 과정이기도 하다.

토론의 과정에서 참여자들은 본인의 감정을 촉발하는 시어와 구절이 다른 사람들과 다르다는 것을 발견하게 된다. 그와 같은 발견은 왜 자신이 특정한 시구에 반응하였는가에 대한 자아탐구를 하게 만든다. 이는 다른 사람들과 다른 나의 시각과 경험의 차이와 특수성을 이해하는 과정이다. 나아가 자신의 고정되고 편협한 시각에서 벗어나 새롭고 다양한 관점에서 자기를 인식하고 삶을 이해하는 과정이기도 하다.

참여자 10명이 돌아가며 말하는 과정에서 다른 참여자가 끼어들기도 하고 그야말로 자유로운 난상토론이 이어진다. 이 난상토론의 과정이야말로 같은 텍스트를 두고 각자의 생각과 느낌이 다르다는 것을 확인하면서 자기 이해가 깊어지는 과정이다. 동시에 타인에 대한 이해가 깊어지는 과정이기도 하다. 참여자들은 중년의 여자들이 모이면 맛집 이야기, 여행이야기가 고작인데, 시와 인생의 다양한 주제에 대해서 말할 수 있는 시간을 갖게 된 것을 크나큰 행복으로 여겼다. 여기까지 제2단계까지가 독서치료라고 할 수 있을 것이다.

이 과정에도 상담자는 거의 개입하지 않는다. 다만 한 사람이 지나치게 많이 말할 때 자제하도록 하고, 대화에 참여하지 않고 소극적인 태도로 일관하는 사람도 대화에 참여할 수 있도록 이끌어내 주는 역할만을 수행했다.

제2단계에서도 참여자들은 동일시, 카타르시스, 통찰을 어느 정도 얻을 수 있다. 즉 자신과 동일한 상황을 시의 텍스트에서 발견할 수도 있고, 텍스트에 표현된 감정을 대리 경험함으로써 카타르시스를 느낄 수도 있고, 텍스트에서 촉발된 문제에 대해 대화를 나누는 과정에서 통찰을 얻을 수도 있다.

시를 낭송하는 제1단계와 그에 대한 토론인 제2단계는 제3단계인 시 쓰기로 넘어가기 위한 일종의 워밍업 과정이기도 하다. 여기까지 약 1시간이 소요된다.

3) 제3단계-시 쓰기

잠시의 휴식 시간을 가진 후에 시 쓰기로 들어간다. 시 쓰기는 직접 시를 쓰는 제3단계, 쓴 시를 읽고 자신의 통찰을 나누며, 피드백(feedback) 과 셰어링(sharing)의 제4단계로 마무리된다. 이 과정이 나머지 1시간 내에 이루어진다.

제3단계는 시를 직접 쓰는 단계이다. 문학치료의 방법으로 활용하는 시 쓰기는 참여자의 쓰기 행위가 자아발견으로 가는 통로라는 점에서 무엇보다도 중요한 활동이다. 참여자의 내면에 잠재된 기억, 생각, 감정을 시라는 형태로 외면화하는 시 쓰기는 프로이트(Sigmund Freud) 식으로 말하자면 무의식(unconsciousness)을 의식화하는 과정이다.

프로이트는 환자의 무의식 속에 억압되고 망각된 기억이 의식 세계로 올라오면서 심리적 찌꺼기들이 씻겨 내려가는 카타르시스(catharsis)에서 치료가 이루어진다고 보았다. 그리고 파편화된 기억들을 재구조화하고 재맥락화하는 과정에서 통찰이 이루어진다. 그는 인간의 행동은 무의식에 의해 크게 영향을 받고 있다고 보았다. 인간의 모든 행동은, 심지어 실수나 망각까지도 우연히 일어나는 것이 아니고 항상 원인과 의미가 있으며, 꿈마저도 그 사람의 소망의 실현이며, 무의식의 대용물이라고 했다.

프로이트가 말한 무의식은 의식의 영역으로 들어오지 못하고 억압되거나 금지된 충동과 욕구를 포함하는 정신의 영역이다. 무의식에 억압된 것이란 불쾌한 것, 끔찍한 것, 속상한 것, 곤혹스러운 것, 죄책감과 같은 대체로 트라우마와 관련된 것들이다. 이런 것들은 의식에서 억압되어 무의식에 깊게 잠재되어 있지만 이 억압되어 망각된 것들이 인간의 영혼에서 영원히 사라진 것은 결코 아니다. 그것들은 사라지지 않고 계속 작용하며 움직이고 동요하면서 영혼을 위협하고 신경증이나 히스테리를 유발시키는 원인이 된다.[5]

시 쓰기는 본인조차도 알아채지 못했던 무의식을 언어로 외화하여 의식화시키는 과정이다. 그동안 말하지 못했던 것을 시 쓰기를 통해서 말함으로써 카타르시스가 이루어지고, 또 통찰도 일어나게 된다. 시를 쓰는 가운데 이루어지는 자유연상이나 은유가 심리적 저항을 풀어버리고 말하지 못했던 것을 말하게 만듦으로써 카타르시스와 통찰이 일어나게 되는 것이다.

특히 은유(metaphor)는 추상적이고 관념적인 인간 정서에 형상을 입혀 구체화시켜 준다. 옛이야기, 상징, 의식 등은 명백한 외부 세계를 지시하지 않기 때문에 내담자는 문제 자체를 직접적으로 드러내지 않

---

5) 변학수, 『통합문학치료』, 학지사, 2006, 54-56면.

고서도 자신의 문제를 발견하고, 그 문제에 대한 해결책을 찾을 수 있게 한다. 은유를 통한 의사소통에 담긴 필연적 모호성이 모든 것을 다양한 각도에서 다양한 해석을 내릴 수 있도록 만들기 때문이다.[6]

이때의 은유는 문학적 표현이나 수사학적 기교를 포함하지만 또한 이를 넘어선다. 은유는 무의식을 발현하는 매개체이며, 참여자의 내면에 숨겨진 욕망이나 과거의 상처를 찾아내는 데 유용한 도구이다. 은유의 기본 속성은 두 단어나 개념들의 차별성을 잇는 유사성이다. 즉 은유의 두 가지 속성은 유사성과 차별성이라고 할 수 있다. 유사하지만 다른 것을 통해 미처 말하지 못했던 내면의 무의식을 드러내는 데 은유만큼 효과적인 것은 없다.

은유치료(metaphor therapy)는 밀튼 에릭슨(Milton H. Erickson), 자크 라캉(Jacques Lacan) 등의 정신의학자, 심리학자, 상담학자들에 의해 부분적으로 다루어져 왔다. 은유의 유사성과 차별성, 창의성, 개방성, 다의성, 유연성, 간접성, 우회성, 표현의 보편성과 개별성, 효과성 등과 같은 속성은 새로운 세계를 열어주고 미처 깨우치지 못했거나 제대로 인식하지 못한 진리를 확실하게 알게 해줄 수 있는 기능이 있다.[7] 참여자는 은유라는 우회로를 통해 자신의 문제를 객관적 거리를 두고 탐색할 수 있게 되고, 기존에 지니고 있던 세계관이나 가치관에 새로운 시각을 부여할 수 있게 된다. 그럼으로써 자신이 지니고 있던 여러 자원들을 스스로 활용하여 생활 속에서 자신의 문제를 해결

---

6) 배선윤 · 박찬부, 「은유치료-문학치료에 대한 은유적 접근」, 『대한문학치료연구』 2-1, 대한문학치료학회, 2011, 93면.

7) 이민용, 「인문치료의 관점에서 본 은유의 치유적 기능과 활용」, 『카프카연구』23, 한국카프카학회, 2010, 297면.

할 수 있도록 유도하는 것이다.[8]

　시 쓰기는 융(Carl Gustav Jung)의 개념으로 말하자면, 적극적 상상의 과정이라고 할 수 있다. 적극적 상상은 무의식에 내재된 이미지나 콤플렉스의 내용을 수면에 떠오르게 하는 의식화의 과정이다. 융은 프로이트가 무의식을 병리적인 것으로 보았던 것과 달리 무의식은 그 자체로 의식을 보완하는 자율적 질서와 기능을 지니는 것으로, 인간 안에 존재하는 미지의 정신세계란 의미로 파악했다. 그는 상처뿐만 아니라 언젠가 의식했지만 망각하고 잊어버린 것, 내가 무의식적으로 느끼고, 생각하고, 기억하고, 행하는 모든 것, 내 안에 잠재되어 있다가 미래에 나타날 모든 것을 무의식의 내용으로 보았다.[9]

　퍼얼스(Fritz Perls)는 미해결의 과제를 찾기 위해 굳이 과거를 파헤칠 필요는 없다고 프로이트의 이론을 비판했다. 따라서 게슈탈트(Gestalt) 심리치료는 우리가 알지 못하는 무의식의 세계를 파헤치는 것을 목표로 하지 않는다. 오히려 우리 가까이 있는 것들을 좀 더 선명하게 알아차림으로써 우리의 시야를 확장하여 새롭고 창의적인 삶을 살도록 도와준다. 미해결의 과제는 '지금 여기(here & now)'에서 끊임없이 전경으로 떠오르려고 노력하기 때문에 개체는 단지 그것을 회피하지 않고 알아차리기만 하면 되는 것이다.

　게슈탈트란 '개체에 의해 지각된 자신의 행동동기'를 뜻한다. 즉 개체가 자신의 유기체 욕구나 감정을 하나의 의미 있는 행동동기로 조직화하여 지각한 것을 의미한다. 개체는 자신의 모든 활동을 게슈탈

---

8) 배선윤 · 박찬부, 앞의 논문, 95면.
9) 변학수, 앞의 책, 56-59면.

트를 형성함으로써 조정하고 해결한다. 만일 개체가 게슈탈트 형성에
실패하면 심리적·신체적 장애를 겪게 된다. 따라서 건강한 삶이란
분명하고 강한 게슈탈트를 형성할 수 있는 능력이 있다는 뜻이다. 사
람들이 겪는 문제는 자신이 완전한 게슈탈트(형태, 전체적인 상)를 받
아들이기보다는 그것의 특정 측면을 차단할 때 나타난다.[10]

따라서 시 쓰기의 과정은 전경화되지 못하고 배경 속에서 맴도는
욕구나 감정을 알아차려 분명한 게슈탈트로 형성해냄으로써 참여자
의 욕구나 감정을 해소하고 건강하게 만드는 과정이라고 할 수 있다.

본 프로그램에 참여한 사람 중에는 과거에 시를 써본 경험이 있는
사람도 두어 명 있지만 시를 거의 접하지 못하고, 생전 처음으로 시를
써보는 사람들이 대다수였다. 따라서 그들에게 시를 쓴다는 것은 매
우 두려운 경험이므로 상담자로서 해야 할 가장 중요한 일은 이 두려
움을 없애주는 것이었다.

따라서 문학적으로 세련된 시를 쓰는 것이 중요한 것이 아니라 자
신의 마음을 잘 살펴보고 그것을 솔직하게 드러내는 것이면 충분하다
는 것을 늘 강조했다. 문학적인 시 쓰기에 필요한 이미지나 은유, 운율
과 리듬감 같은 것에 전혀 신경 쓸 필요가 없으며, 문학적 재능도 필
요 없다는 것을 거듭 말해주었다. 즉 시 창작이 목적이 아니라 마음의
치유가 목적이라는 것을 재차 인식시켰다. 그렇게 말을 해주어도 참
여자들은 시 쓰기를 두려워하였으므로 막연히 시를 쓰라고 하지 않고
시 쓰기를 자연스럽게 유도하는 여러 가지 방법을 적극적으로 활용하
였다.

---

10) 김정규, 『게슈탈트 심리치료』, 학지사, 2012, 11-80면.

이 방법들은 두려움을 갖지 않고 참여자들로 하여금 즐거운 놀이를 하듯이 시를 쓸 수 있도록 만들어주었다. 그 방법은 1) 괄호 속 채우기, 2) 패러디 시 쓰기, 3) 체베나 형식 시 쓰기, 4) 그림 보고 시 쓰기, 5) 오감을 활용한 시 쓰기, 6) 자유연상 시 쓰기, 7) 자유롭게 창작 시 쓰기 등이다. 이러한 방법을 활용하면 시 쓰기는 빠른 시간 내에 놀이처럼 즐겁게 이루어진다.

(1) 괄호 속 채우기

'괄호 속 채우기'는 기존의 시에서 일부 시어를 괄호로 삭제하고, 이 괄호를 채우는 것이다. 이때의 텍스트는 정호승의 「수선화에게」이다.

> 울지 마라
> (외로우니까) 사람이다
> 살아간다는 것은 (외로움)을 견디는 일이다
> 공연히 오지 않는 (전화)를 기다리지 마라
>
> 눈이 오면 (눈길)을 걸어가고
> 비가 오면 (빗길)을 걸어가라
> 갈대숲의 가슴 검은 (도요새)도 너를 보고 있다
> 가끔은 (하느님)도 외로워서 눈물을 흘리신다
>
> (새들)이 나뭇가지에 앉아 있는 것도 (외로움) 때문이고
> (네)가 물가에 앉아 있는 것도 (외로움) 때문이다
> (산 그림자)도 외로워서 하루에 한 번씩 마을로 내려온다

종소리도 외로워서 울려 퍼진다
              -정호승의 「수선화에게」전문

울지마라
어지러운 것이 사람이다
살아간다는 것은 멀미를 견디는 일이다
공연히 오지 않는 적응을 기다리지 마라

눈이 오면 눈밭을 엉금엉금 내려가고
비가 오면 물웅덩이를 출렁이며 스쳐가라
하늘의 구름도 가만히 숨을 고른다
가끔은 북극성도 어지러워 눈을 감을 것이다

새들이 나뭇가지에 앉아 있는 것도 비상과 낙하의 어지러움 때문이고
네가 물가에 앉아 있는 것도 어지러운 물결을 떠내려 보내는 것이다
별들도 어지러워 하루에 반은 땅 아래서 쉰다
종소리도 어지러워 제소리를 멈추고 듣는다
              -참여자 A의 「플라타너스에게」 전문

　빈 괄호를 채워 넣는 단순한 작업만으로도 참여자들은 각자의 내면
이 드러난다는 데에 놀라움을 표했다. 참여자 A는 직장과 가정이라는
다중의 업무에서 스트레스를 느끼고 있는 사십대 초반의 여성이다.
그녀는 1년간 직장에서 휴직하며 자신을 새롭게 정립해 보고자 하는
시기에 이 프로그램에 참여하게 되었다. '어지럽다'는 시어가 반복되
고, "살아간다는 것은 멀미를 견디는 일이다"와 같은 구절에서 그녀가

처한 상황은 적절히 드러나고 있다. 즉 직장과 가정 양쪽에서 멀미를 일으키는 어지러운 상태를 벗어나 균형을 회복하고자 하는 욕망이 잘 드러나고 있다.

(2) 패러디 시 쓰기

두 번째로 시도한 것은 패러디(parody) 시 쓰기였다. 원작은 이성선의 「사랑하는 별 하나」이다.

나도 별과 같은 사람이
될 수 있을까
외로워 쳐다보면
눈 마주쳐 마음 비쳐 주는
그런 사람이 될 수 있을까

나도 꽃이 될 수 있을까
세상일이 괴로워 쓸쓸히 밖으로 나서는 날에
가슴에 화안히 안기어
눈물짓듯 웃어 주는
하얀 들꽃이 될 수 있을까

가슴에 사랑하는 별 하나를 갖고 싶다
외로울 때 부르면 다가오는
별 하나를 갖고 싶다

마음 어두운 밤 깊을수록

우러러 쳐다보면
반짝이는 그 맑은 눈빛으로 나를 씻어
길을 비추어 주는
그런 사람 하나 갖고 싶다
              -이성선의 「사랑하는 별 하나」전문

나도 산과 같은 사람이
될 수 있을까
그리워 불러보면
귀 기울이며 메아리 울려주는
그런 사람이 될 수 있을까

나도 섬이 될 수 있을까
사는 동안 훌훌 홀홀 털어버리고 싶은 날에
심장에 팔딱팔딱 요동치듯
달려들며 울어대는 파도 맞아주는
푸른 섬이 될 수 있을까

심장에 파고드는 산 하나를 갖고 싶다
서러울 때 바라보면 마주 봐주는
산 하나를 갖고 싶다

바람 가득한 언덕 헤맬수록
아득히 내려다보면
번쩍이는 그 푸른 은빛으로 나를 채워

바다를 이어 주는
그런 사람 하나 갖고 싶다
　　　　-참여자 B의 「그리운 섬 하나」 전문

참여자 B는 복지 관련 일을 하는 사십대 여성이다. 그녀는 '산'과 '섬'이라는 상징을 통해서 자신이 도달하고자 하는 이상적 자아를 표현한다. 산과 섬은 누군가 불러주면 메아리 같은 응답을 해줄 수 있는 사람이며, 요동치듯 달려들며 울어대는 파도도 반갑게 맞아주는 사람이며, 서러운 사람을 마주 봐주는 사람이며, 기꺼이 사람들 사이를 이어주는 그런 사람이다. 마지막 연의 "번쩍이는 그 푸른 은빛으로 나를 채워/바다를 이어 주는/그런 사람 하나 갖고 싶다"에서의 '그런 사람'은 자아의 밖에 존재하는 타인이 아니라 그녀의 자아가 도달해야 할 이상적인 존재이다. 이 패러디 시를 통해서 참여자 B는 자신의 자아가 도달하고 싶은 이상적 자아정체성을 자연스럽게 표현했다. 시를 씀으로 그녀는 자신이 추구하고자 하는 삶의 목표를 보다 분명하게 인식할 수 있게 된 것이다.

(3) 체베나 형식 시 쓰기

세 번째로 시도한 시 쓰기는 체베나 형식[11]이다. 이 형식은 네덜란드의 정형시 형식으로 7행시이다.

---

11) 체베나 형식은 1행 : 장소/ 2행 : 행위(행동, 움직임, 동작)/ 3행 : 의문이나 비교/ 4행 : 3행의 내용을 좀 더 세밀하게/ 5행 : 4행의 내용을 좀 더 세밀하게/ 6행 : 1행과 같게/ 7행 : 2행과 같게 쓰는 7행시다.

오늘밤 나는 자연인 찻집에 앉아있다

모든 생각을 끌어와 시 쓰기와 시낭송 수업을 받는다

주인님은 맛있는 키위 주스 한 잔을 내민다

다음 주도 오늘처럼 다른 차 한 잔을 주시겠지

우리 모두가 지낸 삼 개월의 만남은 시간이 지나도 좋은 추억으로 남

겠지

오늘밤 나는 자연인 찻집에 앉아있다

모든 생각을 끌어와 시 쓰기와 시낭송 수업을 받는다

　　　　　　　　　　　-참여자 C의 「심념」 전문

　여기서 '자연인 찻집'은 본 프로그램을 편안히 진행할 수 있도록 장
소를 제공해준 한 참여자의 카페이름이다. 이 시에는 카페에 앉아 맛
있는 차를 마시며 딱딱하지 않고 편안하게 프로그램이 진행되고 있다
는 사실이 드러난다. 그리고 다음 시간이 기다려진다는 심정과 이 시
간이 좋은 추억으로 남을 것이라는 생각 등이 자연스럽게 표현되고
있다.

(4) 그림 보고 시 쓰기

　네 번째로 시도한 것은 뭉크의 그림 「절규」를 보고 이를 시로 쓰는
것이다.

아! 배가 떠나 버렸어

하얀 스카프를 멘 그녀를 태우고

구름 속으로 빨려 들어가고 있어

붉게 타올랐던 밤의 기억
아! 배가 떠나 버렸어
나를 태우지 않은 마지막 배
닿지 못할 고함
휘몰아치는 눈물
삼키는 검은 바다

-참여자 D의 「절규」 전문

회화의 시각적 이미지가 불러일으키는 느낌을 언어적 이미지로 바꾸어 표현해보는 훈련을 한 것이다. 뭉크의 '절규'는 이 시에서 이별이란 주제로 변형되어 새롭게 표현되고 있다. 그녀를 태우고 떠난 마지막 배에 타지 않은 1인칭의 시적 자아는 홀로 남아 절규한다. 절규는 이별이란 주제와 결합함으로써 더 격렬한 감정 상태로 변화한다. 참여자 D는 '그녀'로 표현된 어떤 강렬한 존재나 대상에 대한 이별과 상실을 시 쓰기를 통해 털어놓음으로써 심리적 긴장이 완화되고 해소되고 있다.

(5) 오감을 활용한 시 쓰기

다섯 번째로 시도한 것은 오감을 활용한 시 쓰기이다. 잘 알다시피 오감이란 시각, 청각, 촉각, 미각, 후각 등을 말한다. 즉 대상을 모양과 색깔, 소리, 감촉, 맛, 냄새 등의 오감을 동원한 이미지 시 쓰기를 의미한다. 이는 대상에서 받은 인상을 보다 실감 있고, 생생하고 감각적으로 그려내게 해준다. 오감으로 체험하면 추상적인 대상도 보다 구체적으로 생생하게 드러낼 수 있다. 이때 글을 쓰면 오감을 통한 체험이

더욱 생생하게 느껴지고 자기 최면상태의 모든 경험들을 기억할 수도
있다. 어떤 상황에서 기쁨을 느꼈고 기운을 얻었는지 생생하게 기억
할 수 있게 된다.[12]

> 모두 잠든 새까만 밤, 선반에서 들리는
> 사각사각 게걸스런 탐식
> 불빛 반사되어 시린 은빛 일렁임
> 네 놈이었느냐?
> 오랜만에 펴든 페이지에서 'ㅇ'을 파먹어
> 이 어색하고 애매한 재회를 준비한 장본인
> 네가 내 해묵은 애증도 그토록 맛있게 먹어줬더라면
> 난 짐작이나 하다 허허 웃고 말았겠지.
> 네가 나의 'ㅇ'을 포식하여
> 글자와 글자 사이 성성한 줄거리만 남겨둔 채
> 은빛나비가 되어 떠나는 꿈을 꾼다
> 모두 잠든 새까만 밤, 선반에서 들리는
> 사각사각 게걸스런 탐식
>   -참여자 A의 「네 놈이었느냐」 전문

참여자 A의 「네 놈이었느냐」는 오감 가운데 청각을 중점적으로 환
기한 시 쓰기의 예이다. 사위가 조용한 깊은 밤에 사각사각 들리는 벌
레의 소리에 시적 자아는 잠들지 못하고 불면증에 빠져 있다. "네가

---

12) 루츠 폰 베르너 · 바바라 슐테-슈타이니케, 김동희 역, 『교양인이 되기 위한 즐거
운 글쓰기』, 들녘, 2011, 155-156면.

내 해묵은 애증도 그토록 맛있게 먹어줬더라면"이라는 행에서 화자의 감정이 드러나는데, 벌레가 사각사각 책(?)을 게걸스럽게 파먹듯이 나를 잠 못 들게 하는 해묵은 애증도 먹어치워 주기를 바라는 자아의 소망을 벌레에게 투사하고 있다. 그래서 마침내 은빛 나비가 되어 자유롭게 우화하기를 소망하는 것이다. 정작 은빛 나비가 되어 날아가고 싶은 것은 벌레에 투사한 나의 꿈이다. 애증의 감정을 벗어나 자유로워지고 싶은 심리, 그리고 성장된 자아에 대한 욕망은 「네 놈이었느냐」에서 청각적 이미지를 활용함으로써 보다 생생하게 표현되었다.

(6) 자유연상에 의한 무의미 시 쓰기

여섯 번째로 시도한 것은 자유연상의 무의미 시 쓰기이다. 이 시 쓰기는 자유연상 되는 체언(명사, 대명사, 수사)과 용언(동사, 형용사)을 각각 10개 정도를 5분 내에 떠오르는 대로 적고 이를 연결하여 한 편의 무의미 시를 쓰는 것이다. 이 방법은 의식적 사고의 저항이나 검열을 벗어나 무의식에서 자유연상되는 단어들을 빠른 시간 내에 나열하게 한 후 이를 다시 연결시켜 맥락화함으로써 내면의 깊은 곳에 숨겨진 무의식과 대면할 수 있는 기회를 제공한다. 하지만 이러한 자유연상도 프로이트에 의하면 우연히 떠오르는 것이 아니라 무의식에 저장된 것이 떠오르는 것이다. 이러한 글쓰기는 숨기고 싶거나 직면하기 힘들었던 경험과 기억을 마주할 기회를 주어 자신에 대한 통찰력을 증대시킬 수 있다. 상담자는 이때 굳이 의미가 있는 시보다는 무의미 시가 적당하다고 말해준다.

커피 잔 표면에서 애쓰던 침묵은

또다시 호기심에 집착한다
먼 산은 듣지 않고
봄 햇살에 떠밀려 걷다가
맞닥뜨린 미소에
시선을 피하고 말았다
너의 두려움은
계단처럼 비밀스럽구나

-참여자 F의 「너는」 전문

참여자 F의 「너는」의 화자는 아직 충분하게 자신의 무의식과 대면할 용기를 갖지 못하고 있음이 드러난다. 왜냐하면 침묵의 상태에서 호기심에 집착하거나 봄 햇살에 떠밀려 걷다가도 맞닥뜨린 미소에 시선을 피하기 때문이다. 아직은 내면의 깊은 무의식과 직면할 수 없는 의식의 두려움, 즉 저항이 남아있다. 하지만 애쓰던 침묵은 어느새 호기심으로 바뀔지 모르고, 저항과 검열을 벗어나 비밀스런 계단을 내려가 보고 싶은 욕망으로 늘 출렁거리고 있다. 곧 심리적 저항이 머지 않아 자연스럽게 풀릴 것으로 예측된다. 여기서 '너'라는 대상은 타인이 아니라 바로 '자아'일 것이다. 이렇게 시는 대상을 명시적으로 드러내지 않고서도 참여자의 문제를 우회로를 통해 객관적 거리를 두고 탐색할 수 있게 함으로써 치유에 이르게 한다.

(7) 자유롭게 시 쓰기

그 어떤 방법이나 주제에 대한 주문사항이 없이 자유롭게 쓰고 싶은 것을 자유롭게 쓰는 것이다. '자유롭게 시 쓰기'는 참여자가 그 어떠한 제한이나 조건도 없이 자발적으로 자유롭게 시를 쓰는 것을 의미한다. 이 시 쓰기는 의식과 생각을 내면에 집중하도록 도와준다. 자유롭게 쓸 경우 뚜렷하지 않던 생각과 마음속의 그림들이 거의 여과 없이 종이 위에 그려진다.[13] 자기 생각을 5분 정도 마음껏 분출하며 적다 보면 내면의 무의식의 세계가 저절로 열리게 되고, 다시 이를 재구조화하는 과정에서 자기통찰이 일어난다.

> 가을이란 놈이 작별을 속삭이며
> 온몸을 휘감는다
> 바람결이
> 숨결이
> 뒹구는 낙엽이
> 무심한 듯 아는 체를 한다
> 가을은 하늘에서도 땅에서도
> 쉼 없이 작별을 속삭인다
> 병상에 누운 그도 말없이 작별을
> 속삭이는 것일까
> 오늘 아침 창문 밖으로 떨어지는
> 낙엽을 바라보며 나는
> 눈물을 흘린다
> — 참여자 G의 「작별」 전문

참여자 G의 「작별」은 남편의 질병과 그 뒤에 올 죽음을 수용하는 자

---

13) 루츠 폰 베르너 · 바바라 슐테-슈타이니케, 위의 책, 33-34면.

세를 보여준다. 가을이 되면 낙엽이 지듯이 자연의 일부인 인간도 사
계절의 순환처럼 생로병사의 순환 속에서 벗어날 수 없는 존재임을
깨닫고 있는 것이다. 질병과 죽음을 어떻게 수용하느냐에 따라 노년
기의 삶은 달라진다. 질병과 죽음을 올바르게 수용하여 자신의 삶을
긍정적으로 이끄는 일은 이 시기에 매우 중요하다. 노년기에는 자신
의 질병과 죽음뿐만 아니라 배우자의 질병과 죽음에 대한 불안과 스
트레스에 직면하지 않을 수 없다. 엘리자베스 퀴블러 로스(Elizabeth
Kubler Ross)는 삶과 죽음은 동전의 양면처럼 떼려야 뗄 수 없는 양면
이며, 죽음은 최후의 성장단계라고 했다. 사람들은 자신이 죽는다는
것을 알게 되었을 때, 부정-분노-타협-우울-수용의 다섯 단계의 심
리적 변화를 겪는다고 했다. 배우자나 가족의 죽음에 대해서도 마찬
가지의 심리적 과정을 겪게 될 것이다. 「작별」에서는 부정-분노-타
협-우울의 단계를 거쳐 마침내 수용의 단계에 이르렀음을 보여주고
있다. 자유롭게 적었지만 참여자는 결국 본인이 직면하고 있는 가장
중요한 인생의 과제에 대해서 자신도 모르는 사이에 적게 되었다.

> 길지도 짧지도 않은 내 인생
> 배려심이 없었던 나
> 돌아보니 나에게 참 미안하구나
> 살면서 겪었던
> 부끄러운
> 순간이나 실수를
> 풀어놓다 보니
> 나에게 참 미안하구나

후회

한심함

어리석음

절규가 그림자 되어 따라 온다

-참여자 G의 「내 인생」전문

참여자 G의 「내 인생」에서는 자신에 대한 솔직하고 정확한 자아인식이 일어남으로써 삶에 대한 통찰로 나아가고 있다. 제2행의 "배려심이 없었던 나"에서 배려의 대상은 타인이 아니라 바로 자기 자신이다. 그저 앞만 보고 생각 없이 달려온 "길지도 짧지도 않은 내 인생"에서 비로소 자신의 삶을 돌아볼 자기성찰의 여유를 갖게 된 것이다. 어쩌면 이 프로그램이 없었다면 갖지 못했을 자기성찰의 기회이다. 자기성찰의 결과는 "미안하다"이다. 자신을 제대로 돌보지 못한 데 대한 후회, 한심함, 어리석음, 절규가 그림자 되어 메아리치지만 이러한 성찰이 일어남으로써 삶에 대한 새로운 통찰이 일어나고, 앞으로 자아는 성숙으로 나아갈 수 있다.

3) 제4단계-피드백과 셰어링, 그리고 통찰

문학치료가 이루어지는 과정은 보통 4단계로 나눈다. 참여자로 하여금 문학작품, 특히 시에서 촉발된 개인적 반응을 인식하는 인식단계, 왜 그런 반응을 보였는지 더 깊이 탐구하는 탐구단계, 그 과정에서 촉진자와의 대화를 통해, 그리고 집단의 경우 동료 참여자의 이야기를 듣거나 서로간의 대화를 통해 문제와 현실적 상황에 접근하는 새

로운 시각을 배우며, 관점의 변화와 통찰력을 얻게 되는 병치단계, 궁
극적으로 올바른 자아인식과 문제해결, 그리고 성장에 이르는 적용단
계가 그것이다.[14] 즉 인식-탐구-병치-적용의 4단계 과정에 의해 치유
는 이루어지는 것으로 본다. 변학수는 정신분석의 회상-반복-작업-
해결을 응용한 도입단계-작업단계-통합단계-새 방향 설정 단계[15]로
집단문학치료과정을 설정하였다.

필자는 4단계를 시낭송-낭송시 토론-시 쓰기-피드백과 셰어링, 그
리고 통찰의 4단계로 설정하였다.

제4단계는 참여자가 자신이 쓴 시를 읽고 대화를 나누며 통찰에 이
르는 과정이다. 여기서 피드백(feedback)이란 다른 참여자에 대해
"나는 당신이 ~한 것처럼 느껴져요"처럼 긍정적 정서를 되돌려주는
것이다. 셰어링(sharing)은 "00씨가 쓴 시를 읽으니까 나의 ~생각이
난다"는 식으로 공감하는 것이다. 공감하기 과정을 통해 참여자는 내
적 반향을 듣게 된다. 즉 자신이 상대방에게 어떤 영향을 미쳤는지를
듣게 되는 것이다.[16]

자신이 쓴 시를 읽고 이 시를 왜 썼는가를 말하며 피드백과 셰어링
을 나누는 과정을 거치면서 참여자는 자기통찰에 이르게 되는데, 종
이 위에 쓴 시는 자신의 문제를 외면화한 것으로 이를 읽고 말하는 과
정에서 참여자는 자신의 문제를 객관적 거리를 갖고 인식하고 탐구
함으로써 궁극적으로 자기 이해와 통찰이 일어난다. 그리고 피드백과

---

14) 이는 하인즈와 하인즈 베리(Hynes & Hynes-Berry)가 말한 문학치료 4단계의 과
정이다. : 이봉희, 앞의 논문, 285면.
15) 변학수, 앞의 책, 64-70면.
16) 변학수, 위의 책, 68면.

셰어링을 통해 자신의 문제에 대해 현실적 상황에 접근하는 새로운 시각을 배우며, 관점의 변화와 통찰력을 얻게 되어 궁극적으로 올바른 자아인식과 문제 해결, 그리고 성장에 이르게 되는 것이다.

본 프로그램을 위해 상담자는 참여자들과 상호 소통할 수 있는 전용밴드를 만들었는데, 참여자들이 쓴 시를 밴드에 올려 공유하도록 했다. 참여자의 판단에 따라 시간 중에 빠르게 쓴 시를 스스로 퇴고하여 올리도록 하였다. 이 밴드를 통해 시간 중에 한 번 읽고 지나쳤기 때문에 불충분했을 피드백과 셰어링, 그리고 통찰을 이어가도록 한 것이다.

상담자는 특정한 시의 장점을 칭찬하거나 문학적으로 미숙한 부분을 지적하지는 않았다. 모든 시에 대해서 잘 썼다고 격려해주고 칭찬해주었다. 상담자의 칭찬이 참여자들로 하여금 자신감을 갖고 시를 쓸 수 있게 하는 힘이 되었다고 생각한다. 하지만 상담자는 작품집을 만들 때 참여자가 원하는 경우 아주 부분적인 첨삭을 해주었다.

3. 나오며

본 프로그램은 독서치료로서의 시 읽기와 표현적 시 쓰기 치료를 병행하였다. 특히 독서치료의 단계에서 머물지 않고, 시 쓰기를 시도한 이유는 참여자의 내면을 표현하며 치유가 일어나는 데에는 다른 사람이 쓴 시를 읽고 말하는 것만으로는 충분하지 않다고 생각했기 때문이다.

문학치료는 문학을 촉매로 참여자와 훈련받은 상담자(문학치료사)

와의 상호작용에 의해 일어난다. 혼자서도 시를 읽고 씀으로써 자기치유가 일어날 수도 있다, 하지만 적절한 수련을 쌓은 상담자와의 상호작용은 참여자가 문제에 접근하는 새로운 방법을 효과적으로 배울 수 있도록 도와준다. 또한 다른 관점에서 문제를 생각할 수 있는 다양한 통찰력을 제공해 줌으로써 올바른 자아인식에 이르도록 촉진한다.

그리고 치유의 시너지를 증가시키기 위해서는 집단문학치료가 1대 1의 상담치료보다 효과적이라고 생각한다. 왜냐하면 집단문학치료는 나의 상처나 문제를 드러내는 데 따른 심리적 부담과 두려움을 없애줄 뿐만 아니라 다른 참여자의 피드백과 셰어링이 큰 용기를 주기 때문에 공감을 통한 카타르시스와 통찰이 보다 잘 일어나는 것으로 보인다.

이 프로그램의 마지막 주(제12주)에는 각자 쓴 시를 스스로 선택한 배경음악이 흐르는 가운데 2편씩 낭송하는 낭송회를 가졌다. 이때 마치 극장의 무대에 선 것처럼 우아한 복장을 할 것을 미리 주문했다. 낭송 후 다과회를 통해서 그동안에 자신의 변화를 말하는 시간으로 마무리 지었다.

앞에서 말한 남편의 질병을 자연현상으로 받아들이며 감정적 균형을 회복한 경우, 어린 시절 아버지를 여읜 딸로서 자신의 아픔에 급급하여 어머니의 아픔과 힘든 삶을 제대로 이해하지 못했던 것에 대한 깨달음을 이룬 경우, 직장과 가정 사이에서 갈등하며 잠시 휴직한 직장여성이 삶의 여유를 회복하게 된 경우, 직장상활을 하는 어머니(아내)가 야간에 프로그램에 참여하는 것을 반대했지만 참여자가 스트레스가 해소되어 웃으며 돌아가자 이제는 지지를 받으며 참여하게 된 경우, 사람들 앞에서 말도 잘 하지 못하던 참여자가 이제는 편안하게 말할 수 있게 되고 시를 읽고 자신의 의견을 발표할 수 있을 정도로 의사소통능력을 회복하게 된 경우, 우울증이 개선된 경우 등등….

　무엇보다도 그간 썼던 시를 『시, 마음을 어루만지다』라는 합동작품집으로 만들어 가지게 되었다는 것을 이들은 가장 큰 보람으로 여겼다. 마치 참여자들은 자신들이 시인이라도 된 듯한 만족감과 기쁨을 나타냈다. 그들은 시 쓰기 치유(poetry therapy)의 효과를 직접 체험하며 자신들이 변화했다는 사실에 놀라워했고, 스스로 작품집을 만들었다는 데 대해서도 굉장한 자부심과 만족감을 표현했다.

　그들 가운데는 이제 시 쓰기가 일상이 되었다고 말하는 참여자도 있다. 시 쓰기에 대한 두려움이 완전히 사라지고, 이를 즐기게 된 것이다. 그것은 창작의 즐거움만이 아니다. 글로써 자신을 충분히 표현하는 삶이야말로 가장 행복한 삶이 아니겠는가?

　이제 그들은 치유를 넘어서서 좀 더 시 쓰기의 수련을 쌓아 시인이 됨으로써 적극적으로 자기실현을 이루고 싶어 한다. 그야말로 글쓰기가 자존감, 자신감, 성취감을 갖게 했고, 시인이 되고 싶다는 새로운 성취동기를 갖게 한 것이다. 실제로 인용한 시들에서 보듯이 참여자들은 이제 마음을 표현하는 데 대해 전혀 두려움을 느끼지 않는다. 불과 12주의 과정이었음에도 시도 상당한 수준에 이르렀다. 조금만 더 수련을 쌓는다면 시인이 되는 데에도 그리 많은 시간이 걸리지 않을 것으로 보인다. 이들은 다음 학기에도 이 프로그램을 계속하고 싶어 한다. 프로그램은 끝났지만 지금도 밴드에 새로 쓴 시를 올려가며 서로 소통한다.

　이 프로그램은 치유를 위한 시 쓰기로 기획되었지만 문학적인 시 창작 과정에도 이 방법을 활용하면 매우 효과적으로 창작지도가 될 것이라고 확신한다. 내가 만약 문학만을 전공한 사람이었다면 이와 같은 프로그램을 계발할 수 없었을 것이다. 2010년대 초반부터 문학 치료, 상담, 미술치료 등에 대한 자격증도 취득하고, 문학치료학을 연구하여 논문도 쓰고, 강의도 하면서 획득한 여러 가지 치료의 방법들이 이 과정 속에 자연스럽게 녹아들어 있다. 나는 시 창작에서 전형적인 도구들인 이미지나 은유 등에 대해서 참여자들에게 직접 강의한 적이 없지만 내가 활용한 방법 속에는 이미 그런 것들이 자연스럽게 스며들어 있다.

심리학자 페니베이커(Pennebaker)는 사람들이 겪는 문제 중 일부는 스트레스를 정리하거나 처리하지 않은 채 억압하여 저장해두기 때문에 일어난다고 보았다. 그는 이러한 억압은 정서적, 성격적 결함뿐 아니라 육체적 질병으로 나타난다는 것을 발견하였다. 억압은 사고능력에 부정적인 영향을 미친다. 억압한다는 것은 말하지 않는다는 것, 즉 언어화하지 않는다는 뜻이다. 언어화하지 않는 것은 사건을 이해하고 동화하는 것을 방해한다. 억압의 반대는 직면이다. 일어났던 사건을 언어로 바꾸는 것은 면역체계뿐 아니라 두뇌에도 영향을 준다. 억압된 것, 절망과 분노를 일으킨 사건에 대해 털어놓는 것, 특히 이를 말로써가 아니라 글로써 쓰는 것은 감정적이고 고통스런 사건에 대한 새로운 이해를 가능하게 한다.[17] 이처럼 말하기를 넘어서 글쓰기의 표현적 효과야말로 강력한 치료적 힘을 갖는다.

문학치료는 병원에서 치료 가능한 질병을 치료한다기보다는 변화무쌍하고 복잡다단한 현대의 사회구조 속에서 다중의 스트레스에 휩

---

17) 이봉희, 앞의 논문, 289-290면.

싸여 있는 현대인의 정신적 심리적 건강에 관여한다. 불안증이나 우울증, 알코올 중독에 걸린 환자뿐만 아니라 정상적인 발달과정 속에 있는 보통의 사람들일지라도 대인관계의 갈등이나 욕망의 좌절, 분노, 수치심, 죄책감, 슬픔, 우울, 미움, 혐오, 불안, 공포, 스트레스 등과 같은 심리적 감정적 문제를 겪을 수 있다. 때문에 문학치료는 건강한 보통 사람에게도 심리적 안정과 건강 증진, 자기이해와 인간관계 개선 등 다양한 부분에서 효과를 나타낼 수 있다. 때로 치유의 효과는 육체적인 부분에까지 확대될 수도 있다.

특히 문학은 다른 예술 장르가 갖지 못한 인지적 통찰을 통한 치유를 가능하게 하는 강점을 가지고 있다. 즉 인지적 통찰 내지 지성적 깨달음은 문학이 예술인 동시에 인문학이라는 성격에서 기인한다고 생각한다. 예술로서의 문학이 감정적 카타르시스를 담당하다면, 인문학으로서의 문학은 인지적 깨달음, 그것이 윤리적인 것이든 철학적인 것이든 삶에 대한 사유와 통찰을 통하여 인간을 치유하고 변화시킨다.[18] 깨달아야만 변화가 일어난다. 문학치료의 글쓰기는 우리로 하여금 깨달음의 길로 나아가도록 촉진시킨다.

(『시와 문화』, 2019년 가을호)

---

18) 송명희, 「문학의 치유적 기능에 대한 고찰」, 송명희, 『문학을 읽는 몇 가지 코드』, 한국문화사, 2017, 190면.

제2부

인간관계의
트라우마와 치유

상처 치유에 이르는 길
-신경숙의 「부석사」를 중심으로

1. 서론

신경숙(1963~)의 소설은 최근 『엄마를 부탁해』가 영어, 네덜란드어, 일본어 등으로 번역되고 아마존닷컴의 베스트셀러 10위에 오르는 성과를 기록하는 등 해외에서도 큰 호평을 받고 있다. 그간 국내 굴지의 문학상을 석권해온 신경숙은 외적 서사보다는 인물들의 내면심리를 섬세하고 서정적으로 묘사하는 특징을 드러내며, 특히 묘사적 문체의 아름다움이 빛나는 작가이다.

그녀의 소설은 1980년대 우리 문학의 지배적 담론이던 거대서사가 종언을 고하고 이질성과 차이, 그리고 미시서사에 주목하는 포스트모더니즘의 새로운 사조가 형성됨으로써 그 가치를 인정받기 시작했다. 그녀의 문학세계가 보여주는 일상적인 경험, 인간 내면에 대한 탐구, 인간의 상처에 대한 깊은 연민, 작고 보잘것없는 것들에 대한 관심은 그대로 포스트모더니즘 문학이 추구하는 미시서사의 세계에 다름 아니다.

따라서 그녀의 소설은 작품의 외적 서사를 중심으로 의미를 해석하기보다는 작품 속의 비유, 은유, 상징 등에 내포된 의미를 시를 해석하듯 파악하고, 인물의 내면심리, 그리고 분위기와 문체 등을 분석함으로써 그 의미를 더 적확히 해석해낼 수 있다.

신경숙의 소설은 새로운 작품이 발표될 때마다 여러 평론가들에 의해서 주목되어 왔고,[1] 2000년대부터는 연구자들의 관심도 커지고 있다. 글쓰기의 방식과 문체에 주목하는 논문[2], 정신분석과 내면심리를

---

1) 이상경, 「'말해질 수 있는 것들'을 넘어서1-신경숙론」, 『소설과 사상』6-1(1997년 봄호), 1997, 고려원, 264-285면.
   황도경, 「생존의 말, 교신의 꿈-여성적 글쓰기의 양상」, 『이화어문논집』14, 이화여자대학교 국어국문학과, 1996, 181-208면.
   김미현, 「소설 쓰기, 삶이 지고 가는 업」, 『창작과 비평』94(1996년 겨울호), 창작과비평사, 1996, 356-367면.
   김화영, 「태생지에서 빈 집으로 가는 흰 새-신경숙론」, 『문학동네』14(1988년 봄호), 문학동네, 1998, 354-394면.
   신승엽, 「성찰의 깊이와 기억의 섬세함, 민족문학을 넘어서」, 『창작과 비평』82(1993년 가을호), 창작과비평사, 1993, 92-109면.
2) 김영찬, 「글쓰기와 타자 : 신경숙의 『외딴방』론」, 『한국문학이론과 비평』15, 한국문학이론과비평학회, 2002, 166-186면.
   황도경, 「매장하기와 글쓰기 : 문체로 읽는 신경숙의 〈배드민턴 치는 여자〉」, 『현대소설연구』33, 한국현대소설학회, 2007, 60-75면.
   박현이, 「기억과 연대를 생성하는 고백적 글쓰기 : 신경숙의 『외딴방』론」, 『어문연구』48, 어문연구학회, 2005, 379-401면.
   김동식, 「글쓰기·목소리·여백(餘白) : 신경숙의 『바이올렛』」, 『문학과 사회』56(2001년 겨울호), 문학과지성사, 2001, 178-188면.
   이윤정, 「여성의 언어로 외딴방에서 걸어나오기-신경숙 소설의 문체적 특성」, 『여성학연구』16-1, 부산대학교 여성연구소, 2006, 133-147면.
   박청호, 「신경숙 소설의 편지 서사 연구」, 『현대문학의 연구』35, 한국문학연구학회, 2008, 119-170면.

다룬 논문3), 서정성에 주목한 논문4), 페미니즘5), 생태주의6), 그리고 최근『엄마를 부탁해』가 해외에서 인기를 끌자 문학적 '한류'의 가능성이나 번역에 관한 논문7)까지도 나오고 있는 상황이다. 그리고 공간8)과 치유9)에 관한 논문도 본고의 관점과 대상작품은 다르지만 나오고

---

3) 박상영,「신경숙의 〈풍금이 있던 자리〉의 정신분석학적 접근 : 반복 구조와 그 원인으로서 주체형성과정을 중심으로」,『한국언어문학』62, 한국언어문학회, 2007, 399-425면.
　　이주미,「신경숙 소설에 나타난 자기파멸의 심리적 메커니즘 :『바이올렛』을 중심으로」,『한민족문화연구』28, 한민족문화학회, 2009, 227-251면.
　　Ruth Barraclough,「소녀들의 사랑과 자살: 신경숙의『외딴방』」,『비교한국학』19-3, 국제비교한국학회, 2011, 307-338면.
　　신언혁,「관계적 인간으로서 만남을 통한 자아인식과 분별력: 신경숙의 "풍금이 있던 자리"를 중심으로」,『한국문예비평연구』35, 한국현대문예비평학회, 2011, 49-71면.
4) 송준호,「서정성, 서사파괴와 작가의식 : 신경숙의 〈그는 언제 오는가〉의 경우」,『국어문학』33, 국어문학회, 1998, 233-249면.
　　김정진,「서정소설의 인식에 관한 서론-신경숙의「풍금이 있던 자리」를 중심으로」,『한국문예비평연구』5, 한국현대문예비평학회, 1999, 257-271면.
5) 김정진,「페미니즘 소설의 양상」,『한국어문학연구』9, 한국외국어대학교 한국어문학연구회, 1998, 71-86면.
　　송지현,「여성소설로서 신경숙 소설 읽기」,『여성문학연구』4, 한국여성문학학회, 2000, 267~289면.
6) 김미영,「신경숙 단편소설에 나타난 생태적 사유와 글쓰기」,『한국문예비평연구』36, 한국현대문예비평학회, 2011, 311-344면.
7) 음영철,「한국 소설의 한류 가능성 모색-신경숙의 〈엄마를 부탁해〉를 중심으로」,『겨레어문학』49, 겨레어문학회, 2012, 93-116면.
　　박옥수,「한국 단편소설의 번역에서 드러난 가독성의 규범-신경숙의 〈그 여자의 이미지〉 영역에 근거해서」,『겨레어문학』48, 겨레어문학회, 2012, 165-190면.
8) 이정희,「'빈 집'으로 가는 먼 길」,『경희어문학』21, 경희대학교 국어국문학과, 2001, 81-88면.
　　김화영,「태생지에서 빈 집으로 가는 흰 새-신경숙론」,『문학동네』14(1988년 봄호), 문학동네, 1998, 354-394면.
9) 오주리,「신경숙의『깊은 슬픔』에 나타난 사랑과 슬픔의 의미 연구」,『한국문예비평연구』34, 한국현대문예비평학회, 2011, 279-308면.

있다. 본고에서 다룰 중편소설 「부석사」와 관련해서는 조동길 등의 논문이[10] 있을 뿐이다.

2001년도 이상문학상 수상작인 「부석사」는 인간관계에서 상처받은 두 남녀가 정월 초하룻날 부석사를 찾아가는 이야기이다. 이 작품에서 겉으로 드러나는 지도상의 여정은 서울에서 국도와 지방도로를 통해 부석사를 찾아가는 길이다. 그런데 이 작품의 심층구조가 함축하고 있는 또 다른 여정은 두 남녀가 그들이 믿고 사랑했던 사람들로부터 받은 배신의 상처를 극복하고 마음을 치유해나가는 내면의 여정이다.

본고는 외적 여정을 분석하는 데 현상학적이고 경험적인 관점을 도입한 이-푸 투안, 에드워드 렐프, 바슐라르 등의 현상학적 공간이론으로부터 분석의 통찰력을 얻고자 한다. 왜냐하면 신경숙의 소설에서 공간은 물리적 배경만이 아니라 작중인물들이 구체적으로 체험하는 공간이며, 인물의 내적 세계에 대한 은유이자 상징이다. 그리고 이것이 심화·상승되어 분위기를 형성하고 주제를 암시하는 복합적 기능을 띠고 있기 때문이다. 그녀의 소설은 제목에서부터 '외딴 방', '빈 방', '딸기밭', '황성옛터', '밤길', '풍금이 있던 자리', '부석사', '산이 있는 집 우물이 있는 집', '오래 전 집을 떠날 때' 등 많은 작품들이 공간

10) 「부석사」를 분석한 논문과 평론에는 다음과 같은 것들이 있다.
조동길, 「신경숙의 "부석사":접이불저의 인간관계 읽기」, 『한어문교육』8, 한국언어문학교육학회, 2000, 337-354면.
손정수, 「신경숙의 「부석사」와 그 작품 세계」, 신경숙 외, 『2001년도 이상문학상 수상작품집-신경숙 부석사』, 문학사상사, 2001, 343-350면.
류보선, 「모성의 지위와 탈낭만화」, 신경숙, 『종소리』, 문학동네, 2003, 275-291면.
송명희, 「부석사 가는 길」, 송명희, 『현대소설의 이론과 분석』, 푸른사상, 2006, 347-350면.

과 유기적으로 관련되고 중요한 의미기능을 띠고 있다.

　그리고 내적 여정은 치유(healing)의 관점에서 접근하고자 한다. 그렇다고 하여 독자를 치료의 대상으로 여기며 어떻게 독자를 치료할 것인가에 초점을 맞추는 비블리오테라피(bibliotherapy)[11]의 관점이 아니라 작중인물들이 어떻게 자신의 내면적 상처를 극복하고 치유에 도달하는가에 초점을 맞추어 분석하고자 한다. 물론 「부석사」를 읽은, 즉 작중인물들이 겪은 것과 같은 내면의 상처를 지닌 독자는 작품을 읽음으로써 동일시와 카타르시스를 얻을 수도 있고, 나아가 자신의 상처에 대한 인지적 통찰을 통해 새로운 방향을 모색할 수도 있을 것이다. 즉 치유의 효과를 기대할 수도 있을 것이다. 하지만 그 과정을 살펴보는 것이 본고의 목적은 아니다.

2. 「부석사」의 외적 여정과 내적 여정

1) 「부석사」의 여정과 공간

　「부석사」는 인간관계에서 상처받은 두 남녀가 버림받은 전력을 가

---

11) 독서치료 또는 문학치료로 번역되는 비블리오테라피(bibliotherapy)의 치료단계는 첫째, 정서적 장애를 겪고 있는 내담자가 독서를 통해서 자기와 동일한 문제를 안고 있는 주인공을 만나게 되면서 자기와 다른 주인공을 동일하게 지각하는 동일화(identification)의 과정이다. 둘째, 카타르시스(catharsis)의 과정으로 환자의 내면에 쌓인 불만이나 갈등을 언어로 표출시켜 충동적 정서나 부정적 감정을 발산시키는 것이다. 셋째, 통찰(insight)의 과정으로, 이것은 환자가 자기 자신에 대해 객관적 인식에 도달하는 과정을 의미한다. : 양재한 외, 『독서치료와 어린이 글쓰기 지도』, 태일사, 2003, 107면.

진 개와 함께 정월 초하룻날 부석사를 찾아가는 이야기이다. 이 작품에서 겉으로 드러나는 지도상의 여정은 서울에서 국도와 지방도로를 통해 부석사를 찾아가는 길이다. 같은 오피스텔 위아래 층에 사는 남녀는 인사동 입구의 카페에서 만나 한남대교를 지나 국도로 곤지암→이천 휴게소→장호원→제천→매포→죽령휴게소→단양→풍기를 거쳐 지방도로로 접어든 후 부석사 부근 비포장도로의 낭떠러지에서 길을 잃는다. 결론부터 말하자면 이 작품의 남녀는 부석사에 도달하지 못한다. 하지만 그들에게 부석사라는 장소에 도달한다는 것은 큰 의미가 없다. 그들에게 중요한 것은 일단 서울을 떠나는 일이었기 때문이다. 그들이 부석사를 향해 서울을 떠난 이유는 그들에게 치명적 상처를 입힌, 즉 그들을 배신했던 사람들의 방문을 피하기 위해서였다.

이 소설에는 몇 개의 중요한 공간이 등장한다. 그들이 떠나온 '서울', 부석사까지 가는 '국도', 길을 잃은 부석사 인근의 지방도로, 낭떠러지의 자동차 안, 그리고 남자가 예닐곱 살까지 살았던 '옛집(집터)' 등이다. 서울은 떠나온 출발지이고, 부석사는 찾아가야 할 목적지이다. 그 과정에 놓인 것이 국도이며, 그들은 지방도로에서 길을 잃는다. 그리고 옛집은 남자에게 사랑하는 여자가 생기면 함께 가보고 싶은 곳이다. 「부석사」는 부제가 '국도에서'로 되어 있어 이미 제목에서부터 출발지나 목적지보다도 '국도'라는 과정이 훨씬 더 중요하다는 것이 드러나고 있다.

2) 배신의 상처로 얼룩진 서울

이 소설에서 출발지인 '서울'은 배신의 상처로 얼룩진 공간이다. 배

신의 상처로 인해 패닉상태에 빠진 그녀의 행동은 다음의 인용문에서
잘 드러난다.

> 불면이 시작되면 그녀는 주차장으로 내려가 차를 끌고 여기저기를
> 쏘다녔다. 과속을 하고 싶으면 고속도로로 나갔고, 천천히 달리고 싶으
> 면 파주 쪽으로 방향을 잡았다. 고속도로를 주행할 때면 그녀는 차 안
> 에서 실컷 소리를 질렀다. P를 향해서인지 세상을 향해서인지 그녀 자
> 신도 정확히 모른 채. 어느 날은 실컷 욕을 퍼붓는 날도 있었다. 자신이
> 알고 있는 육두문자가 그렇게 많다는 사실에 그녀 자신도 놀랄 지경이
> 었다. 소리를 지르거나 실컷 욕을 퍼부으며 평택쯤 다다르면 그만 허탈
> 해졌다. 뭔가에 격렬하게 치받쳐 있을 때는 느낄 수 없는 껍데기만 남
> 은 기분으로 밤의 휴게소에 정차해 있으면 입은 바짝바짝 타는데 메말
> 랐던 눈가는 이내 축축해지곤 했다.[12]

그녀는 당연히 자신과 미래를 같이하리라고 믿었으며, "주변 사람
들로부터 공인받은 커플"이었던 P로부터 한마디 통보도 없이 배신을
당한다. 그로 인한 배신감 때문에 패닉상태에 빠져 나타나는 불면증
과 과속운전, 욕설로 표출되는 분노, 그리고 허탈감과 슬픔을 인용문
은 잘 보여주고 있다. 그녀는 둘 사이에는 속물적인 것과는 다른 무엇
이 있다고 믿었던 데 대한 모멸감 때문에 "선뜩하게 누군가에게 날카
로운 것으로 뒤통수를 얻어맞을 때처럼" 억제할 수 없는 분노에 사로
잡혀 질서정연한 것들을 모조리 어깃장 놓아버리고 싶은 충동에 시달
린다.

---

12) 신경숙, 「부석사」, 신경숙 외, 앞의 책, 32면.

　　이후 그녀는 질서정연하게 잘 맞추어져 있는 것이면 모조리 어깃장
을 놓아버리고 싶은 충동에 시달렸다. 신발장의 신발을 아무렇게나 놓
았고, 식당에 가면 나란히 놓여 있는 젓가락을 흩뜨려[13] 놓아야 직성이
풀렸다. 길가에 나란히 서 있는 가로수가 참을 수 없어 도끼로 나무둥
치를 찍어내는 상상을 하기도 했다. 바둑을 두는 사람들을 보면 바둑판
을 뒤엎어 버리고 싶었고, 넥타이를 단정하게 맨 정장차림의 남자들을
보면 다가가서 목을 조여 버리고 싶어 손가락이 굼질거렸다. 예의를 지
키느라 망설이며 한 번도 해보지 못한 일을 확 저질러 버리고 싶은 충
동에 좌충우돌하던 나날이었다.[14]

　　그러면 왜 여자는 연인 P로부터 배신을 당하게 된 것일까? 그것은 P
의 이기적이고 실리적인 성격 때문이다. P와 결혼한 여자는 그녀처럼
가난하지 않을 뿐만 아니라 그녀의 아버지가 P의 전공인 영문학계의
원로였으므로 P가 대학교수로 자리 잡는 데 영향력을 미칠 수 있는 인
물이었던 것이다. 그럼에도 불구하고 P는 그것이 모두 독한 그녀의 성
격 탓이라고 헛소문을 내며 더 많은 부, 더 나은 사회적 신분을 얻기
위해 사랑의 신의를 헌신짝 버리듯이 내버린 자신의 추악한 이기심을
합리화하려 했다.

　　그런 P가 그녀의 생일에 맞춰 1월 1일에 그녀를 만나러 오겠다니,
더구나 꽃바구니와 생일카드를 받고 잠시나마 마음이 흔들렸던 우유
부단한 성격의 그녀는 다시는 P라는 낭떠러지에 스스로 떨어지는 일,
즉 유부남이 된 P와 다시 시작하는 어리석음을 범해서는 안 되겠다는

---

13) 원문에는 "흐트려뜨려"로 되어 있음.
14) 신경숙, 「부석사」, 66-67면.

생각으로 '그'에게 불쑥 부석사행을 제안한 것이다.

'그'가 그녀의 제의를 받아들인 것은 그 역시 회사동료인 박PD의 방문을 회피하기 위해서였다. 그는 깊은 밤중 도로에서 차에 부딪혀 다친, 멸종 위기의 천연기념물 수리부엉이를 사설조류협회 회장이 인계받아 여덟 달 동안 정성을 다해 살려낸 과정을 필름에 담았다. 그런데 이 필름이 방송국의 자연 다큐멘터리 전파를 탄 후 수리부엉이를 발견해 살려낸 것이 아니고 방송프로그램 촬영을 위해 잡아들였다는 거짓 제보가 그를 곤경에 빠뜨리게 된다. 결국 증인들을 찾아 곤경에서 벗어났지만 이 과정에서 거짓 제보자가 바로 박PD라는 사실을 알게 된다. 서로의 작업에 호감을 가지고 지켜보며 마음이 통한다고 믿었고, 점차 유대관계가 깊어지는 중이라고 신뢰했던 박PD였기에 그의 배신이 그는 믿기지도, 납득할 수도 없었다. 회사가 경영난으로 구조조정을 한다는 소문 때문에 박PD가 그를 배신하리라고는 꿈에도 상상하지 못했던 것이다.

여자 친구 K도 그에게 지워지지 않는 상처를 입혔다. 군대에 가기 전 친구들과 조촐한 약혼식(언약식)을 하고 반지까지 나누어 끼었으며, 을왕리로 여행까지 같이 갔다 온 연인 K는 연락하겠다는 약속을 한 번도 지키지 않았다. 그가 군대 간 사이 소위 고무신을 거꾸로 신은 것이다. 갑자기 어머니가 위암으로 돌아가셨다는 통보를 받고 휴가를 나와 장례식을 치른 뒤 연민의 감정에라도 호소하여 사랑을 되찾고 싶은 절박한 심정으로 K의 집을 찾아갔을 때, 그녀는 그와 함께했던 연애의 습관을 다른 남자를 상대로 반복하고 있었다. 그녀의 집 앞 치킨 집에서 밤 12시를 넘겨가면서 미루적거리고, 대문 앞에서 손을 흔든 뒤 길 쪽으로 접한 자기 방 창문을 열고 입맞춤을 나누는 등……

K에 이어 박PD의 배신은 K로부터 배신을 당했을 때와 똑같은 무기력상태에 그를 빠뜨린다. 회사에조차 나가지 않은 채 칩거상태에서 오직 나무뿌리가 점령해버린 옛집(집터)에 찾아가보는 것 이외에 아무것도 하지 않는 무기력 상태, 즉 우울증에 빠지게 된 것이다. '인간에게 내재된 가장 큰 상처가 결핍이나 상실감이라고 할 때에 그것은 실연으로 빚어진 경우가 가장 흔하다. 그리고 그 실연은 애도로 연결되지 않으면 우울증이 될 가능성이 크다'고 프로이트는 말했다.[15]

그녀와 그에게 서울은 한마디로 배신으로 얼룩지고, 그로 인한 분노가 해소되지 않은 공간이자 만나고 싶지 않은 인물들을 피하여 떠나고 싶은 공간이다. 즉 서울은 자기중심주의와 물질중심의 가치관과 생존경쟁의 원리에 지배된, 에드워드 렐프(Edward Relph)의 표현을 빌자면 진정한 장소감을 느낄 수 없는 장소상실의 공간, 소외된 공간이다.[16]

에드워드 렐프는 진정한 장소경험과 비진정한 장소경험을 대립적 구도로 개념화한 바 있다. 진정한 장소감은 개인 또는 공동체의 일원으로서 내가 장소에 속해 있다는 느낌을 말한다. 이 소속감은 집이나 고향, 혹은 지역이나 국가에 대해서 느끼는 감정이다. 진정하고 무의식적인 장소감은 개인의 정체성에 중요한 원천을 제공하고, 이를 통해 공동체에 대해서도 정체감의 원천이 된다.[17] 반면 비진정한 장소감을 불러일으키는 것을 렐프는 '장소상실(무장소성)'로 규정했다. 장

---

15) 프로이트, 윤희기 역, 『무의식에 관하여·프로이드 전집 13』, 열린책들, 1997, 248-249면.
16) 에드워드 렐프, 김덕현 외 역, 『장소와 장소상실』, 논형, 2005, 177-179면.
17) 에드워드 렐프, 위의 책, 150면.

소상실은 장소에 대한 진정하지 못한 태도를 의미한다. 그것은 본질적으로 장소감이 아니다. 또한 장소의 심오하고도 상징적인 의미들을 인식하지 못하고, 장소의 정체성에 대한 이해도 없다. 장소로부터 인간이 소외되어 있는 상태를 렐프는 장소상실이라 불렀던 것이다.[18]

서울은 믿었던 연인과 동료의 친밀한 관계마저 적자생존과 약육강식의 정글의 법칙으로 변질시켜버리는 추악한 공간이며, 배신으로 얼룩진 장소상실의 소외된 공간이다. 주인공이 살고 있는 공간을 대도시인 서울로 설정한 것은 들뢰즈(Gilles Deleuze)의 표현대로 "현대 도시의 사회·공간은 어떠한 삶의 준거나 소속감도 제공할 수 없을 정도로 탈장소화되었고, 그 속에서 살아가는 현대인은 무장소적으로 '정신분열적인' 개인주의 또는 방황하는 '유목민'으로 특징지어"[19]지기 때문이다. 따라서 그녀와 그가 서울을 떠난다는 것은 단지 그들을 배신한 인물들과의 만남을 회피하기 위한 목적만이 아니라 자기중심주의와 물질중심주의, 약육강식과 생존경쟁의 공간을 벗어나겠다는 의미를 함축하고 있다. 그들은 더 이상 서울이라는 공간에서는 삶의 정체성을 찾을 수 없었기 때문에 서울을 떠난 것이다.

도시는 거대한 생활영역, '거대한 사회'임으로 그 거주자 모두를 타향인으로 가지고 있는 불행한 공간이다. 이 속에서는 시민 모두가 타향의식을 가질 뿐이다. 개별자는 누구든 타향의식을 지니고 있으므로 서로 간에 소외되어 있음은 물론, 이 개별자들이 모인 영역은 더 이상 '공동체'라고 할 수 없는 것이다.

18) 에드워드 렐프, 위의 책, 177-179면.
19) 최병두, 『근대적 공간의 한계』, 삼인, 2002, 78면.

본래적 의미에서의 공동체란 관심과 사랑, 그리고 인격적 책임을 지닌 공존과 공생의 영역인데, 도시는 폐쇄적인 개별자가 있을 뿐 아니라, 나아가 홉스(Hobbes)가 읊조린 대로 '인간은 인간에게 늑대임(homo homini lupus)'이 주재하는 곳이다.[20]

사람에 의해서 사람이 시달리는 거대한 도시, 즉 서울이란 공간을 벗어남으로써 그녀는 질서정연한 것들을 모조리 어깃장 놓아버리고 싶은 충동과 분노로부터 벗어날 수 있을 것이다. 그 역시 아무 일도 하고 싶지 않은 무기력 상태에서, 즉 자기소외와 우울증에서 벗어나 진정한 자아를 찾을 수 있을 것이다. 그들의 부석사 행은 바로 그 힘을 회복하기 위한 내면치유의 여행이다. '자기 자신에 대한 새로운 깨달음, 새로운 성장 가능성을 깨닫는다는 것, 즉 의식화는 일상적인 사회생활의 와중에서는 이루어지기 어렵다. 그래서 그러한 인식이 가능해지도록 능동적으로나 피동적으로나 세속에서 잠깐 떠날 필요가 있는 것이다.'[21] 부석사로의 여행은 서울을 잠시 떠남으로써 배신의 상처를 극복하고 진정한 자아를 찾고 성장을 이루는 의식화의 여로가 될 것이다.

3) 배신의 상처에서 벗어나는 국도

부석사까지 가는 국도 내내 그녀와 그는 배신으로 얼룩진 서울에서의 지배적 감정, 즉 황폐하고 소외된 감정에서 벗어나지 못한다. 그것

20) 전광식, 『고향』, 문학과지성사, 1999, 90면.
21) 이부영, 『분석심리학』, 일조각, 1978, 283면.

은 주로 국도변의 스산하고 황량한 풍경에 대한 묘사를 통해서 간접
적으로 드러난다.

　가) 남자는 자동차가 곤지암을 지나 이천휴게소를 지나도록 망연히
차창 바깥을 쳐다보고 있다. 무슨 생각을 하는지 이따금 깊은 숨을 내
쉬기도 한다. 국도를 사이에 두고 펼쳐져 있는 텅 빈 들녘, 메마른 갈대
숲이 흔들리더니 왜가리 떼들이 잿빛 허공을 차고 솟아오른다. 까마귀
인가. 군데군데 녹지 않은 흰 눈 위엔 검은 새가 앉아 있다. 매서운 바람
이 일렁일 때마다 자신들의 존재를 알리며 허공을 선회한다.[22] (그)

　나) 플라타너스일까. 갑자기 국도 양변에 가로수들의 가지가 툭툭
잘려져 있다. 그렇지 않아도 황량한 겨울 국도변이 목 잘린 가로수로
인해 더욱 황량해진다. 저렇게 잘린 자리에서도 새잎이 돋나. 잘린 가
로수들이 고통스럽게 팔을 벌리고 있는 것 같다.[23] (그녀)

　다) 국도는 곧 단조로워진다.
　드문드문 눈에 띄던 식당들과 슬레이트집들도 보이지 않는다. 구불
거리지 않고 직선으로 뻗어 있는 국도 양변에 드문드문 송신탑들이 서
있다. 송신탑 뒤로는 황량한 논이다. 그녀는 찬바람이 일렁이는 겨울
국도를 눈을 가느스름하게 뜨고 내다본다. 이따금 만나곤 하던 강물은
이제 아예 시야에 들어오지 않는다. 물은 사라지고 겨울논들이 펼쳐져
있다. 논의 이곳저곳엔 추수를 마치고 걷어가지 않은 낟가리들이 모양
새 없이 세워져 있다. 그 어느 쯤에 기다랗게 서 있는 전신주에 참새들

---

22) 신경숙, 「부석사」, 37면.
23) 신경숙, 「부석사」, 39-40면.

이 열 지어 내려앉아 있기도 하다. 무엇에 놀란 것일까. 조용한 겨울하늘처럼 전선주에 별 기척 없이 조용히 앉아 있던 새들이 전신주를 탁 차고 허공으로 포르르 날아오른다. 말똥가리도 섞여 있다. P는 정말 왔을까.[24] (그녀)

  라) 운전석에 앉은 그는 조용히 스쳐가는 차창 밖을 응시하고 있는 여자를 잠시 훔쳐본다. 바람이 얼마나 부는지 텅 빈 벌판에 흩어져 있던 지푸라기나 비닐 같은 것이 허공에서 춤을 추고 있다. 어디에나 새떼들이다. 검은 새떼가 겨울 시린 하늘에 곡선을 그리거나 그림자를 드리우고 있다. 국도에서 만나는 차가운 전신주 위에도 겨울새떼들이 날아가지 않으려고 안간힘을 쓰며 앉아 있다.
  바람을 타면 되련마는……. 그는 생각한다.[25] (그)

  마) 이후로 그들은 이정표를 보며 풍기까지 제대로 길을 들었다. 단양에서 풍기까지 오는 겨울 국도는 아름다웠다. 울울한 산자락이 단조롭게 이어지던 국도가 단양을 지나자 시퍼런 물길을 만나 눈을 틔워 주었다. 소백산 골짜기와 함께 어우러진 단양 팔경의 한 자락이 그들의 시야에 쑤욱 들어올 때마다 그와 그녀는 간간이 주고받던 대화를 멈추고는 차창 안으로 쳐들어올 듯한 시퍼런 물길을 내다보곤 했다.[26] (그와 그녀)

  그와 그녀의 시점이 번갈아 교차되면서 묘사된 국도변은 텅 빈 겨

---

24) 신경숙, 「부석사」, 43면.
25) 신경숙, 「부석사」, 49면.
26) 신경숙, 「부석사」, 61면.

울 들녘의 황량함, 왜가리 까마귀 참새 떼와 같은 겨울새들의 날아오름, 송신탑과 전신주들이 늘어선 스산함, 메마른 갈대숲과 가지가 툭툭 잘린 가로수, 매서운 겨울바람에 지푸라기나 비닐이 흩날리는 것처럼 따뜻한 온기나 정서적 풍요로움이라고는 전혀 느낄 수 없는 무미건조하고 황량함에 지배된 메마른 풍경들이다. 특히 P로 인해 받은 '그녀'의 마음의 고통은 인용문 나)의 목 잘린 가로수의 묘사에서 잘 드러나고 있다. 목이 잘린 채 팔을 벌리고 선 가로수는 바로 P로 인해 치명적 상처를 받은 그녀 자신에 다름 아니라고 할 수 있다. 그녀는 "저렇게 잘린 자리에서도 새잎이 돋나"라는 독백을 하는데, 그것은 바로 치명적 상처를 입은 자신에게서도 새잎이 돋는 것처럼, 상처를 치유하고 새롭게 누군가를 사랑할 수 있는 마음이 새로 생겨날 수 있을지에 대한 회의라고 할 수 있다.

그리고 '그'의 평상심을 유지하려고 애쓰는 마음은 라)의 차가운 전신주 위에 날아가지 않으려고 안간힘을 쓰며 앉아 있는 겨울 새떼의 모습에 간접화되어 표현되고 있다. 그는 그 새떼들을 향해서 "바람을 타면 되련마는……"이라는 생각을 품지만 정작 그 자신은 유연성 있게 현실에 적응하는 태도를 보여주지 못한다. 즉 모처럼 마음이 잘 맞는 파트너라고 생각했던 박PD와 연인이었던 K, 두 사람으로부터 받은 배신의 상처에서 쉽게 벗어나지 못한다.

그러나 인용문 마)에서는 그와 그녀의 시선이 처음으로 합쳐지면서 소백산과 단양팔경의 아름다움이 눈에 들어오기 시작한다. 이 시점은 P가 그녀를 찾아오기로 했던 오후 3시, 박PD가 그를 찾아오기로 했던 5시를 넘기고 나서부터다. 그녀와 그의 시선이 하나로 합쳐지기 시작하면서 끊겼던 강물은 시퍼런 물길이 흐르는 모습으로 바뀌고, 메마른 논 대신 주변 풍경의 아름다움이 눈에 들어오기 시작한다. 즉 차창 밖의 아름다운 풍경을 같이 내다볼 마음의 여유가 비로소 생긴 것이다.

작가는 이처럼 국도변의 풍경에 대한 묘사와 인물들의 풍경에 대한 장소감[27]의 변화를 통해서 인물들의 내면을 간접적으로 드러내고 있다. 시간이 지나고 서울에서 멀어질수록 그들은 조금씩 마음의 황폐함으로부터 벗어나 평상심을 회복해 간다. 그것은 국도를 거쳐 오는 동안 일어난 변화지만 단순한 물리적 공간 이동에 의해서 일어난 변화가 아니다. 즉 국도를 거쳐 오는 동안 그들에게 상처를 입혔던 인물들과의 억압된 기억을 떠올려봄으로써, 즉 의식화가 이루어졌기에 가능했던 것이다.

소설은 전체적으로 현재와 과거가 교차하며 진행되는 구조로 짜여 있다. 소설의 시간은 부석사를 찾아가는 현재(하루 동안)의 시간 사이사이에 과거 시간의 회상이 빈번하게 끼어들며 교차한다. 과거시간에 대한 소급제시(회상)를 통해 두 사람의 과거, 즉 그들을 지배해온 상처가 드러나며, 왜 그들이 정월 초하룻날 부석사를 향해 떠날 수밖에 없었는지가 밝혀진다.

그리고 제1장의 초점화자는 '그녀'로서 초점화의 대상은 '그'이다. 제2장의 초점화자는 '그'로서 초점화의 대상은 '그녀'이다. 제3장에서는 '그녀'와 '그' 두 사람이 한 단락 내에서조차 초점화자이자 초점화의 대상으로 교차되는 이동하는 3인칭의 서술전략을 취하고 있다.[28] 즉 그녀는 그의, 그는 그녀의 외적 초점화의 대상이다. 동시에 그녀와

---

27) 렐프는 인간이 장소를 어떻게 자각하고 경험하고 의미화하는가를 장소감이란 용어로 개념화했다.: 렐프, 앞의 책, 310면, 「역자서문」.
28) 송명희, 앞의 책, 270면.

그는 텍스트 밖에 있는 서술자의 초점화의 대상으로 내·외부의 조망이 이루어지고 있다. 이처럼 「부석사」는 이중초점화가 이루어진 소설이다. 이러한 서술상의 전략은 그녀와 그의 상처에 대한 독자의 동일시를 이끌어내는 한편 그녀와 그에 대해 객관적 거리를 갖도록 유도한다. 즉 초점인물들의 경험 속으로 독자를 끌고 들어가 몰입시키는 동시에 허구적 세계로부터 독자를 분리시켜 미적 거리를 유지하도록 서술상의 테크닉을 발휘한다. 이처럼 화자를 이동시키는 서술전략을 통해 독자는 더 많은 감정을 전달받게 되며, 두 사람의 인격적 상호작용에서 더 큰 감동을 받게 된다.

그녀와 P의 관계는 오랫동안 마치 두 사람이 하나의 개체인 것처럼 착각하게 만드는 밀접한 관계였다. 사랑은 이처럼 둘 사이의 경계를 없애고 일심동체의 관계인 것처럼 착각하게 만들지만 게슈탈트 이론에 의하면 그녀와 P의 관계는 접촉경계혼란[29]에 빠진 의존적 관계, 즉 융합(confluence)의 관계이다. 융합관계에 있는 사람들은 겉보기에는 지극히 위해주고 보살펴주는 관계처럼 보이지만 내면적으로는 서로 독립적으로 행동하지 못하고 의존관계에 빠져 있는 경우가 허다하다.[30]

더구나 지금 그녀는 융합관계를 깨버린 P에 대해 내적으로 분노에 사로잡혀 있다. 하지만 분노의 감정마저 P를 향해 직접 표출하지 못한 채 억압함으로써, 자기파괴적 충동에 시달려왔다. 즉 'P를 향해 표출

---

29) 인간과 인간의 만남에는 경계가 중요하다. 각자 자신의 영역이 타인의 영역과 구분되는 경계가 있어야 건강하게 기능할 수 있다. 만일 접촉경계혼란에 의해 서로 간의 경계가 불분명해지면 서로 간에 제대로 접촉할 수 없고 그 결과 성장에 장애가 생긴다. 따라서 개체의 경계는 매우 중요하다. : 김정규, 『게슈탈트 심리치료』, 학지사, 2012, 33면.
30) 김정규, 위의 책, 48-55면.

되어야 할 분노감이 자기 자신에게 향하게 됨으로써 우울감과 죄책감을 일으키며, 마침내 자기파괴적인 결과를 초래했던[31] 것이다.

마찬가지로 그 역시 서로 마음이 통하는 파트너라 믿었던 박PD였기에, 그리고 만나면 언제나 살갑게 굴었던 연인 K였기에 더욱 배신감이 클 수밖에 없었다. 그가 직장에도 나가지 않고 무기력과 우울증에 빠져 집안에만 칩거해온 것도 게슈탈트 이론의 관점으로 보면 일종의 반전(retroflection)이다. 반전이란 타인에게 화를 내는 대신에 자기 자신에게 화를 내거나, 타인으로부터 위로받는 대신에 자위하는 것을 말한다. 게슈탈트 심리치료의 창시자인 퍼얼스(Fritz Perls)에 의하면 대부분의 반전은 분노감정 때문에 일어난다. 우울증도 반전된 분노감으로부터 나타나는 증상이다. 즉 타인에 대한 분노나 불만감을 표현하지 못하고 그것을 자기 자신에게 반전시킴으로써 죄책감에 빠지고 우울하게 되는 것이다.[32]

더욱이 그는 유년기에 고향집을 떠나 남의 집 문간방으로 이사했을 때, 고향집으로 가자고 보채다가 어머니에게 혼이 났던 기억을 갖고 있다. 그때 그의 고향집에 대한 애착이 어머니에게 제대로 수용되지 못함으로써 평생의 트라우마로 남아 유사한 상황을 만날 때마다 그는 울며 보채다 혼이 나는 꿈을 반복적으로 꾸게 된다. 그리고 이 '상처는 유사한 조건을 만날 때마다 공격성장애나 결핍, 우울증, 불안장애, 갈등과 같은 증상이 반복되어 나타난다.'[33] 즉 그는 유년기의 트라우마로 인해 분노를 제대로 표출하는 데 장애를 겪고 있다. 따라서 연인 K

---

31) 김정규, 위의 책, 86면.
32) 김정규, 위의 책, 55-63면.
33) 변학수, 『문학치료』(2판), 학지사, 2009, 18면.

나 박PD의 배신에 제대로 따져 묻거나 분노의 감정마저 표출하지 못
하고, 동일한 꿈을 반복하고 두통과 우울증에 시달려온 것이다.

따라서 부석사로의 여행은 억압되고 소외된 유기체 에너지를 다시
찾아서 자각하고 통합함으로써, 개체가 전체로서 유기적으로 기능할
수 있도록 회복시켜주는 내적 기능을 띠고 있다고 하겠다.

4) 지방도로 자동차 안에서의 상처 치유

서울을 떠날 당시 그들에게 부석사는 931번 지방도로로 10.4킬로
미터, 935번 지방도로로 3.2킬로미터와 같은 숫자의 도로들을 통과해
도달할 수 있는 경북 영주시 부석면 북지리에 위치한 지도상의 한 점
에 불과하며, 무량수전 뒤에 부석이 있다는 정보로서만 존재하는 낯
설고 추상적인 미지의 한 공간일 뿐이었다. 부석사는 아직 그들의 경
험이 미치지 못하였으므로 구체적인 느낌이나 장소감을 갖지 못했다
는 의미에서 이-푸 투안이 말한 추상적인 '공간(space)'이다. 그런데
어떻게 부석사가 그들 여행의 목적지로 선택되었는가?

누군가 그녀에게 "부석사의 당간지주 앞에서 무량수전까지 걸어 보
라고 했던 사람이 있었다. 우리나라 절집이 대개 산속에 있게 마련인
데 부석사는 산등성이에 있다고 했다. 개울을 건너 일주문에 들어서
면 양쪽으로 사과나무들이 펼쳐져 있다고. 문득 뒤돌아보면 능선 뒤
의 능선 또 능선 뒤의 능선이 펼쳐져 그 의젓한 아름다움을 보고 오
면 한 계절은 사람들 속에서 시달릴 힘이 생긴다고 했"[34]던 기억이 문

---

34) 신경숙, 「부석사」, 35면.

득 떠올랐기 때문에 부석사가 선택되었던 것이다. 부석사는 "사람들 속에서 시달릴 힘", 즉 치유의 힘을 가진 아름다운 공간으로서 그녀는 부석사로의 여행에서 마음의 상처를 치유할 수 있기를 기대하는 무의식적인 욕망을 갖고 있었다. 이 작품에서 '부석사'라는 공간의 상징적인 의미는 바로 치유이다.

그러나 그들은 부석사에 도달하지 못한다. 승용차가 국도를 벗어나 지방도로로 접어들면서 길을 잃어버렸기 때문이다. 길을 헤매던 그들은 차를 돌리다 진창에 빠지는데 알고 보니 그곳은 깎아지른 낭떠러지이다. P가 인간관계의 낭떠러지라면 부석사 부근에서 마주친 것은 지리적 공간의 낭떠러지이다. 지리적 낭떠러지는 그녀의 신체상의 안전을 위협하지만 인간관계의 낭떠러지(위기)는 '그녀'를 분노와 일중독의 황폐함, 즉 정신적인 건강을 위협하며 자기소외에 빠뜨렸다. '그' 역시 박PD라는 낭떠러지(위기) 때문에 무력감과 우울증에 빠져 있었다.

통신수단은 없고, 밤은 깊어가고 사위가 모두 깜깜한데 설상가상으로 눈까지 내린다. 시간이 경과할수록 소백산에는 달이 떠오르고 어디선가 희미하게 범종소리가 들려오는데 둘은 잠에 빠져든다. 그리고 차창은 눈에 덮여 바깥이 내다보이지 않는다. 그녀는 그에게 담요를 덮어주며 그와 자신이 닿지 않고 떠 있는 부석처럼 느껴지고, 남자는 여자와 함께 옛집에 가볼 수 있을는지 생각한다. 즉 낭떠러지의 위기 속에서 서로에게 사랑과 소통의 가능성을 찾게 된다.

만약 그들이 서울을 떠나오지 않고 그들에게 상처를 입힌 사람들을 만났더라면 그들은 결코 상처로부터 빠져 나오지 못했을 것이다. 아니 더 깊은 낭떠러지에 떨어져 진창에서 허우적거리게 되었을지도 모른다. 실로 부석사 가는 길은 그들이 자신의 상처를 돌이켜봄으로써 상처로부터 벗어나게 되는 상처 치유의 길, 의식화의 여로였다.[35] 그녀는 P와 헤어진 후 일중독자처럼 일에 몰두해서 지내던 것, 소리를 지르거나 욕을 퍼부으며 고속도로를 질주하던 것, 어떤 일을 하든 자신을 들들 볶고 있는 자신을 "그녀는 지금 그 여자가 가엽기조차 하다"라고 현재의 '그녀'는 서울에서의 '그 여자'에 대해 객관적 거리를 갖고 통찰하며, 연민의 감정을 처음으로 갖게 된다. 한편 그는 그녀와 심리적 애착을 느끼는 특별한 장소인 옛집으로 귀환할 수 있을는지 생각한다.

그래서 그들은 실재하는 부석사에는 가닿지 못했음에도, 더욱이 길을 잃은 낭떠러지의 위기에서 비로소 인간관계의 낭떠러지를 벗어나게 된다. 인생은 어쩌면 낭떠러지의 끝자락까지 가봐야 되돌아 나오는 출구를 찾을 수 있는 것인지도 모른다.

그들이 부석사에 도착하지 못했다는 사실은 의미심장하다. 처음부터 그들은 부석사에 도달하는 것이 목표가 아니라 서울을 떠나는 것이 목적이었다. 만약 그들이 보다 빨리 부석사에 도착하고 싶었다면 느린 속력으로 가야 하는 국도가 아니라 고속도로를 선택했을 것이다.[36] 그랬더라면 저물녘에 길을 잃지도 않았을 것이다. 하지만 느린 속력의 국도를 통과해오는 동안 그들은 자신들의 내면을 돌이켜볼 내적 여유를 갖게 되었으며, 부석사라는 지리적 공간에 도달하지 못함으로써 오히려 내적인 치유에 도달하게 된다.

---

35) 송명희, 앞의 책, 349면.
36) 국도를 선택한 그들은 효율성과 목표지향적인 가치관을 중시하지 않는 성격, 자본주의적인 경쟁원리로부터 멀리 떨어진 인물들임이 드러난다.

어쨌거나 그들이 부석사에 도착해서 실재하는 부석을 본다는 것이 무슨 의미가 있겠는가. 오히려 길을 잃고 낭떠러지의 승용차 안에서 같이 밤을 보냈기에 그녀는 둘 사이를 부석처럼 가까이 느낄 수 있었고, 그는 그녀와 함께 옛집에 가볼 수 있을는지 생각해 볼 마음의 여유를 되찾게 되었다. 즉 상처받아 울고 있는 자기소외에서 벗어나 진정한 자아를 회복하게 된 것이다. 즉 그녀가 서울에서 P로부터 받은 상처 때문에 자신을 들들 볶던 모습이 투명하게 보이면서 자신을 가엾다고 느낄 수 있는 객관적 거리와 마음의 여유를 회복한 것, 그가 박 PD와 K로부터 받은 마음의 상처를 극복하고 그녀와 함께 옛집에 가볼 수 있을지도 모르겠다고 생각하게 된 것이 그 증거이다. 그들은 부석사 여행에서 얻고자 한 것, 즉 새롭게 살아갈 힘을 얻게 된 것이다. 그것은 목적지인 부석사에 도달하지 못했기에 오히려 가능한 일이었다.

길을 잃은 지방도로 낭떠러지에서의 장소감은 장소와 인간, 그리고 동물이 완벽하게 일체화된 느낌으로 묘사된다. 이-푸 투안의 개념을 빌어 표현하자면 어디인지도 알지 못하는 낯선 공간(space)이 친밀감을 주는 완벽한 장소(place)로 바뀐 것이다. 낭떠러지는 객관적으로는 더 이상 움직이면 위험해지는 정지된 공간이지만 주관적으로는 개인들이 부여하는 가치들의 안식처이며, 안전과 애정을 느낄 수 있는 고요의 중심이다. 소백산은 자동차 안의 "그녀와 그를 알처럼 품고", "그녀는 개를 품고" 있다. 이때 '품다'라는 동사는 포용, 수용, 화해, 사랑 등의 내포, 즉 긍정적 감정을 나타내며, 그녀는 그를, 그는 그녀를 마음으로부터 품게 되는 치유적 결말에 이른다.

얼마나 지났을까. 소백산은 낭떠러지 앞에 멈춰서 있는 자동차 안의 피로한 그와 그녀를 알처럼 품고서 거친 바람소리를 내고 있다. 골짜기가 자동차를 품었듯 그녀는 개를 품고 있다. 그녀의 저것 좀 보세요, 속삭이는 소리에 그는 지그시 감고 있던 눈을 뜬다. 하늘에 달이 떠오르고 있다. 차고 있는 중인지 이울고 있는 중인지 모르겠는 반달이다. P는 돌아갔을 것이다. 얼마 만에 보는 달인지 모르겠는 반달이다. 구름을 뚫고 자태를 드러내고 있는 달을 보자 자신이 지금 낭떠러지 앞에 서 있다는 걸 잊은 듯 그녀의 목소리가 생기롭다. 반달인데도 그 빛에 의해 칠흑 같던 소백산 골짜기가 그들의 눈앞에 수려한 자태를 드러낸다. 그녀가 손을 내밀어 헤드라이트를 끈다. 헤드라이트 불빛이 사라지자 교교한 달빛 아래의 먼 산자락이 윤곽을 드러낸다. 야릇한 일이다. 낯선 지방의 낯선 골짜기에 유폐되어 과일을 먹고 있자니 피크닉을 온 기분이 든다. 도시에서의 자신의 모습이 투명하게 보이기까지 한다.[37]

이때 구름을 뚫고 떠오른 반달은 월인천강지곡의 달처럼 진여(眞如)의 광명을 상징한다. 희미하게 들려오는 범종소리도 마찬가지다. 그들을 집착과 미망으로부터 벗어나게 해주고 깨달음을 주는 달이요, 범종소리인 것이다. 어둠을 밝히면서 떠오른 달이 반달인 것도 의미심장하다. 작품 속에서 그 달이 차고 있는 중인지 이울고 있는 중인지 알 수 없다고 했지만 분명 차오르고 있는 반달일 것이다. 그것은 그녀의 마음속 P로 인한 결핍을 채우면서 차오르는 달이며, 그녀와 그의 내면세계를 지배하고 있는 배신의 상처와 자기소외의 어둠을 밝히면서 떠오르는 상처 치유의 달인 것이다. 이제 그들은 날이 밝으면 서울

37) 신경숙, 「부석사」, 71면.

로 되돌아갈 것이다. 그들이 돌아간 서울은 더 이상 배신으로 얼룩진 장소상실의 공간이 아닐 것이다. 바로 그 힘을 국도를 거쳐 도달한 지방도로의 낭떠러지 자동차 안에서 그들은 회복했다.

그리고 닿을 듯 떠 있는 부석은 부석사의 창건신화인 의상대사와 당나라의 여인 선묘의 사랑을 상징한다. 즉 두 사람의 합쳐질 수는 없지만 닿을 듯이 가까이서 함께하는 영원한 사랑에 대한 상징이다. 부석처럼 개체로서의 독립성과 주체성을 유지하는 사랑이 의존적인 융합관계의 사랑보다 훨씬 건강한 자아를 유지하게 만든다. 부석은 독립성과 주체성을 지키면서도 상대를 배려하고 사랑하는 관계에 대한 훌륭한 상징이라고 할 수 있다. 그녀와 그는 그동안 사랑하던 사람들에게 융합이나 지나친 의존을 사랑이라고 착각해왔던 것이다. 작품의 결말에서 "그녀는 문득 잠든 그와 자신이 부석처럼 느껴진다"라고 한 것은 공간적 거리의 가까움이 아니라 개체로서의 독립성을 유지하는 주체적 사랑에 대한 은유라고 할 수 있다.

그녀와 그는 이제 우울증을 극복하고 잃어버렸던 인간에 대한 신뢰를 회복할 수 있을 것이며, 새롭게 주체적인 사랑을 시작할 수도 있을 것이다. 그런 의미에서 그들이 밤을 같이 보낸 자동차 안은 재생의 공간이며, 바슐라르가 말한 안온하고 보호되는 내적(안) 공간인 '집'[38]이라 할 수 있다.

---

38) 바슐라르, 곽광수 역, 『공간의 시학』, 민음사, 1990, 15면: 역자해설 「바슐라르와 상징론사」.

5) 옛집의 은유와 두 사람의 성격

'그'의 성격은 옛집에 대한 애착에서 잘 드러난다. 소년이 옛집에 가
자고 울며 보챘던 것은 이사 온 낯선 집이 정이 가지 않았기 때문이다.
그런데 성인이 된 '그'가 그 꿈을 반복적으로 꾼다는 것은 현재 그가
살고 있는 서울에서의 삶이 편안하지 않고 위협적이고 적대적이라는
뜻이다.

그에게 옛집이란 단순한 지형이나 장소가 아니고 개인의 인격 및
삶과 결부된 친밀한 공간, 바슐라르가 말한 안정과 고요와 평화의 내
적 공간이다. "바슐라르에 의하면 집이 인간에게 전해주는 삶의 원초
적 감정은 안도감 속에서 느끼는 편안함이다. 인간은 보금자리가 주
는 따뜻함 속에서 무엇보다도 편안함을 느낀다."[39] 그가 꾸는 반복적
인 꿈은 현실에서 예닐곱 살 이래 박탈당한 친밀성의 내적 공간을 회
복하고 싶은 무의식적 욕망의 재현이다. 뿐만 아니라 성인이 된 그
는 꿈이 아닌 현실에서도 옛집(집터)에 가보는 애착을 나타낸다. 그
는 K를 옛집에 데리고 가보았으며, 박PD의 배신으로 회사에 나가
지 않고 칩거하는 동안에도 오로지 옛집을 찾아가 나무뿌리를 쳐내
고 돌아오곤 했다. 그리고 작품의 결말에서는 그녀와 함께 옛집에 가
볼 수 있을는지를 생각한다. 그는 유년기 이후 애착을 느끼는 장소인
옛집으로부터 격리되어 뿌리 뽑힌 존재가 되었고, 언젠가는 그곳으
로 귀환하여 뿌리를 내리고 싶은 내적 욕망을 가지고 있다. 낯설고 적
대적인 도시 속에 내던져진 그에게 옛집은 언제든 귀환해야 할 신화

---

39) 볼로, 이기숙 역, 『인간과 공간』, 에코리브르, 2011, 173면.

적 장소이며, 사랑하는 이와 함께 뿌리를 내려야 할 평화로운 장소이다. 그의 옛집에 대한 심리적 애착은 이-푸 투안이 말한 토포필리아(topophilia)[40]라고 할 만하다.

그의 옛집에 대한 집착은 이기적이고 경쟁적인 인간 소외의 도시적 삶에 대한 혐오감의 반증이다. 그가 옛집(고향)으로의 귀환을 꿈꾼다는 것은 단순한 공간 회복의 욕망만이 아니라 경쟁과 이기심을 벗어난 친밀한 인간관계를 회복하고 싶은 무의식적 욕망의 표현이라고 할 수 있다. '한 장소에 뿌리를 내린다는 것은 세상을 내다보는 안전지대를 가지는 것이며, 특정한 어딘가에 의미 있는 정신적이고 심리적인 애착을 가지는 것이다.'[41] 그야말로 "고향은 동고동락의 장소이다. 그러므로 고향에서는 고독과 소외가 극복되고 공동체가 회복된다. 그리고 고향은 자기발전과 자기 확인을 하는 곳이며, 그로 인해 자기 성취를 이루는 곳이다."[42]

한편, 그녀의 성격은 특히 버려진 개를 데려다 키우는 데서 드러나듯 보살핌과 배려로 특징지어진다. 그 개는 알고 보니 박PD가 안락사 시키려던 개를 '그'가 데려다 키우다가 양로원에 갖다 놓은 거였다. 박PD란 인물은 데리고 있던 개가 성가시면 안락사로 처리해버리는 계산적이고 매정한 성격의 인물이다. 그러니 회사가 경영난으로 구조조정을 한다는 말을 듣고서 얼마든지 '그'를 모함하여 내쫓으려 한 이기적이고 비열한 행동을 할 수 있었던 것이다.

반면 그녀는 양로원의 작약 밭에 기진해 있던 개를 쓰다듬어 주었

40) 이-푸 투안, 이옥진 역, 『토포필리아』, 에코리브로, 2011, 175면.
41) 렐프, 앞의 책, 93-93면.
42) 전광식, 앞의 책, 204면.

고, 오피스텔까지 그녀를 따라온 개를 내치지 않고 거두어 보살폈다. 다른 반려견처럼 귀염성도 예쁜 데도 없는 병들고 경계심이 많은 개였음에도……. 심지어 부석사에 가기 위해 혼자 나오려고 하자 울고불고하는 통에 같이 부석사 행에 동반할 만큼 그녀는 사랑이 많은 여성이다. 이처럼 사랑이 많기에 사랑의 상처 또한 누구보다도 깊게 받는 인물이라고 할 수 있다.

　이 작품에서 두 사람의 내면 상태는 버려진 개에 대한 은유로 훌륭하게 드러나고 있다. 그녀와 그, 그리고 개는 모두 버림받았다는 공통점을 공유하는 존재들이다. 개는 경계심이 지독해 사람을 보면 꼬리를 흔드는 것이 아니라 일단 카르릉 거리는 소리를 내고, 다른 개를 만나면 바짝 겁을 집어먹고 곁에 가려 들지 않을 뿐만 아니라 경련을 일으키며 눈동자를 뒤집고 온몸을 바들바들 떤다. 의사의 말에 의하면 다른 개에 물려본 경험이 있는 듯하다는 것이다. 그녀의 개가 인간과 다른 개에 대해 나타낸 경계심과 정서불안은 그녀와 그의 P와 박PD를 비롯한 계산적이고 적대적인 인간과 세상에 대한 경계심과 불안을 은유하고 있다.

3. 결론

　본고는 신경숙의 「부석사」에 나타난 서울, 국도변, 지방도로 낭떠러지의 자동차 안, 옛집과 같은 공간을 해석해봄으로써 작품의 의미를 찾아보았다. 이 작품에는 두 개의 여정, 즉 겉으로 드러나는 지도상의 여정과 겉으로 드러나지 않는 마음의 상처를 치유해나가는 내면의 여정이 있다. 부석사를 목적지로 한 겉으로 드러나는 여정은 지방도로의 낭떠러지에서 길을 잃음으로써 실패로 끝난다. 하지만 낭떠러지에서 길을 잃어버림으로써 두 사람은 마음의 상처를 치유하는 내면의 여정에는 성공한다. 즉 그들은 잃어버렸던 사랑과 신뢰를 되찾을 수 있는 가능성을 낭떠러지의 자동차 안에서 회복한다.

낭떠러지 자동차 안에서의 장소감은 장소와 인간이 완벽하게 일체화된 느낌으로 묘사된다. 서울이 상처로 얼룩지고 생존경쟁과 적자생존의 원리에 지배된 장소상실의 공간이라면 국도를 통과해 도달한 지방도로 낭떠러지의 자동차 안은 진정한 장소감을 회복하는 공간, 바슐라르가 말한 내적(안) 공간이다. 즉 서울과는 대척적인 '집'의 안온하고 보호되는 내밀한 공간이다. 남자의 옛집도 인간관계에 상처를 입었을 때 위로받고 싶어 찾는 공간이며, 사랑하는 사람이 생겼을 때 찾아가고 싶은 근원적 장소로 제시되었다. 한마디로 이-푸 투안의 표현대로 서울은 적대적인 '공간'이며, 국도를 거쳐 도달한 낭떠러지의 자동차 안과 옛집은 친밀한 '장소'이다. 즉 소설 「부석사」는 적대적인 '공간'에서 친밀한 '장소'에 이르는 여정, 즉 장소의 이동을 통해 '상처치유'의 주제를 드러낸 작품이다.

(『국어국문학』163, 국어국문학회, 2013)

자폐적인 내적 공간에 유폐된 자아
-이승우의 「나는 아주 오래 살 것이다」를 중심으로

1. 머리말

이승우의 단편소설 「나는 아주 오래 살 것이다」(『문학사상』2000년
10월호 발표)는 1997년 말 한국에 불어 닥친 IMF 외환위기가 한 남성
의 실존에 어떻게 치명적 상처를 입혔는가를 잘 보여주는 작품이다.
특히 이 작품은 공간에 대한 매우 뛰어난 상징성을 통해 인간의 실존
적 고독과 소외를 매우 깊이 있게 천착하고 있다. 그야말로 공간은 인
물의 내적세계를 반영하는 한 상징으로서만이 아니라 행위의 기점으
로서 공간구조나 이동 자체가 의미생산의 원점이 되는 것이다.[1] 그러
므로 이 소설에서 공간은 여러 가지 형태로 표현되고 다양한 의미를
지니며, 심지어는 작품의 존재 이유가 되는 경우도 있다는 것을 확인
시켜 주기에 충분하다.

---

1) 롤랑 부르뇌프 · 레알 웨레, 김화영 역, 『현대소설론』, 현대문학, 1996, 182면.

이승우의 「나는 아주 오래 살 것이다」에 대한 기존의 연구는 전무하며, 다만 소설집 『나는 아주 오래 살 것이다』가 간행되었을 때 나온 소설집 전체에 대한 두어 편의 서평과 해설만이 있을 뿐이다.[2]

「나는 아주 오래 살 것이다」는 인간의 체험공간에 대해서 주목했던 바슐라르, 볼노브(볼노), 이-푸 투안 등의 현상학적이고 인본주의적인 공간론자들의 이론에 대해서 많은 것을 생각하게 만드는 작품이다. 본고는 이 작품에 나타난 공간을 분석함으로써 볼노브(볼노)가 말한 인간적 삶의 건전성은 두 공간의 균형부터 나온다는 명제에 대해서 생각해 보고자 한다.

2. 내적 공간과 외적 공간

바슐라르(G. Bachelard)는 공간을 '안과 밖'으로 이분법적으로 분류하며, 문을 매개공간으로 하여 '안'을 친밀하고 보호되는 내밀의 공간으로, '밖'을 모험, 위험, 무방비의 적대적 공간으로 구분했다. 하지만 그의 『공간의 시학』은 '밖'의 자유나 모험에 대해서가 아니라 '안'의 내밀함과 모성성, 그리고 안정의 무한에 대해 바쳐지고 있음은 두말할 필요가 없다.

---

2) 우찬제, 「수성(獸性)적 현실과 수성(水性)적 상상력」, 『서평문화』48, 한국간행물윤리위원회, 2002(겨울호), 15-22면.
한기, 「소설은 아주 오래 살 것이다, 혹은 존재 역설의 비의: 이승우의 『나는 아주 오래 살 것이다』를 읽고」, 『문예중앙』, 중앙M&B, 2002.
박철화, 「해설: 빈자리와 와해, 그리고 언어」, 이승우, 『나는 아주 오래 살 것이다』, 문우당, 2002.

즉 『공간의 시학』은 집, 집과 세계, 서랍과 상자와 장롱, 새장, 조개껍질, 구석, 세미화(細微畵), 내밀(內密)의 무한, 안과 밖의 변증법, 원의 현상학과 같은 이미지의 현상학을 추구하고 있다. 다시 말해 바슐라르는 안의 공간인 인간의 집과 사물들의 집이라고 할 수 있는 서랍, 상자, 장롱 등을 통해서 숨겨진 것의 미학에 대해 이야기하였고, '세미(細微)'와 '무한'을 주제로 하여 큼과 작음의 변증법을 살펴보고 있다. 예를 들어 그에게 집은 위험한 세계로부터 우리를 지켜주고 평화롭게 해주며, 그 세계로부터 도피할 수 있는 피난처다. 즉 그것은 보호받는 내밀함의 이미지와 연결되어 있다. 이 책에서 문제되는 상상력의 궁극성은 요나콤플렉스이다. 그것은 우리가 어머니의 자궁 속에 있었을 때, 우리의 무의식 속에서 형성된 이미지이다. 우리들이 어떤 공간에 감싸이듯이 들어 있을 때 안온함과 평화로움을 느끼는 것은 바로 이 요나콤플렉스 때문이다. 그러므로 이 책이 다루고 있는 것은 집, 서랍, 상자, 장롱, 새집, 조개껍질, 구석 등 내밀한 공간의 이미지들과 그 변양태들, 그리고 내밀하지는 않더라도 그런 이미지들과의 상관관계 밑에서라야 이해될 수 있는 이미지들이다.[3]

더할 수 없이 깊은 몽상 속에서 우리들이 태어난 집을 꿈꿀 때, 우리들은 물질적 낙원의 그 원초적인 따뜻함, 그 잘 중화된 물질에 참여하게 된다. 보호되는 존재들이 살고 있는 것은 바로 그러한 분위기 속에서인 것이다. 우리는 집의 모성(母性)에 대해 다시 이야기하게 되겠지만, 지금 우선적으로 우리는 집의 존재의 원초적인 충족성을 지적해 두

---

3) 바슐라르, 곽광수 역, 『공간의 시학』, 민음사, 1990, 15면: 역자해설 「바슐라르와 상징론사」 참조.

려고 한 것이다.[4]

그런데 내적(안) 공간인 '집'의 안온하고 보호되는 내밀한 공간 이
미지는 그것의 물리적 속성으로부터 저절로 우러나온 것이 아니다.
물론 집이 외부 세계의 위협과 공격으로부터 인간을 보호해주는 물리
적인 피호성(被護性)의 기능을 띠고 있는 것은 사실이다. 하지만 바슐
라르가 말하려고 한 것은 체험공간으로서의 집이 지닌 심리적 내밀함
에 대해서이다. 즉 객관적 물리적 공간성이 아니라 체험적이고 심리
적인 공간성에 대해서이다.[5]

바슐라르가 공간을 안과 밖으로 구분했듯이 현상학적 공간이론가
가운데 한 사람인 독일의 볼노브(O.F.Bollnow)는 「인간과 그의 집」에
서 인간이 체험하고 생활하는 공간을 외적 공간(Aussuraum)과 내적
공간(Innenraum)으로 구분 짓고 있다. 전자는 노동과 노력의 공간이
며, 또 행동생활의 현실적 공간이요, 다른 하나는 인간이 뒤로 물러나
서 안락함을 느끼는 휴식과 평화의 공간이며, 안정의 공간이다. 인간
은 근본적으로 상이한 성격을 지니고 있는 두 공간의 상호 긴장 속에
서 살아가고 있으며, 인간생활의 건전성은 이 영역의 올바른 균형을
이루는 데 그 근거를 두고 있다고 그는 주장했다. 내부 세계인 집과 외
부 세계는 동일한 형식으로 인간에게 속해 있으며, 인간이 안일을 좋
아하는 속물로서 가정의 평화만을 추구할 때, 그는 본질을 해치고 위
축하게 될 것이라는 것이다. 인간은 자신의 위대한 과업을 달성하기

---

4) 바슐라르, 곽광수 역, 『공간의 시학』, 119면.
5) 송명희, 「여성과 공간-현상학적 공간이론과 젠더정치학」, 『배달말』43 , 배달말학
   회, 2008, 25면.

위해서, 또 위대한 행동을 창조하기 위해서는 적대적인 생활세계로 나아가지 않으면 안 된다는 것이다. 즉 인간은 방랑자인 동시에 거주자라는 이중성을 충족시켜야 한다는 것이다. 그리고 내적 공간인 집의 보호적 기능은 침실에서 가장 그 기능이 강화되며, 인간은 침실에서 심층세계로 되돌아가고 존재의 근원과 하나가 되지만 아침에 잠을 깰 때 다시금 적대적 현실세계로 되돌아온다고 했다.[6]

바슐라르가 내적 공간인 집의 안정과 고요와 평화에 대해서 주된 관심을 기울였다면, 볼노브는 내적 공간과 외적 공간의 균형에 대해서 말하고 있다는 점에서 차이를 나타낸다. 볼노브가 말한 외적 공간과 내적 공간에서 인간이 취하게 되는 태도도 매우 상반된다. 외적 공간, 즉 바깥세계의 적대적 성격과 인간이 취하는 태도에 대해서 그는 다음과 같이 말하고 있다.

집의 바깥세계는 적대적인 생활의 세계이며, 노동과 위험의 세계이다. 외부 세계에서 우리는 언제나 경계심을 가지고 있어야 한다. 우리는 상황을 지배하고 뜻밖의 일에 대처하기 위하여 언제나 빈틈없이 주의력을 필요로 하고 있는 것이며, 매순간마다 자기의 행동을 지배할 의식을 필요로 하는 것이다. 그러므로 여기는 주관과 객관이 완전히 분열된 영역이라고 할 수 있다. 이 세계는 특수한 도덕을 요구하고 있다. 이세계는 모험심, 참여의식, 멀리 손을 뻗치는 공격, 부단한 노력 등을 요구한다.[7]

---

6) O.F.볼노브(Bollnow), 「인간과 그의 집」, 『열린 세계 닫힌 사회』, 새론출판사, 1981, 145-161면.
7) O.F.볼노브(Bollnow), 위의 글, 155면.

집의 바깥세계인 외적 공간은 적대적인 생활의 세계이며, 노동과 위험의 세계이다. 그 세계는 빈틈없는 주의력을 요하는 세계이며, 주관과 객관이 분열된 세계, 모험심, 참여의식, 공격, 부단한 노력과 같은 특수한 도덕을 요구하는 세계이다. 바깥세계에서 인간은 언제나 긴장하며, 경계심을 늦출 수 없다. 때론 공격적인 태도도 필요하다. 반면 내적 공간인 집에서의 인간의 태도는 이와 매우 상반된다.

여기는 더 이상 긴장된 주의력의 결핍을 느끼지 않는 안전의 영역이며, 어느 정도 긴장감을 풀 수 있는 곳이다. 그래서 우리는 거의 표현되지 않는 의식의 상태로 되돌아간다. 이리하여 주관과 객관의 긴장이 동시에 완화된다. 우리는 신뢰할 수 있는 세계가 자기를 감싸주고 운반해 주는 듯이 느낀다. 우리는 누울 수도 있고 잠을 잘 수도 있다. 왜냐하면 우리는 오직 안정된 공간에서만 위험도 없고 아무런 방해도 받지 않고, 감싸주는 공간에서만 잠잘 수 있고, 그러한 공간에서 우리는 아무런 보호 없이도 자기 자신을 내어 맡길 수 있는 것이다. (중략) 가정적인 공간은 인간에게 대립해 있는 것이 아니라 어떤 친절하고 자기를 이끌어가는 매개물에 의해서 자기가 받아들여진 듯함을 느끼게 된다. 그는 이러한 공간 속으로 들어가서 자기 자신이 그 공간 속에서 해방감을 느끼고 그리고 자기 자신이 그 공간과 하나로 융합된 듯이 느끼게 된다.[8]

집이라는 내적 공간에서 인간은 자신이 받아들여지고 있다는 느낌, 해방감, 공간과 하나로 융합된 듯한 일체감을 느낀다. 집 없이 인간은 인간답지 못하며, 목적도 휴식도 없는 피난자로 남을 수밖에 없고, 오

---

8) O.F.볼노브(Bollnow), 위의 글, 155-157면.

로지 집을 통해서만 인간은 세계 내에서 튼튼한 바탕을 얻을 수 있으며, 완전한 의미에서 인간이 될 수 있다고 볼노브는 말했다. 한마디로 집은 인간성의 요람인 것이다.

바슐라르나 볼노브가 집에 대해서 느끼는 해방감, 친밀감, 일체감은 역시 현상학적 공간이론가인 이-푸 투안(Yi Fu Tuan)이 말한 장소애(topophilia)[9]와도 상통되는 장소감이다. 장소애는 인간이 특정한 장소에 대해서 특별히 갖게 되는 애착과 친밀감을 의미한다. 투안은 '장소'의 안전, 안정성과 구분되는 '공간'의 개방성, 자유, 위협에 대해 말했으며, 무차별적인 공간에서 출발하여 우리가 공간을 더 잘 알게 되고 공간에 가치를 부여하게 됨에 따라 공간은 장소로 변화한다고 했다.[10]

3. 세 개의 상징공간과 자폐적 자아

「나는 아주 오래 살 것이다」에는 세 개의 중요한 상징공간이 등장한다. 불면증에 시달리는 주인공이 우연히 발견한 우레산의 동굴, 그가 들어가 생활하는 널 모양의 직육면체, 어린 시절 아버지의 폭력을 피해 숨어들었던 벽장 속의 뒤주와 같은 공간이 그것이다. 이 세 공간은 세계의 폭력으로부터 주인공을 지켜주는 내밀한 공간이라는 공통점을 지닌다. 이 공간들에서 주인공은 안온함과 평화로움을 느끼게 된

---

9) 이-푸 투안, 구동회 · 심승희 역, 『공간과 장소』, 대윤, 1999, 6-8면: 〈역자 서문〉 참조.
10) 이-푸 투안, 위의 책, 19-20면.

다. 그것들은 바슐라르가 말한 요나콤플렉스를 확인케 해주는 어머니의 자궁과도 같은 공간들이다.

그런데 인간이 태어나기 이전의 어머니의 자궁을 가장 편안한 공간으로 그리워한다는 것은 과연 무슨 의미일까? 요나콤플렉스라는 것을 뒤집어 해석해보면 그만큼 세상살이의 고통과 불행이 너무 커서 태어나기 이전의 어머니의 자궁 속으로 퇴행하고 싶은 수동적 심리라고 할 수 있다. 그것은 일종의 자궁회귀선망으로, 복잡하고 불안한 현실과는 다른 그지없이 편안하고 말할 수 없이 안온한 장소로서 상징적 자궁인 동굴, 널, 뒤주 속으로 자아를 유폐시킴으로써 세상 밖으로 나오지 않은 채 삶을 겨우 유지시켜나가는 몸부림이다.

이 작품은 모두 20개의 장으로 구성되었는데, 제1장과 제20장은 각각 프롤로그와 에필로그에 해당될만한 것으로, 제1장은 "나는 1년밖에 살지 않을 것이다"로 시작되는 반면 제20장은 "나는 아주 오래 살 것이다"로 시작되는 차이를 나타낼 뿐 나머지 문장은 두 장이 모두 똑같으며, 나머지 문장에서는 삶과 죽음, 그리고 세상사의 불확실성에 대해서 말하고 있다. 아마 주인공이 하루아침에 사업에 실패하여 빈털터리가 되리라고는 한 번도 생각해 보지 않았음에도 그렇게 되었다는 자조적인 의미일 것이다. 그런데 1년밖에 살지 않을 것이라고 비관적으로 생각하던 주인공이 아주 오래 살 것이라고 낙관적으로 표층적 진술이 변화했기 때문에 이 소설이 주인공의 희망적인 변화를 보여준 소설로 읽을 수는 없다.

이 소설의 주인공은 외환위기와 경제구조개혁 바람이 불면서 회사가 부도나 하루아침에 빈털터리가 된 기철이라는 중년남성이다. 회사의 최고경영자에서 갑자기 빈털터리로 전락한 그는 불면증에 시달린다.

그는 밤에 잠을 잘 못 잔다. 언제부터라고 정확히 집어낼 수 없지만 꽤 오래 되었고, 상태도 조금씩 심해졌다. 의사는 갑작스런 환경 변화나 스트레스가 원인일지 모른다는 소견을 냈다. 아마 맞을 것이다. 회사가 넘어가고, 아들뻘밖에 되지 않는 새파랗게 젊은 노조원들에게 무릎꿇림을 당하는 수모를 겪었을 때 그의 인생은 끝이 났다. (중략) 노조원들과 담판을 짓겠다고 들어간 농성장에서 그는 달걀세례를 받았고 옷이 찢겼으며 무릎꿇림을 당했다. 세상에 태어나서 처음 당하는 수치와 굴욕이었다. 수치와 굴욕은 거기서 끝나지 않았다. 그날, 정부와 채권단은 그의 경영권을 박탈하는 결정을 내렸다. 하루아침에 회사를 빼앗긴 그는 빈털터리가 되었다.[11]

그의 불면증은 아들뻘밖에 되지 않는 새파랗게 젊은 노조원들에게 달걀 세례를 받았고, 옷이 찢겼으며, 가장 치명적인 것은 무릎꿇림을 당하는 수모를 겪은 데서 발생한다. 태어나서 처음으로 당한 수치와 굴욕뿐만 아니라 정부와 채권단이 그의 경영권을 박탈함으로써 빈털터리로 추락하게 된 분노와 울화 때문에 그는 잠을 잘 수 없는 불면증에 시달리게 된다.

세상에 태어나서 처음 당하는 인간적 수모에다 하루아침에 회사의 최고 경영자에서 빈털터리가 되고 말았으니, 그의 인간적 자존감은 손상될 대로 손상되었으며, 그는 "인생이 끝이 났다"라는 절망감과 자포자기에 빠질 수밖에 없었던 것이다. 그는 그를 모욕한 젊은 노조원과 그의 회사를 빼앗은 정부와 채권단을 공격함으로써 그의 손상

---

11) 이승우, 「나는 아주 오래 살 것이다」, 신경숙 외, 『2001년 이상문학상작품집-부석사』, 문학사상사, 162-163면.

된 자존감을 회복하고 싶지만 그렇게 할 수 없는 적대적 현실의 엄청난 스트레스의 신체화 증세가 결국 불면증으로 나타난 것이다. 이전에는 누구보다 건강했고, 자신만만했던 그가 하루아침에 "불쑥불쑥 치솟는 울화를 이기지 못하고 밤에 깨어 일어나 괴로워하며 벽을 치고 술을 마시고 소리를 지르게 될 줄은 정말 몰랐었다." IMF의 외환위기는 이처럼 한 남성의 자아(ego)에 치명적인 손상을 입혔고, 참을 수 없는 분노에 빠뜨렸으며, 잠도 잘 수 없는 심각한 불면증 상태에 이르게 했다.

그뿐만이 아니다. 그가 빈털터리가 되자 세상의 인심은 너무 야박해져 그를 형님이라 부르며 따르던, 그의 회사와 오랫동안 거래해온 은행의 임원이 그를 외면하는 인간적 배신까지 당하게 된다. 딸이 점심을 대접하겠다고 하여 나간 호텔의 커피숍에서 일어난 일이다. 그는 참지 못하고 그의 면상에 일격을 가하고, 그가 "교양머리 없이"라는 말을 다 내뱉기도 전에 그의 이마를 받아버리고 구둣발로 짓이기려 했다. 그런데 딸 선영이 울상을 짓고 서서 이 추태를 다 보아버린 것이다. 딸은 "많이 지쳐 있는 것 같은데, 어디 여행을 좀 다녀오시는 게 어때요?"라고 권고한다.

그가 동굴을 발견한 것은 딸의 권고로 아내와 함께 3박 4일의 단체여행길에서였다. 우레산에 있는 조그만 암자에서 버스를 멈추고 단풍구경을 하기 위해 사람들이 등산로로 접어들었을 때, 그는 사람들이 오르내려 반들반들해진 길을 버리고 나무들이 우거진 숲속으로 들어갔다가 사람 하나가 겨우 들어갈 수 있을 만큼의 입구가 좁은 동굴을 발견하게 된다. 이 동굴을 발견했을 때의 느낌은 "안에서 들어오라고 손짓을 하는 것 같기도 했다"로 표현된다. 그리고 동굴 안으로 들어서자 그는 "이상하게 안도의 한숨이 나오면서 마음이 느긋해"진다. 그

동굴은 "현실의 안이 아니라 바깥을 향해 나갈 출구가 발견되기만 하면, 언제든지 그곳으로 달아날 준비가 되어있는 특별한 정신상태", 즉 자폐적 성향을 나타내는 주인공의 세상 밖으로 잠적하고 싶은 치명적 욕구, 또는 숨은 꿈을 보여준다. 그 동굴은 "세상의 바깥으로 나가는 출구, 혹은 세상의 바깥의 안으로 들어가는 입구"였던 것이다. 즉 적대적인 세상 바깥으로 나가는 출구이자, 그만의 내밀한 장소로 찾아 들어가는 입구였던 것이다. 그 출구(입구)가 언제 열릴지는 신만이 알겠지만 우레산에 도착했을 때, 그는 그 동굴을 찾아 거기까지 오기라도 한 것처럼 발걸음이 자연스러웠다.

우레산에서 갑자기 사라진 그를 스님과 경찰의 도움으로 동굴 속에서 발견했을 때, 그는 "자궁처럼 움푹 패인 공간에 태아처럼 웅크리고 누운" 채 깊은 잠에 빠져 몸을 흔들어도 깨어나지 않았다. 그의 웅크린 자세는 그의 내면의 자궁회귀선망을 나타낸다. 그는 우연히 발견한 동굴 속에서 몇 시간 동안 깊은 잠을 잘 수 있었지만 그것이 불면증의 근본적인 치료는 아니었다. 그는 여전히 잠을 자지 못했고, 불면증은 더욱 심해졌고, 말도 거의 하지 않았고, 몸은 가시처럼 말라갔다. 그렇다고 아내와 딸이 불면증 치료를 위해 그를 다시 동굴로 데리고 갈 수는 없었다. 그래서 그는 혼자서 배낭을 메고 가끔 우레산의 동굴을 찾아가 어떤 날은 열두 시간씩, 그리고 어떨 때는 무려 스무 시간씩 잠을 잤다.

동굴 안에서의 장소감은 혼자일 뿐만 아니라 어두웠기 때문에 편안했고, 기대하지 않은 안락감이 신경에 기분 좋은 나른함을 주사했다고 표현된다. 꿈도 꾸지 않고 완벽하게 잠들 수 있었던 시간들, 공포와 불안이 사라진 편안함과 친밀감, 동굴과 하나가 된 듯한 일체감……

그 완전하고도 완벽한 장소감은 다음과 같이 표현된다.

  어두웠지만 나는 어두운 줄 몰랐고, 눅눅했지만 눅눅한 줄 몰랐고, 추웠지만 추운 줄 몰랐다. 공포나 불안은 더욱 없었다. 나를 위해 만들어진 특별한 공간에 제대로 들어앉은 듯한 친밀감, 그걸 어떻게 설명해야 좋을까. 기억은 하지 못하지만, 정말로 언젠가 한 번 그 동굴에 간 적이 있는 것일까. 유년이나 꿈, 또는 여태 믿어 본 적이 없지만, 예컨대 전생의 한 시간에 있었던 어떤 기억이 내 정신, 혹은 몸의 어디, 그런 곳이 있는 줄도 모르는, 그렇게 깊고 어둡고 후미진 구석에 숨어 있는 것인지 모른다.[12]

  인용문에서 "기억은 하지 못하지만, 정말로 언젠가 한 번 그 동굴에 간 적이 있는 것일까"라는 기시감(旣視感), 즉 데자뷰(Deja Vu)는 병적인 신경증(神經症)이나 착각, 또는 망상이라기보다는 바슐라르가 말한 어떤 공간에 감싸이듯이 들어 있을 때 안온함과 평화로움을 느끼는 요나콤플렉스로 해석된다. 하필이면 그곳이 어둡고 축축한 동굴이기 때문에 일반인들로부터는 물론이며, 심지어는 가족들로부터도 이해받지 못했지만……. 인간이 기억하지 못하는 근원적인 무의식이 요나콤플렉스라면, 주인공이 느낀 기시감은 유년시절에 겪었던 구체적 트라우마와도 관련된다.
  그것은 유년시절의 주인공이 아버지의 폭력을 피하기 위해서 벽장 속으로 숨었다가 거기도 안전한 도피처가 되지 못했을 때에 다시 숨어들어간 뒤주의 장소감과 맞닿아 있다. 못 쓰는 물건들과 잡동사니

---

12) 이승우, 「나는 아주 오래 살 것이다」, 177-178면.

들이 먼지를 뒤집어쓰고 있는 좁아터진 그곳이 "몸을 웅크리고 앉자 맞춤하게 들어맞았"으며, "처음에 갑갑하던 뒤주 안이 시간이 지나면서 오히려 견딜 만해졌고, 나중에는 안락하게까지 여겨졌다. 그리고 그것이 정신의 이완을 불렀다. 나는 그 좁은 뒤주 안에서 잠이 들었"던 과거의 기억과 현재 동굴 속에서 느끼는 장소감은 서로 상통하는 것이다.

> 뒤주 속에 들어가 문을 닫고 몸을 웅크리고 있으면 근육과 신경이 이상스레 느슨해지면서 기분 좋은 안락감이 찾아왔다. 그럴 때 나는 어김없이 잠속으로 빨려 들어갔다. 꿈도 없는 깊은 잠을 맛나게 잤다.
> 아버지와 상관없이도 벽장 안에 들어갔다. 낮에도 뒤주 속에 들어갔다.[13)]

1997년 말에 불어 닥친 외환위기와 경제구조 개혁이 그에게 불가항력적으로 닥쳐온 거대한 폭력이었다면, 유년시절 아버지가 술에 취했을 때 보여준 가정폭력 역시 어린 그로서는 피할 수 없는 거대한 폭력이었다. 그를 사랑하는 어머니로서도 결코 막아줄 수 없는 폭력이었다. 그는 아버지의 폭력에 결코 대항할 수 없었고, 대신 폭력으로부터 도피하기 위해서 뒤주라는 폐쇄적 공간을 선택했다. 그리고 그곳에서 태아처럼 몸을 웅크리고 편안히 잠이 들었다. 문제는 아버지의 폭력이 없는 날에도 그는 벽장 안의 뒤주 속으로 들어가는 자폐적 성향을 나타냈다는 것이다.

---

13) 이승우, 「나는 아주 오래 살 것이다」, 188면.

현재의 주인공이 느끼는 적대적인 외부 세계의 항거불능의 폭력으로부터 도피하고 싶은 심리와 유년시절의 주인공이 아버지로부터 느낀 항거불능의 폭력으로부터 도피하고 싶은 심리는 상동성을 띠고 있다. 그리고 주인공의 폭력에 대한 대응방식도 동일하다. 즉 집도 아닌 자기만의 공간, 가장 내밀한 장소인 동굴과 뒤주, 나중에는 스스로 만든 널 속으로 자아를 유폐시킴으로써 세상의 폭력에 대응하고 있다는 점이다. 널 속에서의 장소감은 다음과 같이 표현된다.

> 그는 하루의 대부분을 자기가 만든, 다리가 달린, 한 면이 터진 그 직육면, 아니 직오면체(그런 게 있다면) 안에 들어가 보냈다. 밖에 있을 때는 불쑥불쑥 치밀던 울화도 그 안으로 들어가면 눈 녹듯 사그라들었다. 밖에 있을 때면 살 희망이 생기지 않았지만, 안에 들어가면 그런 생각도 나지 않았다. 그 때문에 그는 그 안에 들어가야만 했다. 대개는 잠을 잤지만, 책을 읽기도 했다. 나중에는 비스킷이나 빵을 먹기도 했고, 맥주나 커피를 마실 수도 있게 되었다. (중략) 그의 세계는 그가 들어가 누운 널의 크기만큼 작아졌다. 그렇지만 그는 불행하지 않았고 불편하지도 않았다. 어린 시절에 그는 아버지와 상관없이도 벽장 안에 들어갔었다. 낮에도 뒤주 속에 들어가서 시간을 보내곤 했었다. 그때도 그는 불행하지 않았고 불편하지 않았었다.[14]

그는 자신이 만든 널 속에서 "불쑥불쑥 치솟던 울화도 그 안으로 들어가면 눈 녹듯" 사그라졌으며, 밖에 있을 때면 살 희망이 생기지 않았지만 안에 들어가면 그런 생각도 나지 않았을 뿐만 아니라 "나는 아

---

14) 이승우, 「나는 아주 오래 살 것이다」, 188-189면.

주 오래 살 것이다"라는 심경의 변화까지 생기게 된다. 그렇다고 그것
이 희망을 찾았다거나 훼손되었던 인간적 자존감을 회복했다는 의미
는 결코 아니다.

'널'이란 무엇인가? 죽은 사람의 시체를 넣는 나무상자이다. 그곳은
산 자를 위한 공간이 아니라 죽은 자를 위한 공간이다. 죽은 자의 공간
에서 산 자가 먹고 자고 하는 일상생활을 영위하면서 불행하지도 불
편하지도 않다는 것은, 즉 그의 생활세계를 널 속으로 축소했다는 것
은 도대체 무슨 의미이겠는가? 왜 그는 집도 아닌, 자기 방도 아닌, 좁
아터진 널 속으로 자아를 유폐시켜야 했는가? 그것은 바로 적대적인
세계에 대한 두려움의 표현이며, 자아의 상징적 죽음을 의미한다. 사
회적 자아를 상실한 남성의 상징적 죽음이 널 속으로의 유폐로 표현
된 것이다.

남녀의 성역할을 분리해 온 산업사회에서 남성은 공적 영역, 여성
은 사적 영역으로 공간이 구분되어 왔다. 기능주의 사회학자 탈코트
파슨즈(Talcott Parsons)에 따르면 정상적 핵가족은 남성이 남편과 아
버지로서 대외적 직업을 통해 가족을 경제적으로 부양하는 도구적 역
할을 수행하며, 여성은 아내와 어머니로서 대내적인 통합과 긴장관리
의 표현적 역할을 수행하는 역할 분담에 의해서 특징지어진다.[15] 파
슨즈의 가족이론에 전적으로 동의하는 것은 아니지만 하루아침에 빈
털터리가 되어 사회경제적 역할을 상실한 주인공이 집에서도 편안함
을 느끼지 못하고 널 속의 폐쇄적 공간으로 자아를 유폐시켜버린 것

---

15) 린다 M. 글레논, 이수자 역, 『여성과 이원론』, 이화여자대학교 출판부, 1990,
    42-51면.

은 대외적 직업을 통해서 가족을 경제적으로 부양함으로써 그 역할을 보장받는 남성으로서의 역할을 수행할 수 없게 되었다는 데서 기인한다.

즉 그는 사회경제적 무능력자만 된 것이 아니다. 가정에서도 남편과 아버지로서의 역할을 수행할 수 없는 무능력자가 되고 말았다. 도구적인 남성 역할을 수행할 수 없기 때문에 자연히 집에서도 안식과 평화와 안정을 얻을 수 없게 되었고, 그것을 단적으로 표현해준 것이 바로 불면증이다. 볼노브는 내적 공간인 집의 보호적 기능은 침실에서 가장 그 기능이 강화된다고 했는데, 불면증은 그에게 바로 집의 보호적 기능이 전혀 작동하지 못한다는 것을 나타낸다. 즉 외적 공간을 상실한 남성은 집이라는 내적 공간에서의 휴식과 평화도 제대로 향유할 수 없는 불균형 상태에 이르게 된다. 인간적 삶의 건전성은 바로 외적 공간과 내적 공간의 균형을 통해 나타나는데, 외적 공간의 상실은 더불어 집이란 내적 공간의 상실을 동반하게 된다. 그리고 이것이 결국 널과 같은 폐쇄적 공간으로의 자아 유폐로 나타나게 된 것이다.

밤이 되면 젊은 노조원들이 그에게 가했던 수모가 선명하게 살아나서 얼굴이 벌겋게 달아오르고 맥박이 빠르게 뛰며 잠을 자지 못하는 그를 향해 아내는 "제발 마음을 편하게 가져요. 그런다고 사태를 돌이킬 순 없잖아요. 당신 건강이 제일 중요해요. 그래야 나중에 재기를 하지요."라고 하며 위로하고 정신과 의사를 찾아가 상의를 하기도 했다. 또 딸은 점심을 대접하겠다고 밖으로 그를 불러내는가 하면, 여행을 다녀오라고 권했고, 그리고 집밖에서 뭔가 할 일을 찾으라는 의미에서 일주일 과정의 목수학교에 등록을 시켜주기도 했다.

적어도 가족들은 처음에는 그가 재기하길 기대했고, 유폐의 방문을 열고 바깥으로, 그곳이 어디든 나가기를 바랐다. 따라서 그가 집안에 웅크리고 지낸 지 다섯 달 만에 목수학교에 등록했다는 사실만으로도 아내의 얼굴은 환하게 밝아졌던 것이다. 적어도 그가 목수학교에서 배운 실력으로 한쪽 면이 터진 직육면체의 나무통을 만들어 그의 방에 들여놓았을 때까지도 가족들은 아직 그에 대한 희망을 버리지 않았다.

그랬다. 그까지는 괜찮았다. 그때까지는 희망이 있는 것처럼 보였다. 아직은 아니지만, 곧 밤에도 잠을 잘 자게 될 것 같았고, 방문을 열고 밖으로 나올 것 같았고, 사람들과 섞여 농담을 하게 될 것 같았고, 예전의 활력과 기운을 되찾을 것 같았다. 적어도 그의 가족들은 그렇게 기대했다. 그때까지만 해도 그들은 그가 목수학교에 가서 대패와 톱의 사용법을 배운 걸 다행이라고 생각했다. 불면증은 아직 여전했지만, 그에게서 동굴에 대한 유혹을 지워낸 것만 해도 상당한 성과라고 평가했다. 불면증도 머지않아 치료될 거라고 믿었다. 그러나 그들의 믿음이 바람에 지나지 않았다는 사실이 오래지 않아 드러났다.[16]

그러나 그가 그 널 속으로 들어가 잠을 자고, 책을 읽고, 식사도 하고, 일기도 쓰며, 가능한 한 그곳에서 나오지 않으려고 했을 때, 그의 생활세계를 그가 들어가 누운 널의 크기로 축소해 버리고도 전혀 불행해하거나 불편해하지 않았을 때, 가족들은 그 앞에서 일부러 명랑하게 웃으려고도 하지 않았고, 아예 그의 방에 들어오지도 않으려고 했다. 즉 그에 대해 더 이상 희망을 가지지 않았다. 외적 세계와의 관

16) 이승우, 「나는 아주 오래 살 것이다」, 180-181면.

계를 완전히 단절하고 더 철저히 고립되어 유폐된 생활을 하는 주인
공에게 가족들이 보여주는 태도는 외면, 곤욕, 고통, 슬픔, 그리고 이
해할 수 없음이다. 외적 세계와의 관계 맺기를 완전히 포기해버리고
자폐적인 내적 공간으로 도피해간 주인공을 가족들도 마침내 포기해
버린 것이라고 할 수 있다.

> 아내와 딸은 되도록 그의 방에 들어오지 않으려고 했다. 그들은 널
> 속에 들어가 누운 채 모든 시간을 보내는 아버지와 남편을 보고 싶지
> 않았다. 그것은 그들에게는 곤욕이었고 고통이었고 슬픔이었다. 그들
> 은 언제나 그를 이해하고자 했고, 이해할 수 있다고 생각했지만, 그러
> 나 결코 그를 이해할 수 없었다.[17]

어떤 면에서 이 소설은 카프카의 「변신」을 생각나게 하는 작품이다.
주인공 기철은 「변신」의 주인공 그레고르 잠자를 연상시킨다. 그레고
르가 어느 날 아침 눈을 떠보니 자신이 커다란 벌레로 변해버린 사실
을 알게 되었을 때의 무력감과 소외감, 그리고 기철이 어느 날 갑자기
악성기업의 무능한 경영자가 되어 노조원들로부터 차마 겪을 수 없는
수모를 당하고, 정부와 채권단으로부터 회사를 빼앗기어 빈털터리가
되었을 때의 무력감과 소외감은 유사한 느낌일 것이다. 두 작품의 주
인공이 가족들의 관심으로부터 점차 멀어져 간 것도 유사하다. 인간
실존의 허무와 소외 그리고 절대고독을 주제로 하였다는 점에서 두
작품은 매우 닮아 있다.

---

17) 이승우, 「나는 아주 오래 살 것이다」, 189면.

4. 맺음말

볼노브는 인간은 근본적으로 상이한 성격을 지니고 있는 내적 공간과 외적 공간의 상호 긴장 속에서 살아가고 있으며, 인간생활의 건전성은 이 두 영역의 올바른 균형을 이루는 데 그 근거를 두고 있다고 했다.

이승우의 단편소설 「나는 아주 오래 살 것이다」는 IMF의 외환 위기 사태를 시대적 배경으로 삼고 있는 작품으로, 주인공은 경제구조 개혁과정에서 하루아침에 회사의 경영자에서 빈털터리로 전락한 중년 남성이다. 그는 회사를 빼앗기는 과정에서 젊은 노조원들로부터 인간으로서 차마 겪을 수 없는 수모를 당하게 된다. 그 울화와 분노로 불면증에 빠진 주인공은 절망감과 무력감에 사로잡힌 채 외적 공간과의 관계 맺기를 완전히 포기해버린다. 그리고 동굴, 널과 같은 내적 공간으로 철저히 자아를 유폐시킴으로써 사회로부터의 고립은 물론이며, 마침내 집(가족)으로부터도 소외된다.

이 소설의 제1장에서의 진술은 "나는 1년밖에 살지 못할 것이다."라고 시작하고 있으나 마지막 장인 제20장에서의 진술은 "나는 아주 오래 살 것이다."라고 바뀌고 있다. 하지만 이 변화가 주인공이 부정적이고 절망적인 삶의 자세에서 긍정적이고 희망적으로 바뀌었다는 것을 나타내는 것은 결코 아니다.

유년 시절 아버지의 폭력을 피해 뒤주 속에 도피했던 트라우마가 있는 주인공은 그와 같은 내밀한 공간이 세계의 폭력과 위험으로부터 자아를 편안하게 보호해준다는 기억을 각인하게 되고, 외환위기의 폭력적인 상황 속에서도 적대적인 외적 세계와 맞서 싸우기보다는 동굴, 널과 같은 자폐적인 내적 공간으로 도피함으로써 자아를 겨우 유지시켜 나간다. 즉 공격적인 태도로 적대적인 외부 세계와 맞서는 능동성을 완전히 상실하고 자기만의 자폐적인 세계로 도피하는 수동적인 자세를 보여준다.

주인공은 자신이 직접 만든 널 모양의 직육면체 속에서 잠은 물론이며 하루 종일 모든 일상을 영위해 나가는데, 이것은 사회적인 고립은 물론이며, 가족들로부터도 소외를 자초하게 된다. 그는 그 공간이 불편하거나 불행하지 않다고 진술하고 있지만 IMF의 폭력성은 아예 사회로부터 격리되어 자폐적인 공간에 자아를 유폐시킬 만큼 한 남성의 실존에 치명적인 상처를 입혔다는 것을 이 작품은 여실히 보여준다.

특히 '널'이라는 공간은 산 자를 위한 공간이 아니라 죽은 자를 위한 공간이다. 주인공의 널 속으로의 유폐는 외적 세계에 대한 두려움의 표현이며, 사회적 자아의 상징적인 죽음을 의미한다. 밖에서의 경제활동을 통해서 가족부양의 도구적 역할을 수행해야 하는 남성에게 IMF의 상황은 그러한 역할을 폭력적으로 박탈해버림으로써 주인공을 재기불능의 절망감과 무력감에 빠뜨렸다. 그것이 동굴이나 널과 같은 자폐적인 공간으로의 도피로 그를 몰아갔다. 결국 그는 사회로부터 고립되고 마침내 가족들로부터도 소외된다.

1인칭의 화자는 동굴, 널, 뒤주라는 내적 공간에 대해 친밀감과 일체감과 같은 완벽한 장소감을 나타내며, 그곳에서 결코 불편하지도 불행하지도 않다고 진술한다. 하지만 3인칭의 화자는 "단속적으로 찾아오는 울화와 수치감, 그리고 자기의 인생이 끝났다는 깊은 절망감은 세상으로부터 자신을 고립시키는 칩거의 형태로 나타났다. 그는

자폐의 어둠 속에 스스로를 가뒀다."라고 진술한다. 동일한 상황과 공
간에 대한 1인칭의 주관적 화자의 말하기와 3인칭 화자의 객관적 바
라보기의 거리는 이만큼 멀고도 크다. 1인칭 서술과 3인칭 서술을 교
차시킨 절묘한 서술 전략의 의도가 바로 여기에 있다.

　외적 공간에서 실패한 남성은 내적 공간, 즉 가족과 집으로부터도
소외된 고독한 존재가 될 수밖에 없다는 것을 이 작품은 뛰어난 공간
상징을 통해 보여주었다.

(『한국문학이론과 비평』 15-4, 한국문학이론과비평학회, 2011)

여성과 공간
-현상학적 공간이론과 젠더정치학

1. 바슐라르의 현상학적 공간이론과 젠더정치학

1) 젠더와 공간

공간과 남성/여성을 구별하는 젠더(gender)의 문제는 아무 연관
이 없는 것처럼 보일 수 있다. 하지만 우리의 전통가옥에서조차 공간
은 이미 안방/사랑방과 같이 성적 범주로 구분되어 왔고, 같은 방에서
도 아랫목/윗목으로 어른과 아이의 위계질서를 표현해 왔음을 부인할
수 없다. 즉 공간의 배치가 남녀의 권력관계 및 상하의 위계관계에 의
해 규정되어 왔다는 사실을 인정하지 않을 수 없다. 마크 위글리(Mark
Wigley)는 "건물이 성의 정치학으로부터 분리되어 있다는 생각이 바
로 그 정치학의 산물"이라고 말했다.[1]

---

1) 마크 위글리, 「무제: 젠더의 수용」, 베아트리츠 콜로미나 엮음, 강미선 외 역, 『섹슈

산업사회에서도 남성의 공간과 여성의 공간은 공적 영역과 사적 영
역으로 이분법적으로 구분되어 왔다. 기능주의 사회학자 탈코트 파슨
즈(Talcott Parsons)가 도구적 남성/표현적 여성으로 역할을 구분하
고, 공간도 남성-공적 영역, 여성-사적 영역으로 구분한 이원론은[2] 바
로 남녀의 권력관계를 나타내는 성역할 구분이며, 가부장제의 권력이
작동하는 사회학적 공간 분할이다. 남성과 여성을 도구적/표현적 성
역할 및 인성적 자질로 구분 짓고, 그들의 공간을 사회와 가정으로 구
분해온 자들은 누구인가?

그것은 말할 필요도 없이 사회적 권력을 쥐고 있는 자, 바로 가부장
제 권력이다. 시·공간의 분할은 권력관계에 의해 규정되고, 분할된
시·공간은 다시 사회의 권력관계를 재생산한다.[3] 페미니즘은 가부장
적 권력이 작동하는 공간 분할에 저항하며, 남성에게 빼앗긴 공적 영역
을 탈환하기 위한 투쟁의 역사를 펼쳐 왔다고 말해도 과언이 아니다.

얼리티와 공간』, 동녘, 2005, 390면.

2) 린다 M. 글레논, 이수자 역, 『여성과 이원론』, 이화여자대학교 출판부, 1990, 42-51
면. : 파슨즈는 '정상적' 핵가족은 남성은 남편과 아버지로서 대외적 직업을 통해 가
족을 경제적으로 부양하는 도구적 역할을 수행하며, 여성은 아내와 어머니로서 대
내적인 통합과 긴장관리의 표현적 역할을 수행하는 역할분담에 의해 특징지어진다
는 사실을 일반화했다. 여기서 도구적 행동은 과업수행, 생산성 및 효율성을 중시한
다. 사회관계에서 도구적으로 활동하는 사람은 감정을 억제하고 이기적 동기에 의
해 행동하며, 판단을 위해 표준화되고 객관적인 기준에 의존하고, 상대방을 수행능
력이나 성취도에 의해 평가한다. 그리고 모든 도구적 관계는 목적을 위한 수단으로
이해된다. 반면 표현적 행동은 감정적 충족감, 집단결속성 및 안정과 같은 통합적
목표를 중시한다. 따라서 표현적으로 활동하는 사람은 전형적으로 집단이익을 위
한 감정을 표현하며, 상대방을 평가하는 기준으로서 개인적 관계의 특징에 의존하
며 또한 상대방을 그들의 개인적 자질에 의해 판단하고, 상대방에게 폭넓은 관심을
보인다. 이러한 관계는 그 자체가 목적이며, 특별한 이익 때문이 아니라 그 스스로
를 향유하는 것이다.

3) 김왕배, 『도시, 공간, 생활세계』, 한울, 2000, 44면.

2) 바슐라르의 공간이론과 젠더

문학작품을 해석하고 분석하는 데 폭넓게 원용되고 있는 바슐라르 (G. Bachelard)의 『공간의 시학』에서 보여준 공간에 대한 이해는 현상학적 접근법이다. 현상학적 공간이론은 사회적 이데올로기와 무관하다고 여겨져 온 이론이다. 이들의 철학적 공간론에서 공간은 기하학적 내지 물리학적 어떤 척도나 좌표계가 아니라, 그 안에 존재하는 사람들이 구체적으로 체험하는 공간으로 간주하며, 그러한 공간이 사람들 내지 '현존재'에 의해 체험되는 방식을 추적한다.[4]

관념적 상상력 이론이라 불리는 『공간의 시학』에서 바슐라르는 공간의 상상적인 체험을 통해 그 체험 속에서 그 체험을 조직하고 구성하는 지향성을, 그 체험된 현상의 원형을 찾아내려 했다.[5] 그는 이 책에서 집, 집과 세계, 서랍과 상자와 장롱, 새장, 조개껍질, 구석 등 내밀한 공간의 이미지들 및 그 변양태들, 세미화(細微畵), 내밀(內密)의 무한, 안과 밖의 변증법, 원의 현상학과 같은 이미지의 현상학을 추구하고 있다. 다시 말해 그는 인간의 집과 사물들의 집이라고 할 수 있는 서랍, 상자, 장롱 등을 통해서 숨겨진 것의 미학을 이야기하였고, '세미(細微)'와 '무한'을 주제로 하여 큼과 작음의 변증법을 살펴보고 있다.

그는 공간을 '안과 밖'으로 대칭적으로 분류하는 체계를 세우고, 문을 매개공간으로 하여 '안'을 친밀하고 보호되는 내밀의 공간으로, '밖'을 모험, 위험과 무방비의 적대적 공간으로 이분법적으로 구분한

---

4) 이진경, 『근대적 주거공간의 탄생』, 소명출판, 2001, 36면.
5) 곽광수, 「바슐라르와 상징론사」, 바슐라르, 곽광수 역, 『공간의 시학』, 민음사, 1990, 14면.

다. 하지만 그의 『공간의 시학』은 '밖'의 자유나 모험이 아니라 '안'의
내밀함과 모성성, 그리고 안정의 무한에 대해 바쳐지고 있음은 말할
필요조차 없다. 그에게 집은 위험한 세계로부터 우리를 지켜주고 평
화롭게 해주며, 도피할 수 있는 피난처로서, 보호받는 내밀함의 이미
지와 연결되어 있다. 이 책에서 문제되는 상상력의 궁극성은 요나콤
플렉스이다. 그것은 우리가 어머니의 자궁 속에 있을 때 우리의 무의
식 속에서 형성된 이미지이다. 우리들이 어떤 공간에 감싸이듯이 들
어 있을 때 안온함과 평화로움을 느끼는 것은 이 요나콤플렉스 때문
이다.[6]

> 더할 수 없이 깊은 몽상 속에서 우리들이 태어난 집을 꿈꿀 때, 우리
> 들은 물질적 낙원의 그 원초적인 따뜻함, 그 잘 중화된 물질에 참여하
> 게 된다. 보호되는 존재들이 살고 있는 것은 바로 그러한 분위기 속에
> 서인 것이다. 우리는 집의 모성(母性)에 대해 다시 이야기하게 되겠지
> 만, 지금 우선적으로 우리는 집의 존재의 원초적인 충족성을 지적해 두
> 려고 한 것이다.[7]

그런데 내적(안) 공간인 '집'이 안온하고 보호되는 내밀한 공간 이
미지로 표현된 것은 집 그 자체가 가진, 공간의 물리적 속성으로부터
저절로 우러나오는 것이 아니다. 물론 집이 외부세계의 위협과 공격
으로부터 인간을 보호해주는 물리적인 피호성의 기능을 띠고 있는 것
은 사실이지만 바슐라르의 공간현상학은 집의 체험적 심리적 내밀함,

---

6) 곽광수, 위의 글, 15면.
7) 바슐라르, 앞의 책, 119면.

즉 체험적 심리적 피호성에 대해 말하고 있다. 우리는 어린 시절에 어머니가 외출하여 계시지 않는 집을 텅 빈 쓸쓸한 공간으로 경험했던 기억을 가지고 있듯이 그가 말하려고 한 것은 공간의 물리적 속성이 아니라 심리적 체험에 대해서이다.

바슐라르는 상상력이란 보편성을 지니며, 인간 내부에 개인성을 초월하는 보편적 상상력이 존재한다고 본다. 그리고 그 보편적인 상상력은 우리들 각자의 내부에서 더욱 깊고 본원적인 자아를 이루고 있는데, 원형이란 이와 같은 상상력의 보편성을 표현하는 이미지다.[8] 즉 그에게 집은 따뜻하고 보호되는 내밀한 공간의 원형적 이미지로서 인간의 보편적 상상력을 표현한다.

그런데 바슐라르가 말했듯이 집은 정말 누구에게나 행복하고 보호되며 안정된 내밀한 공간으로 체험되는 보편성이 있는 것일까? 한마디로 집에서 휴식을 취할 수 있는 사람에겐 집이 보호되고 안정된 내밀한 공간이 될 수 있지만, 누군가에게 휴식을 제공해야 하는 사람에겐 집이 결코 보호되고 안정된 내밀한 공간이 될 수 없다. 극단적인 예로 폐소공포증(밀실공포증) 환자에게 집(폐쇄된 방), 상자, 구석 등 폐쇄된 공간은 오히려 공포와 불안의 대상이 된다.

그렇다면 집이라는 내적 공간에서 보호와 휴식과 행복을 체험하는 사람은 누구이며, 그들이 그것을 체험하기 위해서 헌신하는 사람은 누구인가? 바슐라르가 말한 보호와 휴식과 행복은 집이란 물리적 공간에서 거저 체험되는 것이 아니다. 누군가의 헌신과 봉사, 그리고 희생이 있어야만 보호와 휴식과 행복은 체험될 수 있다. 그리고 그것을

---

8) 곽광수, 앞의 글, 15-16면.

제공하는 사람이 다름 아닌 어머니요, 아내요, 딸인 여성이다. 반면 그
것을 향유하는 사람은 자식이요, 남편이요, 아버지인 남성이다. 다시
말해 내적 공간인 집은 자식, 남편, 아버지, 즉 남성에게는 보호와 휴
식과 행복의 장소지만 그들에게 보호, 휴식, 행복을 제공해야 할 어머
니, 아내, 딸, 즉 여성에게는 재생산노동(가사노동, 육아, 성관계 등)을
반복해야 하는 공간으로서, 결코 보호와 휴식과 행복을 체험할 수 없
는 공간이라는 것이다.

3) 가부장제 이데올로기와 집

가부장제 가족 이데올로기는 집을 가족 성원을 양육하고 그들로 하
여금 바깥 세상에 나아가 자기가 맡은 역할을 해낼 수 있게 준비시키
는 곳으로 관념화하고 있다. 즉 여성으로 하여금 그녀의 직업 유무와
상관없이 자녀를 낳아 키우고, 가사를 처리하며, 가족 구성원의 신체
적 정서적 욕구를 충족시켜주는 곳으로 간주해 왔다.[9]
　가족을 유지하는 데는 화폐, 즉 돈이 필요하지만 여성의 노력과 시
간을 필요로 하는 끝없는 노동도 필요로 한다. "아동의 보호, 청소, 장
보기, 요리, 허약자와 노인의 보호, 가구유지는 모두 시간과 노력이 필
요한 작업, 바로 일이다."[10] 사회적으로도 여성들의 재생산 노동은 분
명 사회적 가치를 획득하며 사회적 생산노동의 뒷받침이 되고 있다.
하지만 여성의 가사노동은 사회적 임금이 지불되지 않는 무임금노동

---

9) 송명희, 『섹슈얼리티 · 젠더 · 페미니즘』, 푸른사상, 2000, 211면.
10) 다이애너 기틴스, 안호용 외 역, 『가족은 없다』, 일신사, 2007, 167면.

이기 때문에 일로서 간주되지 않는다. 그 일을 하는 여성 역시 놀고먹는 존재로 무시된다. 물론 직업을 가진 여성도 사회적 임금노동과 함께 가사노동을 병행해야 하는데, 가부장제 사회가 여성의 직업 유무와 상관없이 자녀양육과 가사노동의 책임을 여성에게 할당했기 때문이다.

그러면 왜 여성은 제공하고, 남성은 제공받는 이분법이 발생했는가. 그것은 가부장제 사회가 그것을 이데올로기로 구성하여 학습시키고 강요해왔기 때문이다. 남녀의 성별 분업은 산업사회의 토대에 뿌리를 둔 것으로, 이러한 남녀의 역할 구분이 없었다면 전통적인 핵가족은 존재할 수도 없었다. 그리고 핵가족이 없었다면 전형적인 생활양식과 노동양식을 갖춘 부르주아 사회도 없었을 것이다. 부르주아적 산업사회의 임금노동자는 가사노동자를 전제하며, 시장을 위한 생산은 핵가족의 존재를 전제로 한다. 이런 점에서 산업사회는 남녀의 불평등한 역할 이분법에 의존하고[11] 있는 셈이다.

집의 보호적 기능과 휴식 기능은 가부장제가 여성에게 부과한 숙명적 임무, 즉 재생산노동을 토대로 하지 않는다면 결코 얻어질 수 없는 것들이다. 따라서 여성들은 자신들에게 부과된 숙명적 역할과 책임으로 인해서 집을 결코 보호와 휴식과 행복의 공간으로 느끼지 못하게 되는 것이다.

버나드(Jessie Bernard)가 말했듯이 "여성과 남성은 세상을 다르게 경험할 뿐만 아니라 여성이 경험하는 세상은 남성이 경험하는 세상과

---

11) 울리히 벡&엘리지베트 벡-게른샤임, 강수영·권기돈·배은경 역, 『사랑은 지독한 그러나 너무나 정상적인 혼란』, 새물결, 1999, 59면.

놀랄 만큼 다르다."[12] 한마디로 집은 일터에서 일하고 돌아온 남편에게는 안식처라고 볼 수 있으나 아내에게는 안식처를 만들어야 할 의무가 있는 일터이다.[13] 이것은 자식과 어머니와의 관계에서도 마찬가지이다. 집이라는 동일한 공간이 이처럼 체험하는 사람의 젠더에 따라 쉼터와 일터로 다르게 체험되는 것이다.

일터와 가정의 분리에 의해 야기된 남성과 여성의 집에서의 일상적 체험은 본질적으로 다를 수밖에 없다. 그런데도 바슐라르는 젠더의 차이를 간과하고, 남성중심의 체험을 인간의 근원적 상상력과 보편적 체험으로 간주하며, 남성인 그의 시각으로 이론을 구성하였던 것이다. 다시 말해 그의 공간이론은 여성을 경험의 주체로 가정하지 않은 채 남성만을 경험의 주체로 삼음으로써 구성된, 남성들의 보편성만을 표현한 남성중심적 이론이다. 따라서 그의 공간이론에서 여성은 무주체적 존재, 불가시적 존재일 뿐이며, 여성의 체험은 소외되어 있다.

원형이란 인간정신의 보편적이며 근원적 핵으로서 시공간의 차이, 지리적 조건의 차이, 인종의 차이를 넘어선 보편적인 인간성의 조건[14]이다. 그런데 바슐라르의 보호와 휴식과 행복의 원형적 이미지로서의 집은 남성의 집단무의식만을 반영한 것으로, 젠더의 차이를 넘어서지 못한 절반의 보편성만을 표현하고 있을 뿐이다.

결론적으로 바슐라르의 공간이론은 산업사회적인 남녀 성역할의 이분법, 즉 젠더 정치학에 토대한 이론이라는 것을 지적하지 않을 수

---

12) J. Bernard(1981), *The Female World*, New York : The Free Press.: 신혜경, 「공간문화와 여성」, 『한국여성학』 12-2, 한국여성학회, 1996, 231면에서 재인용.
13) 정은희, 「일과 가정생활」, 여성한국사회연구회 편, 『한국가족문화의 오늘과 내일』, 사회문화연구소, 1995, 219면.
14) 이부영, 『분석심리학』, 일조각, 1978, 85면.

없다. 바슐라르가 말한 인간의 근원적 상상력과 체험이라는 것도 결국 가부장제 사회의 집단무의식을 반영한 것으로, 그는 자신도 의식하지 못하는 사이 남성인 자신의 체험을 보편적인 것으로 간주함으로써 공간이론을 구성한 셈이다.

4) 페미니즘 문학과 가출 모티프

가정에서 육아와 가사노동을 남편과 아이들을 위해 제공하는 여성들은 집을 휴식과 행복의 장소가 아니라 벗어나고 싶은 노동공간으로 체험하며, 자신들의 무보수의 불평등한 가사노동에 저항해 왔다. 1960년대에 미국에서 베티 프리단(Betty Naomi Friedan)은 여성의 공간을 가정으로 한정하고, 가정을 행복의 공간으로 규정하는 이데올로기의 허위의식을 '여성의 신비'라는 개념으로 비판했다. 그녀는 가정 속에서 가부장제 이데올로기가 규정한 대로의 삶을 살고 있는 여성들이 '이름을 붙일 수도 없는' 심각한 절망감과 정체성의 상실을 경험한다고 보고하고 있다.

> 나는 여자가 할 만한 것들, 취미생활, 정원 가꾸기, 장아찌 담그기, 통조림 만들기, 이웃과 사이좋게 지내는 일, 자선모임에 참석하고, 사친회의 다과를 준비하는 일 등 모두 다 하려고 애썼어요. 나는 이런 것은 다 할 수 있으며, 또 하기를 좋아해요. 그러나 이러한 것들은 생각해야 할 거리를, 즉 내가 누군가라는 물음에 대한 어떤 의구심을 불러일으키지는 않아요. 나는 결코 사회적인 출세에 대한 야심을 가져 본 적이 없어요. 내가 원했던 것은 단지 결혼해서 네 명의 아이를 갖는 것뿐이었

지요. 나는 지금도 물론 아이들과 남편과 내 가정을 사랑해요. 당신이
뭐라고 이름붙일 수 있는 문제는 하나도 없어요. 그러나 나는 절망감을
느껴요. 나는 아무런 개성이 없다는 생각이 들어요. 나는 단지 음식을
장만하는 사람이고 옷을 간수해주는 사람이고, 잠자리를 만드는 사람
일 뿐이에요. 단순히 남이 무엇을 원할 때 이름이 불리어지는 그런 사
람에 불과해요. 그러면 도대체 나는 뭐란 말이에요?[15]

여성에게 부여된 역할과 일에 반기를 드는 것은 사회운동뿐만 아
니라 여성들의 문학작품에서 지속적으로 표현되어 왔다. 여성작가들
은 여성들이 자신의 역할에 결코 행복을 느끼지 않으며, 집이 보호와
휴식과 행복의 공간이 아니라고 증언한다. 그리고 집 밖으로의 가출
을 시도하는 여성을 그린다. 페미니즘 문학은 입센의 『인형의 집』이
후 빈번하게 집으로부터의 탈출, 즉 가출 모티프를 다뤄왔다. 노라는
그녀의 남편은 행복하다고 생각했던 집으로부터 행복을 찾을 수 없어
가출했다.

여성들이 종속된 존재로서의 삶을 부정하고 개체로서의 독립된 자
아를 확립하는 과정에서 가출 모티프는 페미니즘 문학의 원형적 모티
프가 되고 있다. 가출이란 다름 아닌 가부장제 사회가 여성에게 강요
해온 일상성의 횡포와 억압으로부터의 탈출이며, 자아회복을 의미한
다.[16] 엘렌 모어스(Ellen Moers)는 페미니즘 문학은 '산책의 은유'로
설명될 수 있으며, 여성들의 삶의 제한성에 대한 반응기제로서 집 밖

15) 베티 프리단, 김행자 역, 『여성의 신비』(상권), 평민사, 1978, 31면.
16) 송명희, 「한국여성작가와 여성해방-오정희 · 김향숙을 중심으로」, 『문학과 성의
    이데올로기』, 새미, 1994, 230면.

으로의 산책은 불가피하다는 견해를 보인 바 있다.[17] 가출이 페미니즘 문학의 핵심적 모티프의 하나라는 것은 여성들의 집에서의 삶과 일상성이 행복하지 않다는 의미이다.

그런데도 바슐라르를 비롯한 여러 이론가들은 집을 유토피아의 원형으로 삼는다. 적대적인 외부세계에 반대되는 친근함, 따뜻함, 애정, 행복을 집에서 발견하고자 한다. 그러나 가족을 다룬 수많은 소설, 영화, 연극뿐만 아니라 자서전은 그것에 깊은 균열이 있음을 더 이상 숨기지 않는다. 아니 남녀 양성 사이의 싸움이야말로 우리 시대의 중심 드라마이다.[18]

그러면 은희경의 「아내의 상자」를 분석함으로써 바슐라르의 공간이론의 남성중심성을 증명하고, 우리의 삶을 건강하게 만드는 공간성은 어떤 것인가에 대해서 말해보겠다.

2. 「아내의 상자」의 공간현상학

1) 집의 장소감

은희경의 「아내의 상자」(1998년 이상문학상 수상)에는 여러 공간들이 나온다. 신도시의 방 세 개짜리 아파트, 아내의 방, 상자, 독일식 책상, 안락의자, 아내가 잠들어 있던 그린파크 모텔, 아내가 가보고 싶

---

17) Ellen Moers, *Literary Women*, New.York: Doubleday Company, 1976, p.130.
18) 울리히 벡&엘리지베트 벡-게른샤임, 앞의 책, 93면.

어 했던 아름다운 숲길과 그 너머 예상치 못했던 공동묘지, 닭장, 병
원, 요양원 등 이 작품은 지나치리만큼 공간의 상징성으로 넘쳐나는
작품이다.

현상학적 공간이론은 공간(장소) 그 자체가 아니라 공간에 대한 인
간의 심리적 체험 즉 장소감을 문제 삼는다. 따라서 여기서도 인물들
의 집에 대한 장소감의 분석이야말로 문제의 핵심이다. 장소감(sense
of place)이란 렐프(Edward Relph)에 의하면, 장소-인간의 관계에서
인간이 장소를 어떻게 자각하고 경험하고 의미화하는가를 말하는 것
으로서 인간에 초점을 둔 개념이다.[19]

이 작품에서 남편은 회사원이며, 아내는 전업주부이다. 이들은 남녀
의 역할이 공과 사로 분리된 전형적인 산업화시대의 핵가족이다. 다
만 결혼 5년차의 이들 부부에게 표준적인 핵가족으로서 결여되어 있
는 것이 있다면 자녀가 없다는 것이다. 아내는 임신 3개월째에 자연
유산한 이래 불임상태에 있다. 불임을 제외하고 전업주부로서 아내는
자신에게 부과된 가사노동을 완벽하게 수행한다. 화자인 남편은 아내
의 가사노동에 대체로 만족하며, 집을 평온하다고 느끼고, 아내에 대
해서 모든 것을 잘 알고 있으며, 자신이 무엇에든 잘 적응하는 상식적
인 인물이라고 생각한다. 그야말로 산업화시대의 도구적 성역할에 충
실하며, 아내에게도 표현적 역할에 충실할 것을 요구하는 인물이다.
남편과 아내는 성역할뿐만 아니라 심리적 특성마저도 도구적/표현적
으로 이분화되어 있다.

---

19) 에드워드 렐프, 김덕현 외 역, 『장소와 장소상실』, 논형, 2005, 309면, 〈역자해제〉
    참조.

이 작품에서 집의 장소감을 평온하다고 느끼는 사람은 남편이다. 그는 작품 곳곳에서 "우리의 삶은 그럭저럭 평온했다"나 "평온한 나날이 계속되었다"라고 반복적으로 진술한다. 그에게 집은 바깥세계로부터 돌아와 휴식하는 장소이며, 음식 만들기, 집안의 정리정돈을 통해 평온을 제공하는 아내가 있는 장소로 인식된다.

> 나는 모든 면에서 무난한 남편이었지만 음식에 관한 한 약간은 까탈스러웠다. 다양하고 새로운 반찬을 만들지는 못 했어도 다행히 아내의 음식솜씨는 얌전한 편이었다. 된장찌개는 불을 잘 조절했기 때문에 멸치의 비린 맛이나 된장 떫은맛이 안 났다. 갈치를 구워도 그릴에 달라붙지 않고 바삭바삭하게 속까지 익혔으며 아내가 부친 달걀말이는 약한 불에 익혀서 부드럽고 단단하게 잘 말려 있었다. 아내는 정돈도 잘 했다. 손톱깎이나 여분의 건전지, 옷솔과 드릴 따위를 늘 같은 자리에서 찾아 쓸 수 있었고 욕실에는 늘 고슬고슬한 수건이, 냉장고의 냉동실에는 반찬냄새가 배지 않은 깨끗한 얼음이 있었다.[20]

그는 집의 평온을 "집에 돌아와 보면 모든 것이 제자리에 준비되어 있었다. 아내까지도"라고 표현한다. 그가 아내에게 원한 것은 잘 정돈된 집안, 제자리에 준비되어 있는 생활용품, 그의 까다로운 입맛에 맞춘 식사, 그리고 그가 요구하면 성관계에 응해야 하는, 즉 표현적 성역할을 수행해야 하는 몰개성의 존재일 뿐 인격과 감정을 가진 개성적 주체적 인간이 아니다.

---

20) 은희경, 「아내의 상자」, 『이상문학상 수상작품집 22-아내의 상자 외』, 문학사상사, 1998, 30-31면.

그녀의 모든 동작 속에 내 눈에 익숙한 평온이 깃들여 있었기 때문이다. 그녀가 평온하게 보일 수 있는 것은 자기 자신이 아닐 때뿐이었다. 평온하다는 것은 수면을 내려다보는 사람의 생각이다. 그 순간 물속에서는 가물치가 꼬리를 바둥거리는 물새우를 반쯤 삼키고 있는지도 모를 일이다.[21]

그는 집뿐만 아니라 아내의 표정도 평온했다고 진술한다. 하지만 그것은 지극히 자의적인 판단에 근거한 것일 뿐이다. 이들 부부가 살고 있는 집의 평온은 아내의 평온이 아니라 남편이 바라본 평온, 아니 남편이 원하는 평온이다. 그는 아내의 겉으로 평온해 보이는 내면에 어떤 갈등이 있는지 전혀 알지 못한다. 아니 알려고도 하지 않는 무관심 상태에 있다. 왜냐하면 집의 평온이 깨어지는 것을 그는 원하지 기 때문이다. 이 작품에서 남편을 화자로 삼은 1인칭관찰자시점은 남편으로 하여금 아내에 대해 자의적 판단을 내리게 하고, 아내의 내면을 소외시키는 데 있어 아주 절묘한 선택이라고 할 수 있다.

하지만 그는 결정적으로 집의 평온을 깨버린 아내, 즉 그린파크 모텔의 3층 특실에서 나체로 잠들어 있던 아내를 발견하지 않을 수 없게 된다. 그는 아내의 개성을 무시하거나 침묵으로써 집의 평온을 유지하려고 했지만 그것이 진정한 평온이 되지 못했다는 것은 두말할 필요가 없다.

반면 아내의 집에 대한 장소감은 어땠을까? 집은 여성의 공간으로 간주되지만 이 작품에서 아내는 안주인으로서의 정체성과 장소감을

---

21) 은희경, 「아내의 상자」, 54면.

획득하지 못한다. 즉 바슐라르가 말한 안정과 휴식, 그리고 행복한 장소감을 체험하지 못한다. 아내에게 집은 남편을 위한 가사노동과 성관계와 임신, 즉 재생산의 역할을 끊임없이 요구받는 공간이다. 남편의 요구대로 그녀는 불임클리닉에 시간 맞춰 다니고 있고, 병원의 지시에 잘 따르고 있지만 그것은 엄청난 스트레스를 안겨주는 일일 뿐이다. 따라서 아내에게 집은 가부장적인 집이며, 이-푸 투안(Yi-Fu Tuan)이 말한 친밀한 유대감을 느끼는 '장소'가 아니라 타자화된 추상적 '공간'일 뿐이다.[22]

집이 아내에게 친밀한 장소가 되지 못했음을 남편은 아내가 밤늦도록 돌아오지 않은 날 비로소 알아챈다. 집은 아내가 아닌 다른 여자가 당장 들어와 살아도 이상한 점이 전혀 없을 만큼 표준적 상태, 즉 모든 것이 제자리에 너무 잘 정돈 되어 눈에 거슬리는 특별한 것이라곤 전혀 없는 무색무취의 몰개성의 공간이었음을 그는 처음으로 깨닫는다. 아내만의 개성적 체취라곤 전혀 없는 공간이란 바로 개성을 억압받고 살아온 아내의 삶에 대한 상징이다.

아내의 집에 대한 장소감은 두 차례 언급된 『벨 자(The Bell Jar)』라는 소설을 통해서 잘 암시되어 있다. 이 작품은 1950년대를 배경으로 한 젊은 여성이 몰락하는 과정을 서술한 자전적 소설이다. 저자인 실비아 플라스는 자신의 자살 시도와 매사추세츠 벨몬트에 있는 맥린 병원에서의 정신치료 경험을 토대로 이 작품을 썼다.[23] 여기서 제목 '벨 자'는 '종모양의 유리그릇'이라는 뜻이다. '벨 자'는 밀폐되고 감금

---

22) 이-푸 투안, 구동회 · 심승희 역, 『공간과 장소』, 대윤, 1999, 6-8면, 〈역자 서문〉 참조.
23) 실비아 플라스, 공경희 역, 『벨 자』, 문예출판사, 2006.

된 듯한 느낌, 즉 주인공 에스더의 질식을 상징한다. 아내는 이 작품을 언급하며 "파블로프의 개처럼 인간이 벨소리에 의해 규칙적으로 약을 삼키기 위한 침을 분비하며 사육되는 폐쇄된 바구니"처럼 현재 그녀가 살고 있는 집으로부터 받고 있는 폐쇄되고 감금된 듯한 느낌, 질식할 것 같은 느낌을 표현하려고 애썼다.

집의 밀폐되고 감금된 듯한 느낌, 질식할 것만 같은 장소감을 아내는 되풀이해서 표현한다. 신도시로 이사 온 뒤 아내는 "집안에서는 모든 게 말라버려요!"라고 말하는가 하면 "이러다가는 나도 말라비틀어질 거예요. 자고나면 내 몸에서 수분이 빠져 나가 몸이 삐거덕거리는 것 같다구요"라고 말하는데, 그것은 단지 새집증후군의 하나로 시멘트벽이 수분을 빨아들이기 때문만은 아니다. 그것은 보다 심리적인 문제로서, 자신이 살고 있는 집의 질식할 것 같은 분위기를 말한 것이다. 그런데 남편은 수족관에 열대어를 키워보라고 권하는가 하면 가습기를 사들고 감으로써 그것을 단지 물리적 환경의 문제로서만 이해한다. 아내는 가습기의 포장지도 뜯지 않음으로써 자신의 문제가 물리적 문제가 아니라는 것을 웅변한다. 하지만 그녀의 질식할 것 같은 장소감은 남편에게 전달되지 못한다.

그녀는 자신이 살고 있는 신도시의 아파트 단지마저도 길이 가로막혀 있다고 생각한다.

신도시에는 길이 없어요. 덩치가 큰 건물에 다 가로막혀 있어요. 신발을 신고 산책이나 하려고 나갔다가도 길이 다 끊어져 있어서 그냥 돌아와 버려요. 찻길밖에 없어요. 그러면서 그녀는 고층 건물 사이의 찻길을 몇 번 건너갔다 오면 지치기 때문에 잠이 오는 거라는 주장도 했

다.[24]

일부일처제 핵가족의 전형적 주거양식인 아파트(단지)의 획일성과 규격화도 아내를 숨 막히게 만드는 요인이다. 그녀는 처음 신도시로 이사 왔을 때만 하더라도 자신의 방이 생긴 것과 "집도 깨끗하고 공기도 맑고, 무엇보다도 기차가 지나다니는 걸 볼 수 있는" 사실과 무엇보다도 불임클리닉에 다니지 않게 된 것을 기뻐했다. 즉 변화와 삭막하지 않은 생활이 있을 것 같은 기대감에 부풀었다. 그래서 여러 가지 계획을 세우며, 새로운 것들에 관심을 나타냈다. 하지만 얼마 가지 않아 그녀는 불임클리닉에 다시 다녀야 했고, 신도시의 새 아파트에서도 자신의 삶이 이전과 조금도 달라지지 않았다는 사실을 깨닫게 된다.

길이란 무엇인가? 그것은 사람과 사람이 소통하는 길이다. 그것은 물리적 공간개념을 넘어서서 개성을 가진 사람과 사람이 생각과 감정을 자유롭게 소통하는 마음의 길을 의미한다.[25] 하지만 그 길을 그녀는 자신이 살고 있는 질식할 것 같은 집과 획일적인 고층건물만이 즐비한 신도시 아파트단지에서는 결코 찾을 수 없었다.

아내가 원했던 개성적 장소는 작품 속에 다음과 같이 표현되어 있다.

내가 매일 아침 지옥을 향한 진입로이듯 느리게 통과해 가는 길을 두 대의 스포츠카는 경쾌하게 뚫고 지나갔다. 나는 질질 끌듯이 그들은 칸타빌레로, 노래하듯이.

---

24) 은희경, 「아내의 상자」, 32면.
25) 송명희, 「「아내의 상자」, 그 소통불능의 관계」, 『섹슈얼리티·젠더·페미니즘』, 푸른사상, 2000, 192면.

그 길의 전혀 예상치 못했던 깜찍한 소동에 대해 솔직히 나는 약간 놀랐다. 그들의 차는 다음 신호등에서 좌회전을 받아 갈라져 나갔다. 지리한 회색 포장도로로 직진하는 나와 달리 그들은 풀이 북슬북슬한 방둑길로 접어들었다. 그러고는 연녹색 산속의 오솔길 뒤로 사라져 버렸다. 그들이 사라진 하얀 길은 알맞게 구부러졌고 꽃이 만발해 있었다.

옆자리를 보니 아내도 그 스포츠카들이 사라진 오솔길 쪽을 쳐다보고 있었다. 그 길이 눈앞에서 완전히 사라지도록 내내 고개를 뒤로 잔뜩 돌리고 쳐다보았다.

"저 길로 한번 가보고 싶어요."

아내의 목소리는 꽉 잠겨 나왔다. 마치 선택된 사람에게만 열려 있다가 그 계절이 지나면 사라져 버리는 환상의 길 같다는 말도 했다. 나는 아내를 힐끗 쳐다보았다.[26]

하지만 아내는 계절이 몇 차례 바뀌고 해가 바뀌는 동안에도 그 길로 끝내 가보지 못한다. 즉 아내는 자기소외에서 벗어나 개성화(individuation)[27]를 이룰 수 있는 기회를 끝내 갖지 못한다. 대신 아내를 요양원에 입원시켜버리고 신도시를 이사해 버리는 날 아침, 남편은 혼자서 그 길로 가본다. 아내가 그토록 가보고 싶어 했던 숲길이 남편에게는 무덤으로 가득 뒤덮인 귀기어린 정적이 감도는 혐오스런 공간으로 인식된다. 그는 구부러진 험하고 좁은 숲길로 상징되는 개성적 삶이 아니라, 쭉 뻗은 직선도로로 상징되는 표준적 삶을 살고자 하

26) 은희경, 「아내의 상자」, 43-44면.
27) 이부영, 앞의 책, 48면.

는 사람이다. 표준적인 페르소나로서의 삶을 살고자 하는 남편과 표준적 삶에 질식할 것 같은 아내 사이에는 이처럼 소통할 길이 없으며, 사랑의 결실로써 얻어지는 아이도 생겨날 수 없다.

인간이 공간이나 환경을 체험할 때에 발생하는 심리, 즉 공간심리에는 이미지 수준, 분위기 수준, 행동수준과 같은 세 가지 차원이 존재한다. 공간이나 환경은 인간의 심리와 관계없이 존재하지 않는다. 그리고 인간은 오감, 과거의 기억, 지식을 통하여 주변의 환경을 파악한다. 우리들이 이해하고 있는 공간과 환경은 과거의 기억이나 이미지를 기반으로 하여 지각된 환경이며, 인지된 환경이라고 말할 수 있다. 여기서 이미지 수준은 밝기, 넓기 등 구체성을 갖는 시각적 현상으로서 마음속에 떠오르는 공간의 모습을 말한다. 이것은 기억과 연결되어 있다. 분위기란 공간에 가득 차 있는 기분으로 가장 중요한 속성이라고 할 수 있는데, 정확히 말하면 공간을 체험할 때에 심적 현상 중에서도 가장 심리적인 측면이 강하다고 할 수 있다. 분위기 수준이란 결국 공간과 인간심리와의 관계를 가장 핵심적으로 나타낸 것으로, 따뜻한 공간, 새로운 공간 등이 그것이다. 행동 수준이란 사람이 공간 중에서 행동하려고 할 때 사람과 공간과의 사이에서 작용하는 상호작용의 수준이다. 예를 들면 행동을 유발하는 공간, 사람을 끌어들이는 공간 등이다.[28]

말하자면 아내가 '벨 자'를 운위하고, 자신의 집에서 질식할 것 같은 장소감을 갖는 것이나 신도시의 아파트 단지가 건물들로 가로막혀 길이 없다고 느끼는 것은 분위기 수준의 공간심리를 표현한 것이다. 사

---

28) 최선희, 『공간의 이해와 인간공학』, 국제, 2001, 129-132면.

실 가부장제는 여성의 공간을 집으로 한정하고, 여성을 밖의 세계로 부터 단절시켜 왔다. 작중의 아내가 그녀의 집에 대해 폐쇄되고 질식할 것 같은 분위기를 느끼는 것은 결코 과장된 것이 아니다. 여성은 집으로 자신의 세계를 억압받고 통제받는 삶을 살아 왔기 때문이다. 뿐만 아니라 "남성이 바깥세상에 노출되어 있는 반면 여성은 바깥세상으로부터 가장 먼 거리의 공간 시퀀스, 즉 집에 깊게 가두어져 있다. 집이야말로 여성을 길들이기 위한 메커니즘"[29]인 것이다 가정 속에 격리된 여성들의 억압받고 통제받는 삶은 쇠줄에 묶인 채 사육되는 옆집의 애완견을 통해서 상징적으로 표현되고 있다.

따라서 집은 더 이상 여성의 내밀하고 행복한 공간이 되지 못한다. 집은 여성에게는 바깥세계와 격리되고 통제된 세계일 뿐이다. 이 세계로부터 여성은 끊임없이 표현적 역할을 요구받으며, 가부장적 가계 계승을 위한 아들 낳기를 강요받아 왔다. 『인형의 집』의 노라와 같은 용기 있는 여성들은 집밖으로 가출을 시도하지만 작중의 소극적인 아내는 자신만의 내밀한 세계를 만들어 그 세계로 도피하는 수동성과 퇴행성을 보여준다.

2) 소통의 부재

아내가 집에서 질식할 것 같은 장소감을 느끼게 된 데에는 여성에게 할당된 표현적 역할뿐만 아니라 남편의 태도가 크게 작용하고 있다. 즉 장소감의 형성에 있어 인간만큼 결정적 영향을 미치는 요소는

---

29) 마크 위글리, 앞의 글, 390면.

없기 때문이다. 남편은 늘 집을 평온하다고 느끼며, 아내를 사랑한다고 생각했는데, 왜 아내는 질식할 것 같은 분위기를 느꼈으며, 옆집여자를 따라 집밖으로 외출했고, 그 끝에서 성적 일탈까지 저지르게 된 것일까?

그는 자신의 관심사와 다른 아내에 대해 "늘 나로서는 아무 관심도 없는 소식을 진지한 말투로 전해주"는 "머릿속에는 쓸데없는 생각"으로 차 있는 인물로 여긴다. 그리고 기억에 자신 없어 하는 아내를 "기억들을 머릿속에 쌓아두는 대신 상자에 담아서 뚜껑을 덮어 버리곤" 하는 인물로서 자신이 읽은 책의 내용도 극히 단편적으로만 기억하며, 자기 식대로 엉뚱하게 왜곡시켜 알고 있는 지적으로 열등한 사람으로 취급한다. 한마디로 그는 아내를 "시시하다고 할 만큼 평범한 사람"으로 규정짓는 가부장적 우월의식을 가진 인물이다. 그가 가부장적 권위를 노골적으로 드러내며 아내 위에 폭력적으로 군림하지는 않았지만 그의 내면에서는 자신과 다른 개성을 가진 아내를 인격적으로 무시하고, 지적으로 열등한 존재로 취급하는 남자로서의 우월감이 은연중에 자리 잡고 있었던 것이다.

그는 단 한 번도 아내와의 대화에 진지하게 응한 적이 없다. 가령, 그로서는 아무 관심도 없는 아내의 말에 텔레비전을 보면서 건성으로 대꾸했고, 그와 다른 아내의 생각을 쓸데없는 것으로 간주했다. 더구나 두 사람의 관심사는 하나도 일치하지 않았다. 이를테면, 텔레비전을 볼 때에도 남편은 증권시황에 관심을 갖는 반면, 아내는 야생동물보호 뉴스에 관심을 보인다. 어쩌면 남녀를 공과 사로 분리하는 성별분업의 구조에서, 더욱이 아이도 없는 부부가 공통의 관심사를 갖는다는 일 자체가 근본적으로 불가능할지도 모른다. 남편은 아내를 감

정이 있고, 주체적 사고가 있는 개성적 인간으로 존중하는 대신 주어
진 역할만을 충실히 수행하는 객체로서 대함으로써 둘 사이에는 제대
로 대화와 소통이 이루어진 적이 없었다. 그러니 둘 사이에 정신적 친
밀감과 유대감이 형성될·리 없고, 아내가 행복한 장소감을 느낄 수 없
는 것은 당연하다.

   그들 사이에선 대화와 의사소통뿐만 아니라 육체적 소통도 전혀 이
루어지지 않았다. 작품 속에는 몇 차례 두 사람의 메마른 섹슈얼리티
에 대해서 기술하고 있다. 그것들은 모두 열정과 사랑이 부재하며 아
내 편에서 보면 결코 자연스럽지도 즐거운 일도 아닌 노동에 불과했
음을 보여준다. 항상 아내의 몸은 차가웠고, 마른 몸에는 물기가 돌지
않는다. 입으로는 사랑한다고 말하고 있지만 아내의 아랫도리는 마치
자기 것이 아닌 듯 부자연스럽다. 아내의 피부는 부드러웠지만 오랜
동안의 전희에도 불구하고 그녀의 몸은 갑옷을 입은 것처럼 열기가
힘이 든다. 그녀는 매번 고통을 참으며 남편을 받아들여야 했다. 불임
클리닉에 다니면서부터는 배란기에 맞추어서 규칙적인 관계를 가져
야 했다. 남편은 아내를 안고 싶은 욕망조차 규칙적으로 생겨나는, 무
엇에든 잘 적응하는 상식적인 사람으로 자신을 치부하지만 아내는 배
란기가 되면 성적 욕망이 저절로 생기는 파블로프의 개가 아니지 않
은가. 둘 사이에는 성적 접촉 이전에 발생해야 할 사랑과 같은 감정의
접촉과 소통은 아예 부재했다. 이처럼 두 사람은 감정적으로나 육체
적으로 어긋나기만 했던 것이다. 그들에게는 인간적 친밀성이나 유대
감뿐만 아니라 남녀로서의 열정마저 부재했다. 불임은 이처럼 소통불
능에 빠지고, 황폐해진 부부관계의 지극히 당연한 귀결인 것이다.

   그들의 결혼이 파탄에 이른 것은 아내의 외출 때문이 아니었다. 남

편은 그들 부부에게 결여된 것이 단지 아이라고 생각했겠지만 그들에게 정말 필요한 것은 도구적 · 표현적 성역할을 벗어난 평등한 인간적 만남이요, 서로를 배려하고 존중하는 진정한 대화요, 친밀하고 지속적인 감정적 유대와 사랑일 것이다.

커크패트릭(Kirkpatrick)은 부부 성공에 잘 부합하는 요인으로 아내의 오르가슴에 대한 충분하고도 성숙한 능력, 파트너에 대한 애정의 확신과 만족 정도, 가부장적이지 않은 동등한 관계, 정신적 · 육체적 건강, 공동관심사에 기초한 조화로운 화합, 그리고 배우자에 대한 호의적 태도라고 지적했다.[30] 하지만 이들 부부에게 이런 것이 하나라도 존재했던가?

그러면 배려와 관심을 잃어버린 남편의 태도에 아내는 어떻게 반응했을까? 아내는 남편과의 대화에서 불만을 직접적으로 표출한 적은 없다. 하지만 남편과의 대화 도중에 그녀의 말꼬리에는 힘이 들어가 있었고, 신문기사를 그녀가 먼저 오려버렸다고 남편이 화를 내자 변명 대신 말없이 청소기를 돌리기 시작했고, 불임클리닉의 진료실로 들어가기 전에 아주 짧은 순간 "무력하고 간절한 눈빛"으로 돌아보았으며, 당신도 외롭냐는 질문에 "아뇨"라고 시큰둥하게 대답하고는 시위하듯 감자를 깎기 시작했다. 그리고 옆집 개 이야기를 하다가 "개들은 왜 자살은 걸 안 하나 몰라"라는 "과격한 말을 내뱉었"다. 짐작컨대 아내는 남편과의 대화 도중에 사뭇 날카로운 감정상태에 있었으며, 불임클리닉에 다니는 것을 싫어했고, 심지어 자살까지도 고려하는 심

---

30) 앙드레 미셸, 변화순 · 김현주 역, 『가족과 결혼의 사회학』, 한울아카데미, 1991, 179-180면.

리적 위기를 겪고 있었다. 하지만 아내는 남편과의 관계가 불편해질 때마다 그것을 겉으로 드러내 표현하지 않고 대신 잠에 빠져 들었으며, 남편은 이를 평온으로 간주했던 것이다.

가부장제 이데올로기는 여성을 수동적이고 소극적인 존재로, 남성을 능동적이고 적극적인 존재로 인성적 자질마저 이분화해 왔다. 아내는 전형적인 여성성의 소유자로서 집밖으로의 탈출과 같은 적극적 태도를 통해 자신의 억압적 상황으로부터 벗어나려 하기보다는 집안에서 자기만의 자폐적 공간으로 도피함으로써 고통으로부터 벗어나고자 했던 것이다.

미국 영화 이야기를 들려주면서 자신은 선택이론에 의한 열성으로 거세되었다고 자학적으로 말하는 아내는 남편의 표현대로 제자리를 찾아간 것이 아니라 자포자기의 상태에 빠져 있었다. 더 이상 남편의 욕망에 대해서 반응하지 않는 자신의 몸에 대해서 미안해하지도 않았고, 오르가슴을 과장하지도 않았다. 남편을 거부조차 하지 않음으로써 감정이 없는 기계처럼 행동했음에도 남편은 그것을 자신의 편의대로 제자리를 찾아가고 있다고 해석해버렸던 것이다.

게다가 남편은 자신이 아내의 모든 것을 잘 알고 있다고 자부했다. 하지만 정작 아내가 밤늦게까지 돌아오지 않자 자신이 아내를 찾을 전화번호 하나 가지고 있지 않을 만큼 아내에 대해 무지의 상태에 있으며, 더욱이 아내의 내면에 대해서는 전혀 알지 못한다는 사실을 비로소 깨닫는다. 그는 아내가 왜 잠에 빠져 드는지, 그가 집에 있는 일요일조차 옆집여자를 따라 외출하는지, 임신을 원하는지 않는지 도무지 아는 것이 아무것도 없었던 것이다. 입으로는 아내를 사랑하고, 아내를 위해 모든 것을 다해주었다고 말하고 있지만 아내에 대해 관심도, 지식도, 존경도 가지고 있지 않았던 것이다.

에리히 프롬(Erich Fromm)에 의하면 사랑이란 보호와 관심, 책임, 존경, 지식을 필요로 한다. 여기서 책임이란 다른 인간존재의 요구에 대한 나의 반응이며, 존경은 어떤 사람을 있는 그대로 보고 독특한 개성을 아는 능력이다. 어떤 사람을 존경하려면 그를 잘 '알지' 않고서는 불가능하다. 보호와 책임은 지식에 의해 인도되지 않는다면 맹목일 것이다. 그리고 지식은 관심에 의해 동기가 주어지지 않으면 공허할 것이다. 그리고 내가 누군가를 사랑한다면 그와 일체감을 느끼지만 '있는 그대로의 그'와 일체가 되는 것이지, 내가 이용할 대상으로서 나에게 필요한 그와 일체가 되는 것은 아니다.[31]

하지만 그는 아내에 대해 관심도, 책임도, 존경도, 지식도 가지고 있지 않았으며, 표현적 역할을 수행하는 대상으로만 여겼다. 그럼에도 그는 자신이 아내를 사랑하고, 아내의 모든 것을 다 알고 있으며, 자신이 아내를 위해 모든 것을 다했다고 생각하는 오만에 빠져 있었던 것이다.

3) 내밀한 세계로의 도피, 또는 외출

수동적이고 소극적인 성격의 아내는 집에서 행복한 장소감을 얻지 못하고, 남편과의 소통이 부재하기 때문에, 집안의 집, 즉 그녀만의 자폐적인 내적 공간으로 도피한다. 아내의 방에 놓인 상자, 개폐식의 독일식 책상, 안락의자, 그리고 깊게 빠져드는 잠……. 이것들은 바슐라

---

31) 에리히 프롬, 황문수 역, 『사랑의 기술』, 문예출판사, 2000, 46-52면.

르적인 의미에서 그녀만의 내밀한 공간들이지만 동시에 타인과의 소통을 거부하는 자폐적 공간들이다. 아내는 상자 속에 그녀의 모든 기억과 삶을 담아 놓고 뚜껑을 닫아버리며, 열려 있는 책상이 아니라 개폐식의 독일식 책상에서 책을 읽거나 무언가를 쓰다가 뚜껑을 닫아버린다. 심지어 잠을 잘 때도 안방의 침대에서 편안하게 잠을 자는 것이 아니라 그녀의 방에 놓인 안락의자에서 공벌레처럼 몸을 둥글게 말고 자신을 숨기는 듯한 자세로 낮잠을 잔다. 특히 잠이야말로 그 누구도 방해하고 침범할 수 없는, 무의식의 심층으로 돌아가 쉴 수 있는 자기만의 내밀한 공간이다.

> 아내가 그녀의 안락의자에 파묻혀 잠든 것을 보면 이따금 그때 생각이 났다. 뚜껑이 닫힌 상자들 곁에서 잠들어 있는 그녀의 모습. 그것은 자신을 상처 입힌 세상을 향해 빗장을 지르고 잠들어버린 그때의 모습과 비슷했다.[32]

"다리를 가슴께로 끌어당긴 채 웅크리고 앉은" 자세, 즉 "몸을 둥글게 말고 숨어 있는 공벌레"와 같은 자세로 잠을 자는 아내는 안락의자 속이 "깊숙해서 무덤처럼 편안하다"라고 말한다. 이러한 아내의 자세는 자궁 속 태아의 자세로서 그녀의 요나콤플렉스를 나타낸다. 즉 자신의 몸으로 숨을 수 있는 내밀한 공간을 만듦으로써 적대적인 집으로부터 숨어버리는 자세이다. 그녀는 질식할 것 같은 집으로부터 탈출하는 대신 자신만의 자폐적 세계에 깊이 빠져 들었던 것이다.

---

32) 은희경, 「아내의 상자」, 33면.

하지만 이런 자폐적 퇴행적 태도는 억압적 집을 벗어나 자유를 찾을 수 있는 적극적이고 건강한 대응방식이 아님은 말할 필요조차 없다. 일종의 자기소외인 것이다. 그리고 잠에의 지나친 탐닉은 과거 입시강박증을 앓았던 병력이 있는 주인공이 삶의 활기를 잃고 우울증에 깊게 빠져 든 것으로 해석된다.[33] 즉 내부에 머물기를 강요당하면 몸은 유약해지고, 정신은 강함을 잃어버리게 된다.[34] 하지만 남편은 잠의 병적 징후를 제대로 눈치 채지 못했다.

차츰 아내는 잠을 자는 대신 옆집여자를 따라 외출을 시작한다. 외출은 집이라는 공간에서 행복을 발견할 수 없기 때문에 이루어지는 탈출이다. 옆집 여자는 남편이 외국지사에 나가 있고, 초등학교에 다니는 아들이 둘이며, 차를 운전하는 사람으로서 집안에만 있던 아내와는 다른 방식으로 살아가는 여자이다. 그녀는 집안을 가구들과 온갖 장식품들로 꽉 채워 놓았을 뿐만 아니라 남편이 부재하는 시간의 공백을 각종 문화강좌나 헬스클럽에 다니는 것으로 꽉 채우는 여성이다. 그녀는 빈 공간만이 아니라 시간의 공백도 참지 못하는 강박증이 있는 여성이다.

우리 사회에는 화자의 아내처럼 집안에 유리되어 폐쇄적으로 살아가는 일군의 여성(중산층의 전업주부)들이 존재한다면, 각종 문화강좌나 계모임 등에 나가면서 외출을 통한 시간 죽이기로 살아가는 일군의 여성들도 존재한다. 이 두 유형 모두 사회와의 건강한 관계망을

---

33) 잠 이외에도 우울증의 징후들은 집안에서 일어난 작은 화재로 결혼사진이 타버린 일과 아내가 주방에서의 부주의로 옆구리에 화상을 입은 일 등 주의력 결핍에서 빚어진 행동에서 찾아볼 수 있다.
34) 마크 위글리, 앞의 글, 393면

상실한, 우리 시대 여성의 소외된 모습의 전형성을 띠고 있다.[35] 그런
데 외출한 여성들이 찾아가는 공간은 사회적 생산활동이 이루어지는
직장이 아니라 식당, 주말농장, 백화점과 같은 소비지향적 여가활동이
이루어는 곳이다. 집밖으로 나온 여자들의 생활은 다음과 같이 아내
의 입을 통해서 요약된다.

　"휴대전화로 집에 전화를 해서 숙제 안 한다고 아이들을 야단치고,
읽은 책 이야기도 하고, 헬스클럽이나 귀고리에 관한 이야기를 해요.
누구는 제사가 많다. 어떤 달은 세 번이라서 모임에도 잘 못 나온다, 누
구는 상가 시세가 올라서 돈을 벌었다. 아무개 교수의 교양 강좌가 좋
더라, 듣고 울었다, 그런 얘기를 하면서 시간을 보내는 것예요."[36]

　여자들의 외출은 사회적 생산활동과는 분리된 채 소비지향적 여가
활동이나 사소한 정보교환, 수다 등 소모적인 일에 바쳐지는 것이다.
그 이야기를 할 때 아내의 표정은 쓸쓸했고, 얼마 전 자신의 인생문제
를 관심 있게 들어주는 남자를 옆집 여자가 몇 번 만났다는 말을 할 때
는 훨씬 더 쓸쓸한 얼굴이 된 이유는 무엇인가? 그것은 사회적 생산활
동과는 분리된 소비지향적 외출을 통해서는 여성의 삶에 근원적으로
덧씌워진 소외감과 고독의 문제를 해소할 수 없기 때문이다. 즉 그녀
들의 외출은 진정한 자아확대로 연결되어 내적 충족감을 주거나 사회
적 소속감을 안겨주지 못한다.
　또한 외간남자와의 만남도 근원적 소외감과 고독감을 해소시켜주

35) 송명희, 앞의 글, 196-197면.
36) 은희경, 「아내의 상자」, 44-45면.

지 못한다. 더구나 독점적이고 폐쇄적인 일부일처제는 결혼제도 밖에서 이루어지는 이성과의 만남을 불륜으로 규정하고, 금기를 위반한 남녀를 도덕적으로 비난한다. 이러한 현실에서 외간남자와의 만남이 진정한 인간적 만남으로 발전하기는 어려운 것이 사실이다.

하지만 아내의 외간남자와의 만남은 그녀의 자아 찾기라는 차원에서 나름대로의 의의가 있다. 즉 부부라는 이름으로 감정적 접촉도 없이 이루어지는 의무화된 성관계가 아니라 자발적 성관계라는 점, 불임클리닉이 지시한 임신을 위한 성관계가 아니라 유희적 성관계라는 점, 그녀의 말을 들어주는 감정이 통하는 남자와의 소통된 관계라는 점, 스스로 몸의 주체성을 갖고 행한 섹슈얼리티라는 점에서 자아 찾기의 상징적 의미가 내포되어 있음을 간과할 수 없다. 즉 폐쇄된 집에서 가구처럼 살아가는 박제화된 삶으로부터 벗어나기 위한 몸부림, 규격화된 삶을 벗어나기 위한 처절한 몸짓, 또는 인간관계의 소통에 대한 간절한 욕망의 표현으로 해석되는 것이다.[37] 그래서 아내의 성적 일탈을 단순히 도덕적 일탈로서만 해석하기는 어려운 것이다.

가정 속에 폐쇄되고 단절된 여성들은 늘 외롭고 소통할 사람이 필요하기 때문에 쉽게 외간남자들의 유혹에 빠져들기 쉽다. 그렇다고 그린파크 모텔이라는 일탈적 공간이 그녀의 정주처도, 내밀한 공간도 될 수 없음은 분명하다. 그리고 일탈의 결과는 더욱 처참하다. 남편은 아내의 일탈에 참을 수 없는 증오를 느껴 아내의 방을 파라핀으로 봉인하고 싶은 충동 끝에 정신요양원으로 입원시켜 버린다. 즉 아내는 간통죄로 기소되어 이혼을 당하는 대신 요양원으로 폐기된 것이다.

---

37) 송명희, 앞의 글, 200면.

아내를 정신요양원으로 입원시킬 수 있는 보호자로서의 권리를 남편
이 가지는 한 그녀의 갇힌 운명은 끝이 나지 않을 것이다. 이제 아내는
그 어떤 희망도 버린 채 '벨 자'의 주인공처럼 요양원에 자신을 감금시
킨 당사자인 남편을 기다리는 일과 잠을 자는 일, 일어나 약을 먹는 일
만을 반복해야 할 것이다. 그것이 가부장제의 규범을 어긴 일탈적 여
성이 받아야 할 징벌인 것이다. 요양원으로 가는 길에 닭장차의 닭이
몽땅 사라져 버렸다고 비명을 지르는 아내, 그것은 바로 겉으로는 평
온한 표정을 짓고 있지만 폐쇄적인 집보다도 더욱 폐쇄적인 요양원이
란 낯선 공간으로 폐기처분 될 자신의 운명에 대해 지르는 섬뜩한 절
규인 것이다.[38]

   폐쇄적인 집에서 아내는 쇠줄에 묶인 채 '사육되는 애완견'과 같은
운명이었다면, 요양원에서 그녀는 '미친 여자'로 규정되며, 치료라는
명목으로 감호체제를 평생 벗어날 수 없는 더욱 부자유한 운명에 처
해질 것이다. 그곳은 더 이상 희망 따위를 볼모로 잡지 않을 것이며,
헛된 희망을 갖는 일도 없는, 신도시의 집보다도 훨씬 더 평온한(?) 공
간이 될 것이다.

3. 맺음말

   처음 신혼여행지에서 조개껍데기 목걸이를 사며, "바구니에 주워
담고 싶을 만큼 맑게 방울방울 굴러 떨어지던" 웃음소리의 소유자였

---

38) 송명희, 위의 글, 201-202면.

던 아내는 결혼 5년 만에 '꽃의 박제'인 '포푸리 화환'처럼 생기를 잃고, 우울증에 시달리다가 정신요양원에 폐기처분되었다. 무엇이 그녀를 그렇게 만들었는가?

「아내의 상자」는 개성적 삶을 꿈꾸었을 한 예민한 여성이 남편과 대화도 소통되지 않는 숨 막힐 것 같은 집으로부터 벗어나기 위해 자폐적 세계로의 도피, 외출, 성적 일탈 등 몸부림을 쳐보지만 결국 집으로부터의 탈출도, 개성화에도 성공하지 못한 채 정신요양원으로 보내지는, 즉 갇힌 운명에서 벗어나지 못한다는 불행한 이야기이다.

「아내의 상자」는 집이 여성에게 바슐라르가 말한 보호되고 안정된 내밀한 공간이 되지 못할 뿐만 아니라 심신을 병들게 한다는 것을 여실히 보여주었다. 그리고 집밖으로의 소비지향적 외출에서도 진정한 정체성을 발견하거나 자유를 찾지 못한다는 것을 보여주었다. 남녀를 공과 사로 분리하는 성별분업의 구조 속에서 여성은 안에서도 밖에서도 행복한 장소감과 인간적 정체성을 발견할 수 없으며, 건강한 삶을 영위할 수 없다.

자본주의 사회에서 성별분업의 가장 기본적인 원리는 가족을 생산적인 사회분야와 분리시켜 여성을 소비생활의 담당자인 주부로 단정지으려는 데 있다. 즉 사회는 생산을 담당하는 공적 분야이며, 가정은 노동력의 재생산을 담당하는 사적 분야로 분리시켜 남녀의 전담영역과 역할을 가부장제 이데올로기를 기반으로 하여 정책적으로 유지시킨다. 여기에 남녀를 차별하고 억압하는 가치우열과 위계질서가 가족을 통해 뒷받침되는 것이다.[39]

---

39) 이효재, 「고전사회학의 가족이론과 파슨즈의 핵가족론」, 이효재 편, 『가족연구의

「아내의 상자」에서 보았듯이 남성이든 여성이든 그들의 세계를 안과 밖의 한 공간으로만 규정짓고 살아가는 한 그들의 삶은 행복하고 건강할 수 없다. 현상학적 공간이론가인 볼노브(O.F.Bollnow)는 「인간과 그의 집」에서 인간이 체험하고 생활하는 공간을 외적 공간(Aussuraum)과 내적 공간(Innenraum)으로 구분 짓고 있다. 외적 공간은 노동과 노력의 공간이며, 또 행동생활의 현실적 공간이요, 내적 공간은 인간이 뒤로 물러나서 안락함을 느끼는 휴식과 평화의 공간이며, 안정의 공간이다. 인간은 근본적으로 상이한 성격을 지니고 있는 두 공간의 상호 긴장 속에서 살아가고 있다고 그는 말한다. 하지만 인간생활의 건전성은 이 두 영역의 올바른 균형을 이루는 데 그 근거를 두고 있다고 했다.[40]

볼노브의 말대로 인간적 삶의 건전성과 행복은 외적 공간과 내적 공간의 조화와 균형 속에서 찾아질 수 있을 것이다. 남/녀의 공간을 안과 밖으로 분할하며, 불평등한 성역할을 강요하는 젠더정치학은 폐기되어야 한다. 남성이든 여성이든 그들의 자유로운 선택에 따라 보다 민주적이고 유연성 있게 성역할을 선택할 수 있고, 교환할 수 있어야 행복하고 자유로운 삶을 살 수 있다. 이 사실을 은희경은 「아내의 상자」에서 이분법적으로 성역할과 공간을 분할함으로써 불행해진 부부를 통해서 역설적으로 드러냈다.

관점과 쟁점』, 까치, 1988, 11-32면.
40) 볼노브, 「인간과 그의 집」, 『열린 세계 닫힌 사회』, 새론출판사, 1981, 152-160면.

노년담론의 소설적 형상화
-박완서의 「마른 꽃」을 중심으로

1. 서론

인간은 누구나 태어나 늙고 병들어 죽는다. 이 생로병사의 과정에서 자유로울 수 있는 사람은 없지만 불로장생을 꿈꾸는 것이 인간이라는 모순된 존재이다. 우리 사회는 급격하게 고령화 사회에 접어들었으며, 고령사회가 예상보다 빨리 다가오고 있다.[1] 경제발전과 의료기술의 발전으로 인간의 수명은 연장되었으며, 출산율 저하로 인구

---

1) 통계청 자료에 따르면 우리나라는 2000년에 65세 이상 노인이 인구의 7.2%로 고령화 사회에 접어들었으며, 2010년 12월에 11.3%로 증가하여 542만 명이 노인인구이다. 당초 고령사회로 접어드는 시점을 2018년으로 예상했으나 2017년에 진입했고, 농촌지역은 이미 초고령사회에 접어들었으며, 우리나라 전체의 초고령사회로의 진입도 예상보다 빨리 이루어질 것으로 전망되고 있다.

  * UN의 고령화사회 분류 기준 고령화사회(aging society) : 전체인구 중 65세 이상 인구비율이 7% 이상~14% 미만인 사회. 고령사회(aged society) : 전체인구 중 65세 이상 인구비율이 14% 이상~20% 미만인 사회. 초고령사회(super-aged society) : 전체인구 중 65세 이상 인구비율이 20% 이상인 사회.

증가가 둔화되는 등 고령사회를 앞당기고 있는 것이다. 특히 712만 명에 달하는 우리나라의 베이비붐 세대의 대규모 은퇴는 고령사회로의 진입을 촉진하고 있다.

과거에 노인은 사회적 존경의 대상이었는데, 근대 이후 인간은 끊임없이 나이의 흔적과 싸우고, 자신의 직업을 잃어버린 채 더 이상 직장을 구할 수 없는가 하면, 젊은 사람들과의 대화의 장에도 더 이상 끼지 못할 것이라는 근심 속에서 늙어가는 것을 두려워하고 있다.[2] 안티에이징(anti-aging)이라는 말이 표현하듯 현대는 나이를 먹는다는 것, 즉 노화를 자연스런 삶의 과정으로 여기지 않고 참을 수 없는 질병으로 여기며, 이에 저항한다. '안티에이징'이라는 단어에는 '젊음'만이 가치가 있다는 의식이 내포되어 있다. 물론 나이를 먹어서도 젊게 살수 있다면 다행이겠지만 노화가 거스를 수 없는 자연의 이치라고 한다면 이를 자연스럽게 받아들여야 하지 않을까.

그런데 노화에 저항하며 늙음을 단지 무가치하다는 의식에 사로잡혀 있을 때 노년은 불행할 수밖에 없다. 늙음을 당당하게 인정하고, 지금까지 살아온 삶을 긍정하고, 노년을 불편과 불안이 아니라 자유와 평화를 구가할 수 있도록, 즉 서구가치적인 '성공적 노화'[3]보다는 건강하고 행복한 노년을 위한 가치관과 철학을 정립하는 일이야말로 경제적인 노후의 준비만큼이나 중요하고도 시급한 과제이다.

---

2) David Le Breton, 홍성민 역, 『근대성과 육체의 정치학』, 동문선, 2003, 169면.
3) '성공적 노화'에는 여러 이론이 있다. 로우(Row)와 칸(Kahn)에 의하면 보편적 노화로 인한 질병률 및 질병에 의한 장애 위험이 낮고, 정신적 기능과 신체적 기능이 높으며, 적극적으로 인생에 참여하는 것이다. : 김효숙·권성호, 「유비쿼터스 미디어 환경에서 성공적 노화를 위한 협력학습 플랫폼 개발」, 『신앙과 학문』16-1, 기독교학문연구회, 2011, 67면.

　　고령화 사회를 살아가는 노년세대들이 노년과 노화에 대해서 어떤
가치를 갖고 살아가느냐는 매우 중요한 문제이다. 사회적으로 강제된
정년퇴직, 인간관계로부터의 소외, 경제적 궁핍, 육체적 건강의 상실
등은 인간으로서의 근원적 욕구를 제한시키고, 사회적 고립과 좌절감
을 안겨준다. 노년세대는 경제적 곤란, 건강상실로 인한 신체적 부자
유뿐만 아니라 사회적 역할 상실로 인한 고독감과 무료함, 그리고 죽
음에 대한 불안감과 같은 정서적 불안정 상태에 놓여 있다. 또한 할 일
이 없는 여가투성이의 무료한 시간을 어떻게 보낼 것인가는 이미 개
인적 문제를 넘어서서 사회적 문제로 떠올랐다. 노인들은 사회적 역
할 상실뿐만 아니라 핵가족화로 인하여 가정에서도 역할 상실을 경험
하게 된다. 이와 같은 무위무용의 상태는 노인들의 고독, 불안, 무료함
을 가중시키고 이들을 불행감에 휩싸이게 만든다.[4]

　　이처럼 우리 사회가 고령화 사회로 진입함으로써 노인문제는 사회
적으로나 학문적으로 중요한 이슈로 떠올랐다. 그런데 노인문제는 사
회제도적 차원의 복지문제나 정년연장과 재고용 등의 경제적 차원의
과제를 안고 있을 뿐만 아니라 노년을 어떤 가치를 갖고 살아야 할 것
인가, 노년의 정체성을 어떻게 구성할 것인가라는 인문학적 차원의
과제를 동시에 안고 있다. 즉 노년세대들이 자신들의 노년을 어떻게
받아들이고, 어떤 가치관을 갖고 사느냐의 문제와 함께 자식세대들이
노인들을 어떻게 받아들이고 가정과 사회의 구성원으로서 조화롭게
공존하느냐 하는 문제는 사회과학적 과제이기 이전에 인문학적 과제

---

4) 박재간, 「노년기 여가생활의 실태와 정책과제」, 『노인복지정책연구-노인여가의 현
　황과 과제』1997년 춘계호, 노인문제연구소, 1997, 9면.

이다.

박완서는 노년소설에서 가장 집중적으로 거론되는 작가이다. 왜냐
하면 『너무도 쓸쓸한 당신』(1998)에 이어 『친절한 복희씨』(2007) 등
에서 노년소설을 집중적으로 발표했기 때문이다.[5] 『친절한 복희씨』의
해설문에서 김병익은 노년문학을 "그냥 작가가 노년이라는 것, 혹은
단순히 작품 속에 등장하는 인물이 노인이라는 것 이상의 것, 즉 노인
이기에 가능한 원숙한 세계인식, 삶에 대한 중후한 감수성, 이것들에
따르는 지혜와 관용과 이해의 정서가 품어져 있는 작품세계를 드러낼
경우를 말한다"[6]라고 정의했다. 그리고 노년문학의 한 뛰어난 범례로
박완서의 소설을 지목했다. 즉 노년문학(소설)의 조건으로 작가가 노
년이며, 등장인물이 노인, 그리고 노년문제를 다루어야 한다는[7] 기존
의 정의에서 나아가 노년의 작가가 창작한 만큼 원숙한 세계인식, 중
후한 감수성, 노경의 지혜와 관용과 이해의 정서가 내포된 작품세계
를 가지고 있어야 한다는 조건을 추가한 것이다.[8]

본고는 박완서가 1998년에 발표한 소설집 『너무도 쓸쓸한 당신』에
수록된 노년소설 「마른 꽃」을 중심으로 노년의 심리, 노화에 대한 태
도, 노년의 재혼문제, 자녀들의 부모 부양에 대한 태도 등에 대한 작가

---

5) 이밖에도 정미숙 · 유제분은 박완서의 70년대 소설인 「그 살벌했던 날의 할미꽃」
   (1977)을 비롯하여 박완서의 소설을 초기, 중기, 후기로 나누어서 보다 많은 작품
   들을 노년소설의 범주에서 다루고 있다. : 정미숙 · 유제분, 「박완서 노년소설의 젠
   더시학」, 『한국문학논총』54, 한국문학회, 2010, 273-300면.
6) 김병익, 「험한 세상, 그리움으로 돌아가기」, 박완서, 『친절한 복희씨』, 문학과지성
   사, 2007, 285면.
7) 변정화, 「시간, 체험, 그리고 노년의 삶」, 문학을 생각하는 모임, 『한국문학에 나타
   난 노인의식』, 백남문화사, 1996, 174-175면.
8) 하지만 필자는 노년문학의 필자가 반드시 노년의 작가일 필요는 없다고 생각한다.

의 가치의식을 집중적으로 분석해 보고자 한다. 「마른 꽃」 한 편을 집
중 분석한 논문은 없지만 소설집 『너무도 쓸쓸한 당신』에 대해서는 여
러 논자들이 주목했으며, 부분적으로 「마른 꽃」을 언급한 논문은 여러
편에 달한다.[9]

2. 본론

1) 세대차이로 인한 노년의 소외감과 분노

박완서(1931-2011)가 노년에 접어들어 출간한 소설집 『너무도 쓸
쓸한 당신』(1998)에는 5편의 노년소설이 수록되어 있다. 본고의 분석
대상인 「마른 꽃」을 비롯하여 표제작인 「너무도 쓸쓸한 당신」, 「환각의
나비」, 「길고 재미없는 영화가 끝나갈 때」, 그리고 「꽃잎 속의 가시」가
그것이다. 노년의 재혼문제, 별거상태에 있던 노부부의 화해문제, 치매
노인문제, 병든 부모의 수발문제, 죽음의 문제 등 노년에서 직면하게
되는 여러 문제들이 이 소설집에는 다양하게 형상화되어 있다.

인생의 어느 시기를 노년기로 설정하느냐는 학자에 따라 다소 견해

---

9) 이정숙, 「현대소설에 나타난 노인들의 삶의 변화 양상」, 『현대소설연구』41, 한국현
대소설학회, 2009, 247-279면.
최선희, 「박완서 소설에 나타난 노년의 삶-『너무도 쓸쓸한 당신』을 중심으로」, 『한
국말글학』26, 한국말글학회, 2009, 139-171면.
정미숙 · 유제분, 앞의 논문, 273-300면.
전흥남, 『한국현대노년소설연구』, 집문당, 2011.
최명숙, 「박완서 노년소설 연구-『너무도 쓸쓸한 당신』을 중심으로」, 『문예연구』
71, 2011(겨울), 30-48면.

를 달리하지만 대체로 65세 이후로 보는 것이 일반적이다. 하지만 최근에는 그 시기를 70세 이후로 늦춰야 한다는 견해가 설득력을 얻어가고 있다. 노년기는 가정적으로는 조부모가 되는 시기이며, 사회적으로는 직장에서 은퇴가 이루어지는 시기라고 할 수 있다. 노년이란 생물학적 개념이라기보다는 사회적 은퇴와 맞물린 사회학적 개념이라고 할 수 있다.[10]

박완서의 「마른 꽃」(『문학사상』 1995.1)에서 1인칭의 화자이자 주인공은 남편과 사별한 환갑을 앞둔 여성이다. 이 여성의 상대역 조 박사는 3년 전에 아내와 사별했으며, 1년 전에 지방대학에서 정년퇴직한 역사학자이다. 주인공으로 등장하는 인물들이 노년의 연령이고, 노년의 재혼 문제 등 이 작품에서 다루고 있는 핵심적 사건 역시 노년의 문제이다. 그리고 노년기의 작가가 쓴 작품[11]이라는 점에서도 「마른 꽃」은 어김없이 노년소설의 범주 안에 든다.[12]

이 소설에는 동일문제에 대해 세대 간에 다르게 인식하는 세대 차이와 그로 인한 노인의 소외감과 같은 심리적 특성이 잘 드러나고 있다. 즉 조카들부터 어른 대접을 제대로 못 받을 때 갖는 섭섭함이 그것이다. 흔히 노년세대와 젊은 세대 사이에는 의견 · 가치관 · 태도 · 행동 · 사고방식 등에서 세대 차이를 노정한다. 노인과 젊은이는 그들이 속하고 있는 동시집단이 다르기 때문에 역사적 경험 또한 다를 수밖에 없으며, 인생주기의 변화에 따라 생물학적, 사회적, 심리적 특성 또

---

10) 송명희, 「노년기의 시학-죽음의식과 허무」, 송명희, 『탈중심의 시학』, 새미, 1998, 76면.
11) 이 작품은 작가가 65세에 썼다.
12) 노년소설의 요건으로 반드시 노년기의 작가라는 것은 필수적이 아니다. 노년이 아닌 작가도 얼마든지 훌륭하게 노년소설을 쓸 수 있다.

한 달라짐으로써 세대 차이가 발생한다.[13)]

작품에서 노년의 소외감은 친정조카의 결혼식에 참석하러 서울에서 대구까지 갔지만 시어른이 안 계시다는 이유로 조카네는 폐백을 생략할 뿐만 아니라 어른 대접을 제대로 하지 않으며, 돌아갈 표도 준비 않은 채 고모를 당일로 서울로 돌아가게 만든 데서 발생한다. 즉 노년의 주인공과 조카(조카며느리)는 결혼식의 폐백에 대해 서로 다른 가치관을 가지고 있다. 주인공은 조카의 부모(큰오라버니 내외)가 돌아가셨기 때문에 생존하는 자신이 조카의 가장 가까운 집안어른으로 생각하며 부모를 대신하여 당연히 폐백을 받을 것으로 생각한다. 따라서 불편하지만 한복을 뻗쳐 입고 대구의 셋째조카 결혼식에 내려갔다.(여기서 '뻗쳐 입고'라는 단어에는 한복이 불편하지만 폐백을 받을 때 필요한 의상이기 때문에 입고 갔지만 이를 받지 못한 데 대한 자조감이 스미어 있다.) 그런데 큰조카며느리는 한마디 상의도 없이 시어른이 안 계시다는 이유로 폐백을 생략해도 좋다고 사돈집에 일렀다고 변명한다. 이에 대해 주인공은 폐백을 아무도 함부로 할 수 없는 아름다운 전통으로 여기며 이를 생략한 것을 법도 있는 집안에서 있을 수 없는 일로 간주한다. 그래서 자신의 생각에 동조해줄 나잇살 먹은 얼굴을 찾았으나 눈에 띄지 않자 큰조카며느리의 계산된 출가외인 대접으로 오해하며 별안간 "내가 자신 있게 아는 게 뭘까? 내년이 환갑이란 나이가 늙은이 대접을 제대로 못 받으니까 스산하고 흉흉하기까지 했다"라고 극단적인 소외감을 느끼게 된다.

둘째, 대구에 사는 큰조카는 전화를 할 때마다 늘 한 번 다녀가시라

---

13) 윤진, 『성인 · 노인심리학』, 중앙적성출판사, 1991, 245면.

고 말해왔으므로 제 동생 결혼식을 보러 온 고모를 으레 하루 이틀 묵어가게 할 줄 알고 돌아갈 차표도 예매하지 않았다. 그런데 큰조카는 대접으로라도 묵어가라는 말조차 하지 않을 뿐만 아니라 결혼식에 청첩만 해놓고 돌아갈 차표 하나 마련하지 않았다. 이에 대해서 눈물까지 핑 돌 것 같은 야속함을 느낄 뿐만 아니라 조카네의 야박한 소갈머리가 괘씸하고 얄미웠다.

셋째, 조카네에게 무시당했다는 느낌은 "축제 분위기가 한껏 고조된 피로연장에서도 들리느니 온통 그쪽 사투리였다. 조카네한테 무시당했다는 느낌은 그쪽 사투리가 패거리를 져서 나를 따돌리고 있는 것 같은 참담함으로 이어졌다."에서 보듯이 서울 토박이인 그녀에게 대구 사투리마저 패거리를 져서 따돌리고 있는 것 같은 참담한 고독감과 소외감으로 이어진다.

넷째, 둘째조카며느리가 올라갈 표를 예매하지 않은 사실을 주지시키며 서둘러 모셔다 드린다는 핑계로 일찍 일어나서 대구역 주차장에 화자를 짐짝처럼 내려놓고 떠나버린 것을 비롯하여 어른을 모시고 가는 차 안에서도 주인공에게 대화에 끼어들 틈을 주지 않고 배제하며 저희들끼리 짧고 까분 것에 대한 눈꼴사나움 등 어른대접을 제대로 하지 않은 데서 노여움을 느낀다.

주인공이 느낀 노여움은 결국 조카(조카며느리)와의 폐백과 집안 어른 모시기라는 문제에 대한 가치관의 세대 차이로 인한 소외감과 집안 어른에 대한 부당한 대우에 대한 괘씸함이라고 할 수 있다. 하지만 생각 여하에 따라서는 조카들이 특별히 고모인 주인공에게 의도적으로 잘못한 것이라고는 볼 수 없다. 결국은 세대 차이가 문제이며, 그 차이에 대해서 주인공은 노인 특유의 노여움을 타는 심리적 특징을 노정한 것으로도 볼 수 있는 것이다.

그런데 주인공이 느낀 소외감은 단순한 세대 차이라 넘겨 버리기에는 너무 심각하다. '무시당했다', '따돌리다', '짐짝' 같은 단어가 환기하듯 주인공이 시종일관 느낀 것은 자신이 고의로 배제되고 부당하게 대접받은 데 대한, 즉 조카들이 자신을 타자화한 데 대한 분노라고 할 수 있다. '괘씸하다', '야속하다', '스산하다', '흉흉하다', 참담하다', '눈꼴사납다'에서 드러나는 부정적 감정은 슬픔이 아니라 분노이다. 심리학자 쉐러와 월보트에 의하면 분노란 대부분 다른 사람에 의해서 고의로 유발된 불쾌하고 공정하지 못한 상황에서 경험하는 감정이다. 자신이 공정하게 대우받지 못한다는 느낌이 분노를 일으키는 주요 원인인 것이다.[14]

2) 노년여성의 이성, 몸, 재혼에 대한 인식

대구터미널에서 환불하는 두 장의 버스표를 우연히 나누어 사게 됨으로써 동석하여 서울로 돌아오게 된 1인칭의 주인공은 아콰마린 반지를 낀 옆자리 남자의 손을 통해 호텔지하상가에서 보석상을 하던 친구로부터 들은 아콰마린에 얽힌 비극적인 전설과 친구와의 추억을 떠올린다. 그리고 남자의 런던포그 상표의 카키색 트렌치코트의 세련된 차림, 정중하고도 싹싹한 말씨 등에 대해서도 호기심을 가지기 시작한다. 남자의 차림새와 태도 등에 대한 관심은 신체에 대한 관심으로 확장되는데, "배도 안 나오고 다리도 길고 걸음걸이는 여유 있고

---

14) 최현석, 『인간의 모든 감정』, 서해문집, 2011, 114-115면.

늠름"한 남자의 외모를 바라보며 나이 들어 보이는 한복을 입고 온 것을 후회하는가 하면 그 남자와 함께 그럴 듯한 바에 들어가 양주를 한 잔씩 하는 상상을 하게 된다. 옛날 보석상을 하던 친구와 호텔지하상가의 분위기 좋은 바에서 만났던 "점잖고 우아하고 여유 있어 보이는 노신사와 노부인"처럼······.

1인칭 주인공 시점이기 때문에 남자의 주인공에 대한 느낌은 드러나지 않지만 주인공의 상대남성에 대한 관심은 "수려한 골상에 군살이 붙지 않아 강직해 보였고, 눈빛은 따뜻했다. 가슴이 소리 내어 울렁거렸다. 이 나이에 이런 느낌을 가질 수 있다는 걸 누가 믿을까."라는 데서 볼 수 있듯이 젊은이들의 이성에 관한 관심과 별반 다를 바가 없다. 두 사람의 서로에 대한 호감은 대화를 나누면서 더욱 확대된다.

흘러간 영화, 좋아하는 배우나 음악, 맛 좋고 분위기 좋은 음식점, 세상 돌아가는 얘기 따위를 두서없이 주고받으면서 나는 내가 얼마나 수다스럽고, 명랑하고, 박식하고, 재기가 넘치는 사람인가를 처음 알았고 만족감을 느꼈다. 그렇다고 모든 문제에 의견이 일치했던 건 아니다. 우리는 유신 시대나 군사정권 시대를 살아내기가 얼마나 치욕스러웠는가에 대해서는 정열적으로 동의했지만, 그가 식구처럼 아낀다는 진돗개를 애기하자 나는 마치 개소리만 들어도 알레르기를 일으키는 사람처럼 요란스럽게 질색을 했다. 그 모든 짓거리들이 그렇게 재미있을 수가 없었다. 여북해야 자정이 넘었는데도 벌써 서울인가 싶었을까.

시내버스가 드문드문 다니고 있었고, 지하철은 이미 끊긴 시간이었다. 고속버스에서 내린 승객은 거의 택시 승차장에 줄을 섰다. 밤공기가 냉랭했다. 그가 코트를 벗어 내 어깨에 걸쳐주었다. 나는 마다하지

않고 순순히 그 안에서 몸을 작게 웅숭그렸다. 나이 같은 건 잊은 지 오
랬다.[15]

동시대를 살아온 두 사람의 대화는 영화나 음악 이야기로부터 세상
돌아가는 이야기, 군사정권을 살아온 지난 세월의 경험 등 공감할 수
있는 영역이 많았고, 따라서 주인공은 자신에 대해 "수다스럽고, 명랑
하고, 박식하고, 재기가 넘치는 사람인가를 처음 알았고 만족감"을 느
끼게 된다. 마치 대구의 결혼식에서 젊은 조카(조카며느리)들로부터
받은 마음의 상처와 소외감을 상쇄라도 하듯이 동년배인 두 사람의
대화는 수다스럽게 이어진다. 더욱이 자정이 넘은 시각에 서울에 내
린 그들은 우연히도 같은 방향이었다.

둘째아들네의 강아지를 대신 돌봐주다가 사고가 생겨 연락하기 시
작한 두 사람은 자연스럽게 데이트를 즐기기 시작한다. 이로 인한 내
적 변화를 "내 안에서도 뭔가가 핑퐁 알처럼 경박하고 예민한 탄력을
지니게 되었다는 걸 느꼈다"라고 표현된다.

하지만 젊은이처럼 붕 떠오른 마음과는 달리 아이를 세 번이나 임
신하고 쌍둥이까지 4명의 아이를 낳은 하반신은 참담한 노화를 증명
한다. 화자는 거울에 비친 자신의 하반신의 "추악함이 충격적"이라고
표현한다. '할망구', '비명', '참담했다', '주름살이 늘쩍지근하게 처져
있었다'와 같은 표현에서도 보듯이 젊게 보이고 젊게 사는 것을 선호
하는 사회적 분위기가 만들어내는 압력은[16] 주인공으로 하여금 노화
과정에서 자연스럽게 나타나는 신체적 변화를 충격적으로 받아들이

---

15) 박완서, 「마른 꽃」, 『너무도 쓸쓸한 당신』, 창작과비평사, 1998, 29면.
16) 김수영 외, 『노년사회학』, 학지사, 2009, 76면.

고 혐오하게 만든다. 그야말로 젊음을 예찬하고 노화와 죽음을 상징
화하지 못하는 사회에서 노화가 가지는 이미지는 끔찍하다는 것을[17]
주인공의 노화에 대한 의식에서 확인하지 않을 수 없다. 신체에 대한
화자의 시각 자체가 젊음을 기준으로 함으로써 몇 차례의 출산 임무
를 성스럽게 마친 육체의 노화를 긍정적으로 수용하지 못하고 극단적
인 부정적 인식을 나타낸 것이다.

> 몸에서 물이 떨어져 발밑에 타월을 깔고 뻣뻣이 서서 전화를 받다 말
> 고 나는 하마터면 아니 저 할망구가 누구야! 하고 비명을 지를 뻔했다.
> 문갑 옆 경대는 시집올 때 해가지고 온 구식 경대여서 거울이 크지 않
> 았다. 거기에 하반신만이 적나라하게 비쳤다. 나는 세 번 임신했고 삼
> 남매를 두었지만 실은 네 아이를 낳아 셋을 기른 거였다. 세 번째 임신
> 이 쌍둥이였다. 그중 아우를 돌 안에 잃었다. 쌍둥이까지 낳은 적이 있
> 는 배꼽 아래는 참담했다. 볼록 나온 아랫배가 치골을 향해 급경사를
> 이루면서 비틀어 짜 말린 명주빨래 같은 주름살이 늘쩍지근하게 처져
> 있었다. 어제오늘 사이에 그렇게 된 게 아니련만 그 추악함이 충격적이
> 었던 것은 욕실 안의 김 서린 거울에다 상반신만 비춰보면 내 몸도 꽤
> 괜찮았기 때문이다.[18]

이와 같은 몸에 대한 부정적 인식은 결국 노년의 재혼에 대해서도
부정하는 결과로 나타난다. 즉 육(肉)으로서의 몸(fiesh body)[19]의 노
화에 대한 충격적 인식은 결국 정신적 소통, 즉 연애감정에 찬물을 끼

---

17) David Le Breton, 홍성민 역, 앞의 책, 168면.
18) 박완서, 「마른 꽃」, 34면.
19) Cris Shilling, 임인숙 역, 『몸의 사회학』, 나남출판, 1999, 116면.

없었다고 할 수 있다. 주인공은 젊었을 때와 다름없는 연애감정을 가지고 있었음에도 자신의 이성에 대한 관심에는 '정욕'이 비어 있다고 표현한다. 이는 노년의 연애감정에는 성적 육체적 욕망이 부재한다는 의미일 것이다. 여기서 노년여성을 육체적 성적 욕망이 없는 존재로 간주하는 것은 연령주의적이고[20] 남성중심적인 가치의식이 작용하고 있다는 것을 지적하지 않을 수 없다. 어쨌건 주인공은 육체적 욕망이 동반되지 못하는 연애, 정서로만 충족되는 연애는 겉멋에 불과한 것으로 치부함으로써 연애에 대해서도 젊은이와 동일한 기준을 적용시키는 가치관을 노정한다. 결국 이는 노인의 재혼에 대해서도 젊은이와 똑같은 기준을 가지고 부정하는 결말에 이르도록 작용하게 된다.

무릇 모든 결혼에는 성적 육체적 욕망이 전제되어야 하고, 아이를 낳고 기르는 목적이 있어야 한다는 것이다. 그런데 노인의 연애감정에는 성적 욕망이 부재하며 아이를 낳아 기를 수도 없으므로 결혼은 할 필요가 없다는 것이다. 즉 '정욕'을 가진 젊음과 아이를 낳고 기른 '짐승스런 시간'을 같이한 사이가 아니라면 상대남성의 노화의 과정에서 나타나는 신체적 심리적인 불유쾌한 현상들을 참아가면서 굳이 결혼할 필요가 있겠는가라는 냉정한 인식이다. 자신의 노화에 접어든 몸에 대한 느낌을 추악하고 혐오스런 것으로 여기며 수용할 수 없었듯 상대남성의 노화에 접어든 신체의 추악함도 참아줄 수 없기 때문에 재혼을 할 수 없다는 뜻이다. 결국 작가는 노년여성의 성적 욕망

---

20) 연령주의(ageism)는 연령에 의거해 특정 연령집단을 차별하는 일련의 믿음, 태도, 규범, 실천이라 정의할 수 있다. 한국적 맥락에서의 연령주의는 전통적으로는 '장유유서'의 형태가 우세했지만, 오늘날에는 오히려 노년에 대한 부정적 편견과 실천의 형태로 자리잡고 있다. : 정진웅, 「정체성으로서의 몸짓:종묘공원 노년남성들의 '몸짓문화'의 의미」, 『한국노년학』31-1, 한국노년학회, 2011, 159면.

을 부정했고, 결혼의 궁극적인 의미를 아이를 낳고 기르는 데 두었으며, 따라서 이러한 것들이 빠진 노년의 재혼은 부정되는 보수적 인식을 나타냈다.

조 박사를 좋아하는 마음에는 그게 없었다. 연애감정은 젊었을 때와 조금도 다르지 않은데 정욕이 비어 있었다. 정서로 충족되는 연애는 겉멋에 불과했다. 나는 그와 그럴 듯한 겉멋을 부려본 데 지나지 않았나 보다. 정욕이 눈을 가리지 않으니까 너무도 빠안히 모든 것이 보였다. 아무리 멋쟁이라고 해도 어쩔 수 없이 닥칠 늙음의 속성들이 그렇게 투명하게 보일 수가 없었다. 내복을 갈아입을 때마다 드러날 기름기 없이 처진 속살과 거기서 우수수 떨굴 비듬, 태산준령을 넘는 것처럼 버겁고 자지러지는 코곰, 아무데나 함부로 터는 담뱃재, 카악 기를 쓰듯이 목을 빼고 끌어올린 진한 가래, 일부러 엉덩이를 들고 뀌는 줄방귀, 제아무리 거드름을 피워 봤댔자 위액 냄새만 나는 트림, 제 입밖에 모르는 게걸스러운 식욕, 의처증과 건망증이 범벅이 된 끝없는 잔소리, 백 살도 넘어 살 것 같은 인색함, 그런 것들이 너무도 빤히 보였다. 그런 것들을 아무렇지도 않게 견딘다는 것은 사랑만 있다고 되는 것은 아니다. 적어도 같이 아이를 만들고, 낳고, 기르는 그 짐승스러운 시간을 같이 한 사이가 아니면 안 되리라. 겉멋에 비해 정욕이 얼마나 아름다운 것인지 이제야 알 것 같았다. 재고할 여지는 조금도 없었다. 불가능을 꿈꿀 나이는 더군다나 아니었다.[21]

여기에서 노년의 재혼에 찬성하지 않는 작가의 보수적 시각뿐만 아

---

21) 박완서, 「마른 꽃」, 44면.

니라 중산층적 시각 역시 지적하지 않을 수 없다. 즉 경제적 어려움이 없는 중산층 이상 여성들의 재혼보다는 자유롭게 살고자 하는 의식의 일단이 주인공을 통해 드러나고 있다. 이는「너무도 쓸쓸한 당신」에서 사실상 별거상태에 있던 남편의 모기에 물린 말라빠진 정강이를 어루만지며 몸의 만남을 시도하는 노년여성과 비교된다. 즉 아들과 딸이 대학을 졸업하고 결혼까지 해버렸기 때문에 더 이상 별거의 명목상의 이유가 사라짐으로써 연민의 정을 갖고 남편과 몸의 화해를 시도하려고 노력하는 노년여성과는 대조되는 냉정함이다.

「너무도 쓸쓸한 당신」에서 보여주는 오랜 세월을 같이 아이들을 길러온 부부의 의리로 별거를 청산하고 결혼관계를 계속 유지하겠다는 화해의 태도는 소중하다. 그런데 배우자의 사별이나 황혼이혼으로 홀로 살아가는 노인들이 증가하고 있는 상황, 그리고 자식들이 노부모의 부양을 부담스럽게 여기는 상황에서 노년 재혼의 개인적 사회적 필요성은 증가하고 있다. 따라서 노년의 재혼에는 육체적 성적 욕망보다는 정서적 소통, 아이를 낳고 기르며 살아갈 동반자가 아니라 노년의 고독을 서로 위로하며 같이 늙어가고 평화롭게 죽음을 맞이할 수 있는 대화가 통하는 동반자가 필요하다. 즉 젊은이의 결혼과 노인의 재혼을 동일시하는 획일적인 의미 규정에서 벗어난 새로운 의미 규정이 필요한 것이다.

뿐만 아니라 작중 주인공의 재혼에 대한 부정적 인식에는 죽은 남편에 대해서 수절하겠다는 정절 이데올로기가 크게 작용한다. 그것은 "이 에미는 아버지 곁에 묻히고 싶다"는 말에 집약되어 표현된다. 그런데 합장을 위한 가묘까지 만들어 놓은 남편의 묘지에서 주인공이 느끼는 평화와 자유는 다소 추상적이고 과장된 것이라고 하지 않을 수 없다. 즉 환갑밖에 안 된 여성이 남편의 묘지에서 "보장된 평화와 자유로부터 일탈할 어떤 유혹도 있을 수가 없었다."라고 느끼는 것은 지나치다고 여겨지는 것이다. 앞에서 이성에 대해서 그토록 날아오를 듯한 정서적 교감을 느꼈던 여성이 동시에 죽음에 대해서는 "깊은 평화에다 대면 일상에서 일어나는 아무리 큰 기쁨이나 슬픔도 그 위를 스치는 잔물결에 지나지 않았다."처럼 초연한 태도를 취한다는 것은 너무 모순적이지 않은가. 더구나 노화에 대해서는 그토록 부정적 인식을 나타냈던 주인공이 노화의 연장선상에서 맞이하게 되는 죽음에 대해서는 지나치게 수용적인 태도를 보여준다는 것도 앞뒤가 맞지 않는다.

> (전략)나는 성묘하기를 좋아했다. 그하고 사귀는 동안도 남편한테 미안한 마음 같은 건 조금도 없었다. 나의 일상생활 중 거기 가고 싶다는 것처럼 완전에 가까운 자유의사는 없었다. 거기서 느끼는 깊은 평화에다 대면 일상에서 일어나는 아무리 큰 기쁨이나 슬픔도 그 위를 스치는 잔물결에 지나지 않았다. 결코 죽은 평화가 아니었다. 거기 가면 풀도 예쁘고 풀 사이에 서식하는 개미, 메뚜기, 굼벵이도 예뻤다. 그의 육신이 저것들을 키우고 있구나, 나 또한 어느 날부터인가 그와 함께 저것들을 키우게 되겠지, 생각하면 영혼에 대한 확신이 없어도 죽음이 겁나지 않았고, 미물까지도 유정했다. 진이 빠지게 풀들과 곤충들을 키우고 난 찌꺼기는 화장하여 훨훨 산하를 주유하도록 해주기를 자식들에게 부탁할 작정이다. 그 보장된 평화와 자유로부터 일탈할 어떤 유혹도 있을 수가 없었다.[22]

---

22) 박완서, 「마른 꽃」, 41면.

배우자와의 사별로 인한 노년의 재혼문제에 대한 작가의 부정적 시각은 이미 '마른 꽃'이라는 제목에서 상징적으로 드러나고 있다. 마른 꽃은 꽃으로서의 생명력을 상실한 시든 꽃이다. 노인 역시 생명력을 상실한 존재로 간주하며 수절하다가 죽는 것을 자연스러운 것으로 여겨온 전통적이고 보수적인 가치의식이 제목에서부터 나타나고 있는 것이다. 결혼을 자식을 낳아 같이 기르는 짐승스런 시간과 동물적인 정욕이 필요한 것으로 규정하며, 그것이 빠진 연애감정만으로는 재혼을 할 수 없다는 것이 이 작품의 주인공을 통해 반영된 작가의 노년재혼에 대한 인식이다. 정욕이 없는 노년의 인간은 마치 시들어버린 마른 꽃과 같은 존재라는 것이다. 결국 작가는 결혼을 자식을 낳아 기르는 인생의 통과제의쯤으로 여기는 보수적 관념에서 전혀 나아가지 못했다. 작가는 몸이든 결혼이든 가치의 기준을 젊음과 젊은이에 둠으로써 노화를 수용하지 못했고, 노년의 재혼도 부정했다.

그런데 작가의 노인의 재혼에 대한 가치의식은 계층에 따라 차이를 나타내고 있다. 중산층의 '나'는 재혼에 동의하지 않지만 '배고픈 할머니'의 생계형 재혼에 대해서는 찬성을 보인다. 이 견해에 합당하게 형상화된 작품이 「그리움을 위하여」(2001년 제1회 황순원문학상 수상작)이다. 이 작품에서 재혼하는 환갑 진갑이 다 지난 노년여성은 사촌 언니네의 파출부를 하지 않으면 생계를 꾸려갈 수 없는 빈곤층 여성이다. 하지만 작품은 생계 때문이 아니라 사랑 때문에 재혼하는 것으로 설정되어 있으며 남해의 섬(사량도)에서 행복하게 노후를 보내는 노년부부의 모습이 유토피아처럼 그려진다.

여름에는 시원하고 겨울에도 춥지 않은 남해의 섬, 노란 은행잎이 푸

른 잔디 위로 지는 곳, 칠십에도 섹시한 어부가 방금 청정해역에서 낚
아 올린 분홍빛 도미를 자랑스럽게 들고 요리를 잘하는 어여쁜 아내가
기다리는 집으로 돌아오는 풍경이 있는 섬, 그런 섬을 생각할 때마다
가슴에 그리움이 샘물처럼 고인다. 그립다는 느낌은 축복이다. 그동안
아무것도 그리워하지 않았다. 그릴 것 없이 살았으므로 내 마음이 얼마
나 메말랐는지도 느끼지 못했다.[23]

3) 자녀들에 의한 노인의 타자화

이 작품에서 작가는 노년의 재혼에 대해서는 부정적 의식을 나타내
는 동시에 홀로 된 부모(시부모)를 둔 자식세대의 부모를 타자화하는
태도에 대한 비판도 놓치지 않음으로써 그녀 특유의 세태풍속에 대한
신랄함을 감추지 않는다. 즉 시아버지의 재혼에 적극적인 며느리에게
서는 사별한 시아버지가 노년에 소통할 수 있는 동반자를 만나 행복
하게 노후를 보내기를 바라는 진정성 있는 애정과 배려보다는 일상생
활을 수발하는 며느리의 임무에서 벗어나려는 이기적 태도를 야유한
다. 한편, 어머니의 재혼을 체면이 손상된다며 반대하던 딸이 상대남
자가 꽤 괜찮은 조건을 지닌 전직 교수임을 알고는 찬성으로 돌아서
서 적극 권유하는 속물적 태도에 대해서도 야유를 보낸다.

작가가 비판하고 있는 것은 이처럼 노인의 재혼에 대해서 성인자녀
들이 보여주는 호의적이건 비호의적이건 부모의 입장에 대한 진정한
고려가 아니라 그들 자신의 입장을 우선시하고 부모를 타자화하는 이

---

23) 박완서, 「그리움을 위하여」, 박완서, 『친절한 복희씨』, 문학과지성사, 2007, 40면.

기적 태도에 대해서이다. 따라서 남자의 며느리뿐만 아니라 주인공의
딸까지도 부모(시부모)의 재혼에 있어 당사자인 부모(시부모)를 타자
화시키는 태도에 대해서 작가는 날카로운 비판의 필봉을 휘두른다.

　나(주인공)와 조 박사의 자연스런 만남에 장애가 생긴 것은 나의 딸
과 조 박사의 며느리가 두 사람의 관계를 알기 시작하면서부터다. 나
의 딸은 조 박사에 대한 정보를 나보다 더 상세히 알아내고는 마치 바
람난 "딸을 잡도리하는 에미처럼" 도대체 그 늙은이하고 어쩔 셈이냐
고 묻는다. 두 사람의 교제에 대해 '늙은이'가 자신의 어머니를 "꼬셨"
다라고 하는 저속한 표현을 사용하는가 하면 아들들이 알게 되면 더
늙었을 때 "구박받고 무시당할 빌미"가 될 것이라며 반대의사를 노골
적으로 표현한다. 그런데 자식의 체면을 구긴다고 "같잖게시리 바람
난 딸에게 아버지에게 이르지 않을 테니 정신 차리라고 쉬쉬 당조짐
하는 에미 시늉을 내"며 반대했던 딸은 조 박사가 꽤 괜찮은 조건을
지녔다는 것을 알고부터는 호칭도 '늙은이'에서 '조 박사'로 바꾸면서
재혼을 적극 권유한다. 여기서 드러나는 딸의 속물적 태도는 배금주
의에 사로잡힌 오늘날의 영악한 세태를 반영한 것이라고 할 것이다.
딸의 이런 속물적 태도에 대해서 작가는 신랄한 야유를 보낸다.

　'늙은이'와 '조 박사'의 차이는 단순한 호명의 차이가 아니라 동일한
노년남성이라고 하더라도 사회경제적 차이에 따라 경멸의 대상이 되
기도 하고, 존경의 대상이 되기도 하는 우리의 현실을 여실히 보여준
다. "노년의 호명과 관련된 일상의 언어적 실천에는 노년에 대한 우리
사회의 다양한 고정관념과 차별적 시선이 반영되어"[24] 있는데, '늙은

---

24) 정진웅, 「노년 호명의 정치학」, 『한국노년학』 31-3, 한국노년학회, 2011, 757면.

이'라는 지칭어(term of reference)는 '노인'보다도 훨씬 비하적이고 차별적인 의미가 내포되어 있다. 뿐만 아니라 노년세대를 주변화하고 타자화시키는 우리 사회의 분위기를 함축하고 있다. 알튀세르에 의하면 호명(interpellation)이란 어떤 개인에게 정체성을 부여하는 것이며, 그 개인은 이데올로기의 언어적 부름을 통해 주체로 탄생한다.[25]

딸은 그야말로 어머니와 딸의 관계가 역전된 듯 어머니의 인생에 지나치게 참견하는 태도를 보여주는데, 이는 오늘날의 부모자식의 권력관계가 역전된 세태현실에 대한 날카로운 반영이다. 딸의 어머니에 대한 불손한 태도는 비단 교제를 반대할 때만이 아니라 주인공이 재혼하지 않겠다는 반대의사를 분명히 표명했음에도 "노골적인 말투"나 "친구한테 농담하듯이 버릇없는 말투"로 재혼을 강권할 때에도 강하게 드러난다. 작가는 딸의 말투에서 나타나는, 어머니의 인생에 어머니의 자유로운 의사나 주체성을 인정하지 않는 태도를 통해 근래 부모의 의사를 존중하지 않고 타자화시키는 자식들의 태도를 비꼬고 있다.

더욱이 남자의 며느리는 두 사람의 재혼에 매우 적극적으로 나오며 시아버지에게 야한 파카를 사주는가 하면 '나'를 집으로 초대하고 싶어 한다.

"그 며느리 요새 세상에 드문 효분가보다."

---

25) Louis Althusser, 김웅권 역, 『재생산에 대하여-자크비데 서문』, 동문선, 2007, 394-398면.
박찬부, 「상징질서, 이데올로기, 그리고 주체의 문제」, 『영어영문학』47-1, 영어영문학회, 2001, 74-75면.

"그럼, 엄마 얼마나 잘하는지 몰라. 그래도 홀시아버지 모시기가 보통 힘들겠수. 힘들 때마다 자원봉사하는 셈 친대요."

가슴이 뭉클했다. 그러나 순간적인 분노와 연민으로 중요한 문제를 결정할 수는 없는 일이었다.[26]

그러나 며느리가 시아버지의 재혼을 서두르는 것은 효심 때문이 아니라 홀시아버지의 수발을 드는 책임으로부터 벗어나고자 하는 이기적 욕망 때문임이 드러난다. 이에 화자는 그 며느리에 대한 분노와 조박사에 대한 연민을 동시에 느끼지만 순간적인 분노나 연민 때문에 재혼이라는 중요한 문제를 결정지을 수는 없다고 생각하며 재혼을 하지 않겠다는 의사를 분명하게 밝힌다.

나의 딸과 그의 며느리가 개입하면서 재혼문제는 두 사람이 그들의 행복을 위해서 스스로 결정할 문제가 아니라 다른 차원의 문제로 변질된다. 즉 며느리가 홀로된 시아버지의 수발을 들기 힘들어서 재혼시키려는 이기적인 태도나 딸 역시 홀로된 어머니에게 꽤 괜찮은 재혼상대를 놓치지 않게 하려는 속물적인 태도가 전경화되면서 작품은 자녀세대들이 부모의 부양을 회피하는 오늘날의 세태풍속을 예리하게 반영하며, 작가의 신랄한 야유가 빛을 발하기 시작한다.

주인공이 자신의 재혼문제에 며느리나 딸이 끼어들기 시작하면서 느낀 불편한 감정은 "짓눌리는 기분"으로 표현되는데, 결국 "더는 며느리나 딸이 우리 사이에 끼어들게 하고 싶지 않았"기 때문에 서둘러 두 사람의 관계에 결단을 내리도록 작용한다. 즉 타자화된 재혼을 거

---

26) 박완서, 「마른 꽃」, 40-41면.

부하고 주체적으로 홀로 살기를 선택하도록 만든다.

"엄마가 이 청혼 받아들이지 않으면 조 박사님 불쌍해서 어떡허지.
며느리가 글쎄 더는 수발들 수 없대. 이왕이면 시아버지가 좋아하는 사
람하고 시켜드리고 싶지만 안 되면 아무하고나 시킬 모양이야. 밥걱정
노후걱정 안 하려고 시집오려는 사람은 얼마든지 있대. 그렇지만 너무
젊은 여자는 며느리가 싫은가봐. 당장 지내기 거북한 것 말고도 나중에
책임질 기간이 길까봐 그렇겠지 뭐. 기껏 어디서 배고픈 할머니나 한
분 모셔올 모양이야. 엄만 사랑하던 사람이 그렇게 불쌍해져도 좋아?"
    친구한테 농담하듯이 버릇없는 말투였다. 나는 발끈했다.
    "배고픈 게 왜 나빠? 무시하지 마, 너. 자원봉사보다 훨씬 거룩한 거
다, 그거."
    겉멋보다는 더욱 거룩할 터였다. 나는 한 번도 본 적이 없는 그의 며
느리를 딸의 얼굴과 겹쳐보면서 속 시원히 내뱉었다. 더는 며느리나 딸
이 우리 사이에 끼어들게 하고 싶지 않았다.[27]

    타자화란 무엇인가? 자신의 인생에서 주인이 되지 못하고 다른 사
람에 의해서 좌지우지되는 소외현상을 의미한다. 사실 이 소설에 등
장하는 인물은 아직 연소노인(young-old)이다.[28] 더구나 남자의 경우
아내와 사별한 지는 3년이 되었지만 대학교수에서 은퇴한 지는 1년밖
에 지나지 않았다. 시아버지의 재혼에 대해서 좌지우지하는 며느리의
태도나, 어머니의 재혼에 대해서 지나치게 참견하는 딸의 태도는 불

27) 박완서, 「마른 꽃」, 44면.
28) 65-74세 연소노인, 75-84세 고령노인, 85세 이상 초고령노인으로 세분화한다. :
    김수영 외, 앞의 책, 44면.

손하기 그지없다. 조 박사는 친구들과 연구소를 차려서 소일할 만큼 활동적이고 건강하다. 그리고 경제적으로도 여유가 있고 연금 수령도 가능한 전직 대학교수이다. 그런 시아버지를 좋아하는 사람과 안 되면 아무나하고 시키겠다는 며느리의 안하무인의 태도, 어머니의 의사를 존중하지 않고 자신의 입장만을 우선시하는 딸의 존중심을 잃은 태도는 비난받아 마땅할 것이다.

주인공의 경우도 세를 받아먹고 살도록 되어 있는 삼층집을 소유했기 때문에 자녀들에게 경제적으로 의지하지 않고 독립적으로 생활하고 있는 건강한 노인이다. 그럼에도 불구하고 자녀세대들이 노년기 부모의 독립성과 주체성을 인정하지 않고 타자화하는 태도는 부양의 기피, 학대 등으로 이어질 수 있고, 이는 이미 사회문제화되었다. 이 작품에서도 드러났듯 노년은 단지 생물학적 현상이 아니라 문화적 현상이자[29], 사회학적 현상이다. 그리고 이것이야말로 생물학적 노화보다 더 노년을 소외시키는 사회문제이다.

3. 결론

배우자와 사별한 노년여성을 주인공으로 한 박완서의 단편소설 「마른 꽃」에서 노년의 인물들은 정서적으로는 젊은이와 조금도 다른 바가 없는 존재이다. 이성에 대해서도 젊은이와 다를 바 없는 호기심을 나타내며, 정서적 교류를 희망한다. 그렇지만 주인공은 재혼이란 구

---

29) Simone de Beauvoir, 홍상희 · 박혜영 역, 『노년』개정판, 책세상, 2002, 23면.

체적 현실에 대해서는 부정적이다. 주인공이 재혼에 대해서 부정적인
것은 노인의 연애감정에는 정욕이 없다는 것, 아이를 낳아 함께 기른
짐승스런 시간을 같이 한 사이가 아니면 남성노인의 수발을 들 수 없
다는 것을 비롯하여 죽은 남편의 곁에 묻히고 싶다는 정절 이데올로
기 등 여러 가지 이유가 있지만 한마디로 작가의 보수적이고 중산층
적인 가치의식의 반영이라고 하겠다.

이 소설에서 주인공은 신체적 노화에 대해서 긍정적인 인식을 갖
지 못하고 매우 부정적이다. 이처럼 노년에 대한 부정적 인식은 재혼
에 대해서도 동의하지 않는 것으로 나타난다. 제목이 시사하듯 노년
을 '마른 꽃'에 상징적으로 비유함으로써 생명력을 상실한 존재로 인
식하고 있다. 작가는 몸이든 결혼(재혼)이든 그 가치기준을 젊음과 젊
은이에 둠으로써 육체적 노화를 추악하고 혐오스런 것으로 인식하며,
노년의 재혼에 대해 부정한다.

노년의 재혼이 꼭 필요한가에 대해서는 사람마다 가치가 다르겠지
만 결혼을 하기 위해서는 정욕이 있어야 한다든가 아이를 낳고 길러
야 한다든가 하는 것은 결국 젊은이들의 결혼을 보편적 규범으로 삼
았기 때문에 나온 태도이다. 서로 정서적으로 소통할 수 있고 같이 늙
어갈 수 있는 인생의 동반자로서 재혼 상대자가 노년에는 필요하다는
가치관의 재설정이 필요하다.

그런데 조 박사의 며느리가 홀시아버지의 수발을 들기 싫어 재혼을
서두르는 이유나 주인공이 노추해가는 노년남성의 수발을 들기 싫기
때문에 재혼할 수 없다는 것은 결국 마찬가지 이유라고 할 수 있다. 즉
홀로 된 노년남성의 수발을 드는 존재가 며느리든 재혼할 아내든 여
성이란 젠더는 연령과 관계를 떠나 동일하게 남성의 수발을 드는 역

할을 담당해야 할 존재로 설정되었다. 문제는 이 소설에서 보듯이 그 역할을 며느리도 싫어하고 재혼을 고려하는 노년여성도 싫어한다는 것이다.

남성노인들은 의식주를 혼자서 해결할 수 없기 때문에 대체로 재혼에 찬성하는 반면 중산층의 여성노인들은 재혼을 함으로써 다시 남자의 수발을 들기보다는 혼자서 자유롭게 살아가길 원하는 것이 오늘날의 보편적 현상이다. 따라서 남성노인들이 일방적으로 여성으로부터 수발을 받으려는 의식에서 벗어나서 서로를 보살피고 보살핌을 받는 인생의 진정한 동반자로서의 의식을 가질 때에 여성노인들도 재혼에 대해서 긍정적 태도를 가질 수 있을 것이다.

아무튼 「마른 꽃」에는 노년세대의 젊은 세대와의 세대 차이와 그로 인한 노년의 심리적 소외감이 표현되었고, 부모(시부모)의 재혼에 대해서 자녀(며느리)들이 갖는 이기적이고 속물적인 태도에 대해 작가는 야유를 보내고 있으며, 자녀들이 노년이 된 부모를 타자화하는 세태풍속에 대해서도 작가는 유감없는 비판과 야유를 보냈다.

이 소설에서 표현된 부정할 수 없는 현실은 우리 사회의 노년은 점차 가족들로부터도 타자화된 존재로 전락해간다는 사실이다. 이에 분노하는 주인공을 통해서 작가는 젊은 세대들이 노년세대를 타자화하는 오늘날의 세태를 유감없이 드러내는 데에 성공하고 있다.

작중의 주인공처럼 노인 스스로 자신의 노화에 대해서 부정적으로 여기며 타부시할 때에 그들은 가족 내에서도 사회 속에서도 더 이상 주체가 될 수 없다. 노년의 신체적 정신적 변화, 즉 노화를 긍정적으로 받아들일 때에만 건강하고 행복한 노년을 보낼 수 있는 것이다. 그리고 그 연장선상에서 죽음에 대해서도 두려움 없이 수용할 수 있는 것이다. 그런데 작가는 노화에 대해서는 충격을 나타내고 혐오감을 보인 반면 죽음에 대해서는 두려움 없는 수용적인 태도를 보여주는 등 모순적인 태도를 지닌 주인공을 그림으로써 작가 스스로 노년기의 정체성과 규범을 제대로 확립하지 못하고 있음을 노정했다.

수명이 길어짐으로써 부부간에 사별이라는 현상이 보편화되고, 황혼이혼도 증가하는 상황에서 자식들은 노부모의 부양을 부담스럽게 여기고 있다. 때로는 부모를 학대하는 자녀들도 있다. 노년을 위한 사회복지적 차원의 대책도 필요하지만 재혼문제를 비롯하여 노년기를 어떤 가치를 갖고 살아야 할 것인가라는 가치관과 규범이 확립될 때에 개인적으로나 사회적으로 노년을 주체적으로 행복하게 살 수 있으며, 동시에 노년의 삶의 질도 향상될 수 있으리라 생각한다.

아직 노년문학은 장르로서 확립된 상태는 아니지만 보다 많은 노년문학이 창작됨으로써 노년 문제에 대한 사회적 인식을 확산시킬 수 있을 것이며, 노년세대들의 정체성 구성과 연령 규범을 확립하는 데에도 도움을 줄 수 있을 것으로 기대한다.

(『인문사회과학연구』13-1, 부경대학교 인문사회과학연구소, 2012)

제3부

디아스포라의
트라우마와 치유

재일한인소설의 정신분석
– 김학영과 이양지의 소설을 중심으로

1. 서론

재일한인[1]의 이주는 일제강점과 그 역사를 같이한다. 즉 1910년을 전후한 시기부터 급격히 몰락해가는 농촌생활을 벗어나기 위하여 우리 민족은 러시아, 중국뿐만 아니라 일본으로 건너가게 되는데 그 숫자는 해를 거듭할수록 증가하게 되었다. 특히 1939년 이후에는 일제의 식민지 정책에 의해 탄광노동자 등으로 강제징용을 당하여 일본 각지로 송출되는 조선인 노동자와 농민의 수가 급증한다. 토지와 생산수단을 빼앗긴 농민과 노동자들이 전시체제의 일본으로 이주하여 부족한 노동력을 제공하고 있었던 것이다. 유학생을 제외한 재일한인의 대부분은 일본의 노동시장으로 흘러들어 토목 · 광산 · 부두의 하

---

1) 일본에서는 남과 북을 지지하는 정치적 입장에 따라 재일한국인과 재일조선인으로 구분하지만 여기서는 일본 제국주의의 조선지배로 도일하여 현재에도 계속 일본에 살고 있는 사람(후세)에 대한 통칭으로 재일한인이란 명칭을 사용하고자 한다.

층 노동자로 전락하여, 가혹한 탄압 속에서 힘겨운 생활을 하게 된다. 재일한인들은 식민 본국인 일본에서 피지배 민족으로서 온갖 민족적인 차별과 가혹한 핍박을 감내해야만 했다. 1945년 해방 당시에 재일한인은 유학생을 포함하여 200만 명이 넘었다고 한다.

광복 후 140만 명의 한인들이 귀국선에 오르지만 고향의 근거를 상실한 사람들을 비롯하여 남북분단, 한국전쟁 등 국내의 정치·사회적 혼란으로 어쩔 수 없이 현지에 잔류한 숫자 역시 적지 않았다.[2] 패전 후 일본 정부는 재일한인을 외국인으로 간주하며 일본의 제반 법 제도에서 축출하는 조치를 취하였다. 그리고 외국인등록령을 공포하여 외국인 등록과 등록증 소지를 의무화하였다. 이에 따라 1947년 말까지 외국인 등록을 마친 숫자가 약 60만 명에 이르렀다. 이들이 바로 재일한인의 원형이다.[3]

광복 후 오늘에 이르기까지 일본 정부는 특별한 역사적 배경을 가지고 있는 재일한인의 입장을 배려하기보다는 일본사회로부터 배제하려는 정책으로 일관하고 있다. 또한 〈외국인등록법〉이나 〈출입국관리령〉과 같은 엄격한 규정으로 관리해 옴으로써 정치·사회적 문제를 계속 야기하고 있다. 최근에는 지문날인제도를 없애는 등 다소간 변화를 보이고 있으나 일본의 재일한인정책은 기본정책에서 큰 변화가 없다. 러시아·중국 등 다른 지역의 이주 한인들과도 달리 재일한인은 일본의 폐쇄적인 외국인 정책과 국적 차별로 생존권의 위협을

---

2) 윤건차, 「식민지배와 남북분단이 가져다준 분열의 노래」, 한일민족문제학회 편, 『재일조선인 그들은 누구인가』, 삼인, 2003, 14-15면.
3) 김광열, 「재일조선인은 어떻게 형성되었나」, 한일민족문제학회 편, 위의 책, 71-73면.

받고 있는 것이다. 그리고 일본에서 출생한 한인 2세조차도 모국의 국적을 고수하는 아주 특별한 상황에서 삶을 영위한다. 이들은 직장, 공직, 정치참여의 차별을 감수하고 있고, 2, 3세의 증가로 인한 일본인과의 결혼 및 귀화, 민족교육의 약화로 인한 일본사회와 문화로의 급속한 동화 등 많은 문제에 직면해 있다.[4] 재일한인들은 한인사회 내부에서도 남과 북을 지지하는 정치적 입장에 따라 민단계와 조총련계로 갈려 갈등을 겪는가 하면, 일본사회에서의 적응방식의 차이, 스스로의 정체성 문제 등 심각한 갈등을 겪고 있다. 재외동포재단에 의하면 재일한인의 숫자는 2005년 현재 90만 명에 달한다.

재일한인 작가인 이회성, 이양지, 유미리, 현월 등은 일본의 권위 있는 문학상인 아쿠타가와(芥川)상을 수상했고, 이밖에도 여러 작가들이 수상 후보에 올랐다. 여러 한인작가들이 아쿠타가와상을 수상하게 된 것은 재일한인들의 문학에 대해 일본의 중심문단에서 주목하기 시작했다는 의미이며, 한인문학이 소수문학으로서 중요한 위치를 차지하게 되었다는 증거일 것이다.

하지만 그간 재일한인문학은 일본문단과 한국문단의 어느 중심에도 속하지 못한 채 주변문학으로 소외되어 왔다. 연구적인 측면에서는 일본문단이 주는 상을 수상하여 국내에서 번역 소개된 작가들을 중심으로 한 논문이 2000년대 이후 활발하게 발표되고 있다. 하지만 그 외 작가의 경우에는 한국에서도 일본에서도 관심의 대상이 되지 못하고 있다.[5] 이들이 일본어로 창작을 하는 경우에는 일본문단에서

---

4) 최영호, 「재일동포의 슬픈 현실」, 한일관계사학회, 『한국과 일본, 왜곡과 콤플렉스의 역사1』, 자작나무, 1998, 270면.
5) 숭실대학교 한승옥 교수팀의 한국학술진흥재단 지원과제 「재일동포 한국어문학작

읽을 수 있지만 한국어로 창작을 하는 경우에는 일본 내에서 읽히기 어려운 언어적 장벽을 안고 있다. 그렇다고 하여 이들의 문학을 한국의 문단에서 주목하고 읽어주는 것도 아니다. 더구나 그간 이들의 작품은 국내에서 출판되지 않았기 때문에 독자들이 접할 수 없었다. 하지만 해외동포문학 편찬사업의 일환으로 『재일한인문학작품집』 전6권이 2005년 말에 출간됨으로써[6] 국내의 독자들이 재일한인작가들의 작품을 접할 수 있게 되었다.

본고에서는 재일한인소설 가운데서 제2세대 작가로 분류되는 김학영의 『얼어붙은 입』과 이양지의 「나비타령」을 탈식민주의 정신분석 비평에 의해 분석하고자 한다. 김학영을 제2세대로 분류하는 데에는 이견이 없지만 이양지는 학자에 따라서 제2세대 작가로 분류하는 견해와 제3세대 작가로 분류하는 견해가 공존한다.[7] 하지만 여기서는 제2세대 작가로 분류하여 연구하고자 한다. 왜냐하면 이양지의 작품세계는 제3세대의 문학과는 뚜렷한 차이를 보이고 있기 때문이다. 즉 제3세대 작가로 분류되는 유미리, 현월, 양석일, 가네시로 가즈키 등의 소설에서는 민족이라는 명제가 현저히 쇠퇴하고 개인의 삶으로 초

품 수집 및 민족정체성연구」(2004년 선정과제)에서 한국어문학작품 수집과 연구가 이루어진 바 있다. 연구성과는 『한중인문학연구』14, 한중인문학회, 2005/『한국문학이론과 비평』31 별권, 한국문학이론과비평학회, 2006에 수록됨.
6) 해외동포문학편찬사업추진위원회 편, 『해외동포문학-재일조선인시 I-III』, 도서출판해토, 2005.
7) 김환기는 이양지를 제2세대 작가로 분류하면서 제2세대지만 제3세대와 동일한 문학성을 추구한 작가로 평가했다.(김환기, 「이양지의 『유희』론」, 『일어일문학연구』41-문학·일본학편, 한국일어일문학회, 2002, 233-234면) 반면에 유숙자는 이양지를 제3세대로 분류하여 연구하였다.(유숙자, 『재일한국인문학연구』, 월인, 2000, 117-134면.)

점이 옮겨지며, '재일'이라는 특별한 체험의 소유에 정주하지 않고 보편적 주제로 승화시키려는 경향이 두드러진다.[8] 그런데 이양지는 이들과는 달리 민족의 문제가 그의 작품에서 여전히 핵심에 놓여 있으며, 특히 재일한인으로서 겪는 정체성의 갈등이 작중인물의 핵심적 갈등으로 그려지고 있기 때문이다.

2. 본론

1) 왜 정신분석인가

이 글은 일제 식민주의가 빚어낸 특수한 이산의 결과로 형성된 재일한인 2세의 소설작품 속에 재현된 정신병리 현상에 주목하고자 한다. 왜냐하면 작중 주인공들이 겪는 정신병리가 일제 식민주의 이후 재일한인 2세로서 겪는 민족 정체성 갈등과 분리할 수 없이 연관되어 있기 때문이다.

프랑츠 파농(Frantz Fanon)은 "정상적인 가정에서 성장한 정상적인 흑인 아이는 백인 세계와의 피상적인 접촉에도 비정상적인 아이로 변해 버린다."[9]라고 식민주의의 본질을 흑인들의 심리학적인 측면에서 분석한 탈식민주의 이론서 『검은 피부 하얀 가면』에서 설파했다. 정신과 의사였던 프란츠 파농은 백인사회에서 식민주의에 길들여져 스

8) 윤상인, 「전환기 재일한국인 문학」, 『동국대학교 일본학』 19, 동국대학교 일본학연구소, 2000, 105면.
9) 프란츠 파농, 이석호 역, 『검은 피부, 하얀 가면』, 인간사랑, 1998, 181면.

스로 백인의 가면을 쓰고 살아가는 흑인들에게 있어 정상과 비정상을 가르는 준거는 다만 백인이냐 아니냐에 있다고 흑인들의 심리적 좌절과 소외를 심리학적 측면에서 풀어냈다.

재일한인 2세인 김학영과 이양지의 소설에서 나타나는 정신병리는 그들이 일본에서 출생하여 자라고 교육받았음에도 불구하고 일본인이 아니라 일본사회의 차별받는 타자라는 존재성, 즉 재일한인에 대한 경멸적 표현인 '조센징'이라는 민족콤플렉스에서 비롯되고 있다. 왜냐하면 일본사회의 일원으로 살아가는 데 있어 '조센징'이라는 존재 자체가 정상이 아니라 비정상으로 취급되는 준거이며, 근원적 트라우마이기 때문이다.

재일한인 2세대는 1세대보다 정체성의 혼란과 갈등을 더욱 강하게 경험한다. 재일 2세대란 일본에서 출생하여 일본인과 다름없는 생활 습관 및 사고를 지닌, 시기적으로 일본사회의 고도 경제성장이 가시화된 1960년대 후반에 등장한 세대를 일컫는다.[10] 이들은 재일 1세대처럼 조국에 대한 운명적 아이덴티티를 느낄 수도 없고, 그렇다고 재일 3세대처럼 일본에 동화되어 살아갈 수도 없는 사이에 낀 세대이다.

따라서 재일 2세대 문학은 김사량, 김석범, 김달수 등으로 대표되는 1세대 문학과는 그 지향점이 다르다. 즉 1세대 문학은 조국이라는 떼려야 뗄 수 없는 운명체와 같이한 삶이었던 만큼 조국과 민족을 떠나서 생각할 수 없는 반항과 향수로 점철되어 있다. 반면 2세대 문학은 원체험이 없었던 민족이나 조국보다는 과거 역사 위에 현실적인 '벽'이 가미된 열등의식에 젖어 좌절하고 고뇌하는 현세대를 조명한다.

---

10) 유숙자, 「김학영론」, 『비교문학』 24, 한국비교문학회, 1999, 235면.

전 세대로부터 전가된 과거 역사의 연장선상에서 조국이 아닌 일본식
으로 제도화된 현세대는 자신들의 아이덴티티 문제를 떠안을 수밖에
없고, 그 문제의 해결이 없이는 과거, 현재, 미래 그 어디로부터도 자
유로울 수 없는 운명을 맞게 된다.[11]

　재일 2세대인 김학영과 이양지 문학에서 정신병리의 강한 징후가
나타나는 것은 그들의 재일 2세로서의 세대적 특성과 관련된다. 이들
은 모국(한국)과 거주국(일본)의 갈피에서 정체성의 갈등을 겪을 수
밖에 없는 자전적 모델인 재일한인 2세인 주인공을 내세운다. 이 주인
공들은 일본인처럼 성장하고 교육받았지만 일본인들이 가시적 불가
시적 차별로 이들의 민족콤플렉스를 자극할 때, 갈등이 발생하고 스
트레스에 빠져든다. 즉 우울증에 시달리고 말을 더듬거나 자살충동을
느낀다. 또한 일본인으로부터 살해당하는 피해망상과 일본인을 죽이
고 싶은 살해충동에 빠지는 등 정신분열 증세마저 나타낸다. 마치 프
란츠 파농이 백인인 것같이 사고하면서 성장한 흑인이 백인들의 세계
는 사실상 자신들의 세계가 아니라는 것을 자각할 때 갈등이 생기며,
자신의 진정한 정체를 확인할 때 열등의식이 생긴다고 지적했던[12] 것
과 마찬가지이다.

　김학영의 『얼어붙은 입』과 이양지의 「나비타령」은 재일한인 2세가
겪는 갈등과 좌절을 집중적으로 그리며, 해방 후 재일한인들에게 나
타나는 포스트식민주의(post-colonialism)의 본질을 정신병리적인
측면에서 다층적으로 드러내고 있기 때문에 이 글의 텍스트로 선정하

11) 김환기, 「김학영 문학과 '벽'」, 『동국대학교 일본학』 19, 동국대학교 일본학연구소,
　　2000, 245면.
12) 고부응, 『초민족시대의 민족 정체성』, 문학과지성사, 2002, 29면.

였다.

2) 김학영의 『얼어붙은 입』의 민족콤플렉스와 말더듬

(1) 말더듬과 우울증

김학영(1938-1985)은 이회성과 더불어 재일 2세대 문학을 대표하는 작가로 손꼽힌다. 1938년 군마현에서 재일한인 2세로 태어난 김학영은 대학에 들어가기 전까지는 야마다(山田)이라는 일본 이름을 사용하였고, 대학에 입학하면서부터 본성(本姓)인 '김(金)'을 사용하게 된다. 그는 동경대학에서 공업화학을 전공했으며, 학사와 석사에 이어 박사과정까지 입학하지만 중퇴한다. 1965년부터 동경대학 문학부 계의 학생 동인지 『신사조』에 참가하며, 1966년에 그의 첫 작품 「도상(途上)」을 발표하고, 이어 『얼어붙은 입』으로 문예상을 수상한다. 그의 작품은 1973년부터 수차례 아쿠타가와상 후보에 오른다. 그의 본적은 경남으로 아버지가 12세 때 할아버지와 함께 도일하였고, 할머니는 일본에서 자살했다.[13]

김학영의 작품은 반쪽바리로 살아가는 '재일'의 어려움 이외에도 일관된 주제로서 말더듬이라는 자의식에 관한 괴로움과 아버지의 폭력 문제가 빈번하게 나타나고 있다. 그는 차별 속에서 살아야하는 재일의 어려움을 그리는 데 국한하지 않고, 자신의 내부에도 시선을 돌려서 주위의 세계에서 거부당하고 있는 주인공들을 통해 한결같이 민족

---

13) 김학영, 하유상 역, 『얼어붙은 입』(『한국문학』 1977년 9월호 별책부록)의 '연보' 참조, 201-203면.

의 이념에 동화도 못 하고 일본사회에 적극적으로 안주하지도 못 하는 괴로움에 직면하고 있는 모습을 보여준다.[14] 유숙자는 김학영의 문학은 문단 데뷔작에서 유고작에 이르기까지 약 20년 동안, 자신의 말더듬, 민족문제, 정체성의 혼란, 아버지의 폭력, 연애의 파탄, 조모의 죽음 등의 모티프를 일관되게 다루었다고 평가했다.[15]

『얼어붙은 입』은 작가 자신의 말더듬 장애를 집요하게 분석한 작품이다. 1인칭의 주인공이자 화자인 최규식은 서술 시점의 현재 동경대학 공업화학과 대학원생이다. 그는 연구회에서 3개월마다 실험결과를 보고해야 하는데, 이때가 되면 말더듬이 심해지고 신경도 극도로 쇠약해진다. 그의 말더듬 강약의 주기적인 커브는 연구회의 발표 주기와 관계가 있다.

　　요즈음 또 묘한 숨 가쁨으로 괴로움을 당하고 있다. 온종일 무엇인가에 두려워 떨고 있는 것과 같은 상태이었다. 끊임없이 무엇인가에 쫓기어, 그리고 어딘가에 휘몰리는 것과 같은 상태의 기분이었다. '말더듬이의 골짜기' 때문일까?
　　요 근래 또 몹시 말을 더듬고 있었다. 소리가 막힌다. 스스로도 이상하리만치 말이 안 나온다. 그와 같은 시기가 있다. 그리고 그와 같은 시기가 주기적으로 닥쳐온다.[16]

그는 자신의 말더듬에 대한 스트레스로 심계항진 같은 불안 증세

14) 이한창, 「재일교포문학연구」, 『외국문학』 1994년 겨울호, 93-94면.
15) 유숙자, 「김학영론」, 앞의 책, 234-252면.
16) 김학영, 앞의 책, 15면.

를 보이는가 하면 불안을 넘어서서 공포를 느낀다. 하지만 그는 말더듬 그 자체보다는 그로 인한 정신적 충격과 굴욕을 더 두려워하고 있다. 그는 자신의 말더듬을 고치기 위해 5년 전부터 매일 30분씩 교정 연습을 하지만 효과가 없다. 왜냐하면 그의 말더듬은 기능적인 장애가 아니라 정서적 심리적인 장애와 관련되어 있기 때문이다. 실제로 그는 혼자서 낭독을 할 때는 말을 더듬거리지 않는다. 그보다 말더듬이 심했던 일본인 이소가이와 말할 때에도 전혀 말을 더듬거리지 않고 오히려 달변이다. 또한 영어나 독일어, 프랑스어를 읽을 때에도 전혀 더듬거리지 않는다. 다만 그는 연구실의 일본인 동료들 앞에서 일본어로 발표할 때에 말더듬도 심해지고 정체불명의 불안감에 시달린다. 즉 생각이 제때 말이 되어 발화되지 못하고, 이로 인해 이방인의식을 느끼며 심리적 긴장과 갈등에 휩싸이게 된다.

> 그러나 연구실에 있을 때 매일 같이 나를 습격하는 정체불명의 숨 가쁨은 여전하였다. 그것은 눈에는 보이지 않는다. 또 딴 사람의 눈에는, 이유는 전혀 없다. 그러나 연구실에 있을 때 나는 웬일인지 숨 가빠져서 견딜 수가 없다.[17]

그가 일본인들 앞에서 일본어로 말을 해야 하는 특정한 상황에서만 말더듬이가 되는 것은 일종의 사회공포증이다. 사회공포증이란 특정한 대인관계나 사회적 상황에서 남을 의식하여 불안이 생기는 것으로 이것은 불안장애의 일종이다. 그의 경우는 남 앞에 나가 발표할 때

---

17) 김학영, 위의 책, 18면.

겪는 장애이므로 연단공포증이라고 부를 수 있다. 그렇다고 해서 일
본인 동료들이 그를 따돌리거나 괴롭히는 것은 아니다. 실험실의 분
위기에 융화되지 못하는 것은 그 자신이며, 그 스스로 이방인 의식에
사로잡혀 있을 뿐이다. 말이 제대로 발화되지 못하니 타자의식에 사
로잡혀 소외감을 겪는 것은 당연한 일일 것이다. 그는 "사람과 사람의
관계를 매개하는 것은 말이다. 사람과 만날 때마다 교환되는 것은 말
이며, 그것이 거의 전부이다."라고까지 생각한다. 그런데 말더듬으로
인한 의사소통 장애가 주는 불편함은 말할 필요가 없거니와 남에게
이해받지 못하는 인간적인 소통의 장애는 그로 하여금 불편을 넘어서
서 깊은 슬픔을 느끼게 한다. 그리고 그 슬픔이 심각한 우울증을 유발
한다.

　　실제 그것은 뭐라고 할 무게일까! 이런 때는 유별나게 모든 것이 울
　적하고, 모든 일이 매우 귀찮게 느껴진다. 걷는 것도 울적하고, 밥을 먹
　는 것도 울적하고, 전차를 타고 연구실에 가는 것도 울적하고, 의욕도
　없는 실험에 체력과 신경을 닳게 하는 것 등은 더더구나 울적하고, 호
　흡하는 것조차도 울적하다는 느낌이다.[18]

　　우울증은 스트레스로 인해 발생하는 심리적 결과로서, 사실 우울증
의 가장 심각한 증세는 자살이다. 이 작품에서 자살은 주인공과 실제
작가 김학영의 분신이기도 한 이소가이를 통해서 나타나고 있다.

---

18) 김학영, 위의 책, 45면.

(2) 민족콤플렉스가 유발한 분노와 무력감

그러면 왜 일본인 앞에서 그는 말을 더듬으며, 타자의식을 느끼는가? 무엇이 그로 하여금 이방인의식을 느끼게 하는가? 그것은 그가 일본에서 태어나 자라고 교육받았음에도 일본인이 될 수 없으며, 그렇다고 하여 한국인으로서도 뚜렷한 정체성을 가질 수 없기 때문이다. 그는 재일한인 1세대처럼 확고한 민족의식을 가질 수가 없다. 그의 "한국인 의식은 항상 관념으로서의 민족의식이지 실감으로서의 그것이 아니다." 왜냐하면 그는 "일본에서 태어나 그리고 유치원에서 대학까지 쭉 일본"에서 다녔으며, "한국에서 떨어진 곳에서, 또는 격절된 곳에서 자라났"기 때문이다. 자연히 그는 "한국의 일에 소홀하고 또 민족의식도 희박"할 수밖에 없다. 그는 희박해진 민족의식을 학습을 통해서 회복, 아니 각성시키려 한다. 그가 회복하려는 민족의식이란 "나 자신이 한국인이고 일본인이 아니란 것을, 아무리 일본인처럼 행세하고 일본인과 같은 기분으로 살고 있어도 결코 일본인이 아니란 것을 자각"하는 것이다. 그런데 그가 "한국사, 해방투쟁사, 남북한의 시사문제에 관한 잡지" 등의 책을 읽으며 한국에 대해서 의식적으로 알려고 노력하면 할수록 그의 의식은 묘하게 우울하고 기분이 무거워진다. 왜냐하면 한국에 대해서 알면 알수록 과거 한국의 비참한 역사와 그 연장선상에 있는 현재 자신의 존재를 자각하게 되기 때문이다.

그런데 전차 속에서 책을 읽을 때마다 나는 매일처럼 나 자신이 한국인이란 것이 새삼스럽게 느껴져 생각하게 한다. 그리고 묘하게 우울해지고 기분이 무거워진다.

왜 그럴까? - 그것은 그 한국관계의 책이란 것이 꼭 한국 민족의 비

참한 역사에 붓을 대고 한국인 동포문제가 극히 가까운 과거까지 억압
되고 학대의 상황 속에서 살아와 오늘날 현재도 아직 비참과 고뇌 속에
살고 있다는 것, 그리고 나 자신이란 존재가 실은 그런 상황의 위에 서
있다는 것, 과거에 그들이 체험하고 지금도 아직 체험하고 있는 것은
자신과 무관계한 나라 사람의 체험이 아니고, 도리어 자신과 대단히 밀
접한 관계에 있는(또는 밀접한 관계에 있어야 할) 동포의 사실이란 것,
그런 것들을 나는 새삼스레 알게 되어 충격을 받고 생각게 되었기 때문
이다.[19]

　도대체 독서를 통하여 알게 된 재일한인이 처한 포스트식민의 현
재와 식민 과거의 실상은 어떠한가? 60만 재일한인들은 '외국인등록
증'을 소지하지 않았다고 범죄가 성립되는 비인도적 〈외국인등록법〉,
〈출입국관리령〉, 〈강제퇴거명령〉, 〈불신청죄〉 등으로 엄청난 차별을
받고 있다. 〈외국인등록법〉 위반으로 체포·가택수사된 재일한인은
18만 9백 명이며, 그중 60%가 형벌을 받은 것을 비롯하여, 일본헌법
이 보장하고 있는 묵비권의 행사와 같은 법적 권리조차 행사할 수 없
는 법적 차별 하에 놓여 있다. 재일한인이 받는 차별은 법적 차별만이
아니다. 재일한인에게 세금은 일본인 이상으로 엄격히 부과되지만 생
활보호의 할당은 적으며, 공영주택의 입주도 허락되지 않고, 주택공단
자금도 대부받지 못한다. 건강보험, 실업보험 등 각종 사회보장제도로
부터도 차별받고 소외되어 있다. 일본인으로 살아갈 수 없도록 각종
사회적 차별을 가하면서도 정작 일본은 재일한인에 대한 한국의 민족
교육을 금지하고, 국적 선택의 자유도 빼앗으며, 조국에의 왕래도 규

---

19) 김학영, 위의 책, 51-52면.

제한다. 재일한인이 겪고 있는 각종 차별과 억압을 독서를 통해서 명확하게 인식하게 된 그는 반문한다. 이런 모든 차별이 지난날 한국을 침략하여 착취한 데 대한 보상인가라고 ….

> 이것이 일본인의 한국인에 대한 '보상'이었던가? 지난날에 한국 농민에게 방대한 토지를 빼앗고, 한국인 노동자를 일본인의 3분의 1 이하의 싼 임금으로 혹독하게 부려먹고, 관동대진재 때는 6천 수백 명의 한국인을 학살하고, 또 태평양전쟁 중에는 한국 안에서 4백만 명 남짓의 한국인을 징용하고, 72만 수천 명을 일본 '내지'로 강제 연행하고, 6만 명 이상을 사망시키고, 더욱이 '동화정책'에 의하여 한국인의 민족성을 말살하고, 한국인을 비한국인화하고, 아(亞) 일본인화하여 일본의 노두(路頭)에 내던졌던 일본 국가전력의 이것이 한국인에 대한 '보상'이란 말인가? - 조용한 그러나 뿌리 깊은 곳에서 솟아 나오는 분노가 차츰 나의 내부에서 충만된다.[20]

현재 재일한인에게 가해지고 있는 법적 사회적 차별과 과거 일제가 한국에 가한 침략, 학살, 징용, 강제연행, 민족성 말살과 같은 역사를 알게 되었을 때 그는 "조용한 그러나 뿌리 깊은 곳에서 솟아나오는 분노"를 느끼게 된다. 그의 내부에서 일본을 향한 뿌리 깊은 곳에서 우러나오는 민족적 분노가 이토록 충만한데, 일본인들과의 관계가 결코 원만할 리 만무하다. 단순히 그가 일본인이 아니라는 타자의식에서만 일본인 동료들과 이방인처럼 겉돌았던 것이 아니었던 것이다.

---

20) 김학영, 위의 책, 55면.

"아무튼 내겐 노다씨가 말하는 것 같은 민족적 콤플렉스는 적어도 지금은 없네. 난 오히려 다만 한국인이기 때문이란 이유만으로 한국인을 멸시하는 일본인, 그런 우월한 일본인을 경멸하는 데서부터 출발하려고 생각하거든. 많은 일본인 중에 한국인에 대한 편견의 감정이 남아 있는 건 사실일지도 몰라. 하지만 그건 이유 없고 근거 없는 거야. 식민지 시대의 한국인 우민화 정책의 잔재야."[21]

더구나 일본인의 재일한인을 멸시하는 민족적 편견과 불가시적인 차별은 그로 하여금 이방인 의식에 사로잡히게 만들었던 것이다. 일본인의 그릇된 우월감을 지적하는 그의 말은 백번 옳은 것이지만 그것은 공허한 외침에 지나지 않는다. 왜냐하면 그는 말로써 그들을 설득할 수 없기 때문이다.

일본인과 융화될 수 없는 진짜 이유, 그들과의 관계에서 말이 제대로 발화되어 나오지 않고 말더듬이 유발되는 진짜 이유는 과거 식민지시대 일본이 한국에 대해 저지른 만행과 현재 재일한인들에 대한 법적 사회적 차별에 대한 억압된 분노, 그리고 그릇된 우월감을 가진 그들을 설득할 수 없다는 무력감 등 민족콤플렉스가 총체적으로 작용하여 신체적 장애로 나타나게 된 것이다. 이것은 일종의 전환(conversion)이다. 전환이란 심리적 갈등이 신체감각기관과 수의근육계의 증세로 표출되는 것을 말한다.[22] 재일한인 2세로서 "일본인과 거의 다르지 않은 심정으로 둘레를 보고, 듣고, 경험하며 날을 보내"며 일본인과 다를 바 없는 일상생활을 영위한다고 하더라도 부정할 수

21) 김학영, 위의 책, 96면.
22) 이무석, 『정신분석에로의 초대』, 이유, 2003, 201면.

없는 한국인으로서의 민족의식이 그로 하여금 정체성의 갈등에 휘말리게 하며, 우울증에 빠져들게 하고, 말더듬을 유발시켰던 것이다. 그것은 일본에서 조센징이라는 차별받는 존재로서 피할 수 없는 근원적 외상이며, 거대한 좌절이다.

그런데 그가 한국인으로서의 민족의식을 각성하려고 했을 때에 접할 수 있는 책은 온통 일본 서적뿐이다. 일본인이 일본인을 위해서 쓴 책을 읽고, 일본인이 일본인을 위해 구성한 한국담론을 읽고 한국을 배워야 하는 아이러니는 부끄러워해야 할 일이지만 그것이 재일한인 2, 3세가 겪는 보편적 현실임을 어쩌랴. 그들은 한국 책을 접할 수도 없고, 한국어를 읽고 말할 수도 없는 불행한 세대가 아닌가.

주인공은 말더듬의 괴로움을 잊기 위해 알코올로 도피하여 보지만 성공하지 못한다. 또한 현재의 그가 유일하게 위안을 느끼는 이소가이의 여동생 미찌꼬와의 성애를 통해 잊고자 하지만 역시 자기구원에 실패한다. 그의 말더듬으로 인한 고통을 미찌꼬는 알지 못한다. 아니 미찌꼬가 아는 것을 그는 굴욕이라고 생각한다. 그것은 인간이 근본적으로 고독한 존재이기 때문만은 아니다. 일본인인 미찌꼬가 재일한인으로서 겪는 그의 정체성 갈등과 그로부터 유발되는 말더듬의 고통을 결코 이해할 리 없기 때문에 그는 말하지 않았던 것이다.

유숙자는 이 작품이 보여주고 있는 인간존재의 고독과 쓸쓸함은 개인의 영역에 머무르지 않고 인간 보편의 삶의 고독과 쓸쓸함으로 표출하였다는 점에서 일본 근대문학의 독특한 장르인 사소설의 전통과 잇닿아 있다고 논평한 바 있다.[23] 하지만 이 작품에서 보여주는 고독

---

23) 유숙자, 앞의 논문, 234-252면.

은 결코 보편적 인간으로서 겪는 고독이 아니며, 따라서 일본 사소설의 전통을 계승하고 있는 것도 아니다. 그것은 법적 사회적 차별과 불가시적 편견 속에서 살아가는 재일한인 2세로서 겪는 민족적 고독이고 고통이다. 김학영은 "말더듬이를 따지고 들어가면, 왜 한국인이면서 일본으로 흘러 들어와 살게 되었느냐는 문제에 봉착하게 되고, 그 근원을 찾다보면 민족문제에 이르게 된다"[24]라고 밝힌 바 있다.

(3) 자살의 의미

이 작품에서 주인공은 이소가이의 자살에 대해 "나는 딴 남이 죽었다기보다도 내 자신 속의 일부가 죽은 듯한 기분이었다. 그가 나와 같은 말더듬이었기 때문인지도 모른다. 그래서 그의 속에 나 자신을 발견하고 있었는지 모른다."[25]라고 동일시 감정을 강하게 느낀다. 그는 영어시간에도 이소가이가 제대로 읽지 못하고 더듬거리자 자신이 더듬고 있는 것처럼 부끄러움을 느끼며 대신 읽어주고 싶어 할 정도로 동일시 감정을 느끼곤 했다. 그가 이소가이에 대해서 강한 동일시 감정을 느끼는 이유는 같은 말더듬이이기 때문만이 아니라 한국인인 자신을 그가 편견 없이 대해 주었기 때문이다. 이소가이 역시 주인공을 유일한 친구로 여기며, 그가 자살했을 때 유서 한 장 남기지 않았지만 그의 앞으로 대학노트에 쓴 일기를 남긴다.

'자살'-이 말은 실제 내게 있어서 얼마나 매력 있는 말일까. 나는 나의 속에 생각을 은밀히 잠기게 할 때, 언제나 내 가슴 내부의 바닥의 골

24) 김학영, 하유상 역, 『소설집-얼어붙은 입』, 화동출판사, 1992, 205면.
25) 김학영, 『얼어붙은 입』, 한국문학, 1977, 14면.

짜기를 소리도 없이 흐르고 있는 투명한 흐름의 밑바닥에 이 두 글자가
금빛의 휘황한 빛을 내뿜으면서 잠잠히 누워 있는 것을 본다네.

　　자살은 언제나 내 가슴속에 있었지. 언제든지 죽을 수 있다. 언제든
지 숨통을 끊을 수가 있다 – 나의 삶을 오늘까지 지탱해온 것은 오직
그 관념이고 그리고 오직 그것뿐이었다.[26]

　　노트에서 이소가이는 이미 두 차례나 자살을 시도한 적이 있는 자
살예찬론자임이 드러난다. 그는 말더듬으로 인해서 자신을 남에게 이
해시키는 일은 불가능하며, 또한 이해시킬 필요도 없다고 생각하는
자폐적 상태의 대인공포증에 빠져 있었다.(이 점에서 주인공과 이소
가이는 닮아 있다.) 그런 그가 주인공에게 노트를 남기며, 그에게 관심
을 갖게 된 이유를 주인공이 '최'라는 성을 가진 한국인 남자이기 때문
이라고 고백한다. '최'는 이소가이로 하여금 한국인에 대한 좋은 인상
을 각인시킨 인물이다. 즉 그의 자살한 어머니와 관련된 남자가 최 씨
성을 가졌던 것이다. 아버지의 가정폭력에 만성적으로 시달리던 이소
가이의 어머니는 아버지의 동료였던 최의 친절과 다정함에 마음을 주
고 있었다. 그 때문에 그의 아버지는 최를 폭행했고, 어머니는 철도에
서 자살을 하고 만다. 하지만 이소가이는 어머니를 죽인 것은 아버지
라고 생각한다. 즉 아버지의 폭력을 견디다 못해 어머니는 자살했다
고 여기는 것이다. 이소가이는 자신이 사랑하는 어머니에게 폭력을
행사하는 아버지(할아버지)를 증오하고 그에 대해 살부충동을 느끼
는, 즉 오이디푸스 콤플렉스를 가지고 있었다.

---

26) 김학영, 위의 책, 122면.

나의 아버지는 거의 학문이 없네. 할아버지가 주태배기라 그 술값 때문에 어렸을 때 아버지는 늘 가난하고 학교에도 만족하게 가지 못한 거야. 아버지는 불학무식하고 우매하지만 그 책임의 태반은, 그러니까 할아버지에게 있다고 할 수 있을지도 모르지. 그렇다면 어머니를 죽게 한 것은 아버지의 우매함에 있었다면 그 아버지의 우매함에 책임이 있는 할아버지는 어머니의 죽음에도 책임이 있는 것이 되겠지. 나는 그렇게 생각하고 있어. 그러니까 나는 아버지와 더불어 할아버지도 격렬하게 증오하고 있다네.[27]

자기혐오와 아버지(할아버지)에 대한 증오심에 빠진 이소가이는 고등학교 시절 매춘부를 찾아다니며 얻은 성병과 결핵을 치료하지 않은 채로 방치한 결과 병이 위중해지자 어머니의 명일(命日)을 택해 자살한다. 그는 과거에 두 차례나 어머니의 슬픔 때문에 죽으려고 했지만 이번에는 자신의 쓸쓸함 때문에 죽는다고 노트에서 적고 있다.

오이디푸스 콤플렉스를 극복하지 못한 이소가이의 자살은 어머니를 자살로 내몬 아버지에 대한 살부충동을 실행할 수 없어 그 자신을 살해한 것이다. 자살이란 타인에 대한 살해충동을 자기 자신에게 향하게 만드는 자기에로의 전향(turning against self)의 가장 극단적인 형태이다. 자기에로의 전향이란 공격적인 충동이 다른 사람이 아닌 자기에게로 향하는 것을 말한다.[28] 아버지와 할아버지를 증오하는 이소가이는 병든 할아버지가 물을 달라고 애원하지만 그가 빨리 죽기를 바라 그것을 거절해버린 적도 있다.

---

27) 김학영, 위의 책, 126-127면.
28) 이무석, 앞의 책, 175면.

말더듬은 작가 김학영이 직접 겪은 장애이고, 그는 「눈초리의 벽」이
란 작품에서도 말더듬 문제를 그려냈다. 작가는 『얼어붙은 입』에서 주
인공 최규식과 그의 친구 이소가이를 말더듬이로 설정하고, 이소가이
를 동일시(identification)하는 주인공의 심리를 통해 자살에 대한 감추
어진 내적 욕망을 간접적으로 드러냈다.

"작가 자신의 말더듬과 관련한 내면세계를 '나'와 이소가이로 양분
해서 형상화한 것으로 볼 수 있다"[29]라고 한 논평처럼 나와 이소가이
는 서로의 분신이며, 동전의 양면처럼 닮아 있다. 주인공은 말더듬을
벗어나기 위해 노력했지만 실패하고, 이소가이는 아예 자살을 한다.
하지만 주인공도 무의식의 심층에서 자살을 동경한다. 그는 말더듬을
벗어나는 '망아의 경지'를 꿈꾼다.

> 망아(忘我)의 경지-내게 있어서 그 망아의 경지란 결국 말더듬거림
> 을 잊고 있을 때의 경지인 것이다. 말더듬거림에 얽힌 불길한 기억에서
> 해방될 때, 말더듬거림의 공포에 질린 신경이 조용히 그 상처를 남길
> 때, 그 나를 잊고 있을 때야말로 나는 참된 나 자신에 되돌아온다. [30]

자살이란 말더듬의 굴욕적 현실을 벗어나는 유일한 통로인 셈이다.
휘황찬란하게 빛나는 금빛 광선이 원추형으로 그를 둘러싸고 있고,
그 속에서 신이나 이소가이처럼 생각되는 정체불명의 존재가 그를 따
뜻하고 보드라운 광선으로 에워싸고 고무하는 듯하여 눈물이 뚝뚝 떨

---

29) 김환기, 「김학영의 『얼어붙은 입』론」, 『일어일문학연구』 39, 한국일어일문학회,
   2001, 273면.
30) 김학영, 『얼어붙은 입』, 47-48면.

어지는 작품 서두에 제시된 꿈의 감추어진 의미는 바로 주인공의 자살에 대한 잠재된 욕망의 표현이다.

이 작품에서 이소가이는 작가 김학영의 분신이라고 하여도 무방할 만큼 여러 측면에서 작가의 자전적 체험들을 반영하고 있다. 김학영은 이소가이와 마찬가지로 말더듬이이며, 김학영의 할아버지는 작중의 할아버지로, 그의 자살한 할머니는 자살한 이소가이의 어머니로 작품 속에 굴절되어 등장한다. 그리고 무엇보다도 폭력적인 아버지야말로 작가 김학영의 자전적 경험을 반영하고 있다. 작중의 이소가이처럼 작가 김학영도 폭력적이지만 가족부양의 책임감만큼은 강했던 아버지와 화해를 이루지 못한 채 자살로 생을 마감했다.[31]

김학영은 『얼어붙은 입』뿐만 아니라 「도상」, 「유리층」, 「알콜 램프」 등의 여러 작품에서 아버지의 폭력문제를 다루었다.[32] 그러면 왜 폭력적 아버지인가? 이에 대한 대답은 가족 내의 권력과 국가권력의 구조가 상동성을 지니며, 가족은 국가의 축소판이기 때문이다.

> 가족의 구조와 국가의 구조는 상동성을 가진다. 또한 한 국가 내의 군국화와 중앙집권적 권위는 아버지의 권위를 자동적으로 출현시킨다. 비단 유럽뿐만 아니라 기타 다른 모든 나라에서도 문명화되었거나 문명화되고 있는 가족이라는 개념은 국가의 축소판으로 작동한다.[33]

폭력적 아버지는 재일한인에 대해 폭력적인 일본과 상동성을 지

---

31) 이한창, 「재일동포문학에 나타난 부자간의 갈등과 화해」, 『일어일문학연구』 60, 한국일어일문학회, 2007, 65면.
32) 이한창, 위의 논문, 59면.
33) 프란츠 파농, 앞의 책, 180면.

니며, 가정폭력은 일본이 한국인에 가한 국가적 폭력을 전치시킨 것이다. '종로에서 뺨 맞고 한강 가서 눈 흘긴다'는 속담처럼 전치 (displacement)는 이 경우 어떤 생각이나 감정 등을 표현해도 덜 위험한 대상에게 옮기는 것을 말한다.[34] 즉 재일한인에 대해서 폭력적인 일제에 대해 직접 반항할 수 없기 때문에 가정폭력을 통해서 일제의 폭력에 대한 분노를 방어하고자 하는 메커니즘이 작동한 것이다. 이것이 폭력적 아버지의 진정한 의미 해석이다.

3) 이양지의 「나비타령」의 정체성 갈등과 승화

(1) 이양지의 생애

이양지(1955-1992)의 「나비타령」뿐만 아니라 전 작품이 자전적 성격을 띠고 있기 때문에 조금 상세하게 그녀의 개인사를 알아볼 필요가 있다. 이양지는 1955년 후지산 아래의 야마나시현에서 태어났다. 그녀의 부친은 1940년에 제주도에서 일본으로 건너가 선원 등 여러 직업을 전전하다 비단 행상을 하게 되어 야마나시현에 정착하게 된다. 그리고 그녀는 9세 때에 일본에 귀화하게 된다. 이양지는 주변에 한국 사람이 한 사람도 살지 않고, 김치를 한 번도 먹어본 적이 없으며, 한국말을 들을 기회도 전혀 없는 환경에서 한국인이라는 것을 전혀 못 느끼면서 자랐다. 그럼에도 언제부턴가 '조센징'이라는 사실을 하나의 큰 흉과도 같이 느끼게 되고 부정적 사실로 받아들이게 되었다고 고백한다. 즉 '눈에 보이지 않는 차별'로 인하여 자신의 재일한

---

34) 이무석, 앞의 책, 175-176면.

인의 위치에 대하여 열등감을 느끼게 된다. 자신이 한국인이라는 열
등감과 장래에 대한 불안, 그리고 부모의 불화와 이혼소송에 대한 갈
등으로 고등학교를 다니다가 가출한 그녀는 1년 동안 여관에서 일하
다가 여관주인의 주선으로 교토의 오키고등학교에 편입하게 된다. 여
기서 일본사를 가르치는 선생님으로부터 일제 식민통치의 실체를 알
게 되고, 재일한인의 역사성을 깨닫게 된다. 그리고 민족에 대한 애착
과 관심이야말로 스스로의 정신적 주체성과도 직결되는, 존재에 있어
서의 중심적 과제임을 절감하게 된다. 그녀는 1975년에 와세다대학에
입학한 후 재일한인 학생서클인 ‘한국문화연구회’에 가입하게 된다.
하지만 여기서 그녀는 자신이 일본 국적을 가진 데 대한 동포사회의
냉정한 반응에 부딪치게 되고, 너무나 관념적이고 정치적인 토론에
의문을 갖게 되어 결국 학교를 중퇴하게 된다. 그녀는 대학 입학 후 민
족 악기인 가야금을 접하게 되어 이를 본격적으로 배우고 싶다는 열
망으로 1980년에 한국에 유학을 오게 된다. 그녀는 김숙자 선생의 살
풀이춤을 보고난 후 무속무용을 배우는 한편 재외국민교육원의 1년
과정을 마친 후 1981년 말에 서울대학교 국어국문학과에 입학하게 된
다. 서울대 졸업 후 그녀는 이화여대 대학원 무용과에 입학하여 한국
무용을 배우는 등 한국인으로서의 자신의 정체성을 온몸으로 파악하
고자 하는 열정을 보였다.[35] 그녀의 등단작인 「나비타령」(1982)은 발
표되자마자 아쿠타가와상 후보로 올랐으며, 『유희』(1989)로 마침내
제100회 아쿠타가와상을 수상하게 된다. 하지만 「돌의 소리」(미완의
유고작)를 집필하던 중 일시 귀국한 일본에서 짧은 생애를 마치고 갑

35) 이양지, 「모국유학을 결심했을 때까지」, 『한국논단』 16, 1990.12, 214-231면.

작스럽게 죽게 된다.

(2) 정체성 갈등이 빚어낸 피해망상과 살해충동

등단작 「나비타령」(1982)은 자전적 소설로서 두 개의 큰 갈등이 자리 잡고 있다. 하나는 부모의 불화와 이혼소송에 따른 갈등이며, 다른 하나는 자신이 조센징이라는 데 대한 정체성의 갈등이다. 이 두 가지의 갈등은 작가 이양지의 경험적 자아가 가졌던 갈등과 일치한다.

고등학교를 중퇴하고 가출한 1인칭의 주인공 김애자(일본명 아이꼬)는 부모의 이혼소송에 따른 문제를 "지루한 시간, 재판, 별거, 이혼, 위자료, 재산분배, 친권자"와 같은 단어로 압축한다. 그녀는 재판에 참고인으로 출두하는가 하면 서로에 대한 증오심으로 가득 찬 부모 양측으로부터 서로를 비방하는 말을 들어야만 했다. 그녀는 큰오빠인 뎃짱과의 대화에서 자신들의 집을 "구제받지 못할 집"으로 표현하는가 하면 "난 우리 부모의 자식이 아니었으면 좋겠어"라고 말하고, 몇 차례 자살을 시도한다. 자식들은 부모 양편으로 갈리고, 부모 두 사람 사이에서 겪는 정신적 갈등은 다음과 같이 묘사된다. 즉 부모의 불화로 가출까지 하지 않을 수 없었던 심적 고통이 인용문에서 잘 드러나고 있다.

아버지와 어머니가 내뿜는 생명력, 이들 두 개의 커다란 자력에 끼여 균형을 잡지 못한 채 나는 엎드려 아버지와 어머니를 쳐다볼 수밖에 없었다. 조그마한 자존심과 자기주장이 죄어오는 자력 사이에서 일그러지고 위축되어 간다. 나는 몸을 잡아 뽑듯이 집에서 뛰쳐나왔다. 크게

구멍이 뚫린 종업원실의 천장, 습기 찬 이불 …….[36]

주인공은 지방법원이 어머니에게 패소판결을 내리기까지 5년이나 걸린 이혼소송에 "그럼 별거 같은 걸 하지 말고 빨리 헤어지면 좋잖아요?"라고 반응하는가 하면 증인으로 출두한 고등법원의 법정에서 모든 것을 파괴하고 싶은 충동에 사로잡힌다.

아버지와 자식, 어머니와 자식, 혈연, 골육, 그게 도대체 어쨌단 말인가. 나는 배우처럼 증인석에서 주어진 배역을 연기할 뿐이다. 법정도 법원도 '니혼'도 무엇도 모조리 먼지처럼 날려버리고 내 몸도 사라져버리면 그만이다—.[37]

가출한 주인공은 교토의 여관종업원이 되는데, 여기서는 "교오또의 이 작은 여관에서도 나는 여전히 엎드린 채 쥐가 떨어져 내리는 검은 천장을 겁먹은 눈으로 쳐다보고 있는 것이었다."에서 보듯 자신이 조센징이라는 사실을 들킬까봐 전전긍긍한다. 이때 그녀가 느끼는 감정은 파농의 지적처럼 일본인에 대해서 갖는 일종의 열등감이다. 그녀는 자신이 조센징이라는 사실이 여관에 알려지자 여관을 그만두고 2년 만에 집으로 돌아온다.

두려움은 끊임없이 나를 엄습해왔다. 비록 여관을 그만둔다 하더라도 내가 조센징이라는 것은 어디를 가나 따라다니는 것이 사실인 것이다.[38]

---

36) 이양지, 「나비타령」, 『유희』, 삼신각, 1989, 295면.
37) 이양지, 위의 책, 322면.
38) 이양지, 위의 책, 299면.

그녀는 자신이 일본인이라 생각하며 살고 있다는 뎃짱 오빠에게 "귀화해도 조센징은 조센징이야. 그렇게 간단하게 니혼징(日本人)이 될 순 없어"라고 대꾸한다. 실제로 여관에서 일본인들이 조센징을 경멸하는 말을 수차례나 들었기 때문에 민족정체성이란 단지 국적의 문제만이 아니라는 것을 주인공은 실감했던 것이다. 그것은 귀화를 했든 그것을 거부했든 보다 근원적인 문제로 인식된다. 그녀는 일본여자에 빠져 이혼소송을 제기한 아버지에게 왜 일본에 귀화했느냐고 따져 묻는데, 이 질문에는 와세다대학 재학시절 경험했던 귀화인에 대한 동포사회의 냉정한 분위기가 반영되어 있다.

그녀는 가야금과의 만남을 통해서 말만의 모국이 아니라 진정한 모국과 만나는 느낌을 받는다. 가야금을 배우는 한 선생 댁의 "방안에서 풍기고 있는 어렴풋한 마늘 내음, 김치빛깔, 세워둔 가야금을 바라보면서 끊임없는 장단(리듬)에 빠져 갔다"고 고백하고 있듯이 민족이란 관념적 추상적인 것이 아니라 감각적인 것, 문화적인 것으로 인식하며, 마늘 냄새, 김치, 가야금 등을 통해서 일체감을 느끼게 된다. 하지만 연습을 마치고 거리로 나오면 그 감동은 사라지고 보이지 않는 일본의 집요한 압박과 간섭에 숨이 막힌다.

한 선생 댁에서 몇 시간을 지낸다는 것은 내게 있어서 우리나라였다. 그곳에선 아무리 큰소리로 노래를 불러도 좋았다. 두 시간, 세 시간, 연습이 끝나도 나는 집으로 돌아가고 싶지 않다. 방안에서 풍기고 있는 어렴풋한 마늘 내음, 김치빛깔, 세워둔 가야금을 바라보면서 끊임없는 장단(리듬)에 빠져 갔다.

하지만 연습이 끝나고 한 걸음 바깥으로 나온다. 횡단보도를 건넌다.

야마노떼선(山水線)의 가죽손잡이에 매달린다. 정신을 차리자 내 몸에서 장단도, 산조도, 선율도 사라지고 없었다.[39]

즉 한 선생 댁의 한정된 공간에서 느끼는 편안함, 그리고 가야금이 주는 일체감과 감동은 길거리로 나오면 금방 사라지고 만다. 대신 일본 국적을 가진, 일본에서 생활하는 생활인으로서의 정체성이 그녀를 더욱 욱죄어온다. 그 압박감은 급기야 일본인에게 피살당하는 피해망상(delusions of persecution)과 환각으로까지 발전한다. 일본인에게 피살당하는 망상과 환각은 일본인을 죽이고 싶다는 내면적 동기를 왜곡하여 역으로 일본인이 자신을 죽일지도 모른다고 일본인을 향해 감정을 투사한 것이다. 피해망상이란 편집증의 일종으로 다른 사람이 자기를 해칠 음모를 꾸미고 있다고 믿는 것이다. 그리고 이 피해망상은 투사(projection)의 극단적 형태로서, 타인을 적대하려는 자신의 내면적 동기를 세상 사람들을 향해 투사하는 것이다. 투사란 불안과 스트레스를 덜 느끼기 위하여 무의식적으로 사용하는 심리적인 방어 메커니즘의 일종이다.[40]

니혼징(日本人)에게 피살당한다. 그런 환각이 시작된 것은 그날부터였다. 만원 전차를 탔을 때는 한 역씩 폼에 내려 상처가 없음을 확인하고 다시 전차를 탔다. 홍수 같은 사람의 무리에 밀리며 역 층계를 내려갔다. 여기서 피살되어 나는 피투성이가 된 채 객사하는 것이다. 겨우 무사히 내려갈 수 있다고 해도 다시 층계를 올라가지 않으면 안 된다.

39) 이양지, 위의 책, 309면.
40) Kagan & Havemann, 김유진 외 공역, 『심리학개론』, 형설출판사, 1983, 394면.

뒤에서 달려 올라오는 인파. 내가 층계를 하나 오르는 순간, 아래 있던
누군가가 내 아킬레스건을 끊는다. 나는 니혼징들에게 깔려 질식당한
다. 어두운 영화관도 공포였다. 좌석에서 불쑥 나온 후두부가 날붙이에
찔려 머리가 잘린다고 느껴져 제대로 영화도 보지 못한 채 밖으로 뛰어
나온다.[41]

일본인으로부터 피살당하는 공포심과 환각은 일본인을 죽이고 싶
다는 살해충동으로 바뀌어져 주인공의 심리를 압박한다. 살해당할지
도 모른다는 피해망상과 일본인을 죽이고 싶다는 살해충동에 사로잡
힌 주인공의 양가적 심리상태는 거의 정신병의 경계에 도달해 있다.
이를 통해 재일한인 2세들이 한국과 일본 두 나라의 틈새에서 얼마나
극심한 정체성의 혼란과 갈등을 느끼고 있는가가 잘 드러난다. 그리
고 이러한 피해의식은 「해녀」(1983)에서는 관동대지진 때 일본인이
조선인을 무자비하게 학살했던 것처럼 또 다시 학살하지 않을까 노심
초사하는 피해의식으로 나타나고 있다.[42]

정신적 혼란에 빠진 주인공은 자신의 이름을 일본명 아이꼬가 아니
라 애자라고 불러달라고 하며 스무 살 연상의 유부남인 마쓰모또와의
성애로 도피한다. 이 불륜관계에는 "니혼(日本) 남자를 범하고" 싶은
왜곡된 의도가 작용하고 있다. 그래서 이름을 한국식 본명으로 불러
달라고 했던 것이다. 그러나 그녀는 그와의 성애에도 진정으로 몰입
할 수 없다. 리비도의 집중에 방해를 받는다. 이것은 강박적으로 애무

41) 이양지, 「나비타령」, 앞의 책, 312면.
42) 김환기, 「이양지 문학론-현세대의 '무의식'과 '자아' 찾기」, 『일어일문학연구』 43,
한국일어일문학회, 2002, 300면.

를 반복하는 데서 역설적으로 드러난다.

> 그날 밤, 마쓰모또는 졸립다는 듯 눈을 가늘게 뜨고 내 머리카락을
> 쓰다듬었다. 그는 싫증이 난 듯한 숨을 쉬었다. 몸의 움직임을 그치자
> 머리맡에 있는 스탠드가 지익지익 울린다. 그 전기소리가 귓가에서 웬
> 일인지 나를 비웃는 것같이 들리는 것이다. 나는 애무를 계속한다. 내
> 가 소심하지 않다는 것을 또 하나의 나에게 보이려는 듯이. 내 몸은 뜨
> 거워지고 안달 같은 것이 땀이 밴 한숨으로 변한다. 마쓰모또는 언제
> 끝날지도 모르는 나의 애무의 요구를 수상하다는 듯이 보고 있었다. 그
> 눈이 연민의 안타까운 눈으로 보여 난 수치심으로 몸을 떼었다. 머리끝
> 까지 꿰뚫는 수치심으로 나는 베개에 얼굴을 묻었다.[43]

한국인으로서의 정체성을 찾고 싶었던 주인공에게 민족의 악기 가
야금은 민족문화의 상징으로 인식되는데, 일본남자 마쓰모또에게는
"가야금을 듣고 있으면 네 살결이 생각 나"로 변질되어버린다. 마쓰
모또에게 그녀는 오로지 성적 대상인 아이꼬에 불과했던 것이다. 유
부남의 애인으로 존재하는 자신에 대한 자의식, 부모는 이혼소송 중
이고 둘째오빠 가즈오가 식물인간이 되어버린 가족의 불행, 아버지에
대한 증오심 등으로부터 벗어나기 위해 주인공은 "한국에 안 가면 죽
어버릴 것 같아요. 일본에서 도망치는 거예요. 이젠 모두가 넌더리가
나 싫어요, 일본은……"이라고 말하고 마쓰모또를 떠나 한국으로 간
다. 그렇지만 한국에서 그녀는 또 다른 갈등과 마주친다.

---

43) 이양지, 앞의 책, 317면.

'일본'에도 겁내고 '우리나라'에도 겁나서 당혹하고 있는 나는 도대체 어디로 가면 마음 편하게 가야금을 타고 노래를 부를 수 있을까. 한편으로는 우리나라에 다가가고 싶다, 우리말을 훌륭하게 사용하고 싶다는 생각이 드는가 하면, 재일동포라는 기묘한 자존심이 머리를 들고 흉내낸다, 가까워진다, 잘한다는 것이 강제로 막다른 골목으로 밀려든 것 같아 이면은 언제나 불리하다. 처음부터 아무것도 없다는 입장이 화가 난다. 아무튼 좋아서 이런 얄궂은 발음이 된 것은 아니다. 25년 동안 일본에서 태어나 자랐다는 사실에 어쩔 수도 없는 결과라고 한숨 돌려본다. 그러나 여전히 나는 층계에 앉아 있다. 얄궂은 발음이 얼굴에서 불이 나듯 부끄러웠고, 층계에 앉은 채 열기를 망설이고 있었다.[44]

즉 모국인 한국에 다가가고 싶지만 모국어인 한국어를 제대로 발음할 수 없다는 자괴감과 '재일한인'라는 자존심이 대립하는 것이다. 그는 이미 일본어에 익숙해졌을 뿐만 아니라 일본식 습관이나 사고방식이 일상생활 속에서 몸에 밴, 오히려 한국어와 한국사회에 이질감을 느끼는 '재일한인' 2세대인 것이다. 일본과 한국 모두에 겁을 내며 일본과 한국의 어디에도 속하지 않은 재일한인으로서의 자신의 이중성을 그는 "어디로 가나 비(非)거주자-찌그러진 알몸을 이끌고 부유하는 생물"로 인식하며 갈등에 휩싸인다. 일본에서는 일본인이 될 수 없다는 이질감을, 한국에서는 한국인이 될 수 없다는 타자의식에서 벗어날 수 없는 것이 재일한인의 근원적 갈등이다.

---

44) 이양지, 위의 책, 341-342면.

(3) 판소리, 가야금, 살풀이춤으로의 승화

주인공은 김 선생의 살풀이춤을 보고 숨을 쉴 수가 없는 몰입과 일체감을 느낀다. 김 선생의 권유로 살풀이춤을 추게 되었을 때, 그녀는 "살풀이의 장단은 내게 아무런 위화감을 느끼게 하지 않는다. 몸 안에 이미 있던 장단이 자연히 끌려나오는 것 같았다. 내 안에 기다리고 있던 무엇이, 애타게 기다리며 숨어 있던 무엇인가가 춤출 때를 고대하고 있었던 것이다."라고 자신의 내부에 자신도 의식하고 있지 못하는 장단이 끌려나오는 일체감을 느낀다. 그것은 한국인으로서의 집단무의식으로 존재하던 민족적 장단의 발현일 것이다.

새해 밝은 2월 어느 날 밤 그녀는 판소리에서 득음의 경지를 체험한다. 가야금 연주에서도 좋은 음을 찾아낼 수 있을 것 같은 느낌을 받는다. 그런데 민족의 가락과 일체감을 느끼는 황홀한 순간에 그녀는 둘째 오빠인 가즈오가 죽었다는 전화를 받는다. 새벽이 되자 그녀는 하숙집의 지붕에 올라가 살풀이춤을 춘다. 주인공은 살풀이춤을 통하여 그야말로 불행한 가족들로부터 받은 개인적 한과 재일한인으로서 자신이 겪은 민족적 한을 모두 풀어내고자 한 것이다. 환상 속에서 춤을 추는 나비는 그녀 자신이다. 그녀에게 살풀이춤을 가르친 김 선생이 "살풀이의 살은 한, 풀이는 그것을 푼다"라는 의미를 가졌다고 설명했듯 그녀는 뎃짱 오빠에 이어 가즈오 오빠의 죽음, 이혼소송중인 부모로 얼룩진 가족적 슬픔과 한을 살풀이춤으로 풀어낸다.

가야금이 선율을 연주하기 사작했다. 하얀나비가 날기 시작한다. 나비를 눈으로 따르면서 나는 살풀이 춤을 추었다. 끊임없이 가야금은 율

동하고 불어대는 바람 속에 수건이 날아올랐다.[45)]

이때 "애자의 춤사위는 애절하면서 무아의 경계를 넘나드는 절박함
에서 오는 자유이며 평온"을 표현한다. 그리고 이 춤은 "속세의 한을
풀어낸다는 심정에서 저편 피안의 세계를 향하고 있다. 죽은 자를 위
로해 줄 수 있고 자신의 의식마저 편안하게 어루만질 수 있는 세계로
다가서"는[46)] 해원의 춤이다. 그 후 그녀는 마쓰모또에게 이별의 편지
를 보내고, 밤새 내린 비로 얼어붙은 길을 걸으면서 주위를 의식하지
않고 판소리 「사랑가」를 부르는 자신을 기쁘게 생각한다. 얼었던 양손
에 힘이 솟고 어깨가 들먹거려진다. 오랜 방황 끝에 얻은 기쁨이다. 이
제 어둠과 겨울은 사라질 것이다. 한국과 일본 사이에서 겪던 정체성
의 갈등도 사라질 것이다.

이때 주인공은 한국에서 판소리, 가야금, 살풀이춤이란 한국전통예
술을 통해 한국인으로서의 정체성을 찾은 것처럼 보인다. 판소리, 가
야금, 살풀이춤은 재일 현세대의 자아적 개념과 연계되어 있다. 즉 전
통가락을 배운다는 것은 현세대의 민족적 정체성을 찾고 그들 내면의
이방인 의식을 불식시키면서 당당한 한국인으로서 살아갈 수 있는 정
신적 안주처를 찾는 작업이었다.[47)]

주인공은 피해망상과 살해충동의 정신병의 경계에서 벗어나서 판
소리, 가야금, 살풀이춤이란 한국 전통예술, 즉 새로운 대상리비도를

---

45) 이양지, 위의 책, 349면.
46) 김환기, 「이양지 문학론-현세대의 '무의식'과 '자아' 찾기」, 앞의 책, 306면.
47) 김환기, 「이양지 문학과 전통 '가락'」, 『일어일문학연구』 45, 한국일어일문학회,
    2003, 278-279면.

통해서 승화(sublimation)를 이룬다. 다시 말해 자신이 불안을 느끼는 내면적 동기-재일한인으로서 느끼는 민족정체성의 갈등과 가족적한-를 사회가 용납하는 방향인 예술-가야금, 판소리, 살풀이춤-로 승화시키는 방어기제를 사용하고 있다. 승화란 본능적 욕구나 참기 어려운 충동 에너지를 사회가 용납할 수 있는 형태로 바꾸어 사용하는, 건전하고 건설적인 방어기제이다. 승화는 다른 방어기제와는 달리 이드(id)를 반대하지 않으며 자아의 억압이 없고 충동 에너지를 그대로 유용하게 전용하는 것이 특징이다. 따라서 비정상적으로 리비도를 집중시켰던 유부남 마쓰모또와의 이별은 당연한 귀결이다.

「나비타령」의 주인공이 겪는 일본인으로부터 살해당할지도 모른다는 피해망상과 환각, 그리고 일본인을 살해하고 싶다는 충동은 차별받는 조센징이라는 민족콤플렉스가 발생시킨 정신병적 증세라고 할수 있다. 그 증세는 모국에 와서 판소리, 가야금, 살풀이춤을 배움으로써 한국인으로서의 정체성을 획득하고 병적 증세도 치유되고 있다. 예술을 통한 승화와 카타르시스가 이루어진 것이다. 이 작품은 작가의 자서전이라고 하여도 무방할 만큼 이양지의 자전적 경험들을 굴절없이 반영하고 있다. 실제작가 이양지는 「나비타령」을 통해 소설가로도 데뷔함으로써 다시 한 번 승화를 추구한다. 「나비타령」을 썼을 때의 심정을 이양지는 '재생'으로 표현한다. 적절한 표현이다.

습작도 없었고, 작가가 되고 싶다는 야심도 전혀 없는 채 저는 글을 쓰는 행위를 통해 하나의 재생, 바꿔 말해서 지나간 세월을 정리하면서 자기 자신을 객관화하며 다시 살아가는 힘을 얻으려고 시도하고 있었

는지도 모릅니다.[48]

그런데『유희』(1988)의 주인공 유희는 한국에서의 대학졸업을 한 학기 남겨두고 일본으로 귀국한다. 하지만 이 작품은 한국에서 한국인으로서의 정체성 찾기 작업에 실패하여 한국을 떠나는 재일한인의 실패담이 아니다. 재일한인이란 한국인과 일본인 어느 한 편에만 소속된 존재가 아닌 다중적 정체성을 지닌 존재라는 것을 인정하고 현실을 있는 그대로 받아들이는 이야기로 읽어야 한다. 유희의 일본행은 '있는 그대로의 나의 현실', 즉 갈등과 괴리가 있는 그대로의 자신의 현재 모습을 깨닫고 인정하게 되었다는 의미인 것이다.[49] 요컨대 『유희』는 재일한인 2세의 다중적 정체성, 즉 재일성과 민족성을 동시에 껴안은[50] 재일한인 디아스포라 문학의 특성을 구현한 작품으로 읽을 수 있다.

3. 결론

이 글은 재일한인 2세대 작가인 김학영의『얼어붙은 입』과 이양지의「나비타령」에 나타난 정신병리에 주목하여 이것이 재일한인 2세로서 겪는 정체성 갈등과 어떻게 연관되는지를 분석하였다.

48) 이양지,「모국유학을 결심했을 때까지」, 앞의 책, 223면.
49) 심원섭,「이양지의 '나' 찾기 작업」,『현대문학의 연구』15, 한국문학연구학회, 2000, 26면.
50) 변화영,『문학교육과 디아스포라-재일한국인 이양지의 소설을 중심으로』,『한국문학이론과 비평』32, 한국문학이론과비평학회, 2006, 144면.

『얼어붙은 입』에서 김학영은 말더듬, 우울증, 자살충동에 시달리는 재일한인 2세를 주인공으로 설정했다. 말더듬은 과거 식민지시대 일본이 한국에 대해 저지른 만행과 현재 재일한인들에 대한 법적 사회적 차별에 대한 억압된 분노, 그리고 그릇된 우월감을 가진 일본인을 설득할 수 없다는 무력감 등 민족콤플렉스가 총체적으로 작용하여 신체적 장애로 나타나게 된 것이다. 이것은 일종의 전환(conversion)이다. 또한 주인공은 자살한 이소가이에 대한 동일시를 통해서 자살에 대한 내적 욕망도 드러내는데, 자살은 우울증의 가장 극단적 형태이다.

이양지의 「나비타령」은 부모의 이혼소송과 조센징이라는 데 대한 정체성 갈등에 시달리는 젊은 여성을 그려냈다. 주인공은 가출, 유부남과의 불륜으로 현실을 도피하는가 하면, 일본인으로부터 살해당하는 피해망상과 환각, 일본인을 죽이고 싶은 살해충동에 시달리는 등 정신병의 경계에 도달해 있다. 일본을 탈출하여 한국에 온 주인공은 모국어를 제대로 발음할 수 없다는 자괴감과 재일동포라는 자존심이 대립함으로써 새로운 갈등에 휩싸인다. 하지만 판소리, 가야금, 살풀이춤과 같은 민족의 전통예술을 통해서 그녀는 가족적 한과 재일한인으로서의 민족적 한을 모두 풀어낸다. 즉 판소리, 가야금, 살풀이춤이라는 민족예술을 통해 승화와 카타르시스가 이루어지고, 한국인으로서의 정체성을 확고히 획득한다.

두 작품 다 일본사회의 차별받는 타자라는 재일한인 2세의 정체성 갈등에서 정신병리가 발생되는 주인공을 그리고 있다. 하지만 김학영의 작품에서는 끝내 말더듬, 우울증을 극복하지 못하는 인물을, 이양지의 작품에서는 피해망상과 살해충동에 시달리지만 예술을 통한 승화를 통해서 갈등을 해소하고 한국인으로서의 정체성을 획득하는 인물을 그려내는 차이를 나타냈다. 이들의 정신병리는 재일한인이 겪고 있는 법적, 사회적, 무의식적 차별과 억압이 얼마나 심각하며, 재일한인으로 살아간다는 것이 얼마나 고단한가에 대한 강한 증거이라고 할 수 있다.

(『한국언어문학』62, 한국언어문학회, 2007)

『그늘의 집』의 장소와 산책자 그리고 치유

1. 서론

　재일한인작가 현월(玄月, 1965-)은 「그늘의 집」(1999.11)으로 이
회성, 이양지, 유미리에 이어 122회(2000) 아쿠타가와(芥川)상을 수
상했다. 그는 재일한인 제3세대 작가로서 자신이 한국에서 태어난 부
모로부터 민족의 피를 물려받은 사실에 대한 자각이 일본에 이주하여
살게 된 부모세대들의 발자취와 특수성에 천착하게 했으며, 그러한
자전적 배경이 일본인들은 좀처럼 깨닫지 못하는 일본사회의 일면을
그려내게 했다고 고백한다. 하지만 그는 자신의 작품이 국가와 민족
을 초월한 인간의 보편성에 입각하여 읽히기를 희망한다.[1]
　「그늘의 집」은 오사카의 재일한인 집단촌을 배경으로 한 중편소설

---

1) 현월, 「한국의 독자에게 보내는 글」, 현월, 신은주 · 홍순애 역, 『그늘의 집』, 문학동
네, 2000, 8면.

이다. 황봉모는 주인공 '서방'이 탈주의 과정을 통해 어떻게 자신의 정체성을 찾아가는가를 살피는[2] 한편 욕망과 폭력이라는 두 개의 키워드로 작품을 분석하며 집단촌의 성격을 다수집단인 주류사회와의 관계 속에서 파악한다.[3] 구재진은 집단촌을 아감벤(Giorgio Agamben)이 말한 수용소로 위치지우며, 국가의 외부로서 존재하는 집단촌의 성격과 인물을 호모사케르(homo sacer)의 관점에서 접근한다.[4] 김환기는 「그늘의 집」을 폐쇄적인 공간 속의 개인에 대한 조명, 전 세대와 현세대 내지 가족 구성원 간의 단절, 집단주의에 내몰린 허약한 개인의 존재성에 대한 천착을 통해서 현대사회가 안고 있는 제 문제를 직시케 하고 거기에서 인간 본연의 실존적 의미를 담아내는 데 주력한 작품으로 파악한다.[5] 한편 그는 「그늘의 집」과 『나쁜 소문』에서 보여주는 재일한인 밀집지역에 내재된 주류/비주류, 중심/주변의 권력/폭력의 이분법과 이질적 존재감은 인간사회의 공통적 병리현상으로서 현월을 기존의 민족적 글쓰기와는 다른 현실중심의 글쓰기를 한 작가라고 평가한다.[6] 박정이는 「그늘의 집」에서 '그늘'의 긍정과 부정의 이중적 의미를 분석하며, 재일사회에 대해 부정적인 시각을 지닌 일본

---

2) 황봉모, 「현월(玄月)의 「그늘의 집("蔭の棲みか)」-'서방'이라는 인물-」, 『일본연구』23, 한국외국어대학교 일본연구소, 2004, 381-403면.
3) 황봉모, 「현월(玄月)의 「그늘의 집("蔭の棲みか)」-욕망과 폭력」, 『일어일문학연구』 54-2, 일어일문학회, 2005, 121-138면.
4) 구재진, 「국가의 외부와 호모 사케르로서의 디아스포라-현월의 「그늘의 집」 연구」, 『비평문학』32, 한국비평문학회, 2009, 7-26면.
5) 김환기, 「현월(玄月) 문학의 실존적 글쓰기」, 『日本學報』61-2, 한국일본학회, 2004, 439-455면.
6) 김환기, 「전후 재일코리언 문학의 변용과 특징: 오사카 이쿠노(大阪生野) 지역의 소설을 중심으로」, 『日本學報』86, 한국일본학회, 2011, 167-181면.

사회를 향해 그 실체를 반문하고 있는 작품으로 보았다.[7] 문재원은 오
래된 한인 집단촌이라는 공간을 매개로 한 인물들, 서방의 아버지-서
방-서방의 아들로 이어지는 세대의 의식과 삶의 변화를 서사화하면
서 거주 공간의 분화와 소멸이라는 주제를 암시한 작품으로 「그늘의
집」을 해석한 바 있다.[8]

　　본고는 「그늘의 집」을 '장소(place)'와 '산책자(flaneur)' 그리고 '치
유(healing)'의 관점에서 고찰하고자 한다. 제목에서 암시하듯 「그늘
의 집」은 기본적으로 장소에 관한 소설이다. 즉 재일한인의 집단촌을
중심으로 그 속에서 살아가는 인물들이 집단촌에서 다른 인물들과 어
떻게 관계를 맺고, 외부세계를 어떻게 바라보고, 어떻게 세계와 관계
를 맺는가 하는 것을 그린 소설로 읽을 수 있다. 그리고 장소를 인식하
는 주체인 '서방'이란 인물의 '산책'을 통해서 갖게 되는 장소감이 작
품 해석에서 매우 중요하다. 뿐만 아니라 '산책'은 서방이란 인물을 트
라우마와 직면하게 만들고, 집단촌 한인으로서의 정체성을 획득하게
함으로써 주체의 불안을 치유하는 과정이기도 하다.

　　발터 벤야민(Walter Benjamin)에 의하면 산책자는 노동, 시간, 관
계 등에 균열을 낼 수 있는 자본주의의 외부자인 동시에, 자본과 권력
이 생산하는 판타스마고리아(phantasmagoria : 환영)에 도취되는 군
중의 일부이다.[9] 또한 산책자는 보행자, 부랑아, 철학적 산책자뿐 아

7) 박정이, 「현월 「그늘의 집("蔭の棲みか)의 '그늘'의 실체」, 『일어일문학』46, 대한일
　　어일문학회, 2010, 227-239면.
8) 문재원, 「재일코리안 디아스포라 문학사의 경계와 해체-현월(玄月)과 가네시로 가
　　즈키(金城一紀)의 작품을 중심으로」, 『동북아문화연구』26, 동북아문화학회, 2011,
　　5-21면.
9) 권용선, 『세계와 역사의 몽타주, 벤야민의 아케이드 프로젝트』, 그린비, 2009, 195면.

니라 군중, 구경꾼과도 구분되는 개념으로, 그는 관찰하고 성찰하는 자로서 자기만의 내면을 지닌다.[10] 벤야민에게 산책은 도시의 건축이나 일시적인 유행에 이르는 삶의 수많은 형태들 속에서 집단적 과거의 흔적으로서 도시를 찾는 일이다. 거리 산책에서 도시공간은 지나간 여러 시대의 시간층이 미로처럼 얽혀 있는 기억의 공간으로 나타난다. 도시가 개인의 과거에 대한 기억을 일깨우기 때문이 아니라 집단적 과거의 흔적을 담고 있는 공간이기 때문에 기억의 공간을 벤야민은 강조했다.[11]

인본주의 지리학자 에드워드 렐프(Edward Relph)에 의하면, 장소는 본질적으로 인간실존의 근원적 중심이다.[12] 현상학의 관점에서 장소란 객관적이고 독립적으로 실재하는 어떤 것이 아니라 장소를 경험하는 사람과의 관계를 고려하지 않고는 존재할 수 없다. 즉 장소는 장소 경험의 주체인 인간과의 상호작용을 통해 만들어진다. 장소는 반드시 그 장소를 경험하는 인간을 내포하고 있으며, '장소정체성'은 장소-인간의 관계 속에서 형성되는 장소의 고유한 특성을 의미한다. 그리고 '장소감'은 인간-장소의 관계 속에서 인간이 장소를 어떻게 지각하고 경험하고 의미화하는가를 말한다. 따라서 장소와 장소정체성, 장소감은 별개의 것이 아니다. 장소정체성은 장소에 중심을 둔 표현이며, 장소감은 인간에 중심을 둔 표현으로서 장소정체성이 비진정할 때 인간이 느끼는 장소감 역시 비진정한 것이 되고, 사람들이 장소를

---

10) 박진영, 「한국현대소설에 나타난 '야행(夜行)' 모티프와 '밤 산책자' 연구」, 『*Journal of Korean Culture*』31, 한국어문학국제학술포럼, 2015, 156면.
11) 윤미애, 「도시, 기억, 산보」, 『오늘의 문예비평』51, 오늘의문예비평, 2003.12, 212면.
12) 에드워드 렐프, 김덕현 외 역, 『장소와 장소상실』, 논형, 2005, 25면.

비진정하게 느끼기 때문에 그 장소의 정체성은 비진정한 것이 된다.[13]

2. 「그늘의 집」의 장소 그리고 산책자

1) 집단촌의 장소정체성과 주변화된 재일한인의 위치성

「그늘의 집」은 '오사카시 동부지역 이천오백 평의 대지에 이백여 채의 바라크가 밀집해 있는 한인 집단촌'이 배경으로 설정되어 있다. 작가는 그곳이 실재하는 장소가 아니라 허구적 장소라고 말한다. 하지만 작가가 한인 집단촌이 위치한 오사카의 이카이노(猪飼野)를 염두에 두고 작품을 썼다는 것은 쉽게 추측할 수 있다. 그러면 오사카의 이카이노는 어떤 장소인가? 아니 그보다 재일한인사회는 어떻게 형성되었는가?

재일한인사회는 일제 강점기에 조선농민층의 몰락으로 배출된 이 농민들이 일본의 노동시장에 자율적으로 유입됨으로써 시작되어, 1939년부터 시작된 강제연행에 의해 그 규모가 확대되었고, 일본 패전 후 귀환하지 않고 잔류한 사람들에 의해서 형성되었다.[14] 재일한인 1세들은 일본사회에서 도쿄, 오사카, 교토, 나고야, 고베, 요코하마, 후쿠오카 등 산업이 발달한 도시지역에 집중적으로 거주지를 형성하여 고립된 생활을 했으며, 출신지에 따라 한곳에 모여 사는 특성을 보였다. 그 중 1923년에 제주도와 정기항로가 개설된 공업도시 오사카

---

13) 심승희,「장소의 진정성과 현대경관」, 에드워드 렐프, 앞의 책, 306-310면.
14) 윤인진,『코리안 디아스포라』, 고려대학교출판부, 2004, 149면.

에는 제주도 출신이 모여 살았다.[15] 한인들이 오사카에 모여든 이유는
아시아 각지로 공업제품을 수출하는 도시의 특성상 일자리가 있었기
때문이다.

작품의 배경이 된 오사카는 제주도 출신 재일한인들의 집단촌이 형
성된 곳으로 재일한인들의 삶과 존재성을 해석하는 데 있어 매우 중
요한 장소로 인식되어 왔다.

> 오사카 지역은 한국과 일본의 일그러진 근대사 속에서 역사, 정치,
> 이념으로 피지배자의 부성(負性)을 담아내는 상징인 공간이었다. 오사
> 카는 일제강점기 재일 코리언들이 밀집하던 장소로서 재일 코리언들의
> 역사, 정치, 사회, 문화의 형성-분화-변용을 가장 리얼하게 담아낸다.
> 재일 코리언들이 일제강점기부터 해방 이후에 이르기까지 오사카지역
> 으로 몰려든 것은 당시 오사카지역이 차지하는 역사, 정치, 지리의 특
> 수성 때문이었다. 이른바 일제강점기에 공장이 밀집했던 지역이고 식
> 민/피식민 간의 상호이동이 활발했던 교통의 거점이었다. 그리고 해방
> 을 맞은 한반도의 극심한 정치 이데올로기 대립과 제주4·3사건의 영
> 향도 간과할 수 없다.[16]

특히 이카이노는 일본사회의 한인에 대한 차별을 피하고자 새로운
거주지로 분산되는 상황에서도 여전히 재일한인들의 밀집지역으로
남아 있는 곳이다.[17] 이카이노 출신 작가들의 작품은 어느 한 국가의

---

15) 윤인진, 위의 책, 171-172면.
16) 김환기, 「전후 재일코리안 문학의 변용과 특징 : 오사카 이쿠노(大阪生野) 지역의
　　소설을 중심으로」, 172면.
17) 윤인진, 앞의 책, 173면.

문화나 이데올로기에 종속되는 것을 거부하고 재일한인으로 살면서 겪는 삶의 고단함과 주류사회에서 소외된 실존적 고민을 다루는 것을 특징으로 한다.[18] 현월도 이러한 특징에서 크게 벗어나지 않는다.

　이처럼 현월의 소설은 국가와 제도권의 규율과 인권이 작동되지 않는 폐쇄된 공간에서 횡행되는 피차별인들의 소외의식과 단절, 무질서와 부조리를 중심 주제로 취할 것임을 일찌감치 예고하고 있다. 실제로 소설은 외부세계와 소통이 단절되고 집단 자체인 권력 구도가 작동되는 공간으로 설정되면서 구성원 간의 살인, 폭력, 집단따돌림, 성폭행 등이 만연한다. 그리고 주류와 비주류, 지배와 피지배, 중심과 주변의 구도가 만들어내는 비루한 현실이 리얼하게 전개되면서 소외된 마이너리티의 울분, 눈물, 고통, 상처가 전면에서 부침한다.[19]

　작품의 배경이 된 집단촌은 재일한인들의 종족 집거지(ethnic enclave)이다. 오사카에 한인들이 몰려든 역사, 정치, 지리적인 이유를 앞에서 언급했지만 외국에서 온 이주자들이 특정한 장소에 집중하는 이유의 하나는 그 장소가 역사적이고 장소 특수적인 조건으로 인해 외국인들에 대한 문화적·경제적인 진입장벽이 낮기 때문이다. 다른 하나는 외국인들이 모이면서 그들의 사회경제적 네트워크가 그 장소에 뿌리내리며 그를 바탕으로 더 많은 외국인들을 끌어들이기 때문이다.[20]

---

18) 장안순, 「무대배우의 고독(舞臺役者の孤獨)-집단(集村)에서 노조무(望)의 정체성」, 『일어일문학』35, 대한일어일문학회, 2007, 277면.
19) 김환기, 「전후 재일코리언 문학의 변용과 특징 : 오사카 이쿠노(大阪生野) 지역의 소설을 중심으로」, 178면.
20) 박배균, 「초국가적 이주와 정착에 대한 공간적 접근」, 최병두 외, 『지구·지방화와

작품 속의 집단촌 역시 문화적 경제적 진입장벽이 낮음으로써 외국인 노동자들을 끌어들이기에 적합한 곳이다. 그런데 오랫동안 제주 출신 한인들의 집거지였던 집단촌은 삼십여 년 전부터 점차 한인들이 떠나가고, 특히 최근 십 년 동안은 저임금으로 인해 한국인이 줄어드는 대신 중국인 불법노동자들이 새롭게 진입하는 변화를 겪고 있다.

물론 이 집단촌은 주류사회의 외적 힘에 의한 강제적 격리공간인 게토(ghetto)는 아니며, '엔클레이브(enclave)'이다. 이곳을 '엔클레이브'라고 할 수 있는 이유는 재일한인들이 자기들의 정체성 유지와 권력 강화를 위해 자발적으로 형성한 공간이라는 의미에서이다. 하지만 격리, 차별, 탄압, 불평등 등의 의미를 지니며, 일본 내 소수민족인 한인들이 모여 살아온 도시의 특정지역, 즉 슬럼(slum)의 동의어라는 뜻에서는 게토와 크게 구별되지도 않는다.

작품의 주인공 서방은 조선이 일본의 식민지였던 시절 일본에서 태어난 한인 2세이다. 그는 전쟁에 나가 오른손목이 잘린 장애를 갖고 있고, 돌봐 줄 가족 하나 없는 75세의 독거노인이라는 점에서 즉 이민자, 장애, 노인 등 삼중으로 주변부에 속하는 서발턴이다.

스피박(Gayatri Chakravorty Spivak)은 세계자본주의 체계 내에서 제3세계라는 공간 조건과 계층적 하위성, 그리고 젠더 문제를 결합하여 서발턴(subaltern)이란 개념을 재설정한 바 있다. 그녀는 서발턴을 기존의 지배적 담론들에서 배제된 피식민지인, 이민자, 노동자, 소수자, 여성 등 종속적인 처지에 놓이거나 주변부에 놓인 사람들을 포괄하는 용어로 규정하였다. 따라서 서발턴은 고정된 개념이 아니라 지

다문화 공간』, 푸른길, 2011, 78면.

배와 종속이 기능하는 모든 곳의 억압받는 사람이나 집단을 나타낸
다. 즉 "하위주체란 생산 위주의 자본주의 체계에서 중심을 차지하던
프롤레타리아 계급을 포괄하면서도 성, 인종, 문화적으로 주변부에 속
하는 사람들로 확장"된다. 그리고 하위주체는 "자본의 논리에 희생당
하고 착취당하면서도 자본의 논리를 거슬러 갈 수 있는 저항성을 갖
는 주체를 개념화한다."[21]

　지리학자 이용균은 주변부에 위치한 서발턴 이주자들의 주변화 문
제를 공간과 관련지어 해석한 바 있다. 그에 의하면 주류사회는 이주
자를 차별하고 주변화시키면서 이주자의 공간을 주류사회의 공간과
분리시킨다는 것이다.[22] 그의 지적처럼 재일한인들의 집거지인 집단
촌은 사실상 주류사회로부터 격리, 차별, 탄압, 불평등 등의 의미를 지
니며, 주류사회의 공간과 분리되어 있다. 작품에 그려진 집단촌 풍경
은 다음과 같다.

　　서방은 뒤돌아보았다. 지금 막 빠져나온 민가 사이의 골목길이 함석
　　지붕 차양 밑으로 끝이 막힌 좁은 동굴처럼 보이는 것이 신선하게 느껴
　　졌다. 여기서 보면, 그 깊은 동굴 속에 이천오백 평의 대지가 펼쳐지고,
　　튼튼하게 세운 기둥에 판자를 붙여 만든 바라크가 이백여 채나 된다는
　　것, 그리고 그 사이로 골목길이 혈관처럼 이어져 있다는 것은 상상조차
　　할 수 없다. 서방의 아버지 세대 사람들이 습지대였던 이곳에 처음 오
　　두막집을 지은 것은 약 칠십 년 전, 거의 지금의 규모가 되고도 오십 년,

21) 태혜숙, 『탈식민주의 페미니즘』, 여이연, 2001, 117면.
22) 이용균, 「이주자의 주변화와 거주공간의 분리」, 『한국도시지리학회지』16-3, 한국
　　도시지리학회, 2013, 87-100면.

그 후부터는 그 모습 그대로, 민가가 빽빽이 들어선 오사카 시 동부 지
역 한 자락에 폭 감싸 안기듯 조용히 존재하고 있다.[23]

칠십 년 전 서방의 아버지 세대가 습지대에 오두막을 지으면서 처
음 형성된 집단촌은 "오사카 시 동부지역 한 자락에 폭 감싸 안기듯
조용히 존재하고 있"다. 그곳은 "함석지붕 차양 밑으로 막힌 좁은 동
굴처럼 보이"며, "튼튼하게 세운 기둥에 판자를 붙여 만든 바라크"와
"골목길이 혈관처럼 이어져 있"다. 즉 처음 지어진 모습 그대로 집단
촌은 함석지붕에 판자 등을 사용하여 지은 허술한 바라크 건물이 빽
빽이 들어서 있고, 골목이 혈관처럼 이어져 있는 곳이다. 더구나 그곳
은 외부에서 보면 좁은 동굴처럼 감추어진 장소이다. 동굴은 은신처
이면서 때로는 위기가 집중되는 곳이기도 하다. 그곳은 주류사회의
공간과 분리되어 조용히 없는 듯이 존재해야 하는 장소이다. 작품의
결말에서 보여준 경찰의 경고대로 조용히 말썽을 일으키지 않고 없는
듯이 존재할 때에만 안전이 보장되는 곳이다. 그런 의미에서 작품명
이 '그늘의 집'으로 명명되었다.
집단촌에 살고 있는 재일한인과 외국인 불법노동자들의 소외되고
주변적인 삶의 위치성은 끝이 막힌 좁은 동굴처럼 보이는 집단촌의
장소 묘사에서 그대로 드러난다. 즉 바라크가 밀집한 집단촌의 조악
한 풍경은 일본에서 재일한인들의 삶의 열악함을 단적으로 드러낸다.
한인들은 집단촌이 생긴 이래 삼십여 년 동안 막노동이나 행상을 하
며 열악하고 허기진 삶을 살아왔다. 즉 일본사회의 주변부 서발턴으

---

23) 현월, 「그늘의 집」, 앞의 책, 12-13면.

로 살아온 재일한인들의 열악하고 주변화된 위치성은 동굴, 혈관처럼 이어진 골목, 그리고 허술한 바라크 건물과 같은 장소 묘사를 통해서 압축적으로 은유되고 있다.

이십오 년 전 집단촌이 사라질 위기에서 나가야마는 그곳을 싼값에 매입하여 그가 운영하는 구두공장과 파친코에서 저임금으로 일할 외국인 노동자들을 체류하게 했다. 나가야마의 구두공장과 파친코는 집단촌 한인들이 임금노동자로 일할 수 있는 일터를 제공했고, 그들을 가난으로부터 벗어나게 했다. 공장이 들어서자 집단촌에는 전기가 들어오고, 라디오, 텔레비전, 냉장고를 갖추는 등 생활환경의 변화가 일어났다. 그런데 한인들의 소득 향상은 그들로 하여금 문화주택이나 아파트, 또는 단독주택을 사서 그곳을 떠나도록 영향을 미쳤다. 1970년대 이후 공장의 임금이 낮아지자 더 비싼 임금을 찾아 한인들이 집단촌을 떠나는 현상은 가속화되었다. 한때 집단촌에는 이백여 채의 바라크에 팔백 명이나 되는 한인들이 모여 살았지만 점차 떠나버림으로써 이십 년 이상 비어 있는 집이 허다해졌다. 현재 집단촌은 중국인 불법노동자들의 새로운 유입에 의해 유지되고 있으며, 그곳을 경찰이 예의주시하고 있음이 밝혀진다. 그러니까 오래전 한인들의 집거지였던 집단촌은 현재 중국인 불법노동자들의 체류지로 변화했다.

서방은 산책에서 불법체류자인 중국인들의 집단린치를 목격하는데, 이 사실이 경찰에 신고되자 순찰 나온 경찰은 서방에게 다음과 같이 경고한다.

"영감 영감이 여기, 일본에 사는 건 역사적으로도 이해할 수 있어. 하지만 내가 보는 앞에서 백 명이나 되는 불법 체류자들이 자기들끼리 커뮤니티를 만드는 건 절대 용서할 수 없다고. 이 지역은 신주쿠도 미나미도 아닌, 그저 재일조선인들이 조금 많이 사는 정도의 보통 동네란 말이야. 이제 외국인들은 필요가 없어. 이건 이 지역에 사는 사람 모두가 다 바라는 일이야. 알겠어? 오늘이라도 여길 부숴버리겠어. 서장은 적당히 넘어갈 생각으로 우선 둘러보고 오라고 했지만, 백 명 정도가 당장이라도 도망칠 위험이 있다고 보고하면, 그 길로 오사카 부 경찰본부에 지원 요청을 하지 않고는 못 배길 걸. 영감도 당장 짐을 꾸리는 게 좋을 거야. "[24]

경찰은 불법체류자가 열 명쯤 있다는 것은 눈감아 줄 수 있지만 백여 명의 불법체류자들이 자기들끼리 커뮤니티를 만드는 것은 절대 용서할 수 없다고 선언한다. 없는 듯이 조용히 있을 때는 용납하지만 그들의 숫자가 필요 이상 늘어나거나 불법적인 커뮤니티를 만들어 세력을 확장하는 것은 있을 수 없는 일이라는 경고이다. 앞에서 묘사된 집단촌의 풍경처럼 주변화된 서발턴으로서 조용히 없는 듯이 존재할 때는 묵인하겠지만 어떤 말썽을 일으킨다든지 필요 이상으로 세력을 확장하는 것은 결코 용납하지 않겠다는 것이다. 경찰은 그 사실을 서방을 향해 말했지만 실은 수시로 경찰서장과 술을 마시며 로비를 하는 집단촌의 소유주인 나가야마를 향한 경고이다.

그래서 나가야마는 중국인들이 그들의 지하은행의 돈을 슬쩍한 세 사람에게 집단린치를 가하려고 했을 때 200만 엔을 자신이 대신 물어줄 테니 그만두라고 만류했던 것이다. 왜냐하면 그 사건으로 인해 말썽이 나고 그것이 외부, 특히 경찰에 알려지는 것을 원하지 않았기 때

---

24) 현월, 위의 책, 88면.

문이다. 아무튼 린치사건은 누군가에 의해 경찰에 신고되고, 순찰 나
온 경찰의 발언을 통해 집단촌은 주류사회의 결정 여하에 따라 언제
든 강제 폐쇄될 수도 있는 불안한 장소임이 밝혀진다. 즉 중국인 불법
노동자의 은신처가 되고 있는 집단촌은 언제든 위기가 집중될 수 있
는 위태로운 장소이다. 그리고 이러한 집단촌의 장소정체성은 집단촌
사람들의 주변적이고 불안한 위치성에 다름 아니다.

사회공간적 관계를 영역(territory), 장소, 스케일, 네트워크라는 네
가지 차원을 중심으로 이해한 제숩(Jessop)에 의하면, 영역은 특수한
형태의 장소로서 어떤 경계를 중심으로 안과 밖을 구분하는 과정을
통해서 만들어진다.[25] 즉 개인이나 집단이 특정지역을 경계 짓고, 그
에 대한 통제권을 주장함으로써 사람, 사건, 그리고 그들 사이의 관계
들에 영향과 통제를 행사하려는 시도에 의해 만들어진다. 장소의 영
역화는 외부자에 의해 구성되기도 한다. 특정 장소 외부의 행위자들
이 그 장소에 대한 편견적 시선을 만들고, 그를 바탕으로 그 장소에 거
주하는 사람들을 배제하고 소외시킴으로써 내부와 외부 혹은 타자를
만들어내는 행위도 장소를 영역화시키는 중요한 기제라고 할 수 있
다.[26]

작품에서 서방은 집단촌을 한인들의 종족 집거지로 알고 평생을 살
아온 인물이다. 하지만 그는 산책을 통해 그곳이 중국인 불법노동자
들의 체류지로 변화해버렸다는 것을 실감하고 소외감을 느낀다. 그리
고 작품의 결말에서 외부자인 경찰에 의해 그곳이 주류사회의 결정

---

25) 박배균, 앞의 논문, 74-75면.
26) 박배균, 위의 논문, 81-82면.

여하에 따라 언제든 폐쇄될 수도 있는 매우 위태로운 장소라는 사실을 깨닫는다. 서방은 집단촌 내부에서는 중국인으로부터 배제되고 소외된다는 느낌을 받으며, 집단촌 외부로부터는 외부자(경찰)의 편견적 시선에 의해 집단촌이 주류사회로부터 배제되고 소외된 장소이자 위태로운 장소로 영역화되고 있다는 사실을 인지하게 된다.

이처럼 주류사회는 이주자의 장소를 주류사회의 장소와 분리시키는데, 이러한 공간 분리 정책은 이주자를 주류사회로부터 주변화시키는 정책과 연결되어 있다. 그리고 경찰로 상징되는 주류사회는 언제든 이주자의 공간을 폐쇄시킬 수 있는 권력을 행사할 수 있다. 그것이 바로 집단촌의 불안한 장소정체성이며, 재일한인의 일본에서의 주변적인 위치성이다.

2) 산책자 서방의 장소감

주인공 '서방'은 군대에 갔던 수개월을 제외한 68년 동안 집단촌을 거의 떠나본 적이 없어 집단촌의 '살아 있는 화석'으로 불려온, 집단촌의 역사를 증언할 수 있는 상징적 인물이다. 왜냐하면 집단촌의 역사는 그곳에서 평생을 살아온 그의 '인생과 맞물려' 왔기 때문이다. 따라서 그의 집단촌 산책은 과거에 대한 개인적 차원의 기억을 넘어서며 집단촌의 역사적 흔적을 찾는 일과 연관되지 않을 수 없다.

서방은 작품의 주인공이지만 이 집단촌을 중심으로 세 번의 계기를 통해 경제적 성공을 이룬 집단촌의 주인인 나가야마, 공장장 가네야마, 의사가 된 아들 친구 다카모토, 그리고 집단린치를 당해 불구가 된 채로 생존하고 있는 숙자 등 집단촌을 구성하고 있는 한인들 모두가

주인공이다. 어떤 의미에서는 집단촌 자체가 작품의 진정한 주인공이
며, 서방의 산책은 집단촌의 집단적 역사의 흔적에 대한 탐색이라고
할 수 있다.

> 양쪽에서 드리워진 함석지붕 차양이 하늘을 가린 어두컴컴한 골목
> 길을 걷고 있던 서방은, 차양 틈새 바로 앞에서 걸음을 멈췄다. 햇빛이
> 한 아름 수직으로 내리쬐고 있다.
> 오늘도 햇살이 따갑다. 큰길로 나가기 전에 광장 우물에서 목이라도
> 축이려고 몸을 돌렸는데, 한 발짝 내딛다가 그만 균형을 잃고 휘청거리
> 고 말았다. 쓴웃음을 지으며 허리를 펴고는, 우물이 벌써 이십 년 전에
> 말라버렸다는 사실을 한순간이나마 잊은 것도 다 나이 탓이다 싶었다.
> 차양 틈새를 피해 걸음을 옮기다가 불현듯 먼 옛날 들었던 말이 떠올라
> 갑자기 화가 치밀었다.[27]

작품의 서두는 서방의 산책으로부터 시작된다. 집단촌 골목을 거닐
던 그가 화가 치민 것은 오래 전 동네사람들과 아버지가 우물을 파며
"백년 정도는 끄떡없을 게다."라고 집단촌의 미래를 장담했던 기억이
떠올랐기 때문이다. 그는 영속하리라 믿었던 집단촌의 미래가 우물이
말라버린 것처럼 덧없이 사라져버린 것에 대한 회한과 반발심에 사로
잡힌다. "엉성하게 남은 흰머리를 짧게 깎은 머리끝에서 열기가 빠져
나가는 것을" 느낀 서방의 눈에 "엷은 회색빛 개 한 마리가 혀를 내민
채 사지를 쭉 뻗고 엎드려 있"는 모습이 들어온다. 맥없이 눈을 뜬 채
죽어가는 늙은 개의 모습과 자신의 모습을 동일시하며 서방은 산책을

---

27) 현월, 앞의 책, 11면.

계속해 나간다.

그가 우물이 사라진 사실을 회고하며 울분이 치민 것은 아버지에 대한 그리움과 같은 개인적인 감정 때문이 아니다. 그것은 사지를 쭉 뻗고 죽어가는 개와 다를 바 없는 자신의 미래에 대한 알 수 없는 분노이자 한인들의 집거지로서 집단촌의 미래가 불확실해진 데 대한 회한이자 반발이다. 현재 집단촌이 처한 상황은 죽어가는 늙은 개, 또는 그 개와 다를 바 없는 75세의 독거노인 서방이란 존재와 조금도 다를 바 없다. 한인들이 떠나간 집단촌은 빈집이 허다하고, 중국인 불법노동자들이 일부만을 채우고 있는 상황이기 때문이다. 집단촌을 관리하는 숙소장도 한인이 아니라 서방이 조선말을 하는 것을 금지시키는 조선족 중국인으로 대체되어 있다.

집단촌의 변화는 중국인들의 린치사건을 통해서 극명하게 확인된다. 중국인들의 집단린치는 서방으로 하여금 과거 숙자에 대한 한인들의 집단린치에 대한 기시감(deja vu)에 사로잡히게 만든다. 이십칠 년 전 남편을 세 번이나 갈아치운 숙자는 계주노릇에 집단촌 사람들이 관계하는 여러 개의 계에 끼어들어 모은 천백만 엔을 들고 도망치려다 붙들렸다. 더구나 그때 그녀는 이미 상당액의 돈을 써 버린 후였고, 열다섯 살의 외동딸을 버리고 도망치려 했기 때문에 집단촌 사람들로부터 용서받지 못했다. 하지만 린치를 당해 무릎이 단단하게 굽은 다리를 끌며 모은 골판지를 고물상에 팔아 생계를 유지해온 숙자를 나가야마는 고물상에 보조금을 주어 살아갈 수 있도록 했다. 그리고 집단촌 사람들은 숙자를 린치한 후 최소한의 치료를 해주었으며, 그녀의 딸이 고등학교를 나올 때까지 뒤를 봐주었다.

이처럼 한인들은 숙자에게 린치를 가할 때에도 증오심이나 광기의 개입 없이 무표정하고 피곤한 표정으로 해야 할 일을 묵묵히 수행하듯 행했고, 그녀를 집단촌에서 쫓아내지도 않았다.

> 광기가 개입할 여지는 없었고, 사람들은 해야 할 일을 묵묵히 해내고 있을 뿐이었다. 모두가 무표정했으며, 일어서는 모습이나 눈가에서 피곤함을 엿볼 수는 있었지만, 자기 차례가 왔을 때 빠지는 사람은 한 사람도 없었다.[28]

하지만 중국인들은 달랐다. 과거 한인들의 숙자에 대한 린치와 현재 중국인들의 린치는 닮은 듯 같지 않다. 즉 피곤하고 무표정한 표정으로 죽도로 숙자의 등이나 어깨를 찌르고 때리던 한인들의 린치와 눈에 핏발을 세우며 흥분하여 펜치로 살점을 비틀어 찢어내는 중국인들의 잔인한 린치는 결코 같을 수 없다.

> "중국인 지하은행의 돈을 슬쩍한 놈들을 린치하고 있소. 제멋대로 하게 내버려 두면 흥분해서 죽여 버릴지도 몰라. 룰을 정해 일절 소리를 못 내게 했죠."(중략)
> 서방은 숙소장이 무슨 말을 하는 건지 얼른 알아들을 수가 없었다. 그러나 작은 살점이 붙어 있는 펜치를 손에 쥐고 사람들이 둘러싸인 자리에서 나오는 남자들의 흥분되고 지친 얼굴을 보고 있자 어디서 본 듯한 묘한 느낌에 사로잡히면서 '지하은행'이라는 것이 바로 계모임 같은 거라는 걸 깨달았다.[29]

---

28) 현월, 위의 책, 65면.
29) 현월, 위의 책, 76-77면.

숙자의 린치사건은 공동체 내부에서 일어나는 집단폭력에도 불구하고 공동체가 가지는 보호기능을 잘 보여준다. 집단촌은 한인들에게 폭력의 장소이자 보호받는 장소이기도 했던 것이다. 그들은 규칙을 어긴 숙자에 대해서 공동체의 질서 유지를 위해 어쩔 수 없이 린치를 가했지만 집단촌 내부에서 숙자와 그녀의 딸을 최소한 보호해 주었던 것이다.

하지만 중국인 불법 노동자들이 모여든 현재의 집단촌은 중국인들의 집단린치가 보여주듯 그와 같은 내적 결속력과 보호기능은 찾아볼 수 없고 폭력의 잔혹성만이 존재한다. 더구나 누군가에 의해 린치사건이 경찰에 신고되어 조사까지 나올 만큼 집단촌의 결속력은 매우 허약해졌다. 중국인 불법노동자들에게 집단촌은 영구히 살아갈 공동체의 보금자리가 아니라 일시적인 체류지에 불과했던 것이다. 피터 소머빌(Peter Sommerville)은 '집'을 보금자리, 난로, 마음, 사생활, 뿌리, 체류지, 낙원 등의 일곱 가지 의미로 정리한 바 있다.[30] 여기서 '체류지'는 단순히 잠을 잘 수 있고 휴식을 취할 수 있는 장소를 의미한다.

서방은 산책에서 중국인들의 집단린치뿐만 아니라 중국인들이 "비가 오는데 남자 둘이 지붕 높이에서 떼어낸 홈통 아래 쭈그리고 앉아 비누 거품을 내며 몸을 씻고 있"는 충격적 장면을 목격한다. 그는 "옛날에는 아무리 가난해도 이런 짓을 하는 사람은 없었다."라고 생각하며 몸서리를 친다. 그리고 집단촌이 "전혀 낯선 곳 같다"는 느낌에 사로잡힌다. 잔인한 집단린치뿐만 아니라 길거리에서 아무런 부끄럼도 없이 몸을 씻거나 큰소리로 싸우는 중국인들에 대해 느끼는 문화적

---

30) 질 발렌타인, 박경환 역, 『사회지리학』, 논형, 2009, 98-101면.

이질감에서도 서방은 집단촌의 변화를 실감하지 않을 수 없다. 서방은 점점 자신이 집단촌에서 밀려나버리는 듯한 소외감, 즉 장소상실을 느끼게 된다. 한마디로 서방은 중국인들로 대체된 집단촌 내부에서 배제와 소외를 경험한다.

렐프는 장소를 긍정적이고 진정한 장소감을 일으키는 장소와 부정적이고 진정치 못한 장소감을 일으키는 장소로 구분했다. 이 둘을 나누는 기준은 인간이 장소와 맺는 관계, 즉 장소경험이 능동적이고 주체적인가, 아니면 수동적이거나 강제적이거나 관습화된 것인가이다. 다시 말해서 인간이 장소에서 소외되어 있는가의 여부이다.[31]

서방이 집단촌 산책에서 느끼는 장소감은 비진정한 장소감, 즉 장소상실이다. 진정한 장소감은 개인 또는 공동체의 일원으로서 내가 장소에 속해 있다는 느낌을 말한다. 이 소속감은 집이나 고향, 혹은 지역이나 국가에 대해서 느끼는 감정이다. 진정하고 무의식적인 장소감은 개인의 정체성에 중요한 원천을 제공한다.[32] 하지만 서방은 중국인 불법노동자들이 판을 치는 집단촌이 한인들의 공동체라는 장소감을 더 이상 가질 수 없다. 대신 비진정한 장소감, 즉 장소상실에 빠지게 된다. 다시 말해 현재의 집단촌은 서방에게 공동체의 일원이라는 소속감을 가질 수 없게 한다. 공동체란 구성원들 사이의 심적 유대감, 정신적 일체감, 또는 이해관계의 동질성에 근거하여 자발적으로 조직된 집단[33]이어야 한다. 그런데 중국인들로 대체된 현재의 집단촌은 그에

---

31) 심승희, 앞의 글, 310면.
32) 에드워드 렐프, 앞의 책, 150면.
33) 김경일, 「공동체론의 기본문제」, 신용하 편, 『공동체 이론』, 문학과지성사, 1985, 183-210면.

게 그러한 심적 유대감과 정신적 일체감을 전혀 가질 수 없게 한다.

그가 걷다가 도착한 곳은 '매드·킬' 야구시합이 열리고 있는 야구장이다. 야구모임 '매드·킬'은 집단촌 출신들의 네트워크(networks)이다.

> 같은 중학교 출신 친구들끼리 만든 '매드·킬'은 멤버 전원의 부모 혹은 조부모가 집단촌 출신이고, 나가야마와는 부모 대(代) 혹은 조부모 대부터 지금까지 일로 관계를 맺고 있다. 나가야마가 의도적으로 그렇게 하고 있는 것은 아니지만, 결과적으로 집단촌 출신 사람들은 흩어져 있으면서도 네트워크를 유지하고 있는 셈이다.[34]

현재 한인들은 집단촌을 떠나 이곳저곳으로 흩어져 살아가지만 야구모임 '매드·킬'을 중심으로 야구도 하고 식사도 하며 네트워크를 유지하고 있다. 즉 '매드·킬'은 집단촌 출신 한인들의 심리학적인 결합성 또는 소속감을 지닌 연결망이라고 할 수 있다.

서방은 야구장에서 죽은 아들의 친구 다카모토를 만나게 된다. 의사가 된 그는 "전쟁 때 일본군이었던 조선인 몇 천 명이 전상자 배상연금을 요구하는 재판을 벌이고 있는 것"에 대해 오사카 고등법원이 화해권고를 냈다는 사실을 알려주며, 전쟁 중 잘린 오른손목의 보상청구재판을 해보라고 권한다. 서방은 실은 전쟁터에서 부상을 입은 것이 아니라 상관의 명령으로 횡령물자를 선적하는 노무자들을 감시하다가 사고로 적기의 기총 소사를 받아 오른손목이 잘려나갔던 것이다.

---

34) 현월, 앞의 책, 38면

독거노인 서방이 매주 매드·킬의 식사모임에 나가는 것은 매드·
킬을 통해서라야만 최소한 필요한 정보를 얻을 수 있으며, "다음 일주
일을 살아갈 기운을 얻"을 수 있기 때문이다. 그는 매드·킬이라는 네
트워크를 통해서만 자신이 한인이라는 소속감과 정체성을 인정받을
수 있으며 살아갈 활력을 얻을 수 있다. 따라서 다카모토가 전상자의
보상금을 받을 수 없다는 기사가 나왔다고 알려 주었을 때에도 보상
을 받을 수 없다는 사실에 대한 실망감보다는 한인 공동체의 일원으
로서 다카모토가 그에게 보여주는 관심에 대해서 가슴속의 응어리가
확 풀리는 것 같은 감격을 느낄 정도로 그는 고독한 노인이다.

> 말보다도, 자신의 무력함을 탓하는 듯한 침통해하는 다카모토의 표
> 정을 보니, 서방은 가슴속에 남아 있던 작은 응어리가 확 풀리는 것 같
> 았다. 그렇다 이 오른팔이 부당한 대접을 받기 때문에 자기는 지금까지
> 이 집단촌과 함께 존재해 왔고, 또 더불어 살아갈 수 있는 것이다. 우물
> 을 파 올리던 아버지의 굵은 팔에 안겨 보금자리같이 포근함을 느꼈던
> 기억을 떠올리며 한순간 황홀한 기분에 사로잡혔다.[35]

작품의 결말에서 서방은 경관의 장딴지를 물어뜯다 연타를 당하며
나가떨어졌을 때에도 몸이 아픈 것은 아랑곳하지 않고 집단촌 한인
공동체의 일원으로서 정체성과 소속감을 갖게 된 데 대해 기쁨을 느
낀다. 따라서 그의 집단촌 산책은 궁극적으로 장소상실을 극복하고,
자신이 한인 공동체의 일원이라는 공동체의식을 획득하는 과정이라

---

35) 현월, 위의 책, 83면.

고 할 수 있다. 오래전 의지할 가족공동체를 상실한 그에게 집단촌 한
인으로서의 정체성과 소속감이야말로 그를 이 집단촌에서 살아가게
하는 유일한 근거를 제공한다. 힐러리(George A. Hillery)에 의하면 공
동체의 구성원들은 공동의 관심과 목표 등을 공유하면서 동류의식과
소속감을 가지고 관심과 사랑, 근면과 헌신 등의 정서적 태도를 취한
다.[36] 집단촌은 그에게 단순한 체류지가 아니라 68년이라는 긴 시간
층이 쌓인 기억의 장소이자 한인으로서의 정체성과 소속감을 느낄 수
있는 장소이다. 그는 집단촌 산책을 통해 68년의 세월이 흐르는 동안
변화해온 집단촌의 역사와 변화된 현재를 동시적으로 조망하지 않을
수 없다. 집단촌을 산책하는 그의 내면은 '과거에 대한 감성적 동경이
나 시시각각 변화하는 현재, 그 어느 쪽에 일방적으로 매몰되지 않는
심리적 복합성을 갖게 된다. 그는 현재와 과거, 현존과 부재의 변증법
을 자신 안에 체현하는'[37] 인물이다.

그런데 작가 현월은 한인 3세들은 적당한 돈과 사회적 지위를 유지
하는 것으로 만족하는 세대이니만큼 역사문제는 2세인 서방 세대에
서 마무리 지어달라는 3세인 다카모토의 발언을 통해서 민족에 대한
그의 부채의식의 수위를 드러낸다. 전공투에 가입하여 활동하다 폭력
의 희생양이 된 아들(고히치)의 죽음을 통해서도 작가는 고루한 민족
의식이 재일의 삶에 결코 도움이 되지 않는다는 것을 분명히 했다. 현
재 3세가 된 재일한인들에게는 과거 역사에 대한 민족의식보다는 현
재 살고 있는 일본에서의 삶과 앞으로 살아갈 미래가 더 중요하다는

---

36) 김형주·최정기, 「공동체의 경계와 여백에 대한 탐색」, 『민주주의와 인권』14-2,
전남대학교 5.18연구소, 2014, 168면에서 재인용.
37) 윤미애, 「도시 산보와 기억」, 『독어교육』29, 한국독어교육학회, 2004, 527면.

것이다. 즉 그들에게는 지나간 역사나 민족이 아니라 현재의 재일의
삶과 살아갈 미래가 더 중요하다는 작가의식이다.

3. 트라우마와 치유 그리고 정체성의 획득

트라우마(trauma)는 어원적으로 외부의 강렬한 자극으로 인체의
피부가 찢기는 외상(外傷)을 의미했다. 하지만 프로이트(Sigmund
Freud)가 『쾌락원칙을 넘어서』에서 이를 육체적 관점에서 정신적 관
점으로 바꾸어 놓음으로써 정신적 외상을 의미하게 되었다. 따라서
트라우마는 외부의 강렬한 자극으로 '보호방패'에 구멍이 뚫려 주체
가 감당할 수 없는 자극물이 무방비상태로 내부에 유입되는 사건, 즉
정신적 외상을 의미한다.[38]

서방은 육체적 외상과 정신적 외상을 모두 지닌 인물이다. 전쟁기
에 사고로 오른손목을 잃은 육체의 상처가 그의 첫 번째 외상이다. 그
런데 이 외상은 이후의 외상들을 초래하는 근원적 트라우마로 작용한
다. 두 번째 외상은 아들로부터 전쟁이 끝났을 때 왜 죽지 않았냐고 비
난을 받은 일이다. 서방의 오른손목이 일본군의 전쟁에 참가했다가
부상을 당함으로써 잘렸다는 사실을 알게 된 아들은 아버지를 비난하
며 가출해버렸다. 세 번째 외상은 의절하고 집을 나간 아들이 시체로
발견된 것이다. 네 번째 외상은 아내의 죽음이다. 이처럼 서방은 육체
적 외상으로부터 여러 번의 정신적 트라우마까지를 모두 안고 고통스

---

38) 박찬부, 『에로스와 죽음』, 서울대학교출판부, 2013, 205면.

럽고 외롭게 살아온 인물이다. 그는 엄청난 육체적 정신적 트라우마를 겪고도 오직 슬픔을 억압할 뿐 그것을 치유할 어떤 애도의 과정조차 거치지 않았다.

남달리 고지식한 민족의식을 가진 아들 고이치는 고등학생이 되었을 때 "어째서 전쟁이 끝났을 때 죽지 않았어요? 무슨 낯으로 뻔뻔하게 살아남아 동포의 얼굴을 봤냐구요. 당신 같은 사람이 아버지라니, 차라리 태어나지 않았더라면 좋았을 걸."이라고 면전에 대고 서방이 한인으로서 일본이 벌인 전쟁에 동원되어 부상까지 당하고 살아남은 사실을 비난하며 집을 뛰쳐나갔던 것이다. 그 후 서방과 의절한 아들은 도쿄로 가 과격학생운동단체 전공투[39]에 가입하여 활동하다 결국 폭력의 희생양이 되고 만다. 아들 고이치는 '베트남에서 한국인 병사를 철수시켜라'라고 주장하다 반동분자로 몰려 린치를 당해 죽었다. 그리고 2년 뒤에는 서방의 아내마저 나가야마의 공장에서 재단기에 팔이 잘려 과다출혈로 죽게 된다. 아들이 죽고 나서 아내는 점점 말이 더 많아졌는데, 집단촌에서 일어난 사소한 일이나 인간관계에 대해 생각나는 대로 혼잣말처럼 같은 말을 되풀이하거나 때로는 "가끔 바느질을 하다 말고 멍하니 천장을 쳐다보며, 뭐에 홀린 사람처럼" 끊임없이 떠들어댔다. 아내는 아들을 잃은 슬픔 때문에 의미 없는 말들을 혼잣말처럼 반복하거나 떠들어대는 증세 등에서 보듯이 심각한 우울증을 앓았던 것 같다.

프로이트에 의하면 우울증은 심각한 낙심, 외부세계에 대한 관심의

---

39) '전공투(全共鬪)', 또는 '전학공투회의(全學共鬪會議)'는 '전국학생공동투쟁회의'의 약자로, 1960년대 일본 학생운동 시기에, 일본 공산당을 보수주의 정당으로 규정하고 도쿄대학교를 중심으로 시작된 새로운 과격학생운동을 말한다.

중단, 사랑할 수 있는 능력의 상실, 모든 행동의 억제, 자신에 대한 비난과 자기비하감 등을 비롯해 누군가가 자신을 처벌해 주었으면 하는 자기징벌적이고 망상적 기대를 한다는 점에서 정상적 감정인 애도와 구별되는 병리적 감정이다.[40] 아내는 아들의 죽음 때문에 우울증을 앓던 나머지 작업 중에 사고를 당해 죽은 것이다. 그러나 서방은 그런 아내에 대해서 관심을 기울이지 못했다. 재단기에 팔이 잘려 과다출혈로 죽은 아내에 대해 공장주인 나가야마는 대놓고 자살이 아니냐고 중얼거려 서방에게 깊은 상처를 주지만 작품의 맥락은 아내의 죽음이 우울증 때문에 야기된 것일 수도 있다는 개연성을 충분히 보여주고 있다.

> 사람들은, 평소 빈혈기가 있던 아내가 갑자기 현기증이 나서 기계 위에 쓰러졌을 거라고들 했다. 그러나 나가야마는 대놓고 자살이 아니냐고 중얼거리며 서방의 마음에 깊은 상처를 주었다. 사실 기계 위에 쓰러졌다고 해서 팔이 어깻죽지까지 절단기 날 아래로 들어간다는 것은 이상하다. 서방은 오히려 자신이 나가야마에게 빚진 느낌이 들어, 나가야마가 제시한 보상조건을 거절할 수 없었다. 집단촌에 사는 동안은 식사와 매달 이만 엔의 용돈을 지급하겠다는 것이었다.[41]

서방은 아들의 비난과 가출 그리고 죽음, 아들의 죽음 이후 아내마저 우울증으로 죽은 것을 생각할 때마다 "가슴에 통증이 와 푹 엎드려

---

40) 프로이트, 윤희기 역, 『무의식에 관하여-프로이드 전집13』, 열린책들, 1997, 248-249면.
41) 현월, 앞의 책, 32면.

방바닥에 이마를 비벼 댔다. 그리고 천천히 숨을 들이쉬고 내쉬었다. 몇 년에 한 번씩 일어나는 발작 같은 것이었다."[42]처럼 아직도 트라우마가 치유되지 않은 채 '외상 후 스트레스 장애(post traumatic stress disorder)'[43]에 시달리고 있다. 그는 아들이 자신을 비난하며 집을 나가 시신으로 발견되었을 때나 아내의 죽음에 대해서도 제대로 애도의 감정을 보인 적이 없다. 애도의 감정을 외면하고 억압한 결과 오랜 세월이 지난 후에도 그는 간헐적으로 발작 같은 통증에 시달려왔던 것이다.

'베트남에서 한국인 병사를 철수시켜라'라고 호소할 때 금색으로 빛나는 고이치의 눈은, 저편 멀리 아비의 모습을 보고 있었을까. 아냐. 그럴 리가 없어. 서방은 자조 섞인 웃음을 웃었다. 고이치의 마음속에서 아버지의 존재는 이미 오래 전에 소멸해버렸던 것이다. 그것은 서방도 마찬가지였다. 고이치가 어떤 사상을 갖든 나랑은 상관없다. 고이치가 집단촌을 버린 순간, 아들과의 인연은 영원히 끊어져버린 거라고, 서방은 마음속 깊이 솟아오르는 슬픔을 씹어 삼키며 자신에게 그렇게 말했다.[44]

프로이트는 애도를 '보통 사랑하는 사람의 상실, 혹은 사랑하는 사람의 자리에 대신 들어선 어떤 추상적인 것, 즉 조국, 자유, 어떤 이상

---

42) 현월, 위의 책, 33면.
43) '외상 후 스트레스 장애'는 사람이 전쟁, 고문, 자연재해, 사고 등의 심각한 사건을 경험한 후 그 사건에 공포감을 느끼고, 사건 후에도 계속적인 재경험을 통해 고통을 느끼며 거기서 벗어나기 위해 에너지를 소비하게 되는 질환으로, 정상적인 사회생활에 부정적인 영향을 끼치게 된다. : 이봉건, 『이상심리학』, 시그마프레스, 2005, 113면.
44) 현월, 앞의 책, 23면

등의 상실에 대한 반응으로서 병리적인 것이 아니라'는 점에서 우울
증과 구분했다.[45] 애도는 대상이 더 이상 존재하지 않는다는 사실을
서서히 인정하고 그에 대한 자신의 애정을 점차 철회함으로써 상실의
충격에서 벗어나 현실 속으로 복귀하는 과정이다. 그런데 서방은 현
실에 복귀하는 그 어떤 애도의 과정도 밟지 않았다. 즉 일본이 벌인 전
쟁에 동원되어 오른손목이 잘린 부당함, 그로 인한 아들의 비난과 사
망, 그리고 아내의 사망이라는 감당할 수 없는 충격적 사실들에 오로
지 "마음속 깊이 솟아오르는 슬픔을 씹어 삼키며" 간헐적인 발작과 같
은 고통에 시달려 왔을 뿐 상실의 충격에서 벗어나 현실로 복귀하는
그 어떤 애도의 과정도 밟지 않았다.

　지난 30여 년 동안 돈을 벌거나 제대로 된 일을 가져 본 적이 없는
서방이 이 집단촌에 남아 있는 현실적인 이유는 아내의 죽음에 대한
보상으로 공장주인 나가야마가 숙소와 식사와 용돈을 제공하기 때문
이다. 오래전 아내마저 죽음으로써 서방에게는 사랑을 주고받을 보금
자리인 집(가족 공동체)은 더 이상 존재하지 않는다. 다만 그에게는
집단촌이라는 공동체만이 남아있을 뿐이다. 그런데 산책은 그 공동체
마저 사라져버릴지도 모른다는 위기의식에 그를 빠뜨린다.

　지난날을 생각하며 괴로워하는 서방은 집단촌의 주인인 나가야마
에 대해 울분도 체념도 아닌 건조한 상념에 사로잡힌다. 때로는 나가
야마에 대해 증오심을 느끼기도 한다. 서방뿐만 아니라 집단촌 남자
들 모두 그로부터 벗어나지 못하는 데 대해 화를 내는 한편 체념을 하
는 양가감정을 느끼고 있다.

---

45) 프로이트, 앞의 책, 248-249면.

작은 신발 공장을 시작했을 때부터 집단촌은 나가야마의 소유물이
었다는, 울분도 체념도 아닌 건조한 상념에 사로잡혔다. 그렇다면 여기
있는 남자들 또한 여전히 나가야마의 '소유로부터 벗어나지 못하는 데
대해 때로는 화를 때로는 체념하고 있는 것이다.[46]

하지만 나가야마는 집단촌의 소유주인 동시에 집단촌 한인들의 후
견인이기도 하다. 그는 집단린치를 당한 숙자의 뒤를 말없이 돌봐주
기도 하고, 공원과 야구장에 쉰 그루의 나무를 기부하기도 하며 집단
촌을 지켜낸 인물이다. 어쨌든 노동력을 상실한 독거노인 서방에게
숙소와 식사와 용돈을 제공하여 살아갈 수 있도록 배려해주는 것도
다름 아닌 나가야마인 것이다.

그는 이 집단촌에 가장 큰 영향력을 행사하는 권력자이다. 그가 땅
주인으로부터 집단촌을 사들인 의도는 당시 돈을 벌기 위해 들어오는
한국인의 숫자가 갑자기 수십 명으로 늘어났기 때문이다. 그는 한국
인 노동자들이 자신의 구두공장과 파친코에서 안심하고 일할 수 있도
록 집단촌에 은신처를 제공했다. 그는 시대의 변화를 읽을 수 있는 영
민한 인물로서 20여 년쯤 전에 귀화까지 해가며 네 차례나 시의원에
출마했지만 연속 낙선했다. 그는 경제적으로 성공한 집단촌의 실력자
이지만 아직 일본 주류사회에까지 정치적 영향력을 미치는 단계에는
이르지 못했다. 따라서 그가 경찰서장과 수시로 술을 마시며 친분관
계를 유지한다 해도 주류사회의 눈에 거슬리면 언제든 집단촌은 강제
로 폐쇄당할 수도 있다.

---

46) 현월, 앞의 책, 51면.

집단촌 한인 차세대는 나가야마처럼 사장도 되고, 차차세대인 다카모토처럼 의사도 되었다. 하지만 거기까지이다. 주류사회는 한인들이 일본으로 귀화해 일본이름으로 개명을 해도 독자적 세력을 형성하거나 시의원에 당선되어 정치적 영향력을 갖게 되는 것을 결코 허용하지 않는다. 다만 그들이 격리된 공간에서 말썽을 일으키지 않고 없는 듯이 존재하기를 바랄 뿐이다. 주류사회가 집단촌을 용인하는 이유는 일본인들이 꺼려하는 분야에서 불법노동자들의 저임금 노동력이 필요하기 때문이다.

따라서 주류사회는 언제든 집단촌을 폐쇄시킬 수 있는 권력을 행사할 수 있다. 주인공 서방은 그 자신이나 공장주 나가야마, 공장장 가네무라가 서로 다를 바 없는 주변적 위치의 한인이라는 민족정체성을 산책의 마지막 단계에서 분명하게 깨닫는다.

"기다려!" 하는 외침 소리가 멀리서 들리고 동시에 공장으로 들어가는 길에서 남자 하나가 뛰쳐나왔다. 그 뒤를 이어 남자 세 사람이 나오는 것을 본 순간, 서방은 자기도 모르게 몇 발짝 앞에 있는 경관의 다리에 달려들었다.[47]

따라서 서방은 집단촌의 주인인 나가야마가 곤경에 처하게 되자 불편한 몸으로 경찰관의 허벅지를 물어뜯는 무의식적 돌발행동을 통해 집단촌 한인으로서 나가야마와 그가 같은 운명공동체로 결속되어 있다는 것을 증명한다. 나가야마의 위기는 바로 집단촌의 위기이기 때

---

47) 현월, 위의 책, 88-89면.

문에 그는 자신도 모르는 사이 경찰에 대해 저항행위를 감행했던 것이다. "벌렁 뒤로 자빠진 서방이 입안에 있는 살점을 퉤하고 뱉어내고, 이럴 때 자신도 생각할 수 없는 엄청난 힘이 나온 데 감사했다."와 같이 느낀 것은 바로 자신이 집단촌 한인 공동체의 일원임을 자각했기 때문이다.

집단촌 골목을 산책하는 동안 장소상실에 빠져 있던 서방은 작품의 결말에서 집단촌과 자신이 하나로 결속되어 있다는 진정한 장소감을 획득한다. 렐프가 말했듯이 진정하고 무의식적인 장소감은 개인의 정체성에 중요한 원천을 제공하고, 이를 통해 공동체에 대해서도 정체감의 원천이 된다.[48] 의지할 가족 공동체를 상실하고 외상 후 스트레스 장애에 빠져 있던 그에게 한인 공동체 일원으로서의 정체성 획득은 일종의 치유 과정이다. 그것은 소속감과 사랑과 관심을 기울일 공동체가 아직 그에게 남아있다는 데 대한 안도감이다. 그것은 서방에게 주체의 고독과 불안을 치유하게 하는 힘으로 작용한다.

서방은 그를 찾아오는 유일한 외부자인 일본인 자원봉사자 사에키가 나가야마에 의해 강간당했다는 사실을 알게 되었을 때, 그녀를 다시 만날 수 없게 되었다는 데 대해 울화가 치솟지만 다음날 아침 "세상에 나서 이렇게 상쾌하게 잠이 깬 건 기억에 없을 정도라고 느끼"는 심적 변화를 나타낸다. 그와 같은 심경 변화도 사에키가 그에게는 고마운 여성임에도 집단촌 한인으로서 일본인에 대한 무의식적인 반발심을 품고 있었던 데서 기인한 것이라고밖에는 해석되지 않는다.

루이스 코저(Lewis A Coser)의 지적대로 주류사회(경찰)라는 외집

---

48) 에드워드 렐프, 앞의 책, 150면.

단과의 갈등은 한인끼리의 내적 응집력을 증대시키는[49] 계기를 제공
했다. 하지만 집단촌의 한인 공동체는 이미 해체된 것이나 다름없으
며, 경찰과 나가야마의 협력관계가 깨진 만큼 앞으로 집단촌의 위기
는 보다 증대될 것이다. 즉 공동체 내부적으로는 공동체를 구성해온
한인들이 대부분 집단촌을 떠나버림으로써, 외부적으로는 경찰과의
갈등관계가 야기됨으로써 집단촌의 해체는 더욱 가속화될 것이다.

4. 결론

　본고는 현월의 소설 「그늘의 집」을 '산책자(flaneur)'와 '장소
(place)' 그리고 '치유(healing)'의 관점에서 고찰하였다. 제목이 암시
하듯 「그늘의 집」은 기본적으로 장소에 관한 소설이다. 그리고 장소를
인식하는 주체인 '서방'이란 인물의 '산책'을 통해서 갖게 되는 장소감
이 작품 해석에서 매우 중요하다. 뿐만 아니라 '산책'은 서방이란 인물
이 집단촌 한인 공동체의 일원으로서 정체성을 획득하게 함으로써 트
라우마를 치유하는 과정이기도 하다.

　작품은 제주도 출신 한인들이 집거해온 오사카의 집단촌을 배경으
로 한인 2세인 '서방'이라는 인물의 산책에 의해 전개되는 구조를 갖
고 있다. 이민자, 장애, 노인 등 삼중으로 주변부에 속하는 서발턴 '서
방'은 오사카의 슬럼지역이자 자신이 68년 동안 한 번도 떠나본 적이
없는 집단촌을 산책한다. 한때 흥성했던 집단촌은 한인들이 떠나버리

---

49) 루이스 코저, 박재환 역, 『갈등의 사회적 기능』, 한길사, 1980, 109-119면.

고 중국인 불법노동자들의 체류지로 변화했다. 집단촌은 현재 중국인 불법노동자의 은신처로서 없는 듯이 조용히 존재할 때는 안전이 보장되지만 언제든 위기가 집중될 수 있는 위태로운 장소다. 이와 같은 집단촌의 장소정체성은 곧바로 재일한인의 주변적이고 불안정한 위치성을 상징한다.

서방은 중국인들의 집단린치와 길거리 목욕, 싸움 등에서 충격을 받으며 그곳이 더 이상 한인들의 집거지가 아니라는 데서 장소상실을 느낀다. 하지만 그는 중국인들의 집단린치가 신고되어 순찰 나온 경찰에 의해 나가야마가 위기에 빠지게 되자 경찰을 공격하는 저항행위를 통해 집단촌 한인 공동체 일원임을 증명한다. 평생 동안 집단촌을 떠나본 적이 없는 그의 산책은 개인적 기억을 넘어서며 집단촌이 형성되어 오늘에 이른 역사의 흔적을 찾는 과정에 다름 아니다. 그리고 그 과정을 통해서 그는 한인 공동체의 일원으로서 정체성을 획득하고, 의지할 가족 공동체를 상실한 데서 오는 고독과 불안을 치유하게 된다.

결말에서 보여주었듯이 주류사회(경찰)라는 외집단과의 갈등은 한인끼리의 내적 응집력을 증대시키는 계기를 제공했지만 집단촌의 한인 공동체는 이미 해체된 것이나 다름없다. 남아 있는 한인들끼리 일시적으로 내적 결속력이 증대된 것은 사실이지만 경찰과 나가야마의 협력관계가 깨진 만큼 앞으로 집단촌의 위기는 보다 증대될 것이다. 즉 내부적으로는 공동체를 구성해온 한인들이 대부분 집단촌을 떠나버림으로써, 외부적으로는 경찰과의 갈등관계가 발생함으로써 집단촌의 해체는 더욱 가속화될 것이다.

현월은 일본사회의 소외된 주변부에 속하는 서발턴 인물과 장소를 통해서 오랜 세월이 지났음에도 한인들의 재일의 삶이 여전히 소외되고 배제되는 주변적인 위치에 놓여 있다는 것을 보여주었다. 하지만 그의 관심사는 혈연으로서의 민족보다는 보편적인 인간에 있다고 말한다. 전 세계적으로 디아스포라가 보편화된 시대이니만큼 「그늘의 집」에서 제시된 사건은 다른 지역에서 살아가는 이주민들에게도 언제든 일어날 수 있는 사건이 될 수 있다. 더욱이 최근 서구세계에서 증가하고 있는 이주민에 대한 정주민의 배타적이고 적대적인 편견과 태도들은 더욱 그럴 개연성을 높게 만든다고 할 것이다.

(『문학예술치료』1, 문학예술치료학회, 2016)

주류사회에서 아웃사이더의 정체성 찾기
- 이창래의 『제스처라이프』를 중심으로

1. 서론

재미한인작가 이창래의 작품은 발표될 때마다 큰 반향을 불러일으켰다. 한국계 소수민족작가로서 미국문단에서 그의 활약상은 매우 두드러진다. 프린스턴대학교 교수로 재직 중인 그는 1995년 데뷔작인 『네이티브 스피커』로 헤밍웨이재단상과 펜문학상을 받았고, 1999년에 두 번째 소설 『제스처 라이프』로 아니스필드-볼프 도서상과 아시아계 미국인상을 수상하는 등 큰 호평을 받고 있다. 그의 작품들은 국내에서도 잇따라 번역되고,[1] 연구논문이 계속 나오는 등 학계의 관심 또한 뜨겁다.

---

1) 첫 번째 소설 『네이티브 스피커(Native Speaker)』(1995), 두 번째 소설 『제스처라이프(A Gesture Life)』(1999), 세 번째 소설 『가족(Aloft)』(2004)은 모두 한국어로 번역되었고, 네 번째 작품 『서랜더드(The Surrendered)』(2010)는 2013년에 『생존자』라는 제목으로 번역되었다.

『제스처 라이프』에 대해서는 작품이 출판된 직후부터 여러 논문들이 발표되어 왔다. 푸코의 권력이론을 근거로 신역사주의적 관점에서 고찰한 논문[2], 라캉의 '응시(gaze)'의 개념으로 작품을 분석한 논문,[3] 스피박의 '하위주체(subaltern)'란 개념을 통한 분석[4], 디아스포라의 정체성과 생존윤리를 묻는 논문들[5], 주인공 하타의 역사적 기억으로부터 진행되고 있는 1인칭 서사가 하타의 젠더화된 트라우마와 어떤 관계가 있는가를 고찰한 연구[6], 비교문학적 논문들[7], 이밖에 작중인물의 변화에서 나타난 숭고미의 교육적 효과에 대한 논문[8] 등이 그것이다. 국내의 논문들이 푸코, 라캉, 스피박의 이론을 적용하거나 디아스

---

2) 나영균, 「『제스츄어 인생』: 신역사주의적 고찰」, 『현대영미소설』7-2, 현대영미소설학회, 2000, 1-12면.

3) 권택영, 「응시로서의 『제스쳐 인생』-이창래와 라캉의 다문화적 윤리」, 『영어영문학』48-1, 영어영문학회, 2002, 243-261면.

4) 유제분, 「재현의 윤리 : 『제스쳐 라이프』의 종군위안부에 대한 기억과 애도」, 『현대영미소설』13-3, 현대영미소설학회, 2006, 77-99면.

5) 고양성·노종진, 「이창래의 『네이티브 스피커』와 『제스츄어 인생』에 나타난 등장인물의 존재의식과 정체성」, 『영어영문학 연구』47-2, 영어영문학회, 2005, 143-166면.
박보량, 「『제스쳐 라이프(A Gesture Life) : 이민사회 속에서의 하타의 정체성 모색』」, 『미국소설』2-2, 미국소설학회, 2005, 127-149면.
이선주, 「이창래의 『제스처인생』-패싱, 동화와 디아스포라」, 『미국학』31-2, 서울대학교 미국학 연구소, 2008, 235-264면.
장사선, 「재미한인소설에 나타난 폭거와 응전」, 『한국현대문학연구』18, 한국현대문학연구학회, 2005, 481-509면.

6) 이소희, 「『제스처 인생』에 나타난 젠더화된 트라우마」, 『현대영미소설』13-1, 현대영미소설학회, 2006, 133-156.

7) 윤정헌, 「한인소설에 나타난 이주민의 정체성」, 『한국문예비평연구』21, 한국문예비평학회, 2006, 115-135면.
Lee, Hae-Nyeon, "A Comparative Study on Korean Writer' Post-Colonialism", 『비교한국학』16-1, 국제비교한국학회, 2008, 111-133면.

8) 김미영, 「『제스처라이프에 나타난 숭고미의 교육적 가치」, 『국어국문학』141, 국어국문학회, 2005, 429-458면.

포라의 관점에서 이민자의 정체성과 트라우마에 관심을 기울이며 작품에 대해서 대체로 긍정적 시선을 취한 데 반해 미국의 해밀튼 캐롤(Hamilton Carroll)[9]과 조안 장(Joan C.H. Chang)[10]은 주인공 하타의 행동을 동양남성의 열등감 또는 모범소수민족 콤플렉스로 해석하는 등 다소 부정적인 관점으로 분석했다. 살펴보았듯이 『제스처 라이프』에 대한 기존연구는 칼 융의 정신분석학에 기대서 연구된 바 없고, 정신분석학적 탈식민주의 이론이나 탈식민주의 이론가 사이드의 '파생과 제휴'라는 개념으로도 분석된 바 없다.

따라서 본고는 이창래(Chang-rae Lee)의 『제스처 라이프(A Gesture Life)』에 나타난 하타(Franklin Hata)라는 주인공의 정체성 찾기라는 주제를 칼 융의 분석심리학과 정신분석학적 탈식민주의 이론과 사이드의 파생과 제휴라는 개념으로 분석하고자 한다. 왜냐하면 이 소설은 개인적인 관점에서 볼 때에는 노년의 하타가 페르소나로서의 삶에 대한 회의를 나타내며 진정한 자아를 찾아가는 이야기이지만 동시에 그것은 한국 혈통의 일본계 미국인의 페르소나 속에 억압된 정체성을 회복하는 탈식민주의적인 주제를 내포하고 있다고 보았기 때문이다.

---

9) Hamilton Carroll, "Traumatic Patriarchy : Reading Gendered Nationalism in Chang-rae Lee's *A Gesture Life*.", *Modern Fiction Studies* 51:3, pp.592-616.

10) Joan C.H. Chang, "A Gesture Life": Reviewing the the Model Minority Complex in a Global Context." *Journal of American Studies* 37:1, pp.131-152.

2. 페르소나로서의 삶에 대한 회의

칼 융(C.G.Jung)에 의하면 나(ego)는 한편으로는 외계(external world)와 관계를 맺으면서 다른 한편으로는 나의 마음, 내계(internal world)와 관계를 맺도록 되어 있다. 외계와의 관계에서 형성된 페르소나(persona)는 집단적으로 주입된 생각이나 가치관으로, 다른 사람들에게 보이는 나를 더 크게 생각하는 특징을 가지고 있다. 집단과의 관계를 유지하는 동안 자아는 차츰 집단정신에 동화되어 그것이 자기의 진정한 개성인 것으로 착각하는데, 이것을 자아가 페르소나와 동일시되어 있다고 말한다. 이렇게 되면 집단이 요구하는 역할에 충실히 맞추는 사람, 즉 집단이 옳다고 말하는 규범은 무엇이나 지키는 사람이 된다. 그런데 페르소나와의 동일시가 심해지면 자아는 그의 내적 정신세계와의 관계를 상실하게 된다.[11]

『제스처 라이프』의 주인공 하타는 재일한인으로서 일본인 가정에 입양됨으로써 일본인이 되었으며, 태평양전쟁시에 위생장교로 복무했고, 종전 후에는 미국에 이민하여 서니의료기기상을 운영하며, 예의 바른 미국인으로 살아온 인물이다. 70세의 은퇴한 노인이 된 하타의 사회경제적 성공은 '닥 하타(Doc Hata)'라는 호칭과 그의 아름다운 튜더식 2층 집에서 상징적으로 드러난다. 그가 단지 의료기기 판매상임에도 불구하고 사람들이 그를 '닥(의사) 하타'라는 우호적인 호칭으로 부르게 된 것은 위생장교 출신의 그의 가게를 "아무 때나 불쑥 들러 상담을 할 수 있는 비공식 진료소"로 여기며, "경험이 풍부하고 물

---

11) 이부영, 『분석심리학』, 일조각, 1978, 43면/65-70면.

정에 밝을 뿐만 아니라 개방적이고 마음이 따뜻한 주인에게 자유롭게 조언을 구할 수 있는 곳"으로 여겼기 때문이다.

주인공은 "사실 나는 오래 전부터, 특히 점점 줄어드는 여생을 생각할 때, 지금 여기에 이르러 있는 내 모습을 평가하는 일에 힘을 쏟아야 한다고 느꼈고, 이제 그 작업을 해보려 한다."[12]라고 서두에서 밝히고 있다. 말하자면 이 소설은 하타의 성공적이었다고 여겨져 온 삶에 대한 자기 성찰을 통해 새로운 자아를 찾는 소설이다.

그런데 이 소설은 자아를 찾기 위해 미래로 떠나는 여정을 보여주는 것이 아니라 과거의 억압된 기억을 회상함으로써 진정한 자아와의 만남을 추구한다. 억압된 것은 항구적으로 회귀를 모색하기 때문에 반드시 어떤 형태로 언제든 재출현한다는, 즉 억압된 것의 귀환[13]이라는 관점에서 볼 때에 주인공의 무의식 속에 억압된 기억들을 떠올려 보는 일이야말로 진정한 자아를 찾기 위한 의식화의 과정에서 반드시 필요한 일이다.

하타는 자신의 사회경제적 성공을 나타내주는, 베들리런(Bedley Run)에 위치한 아름답고 큰 튜더 왕조식의 2층집-"당당한 꽃밭과 약초정원, 판석을 깐 수영장, 납을 넣은 유리, 단철로 지은 온실까지 갖춘 큰 집"-에 대해서 대단히 만족해 왔다. 사람들은 그 집을 부러워했고, 부동산업자로부터는 팔라는 권유를 수시로 받아왔던 집이다. 그런데 익숙함과 편안함과 소속감이 행복하게 조합된 그 집에 대한 당연한 느낌들이 갑자기 성가시게 느껴지기 시작하는 내적 변화가 일어난다. 또

12) 이창래, 『제스처 라이프』제1권, 중앙M&B, 2000, 18면.
13) 장 벨맹-노엘, 최애영·심재중 역, 『문학텍스트의 정신분석』, 동문선, 2001, 12면.

한 자신에 대한 그곳 사람들의 우호적 평판이나 그곳 사람들과의 조화로운 관계에 대해서도 당혹스런 측면이 있다고 돌연 고백하게 된다.

뿐만 아니라 그는 자신이 직접 꾸며놓은 아름다운 뒤뜰의 수영장에서 헤엄을 치는 것밖에 할 일이 없어진 자신, 어쩌면 로맨틱하고, 승리를 거둔 자의 모습으로 비추어질지도 모를 자신의 모습에 대해 '약간은 슬픈 광경', '차갑고 텅 빈 아름다움을 지닌 광경', '맥 빠진 광경'이라는 느낌을 받으며, "물밑에서 검은 냉기 속을 미끄러져 갈 때, 내 정신의 눈은 갑자기 높은 곳에서 아래를 굽어보는 느낌"에 사로잡히게 된다. 이 장면은 의식의 너머에 존재하는 미지의 정신세계, 즉 무의식의 일렁임을 느끼게 하는 대목이다. 자칫 이 대목은 "높은 곳에서 아래를 굽어보는" 것으로 인해 초자아가 자아를 내려다보는 것으로 오독될 수 있지만 그것은 자아로 하여금 원시적 욕구를 억제하고 도덕이나 양심에 따라 행동하도록 하는 정신 요소인 초자아와는 구별되는 것으로, 뭔가 알 수 없는 정신세계라는 점에서 무의식으로 해석하는 것이 타당해 보인다.

그가 예의바른 미국인으로 존경을 받아온 우호적 평판과 이제껏 만족해온 집과 느긋하게 수영을 즐기는 자신에 대해서 낯설고, 당혹스러운 감정에 빠지게 되었다는 것은 다른 사람들의 평판만을 의식하며 페르소나에 자아를 일치시켜온 삶에 대해서 회의를 품게 되었다는 뜻이며, 이로부터 그의 자아 찾기의 여정은 출발된다고 할 수 있다.

그는 거실의 난로에 장작불을 피우다가 실수로 불을 내어 실내의 일부를 태우게 된다. 그런데 이 실화는 단순한 실수로 낸 불이 아니다. 즉 지금껏 페르소나와 자아를 동일시해온 과거를 불태우는 의미심장한 불이며, 그 자신도 모르는 힘에 이끌려 그의 내적 자아와의 만남을 촉구하는 창조적인 불인 것이다. 왜냐하면 불을 낸 쇼크로 카운티 병원 성인병동에 입원한 이후 그는 메리 번즈, 서니, 그리고 K(끝애)와의 일들을 기억하기 때문이다.

메리 번즈(Mary Burns), 서니(Sunny), 그리고 K(Kkutaeh)라는 세 명의 여성은 칼 융의 관점에서 보면 하타의 아니마의 투사이다. 메리 번즈는 그가 오십대에 결혼을 심각하게 고려한 적이 있었던 백인여성이다. 서니는 그의 집을 13년 전에 떠나버린 양녀로서 한국인과 흑인 사이의 혼혈아이다. K는 그가 위생장교로 복무하던 시절에 사랑했던, 조선 출신의 위안부로 차출되어온 여성이다. 이 세 여성은 모두 하타로 하여금 페르소나로서의 삶, 제스처 인생을 벗어던지라고 촉구하는 인물들이다.

3. 아니마로서의 여성-메리 번즈, 서니, 그리고 K(끝애)

외적 인격에 대응해서 내적 인격이 인간의 마음속에 존재한다. 이 것을 융은 '마음'이라 불렀다. 내적 인격은 자아로 하여금 무의식으로 눈을 돌리게 하는 중요한 교량 역할을 한다. 이것은 남성의 무의식 속의 내적 인격인 아니마(anima), 여성의 무의식 속의 내적 인격인 아니무스(animus)로 구분된다. 아니마와 아니무스는 경험적 관념으로서 그것이 어떤 대상에 투사되어 경험될 때 인지될 수 있다.[14] 우아한 백인여성 메리 번즈는 이미 고인이 된 인물로 과부였다. 하타는 일본을

---

14) 이부영, 앞의 책, 72-73면.

떠나오면서 새로운 땅에서의 적응이 얼마나 사람을 소진시키는 일인지 잘 알기 때문에 여자와 친밀한 관계를 갖거나 동반자 관계를 형성하는 것에 대해 생각해보고 싶지 않았음에도 평온한 느낌의 그녀와는 "따뜻하게 서로를 이해하는 동반자 관계가 형성되기를 바랐다." 하지만 둘의 관계는 양녀 서니에 대해 그녀가 최선을 다했음에도 불구하고 서니가 마음을 열지 않았고, 그의 열정이 결여된 의례적 태도로 인해 결렬되고 말았다. 하타의 서니를 대하는 태도에 대해 번즈는 다음과 같이 충고한다.

> "그래요. 그 애는 주체적이에요. 하지만 당신은 마치 그 애한테 신세를 지고 있는 것 같아요. 나는 그 점을 이해할 수 없어요. 이유가 뭔지 모르겠어요. 그 애를 원한 건 당신이에요. 당신이 그 애를 입양한 거라고요. 그런데 당신은 마치 죄를 지은 사람처럼 행동해요. 전에 그 애한테 상처를 준 사람처럼, 아니면 그 애를 배반한 사람처럼. 그래서 이제는 그 애가 원하는 대로 다 해주어야 하는 사람처럼. 그것은 누구에게나 절대 좋지 않아요. 하물며 아이한테는."[15]

메리 번즈가 지적하였듯이 서니에 대해 당당하지 못한 하타의 이해할 수 없는 태도, 그것은 그가 일본인 부모의 자식에 대한 관대한 양육태도로 합리화하고 있음에도 그의 무의식이 억압하고 있는 K(끝애)에 대한 죄책감과 연관된 것으로 보인다. 그가 무의식적으로 한국 출신의 여자아이를 양녀로 원했던 것도…. 결국 번즈는 "당신은 늘 노력을 해요, 프랭클린. 하지만 지나치게 열심히 하죠. 마치 나를 사랑하는 것

---

15) 이창래, 앞의 책, 86면.

이 당신이 맹세한 의무인 것처럼"이라는 말을 남기고 그를 떠난다. 서니에게나 하타에게 번즈는 충분히 진지한 관계를 이루려는 노력을 보였음에도 서니는 끝내 마음을 열지 않았고, 하타는 그녀를 잡지 못했던 것이다.

노력하는 관계, 의무처럼 사랑하는 관계란 친밀감과 신뢰는 있지만 내적 열정이 부재하는 관계일 것이다. 하타는 진실로 사랑하는 남녀의 관계란 어떠해야 하는지 몰랐기 때문에 번즈를 떠나가게 만들었다. 그녀가 원한 것은 그가 보여준 의례적인 노력이나 의무감에서가 아닌, 그의 내면이 욕망하는 대로 자연스럽게 발산하는 열정적이고 진실한 관계였을 것이다. 그녀는 결국 제스처로서의 태도가 아닌 내면의 진실과 열정을 그에게서 발견할 수 없었기 때문에 실망하여 떠나갔던 것이다. 그녀의 충고에도 불구하고 그때 하타는 그녀가 말한 진실이 무엇이었는지를 깨닫지 못했음을 회고한다. 즉 페르소나에 사로잡힌 채 아니마의 목소리에 귀 기울이지 못했던 것이다. 그 결과 그의 제스처 인생은 칠십이 될 때까지 그대로 계속될 수밖에 없었다.

그가 조선인 갓바치와 넝마주이의 아들로 태어나 톱니바퀴 공장을 운영하는 일본인 사장 집에 입양된 것처럼 서니 역시 입양기관을 통해 입양한 아이였다. 그의 양부모가 그를 아들처럼 대해주고, 물질적으로 필요한 것, 그에게 이익이 될 만한 것은 모두 제공해 주었고, 그가 친부모의 열악한 환경을 떠나 경제적으로 풍족한 양부모를 만난 것을 다행으로 여겼던 것처럼 서니 역시 비슷한 인종에다 충분한 자산까지 갖추고 기대에 부풀어 기다리는 아버지가 있는 가정, 예의바른 미국 교외의 가정으로 입양된 사실에 대해서 당연히 고마워할 것이라고 생각했다. 그러나 서니는 "한 번도 필요했던 적이 없어, 이유는 모르겠지만, 그쪽에서 나를 필요로 했어. 하지만 그 반대였던 적은 한 번도 없어."라고 가차 없이 말하고 그를 떠나갔다. 뿐만 아니라 서니는 하타의 제스처 인생에 대해 비난의 화살을 쏟아 붓는다.

"아무것도요. 저는 사랑을 원하지 않아요. 아빠의 관심도 원하지 않아요. 어차피 가짜라고 생각해요. 혹시 모르실지 모르지만, 아빠가 관심을 가지는 것은 이 지저분하고 더러운 타운에서 아빠가 어떤 평판을 얻느냐 하는 것이에요. 그리고 제가 혹시나 거기에 상처를 내지나 않을까 하는 것이고요."

"말도 안 돼. 너는 지금 말도 안 되는 얘기를 하고 있어."

"그럴지도 몰라요. 하지만 제가 보아 온 것은 아빠가 모든 일에 매우 주도면밀하다는 거예요. 우리의 예쁘고 큰 집에서도, 이 가게에서도, 모든 손님들에게도. 보도를 쓸고 다른 가게 주인들하고 기분 좋게 이야기하는 걸 한 번 보세요. 아빠는 제스처와 예의만으로 인생을 꾸려가고 있어요. 아빠는 늘 다른 사람한테 이상적인 파트너이자 동료가 되려고 해요.

"왜 그래서는 안 되니? 우선 나는 일본인이야! 유순해서 남들의 사랑을 받는 게 뭐가 그렇게 나쁜 거야?"

"흥, 베들리런에서는 그런다고 해서 누구 하나 콧방귀도 뀌지 않아요. 카드 가게에서 내가 무슨 이야기를 들었는지 아세요? 쓰레기와 보도 청소 일정을 잘 짜는 '착한 찰리'를 두었으니 얼마나 좋으냐는 거였어요. 사람들이 아빠에 대해 진짜로 생각하는 건 그거라고요. 일등 시민이 되는 게 아빠의 직업이 되어 버렸어요."[16]

---

16) 이창래, 위의 책, 128-129면.

제스처와 예의만으로 인생을 꾸려가고 있다는 서니의 그에 대한 직접적인 비난에도 하타는 자신이 페르소나와 동일시하는 인생을 살고 있다는 데 대한 자각을 갖지 못하며, 왜 그것이 잘못된 것인지를 인식하지 못한다. 결국 서니는 "공부를 열심히 하고, 피아노를 연습하고, 견딜 수 있을 때까지 견디면서 책을 많이 읽는" 소위 주류사회의 일원으로 편입시키려는 하타의 양육방식을 견디지 못하고, 집밖으로 일탈하다 떠나갔다. 하타는 예전에 그의 양부모가 그에게 경제적으로 지원했던 것처럼 서니에게 "내 집과 내 가게를, 그리고 내가 살고 있는 타운의 선선한 배려를 마음껏 누릴 수 있는 자유"를 제시했는데도 그것들을 모두 떨쳐버리고 떠나버린 서니를 이해하지 못한다. 그렇다면 그녀가 하타에게서 진정으로 원했던 것은 무엇이었을까? 그것은 경제적 지원을 넘어선 어떤 것, 즉 의무나 제스처가 아닌 부녀간의 진실한 사랑과 대화였을 것이다. 이를 하타는 병원에 입원해 있는 동안 방문한 코모 경관의 다정한 모녀관계를 보면서 비로소 깨닫는다.

그러나 그 자신 조선인 친부모나 일본인 양부모로부터 그런 사랑을 받아본 적이 없었던 만큼 그것을 서니를 향해 베풀 줄 몰랐다. 아니 그는 부모 자식 관계에서 경제적 지원 이상의 어떤 것이 필요하다고 생각해 본 적이 없다. 위생장교 시절에 그는 양부모가 최선을 다해 기회와 편의를 제공했으며, 늘 아들로 대했다고 하자 K는 그분들이 소위님을 아들처럼 사랑했는지 궁금하다고 반문한다. 이에 대해 그는 "그런 것 같습니다. 하지만 그분들이 늘 나를 아들처럼 대했으면 됐지 더 이상의 뭐가 있는지 잘 모르겠군요"라고 대답한다. 즉 부모 자식 관계에서 경제적 지원을 넘어선 사랑의 필요성에 대한 인식을 아예 갖지 못했던 것이다.

그의 서니에 대한 태도 역시 그의 인생처럼 제스처에 불과한 것이었다는 것은 서니의 일탈에 대한 반응에서 극명하게 드러난다. 그는 불량배 '기지'의 집에서 흑인 '링컨'과 외설스럽게 밀착된 자세로 있는 서니를 발견하고도 그녀의 행동을 저지하는 대신 그 자리를 떠나버림으로써 아버지로서의 책무를 회피해버린다. 그뿐만이 아니다. 가출했던 서니가 임신 28주의 몸으로 찾아왔을 때에도 중절수술을 강요하며, 그 애한테 그 일이 얼마나 끔찍한 일인지를 생각하는 대신에 그 자신에게 가해져 올 수치와 당혹감만을 느꼈을 뿐이다. 그는 서니와 같이 사는 동안 "한 번도 불길한 느낌에 시달려 심각하게 괴로웠던 적은 없었고, 한 번도 골수까지 병들었던 적은 없었다."라고 회고하며 깊은 죄책감을 갖는다. 특히 서니의 인공중절 수술을 종용했던 데에 대한 그의 죄책감은 그가 악몽에 시달리는 것을 통해서 잘 드러나고 있다.

그가 서니의 입양을 결심하게 된 동기도 미국 주류사회에서 더욱 신뢰할만한 존재로 평가받기 위해서였는데, 서니의 행동들은 그것에 오히려 흠집을 냈다. 따라서 서니가 가출한 뒤 그는 타운에 어울리는 일등시민, 그곳 사람들이 원하는 것—사생활과 예절과 힘겹게 얻은 특권에 수반되는 고요—을 구현한, 살아 숨 쉬는 상징물로 자리매김 된다. 서니의 직언 그리고 떠나감도 그에게 페르소나를 벗어던질 기회를 제공하지 못했다. 그는 여전히 남들의 평판과 일등시민의 자부심 속에서 계속 안주해왔던 것이다.

그가 K(끝애)를 만난 것은 미국으로 이민 전 일본제국의 위생장교로서 미얀마에서 복무할 때이다. 그녀는 남동생의 징병을 대신하여 그녀의 언니와 함께 끌려온 위안부였다. 그녀는 기품 있는 양반집안의 딸로서 체계적인 근대교육을 받은 적이 없었음에도 하타가 일본제국이 선전하는 대로 되뇐 대동아공영권의 허위의식을 통찰할 수 있는 교양을 갖추었으며, 그에게 '조선사람'이냐고 질문함으로써 그의 민족 정체성에 분열을 일으킨 인물이다. 그녀는 하타의 사랑한다는 고백, 전쟁이 끝나면 함께 가자는 말들이 한낱 젊은이의 열정이나 꿈일 뿐임을 꿰뚫으며 "당신은 나를 사랑한다고 하지만 당신이 정말로 뭘 원했는지 아직도 모르고 있어요. 아직 젊고 점잖으니까요. 하지만 이제 말해주죠. 그건 내 섹스예요. 내 섹스라는 물건이에요."라고 그가 다른 사람들과 조금도 다를 바가 없다는 것을 날카롭게 지적했던 조선여성이다.

에도 상병이 K의 언니를 죽여주고 자신은 처형당했던 것과는 달리 하타는 그녀에게 사랑한다고 고백하고, 그녀와 실제 사랑을 나누었음에도 불구하고 그녀의 죽여 달라는 간절한 요구를 들어주지 못함으로써 그녀를 집단강간을 당하고 죽도록 방치했다. 죽음이야말로 아무런 권력도 갖지 못한 그녀가 위안부로서의 삶을 거부할 수 있는 유일한 저항수단이었다. 그런데도 그는 그녀의 요구를 들어주지 못함으로써 결국 그녀를 가장 치욕스럽게 죽어가도록 방관했던 것이다. 그에 대한 깊은 죄책감은 그의 무의식에 수십 년 동안 억압되어 있었다.(그녀의 존재를 떠올리고 싶지 않았다는 것은 그녀의 이름을 '끝애' 대신 'K'라는 약자로 호명하는 데서도 무의식중에 드러난다.) 하지만 그가 미국으로 이주한 후 독신으로 살게 만든 것, 메리 번즈의 진지한 사랑을 제대로 받아들이지 못한 것, 한국 출신의 여자 입양아를 원했던 것 등 그 모든 것들의 근원에, 그러나 하타 자신은 결코 의식하지 못했던 근원에 그녀가 위치한다. 그녀에 대한 죄책감은 그도 의식하지 못하는 가운데 그의 인생을 관통하여 왔던 것이다.

화재사건으로 입원해 있는 동안 그는 그녀에 대한 기억들을 비로소 떠올리며 그녀에게 속죄한다. 일본제국의 군인이라는 집단적 규범에 의한다면 그녀의 요구를 들어주지 못한 것은 잘못된 일이 아닐 것이다. 하지만 그녀를 진심으로 사랑했던 한 남성으로서의 근원적 양심에 의한다면 그것은 분명 사랑하는 여성에 대한 책임의식의 방기였다. 그는 그 죄책감을 무의식의 저 밑바닥에 억압한 채로 70세의 노년에 이른 것이다. 그럼에도 K는 그의 환영 속에 계속 등장함으로써 그의 자기실현을 돕는 아니마로서의 기능을 수행한다. 환영 속의 K는 그에게 이사 갈 것을 촉구한다.

  "하지만 이상할 수밖에 없습니다. 왜 여기 있는 게 나 외에 다른 모든 사람에게는 그렇게 끔찍한 일인지. 필요한 게 다 있잖아요. 아니 그 이상이죠. 이 지역에서 가장 좋은 타운에 멋진 집과 뜰이 있습니다. 게다가 평판도 좋고 존경도 받아요. 시간도 많고 조용하고 돈도 아쉽지 않아요. 나는 이런 걸 마련하느라 열심히 노력했습니다. 그리고 누가 봐도 부러울 정도로 따뜻하게 환영받았어요. 모든 것이 섬세하게 조화를 이루고 있어요. 그런데도 당신은 만족하지 않는 것 같아요."
  "만족하지 않는 게 아니에요."
  흐린 눈이 나를 빤히 바라보고 있다.
  "하지만 불안해요, 소위님. 정말이지 이사를 가면 좋겠어요. 무슨 문제가 있는 건 아니에요. 전혀 없어요. 하지만 저는 알아요. 저는 여기서 죽지 않을 거예요. 여기서 죽을 수가 없어요. 하지만 가끔은, 소위님. 나도 그러고 싶을 때가 있어요."[17]

---

17) 이창래, 『제스처 라이프』제2권, 141면.

여기서 '이사'야말로 평판과 존경과 경제적 안정과 남으로부터 부러울 정도로 따뜻하게 환영받는 삶, 즉 페르소나와 동일시해온 삶을 단절하여 새로운 삶을 살 것을 촉구하는 의미이다. K의 환영을 쫓아다니던 하타는 서니가 사용하던 목욕탕으로 들어가 오랫동안 사용하지 않아 나오는 갈색의 녹물들을 다 빼버리고 욕조에 깨끗한 물을 가득 받아 그 속에 들어가 앉는다. 그는 그 안에서의 느낌을 다음과 같이 표현한다.

아직 이 생에, 이 세계에, 인류의 행위와 흔적에 줄을 댄 어떤 일에도 태어나지 않은 태아처럼 조용히 몸을 웅크린 채 그대로 머무를 수 있는 방법. 나는 순수를 원했다기보다는 뒤로 거슬러 올라가 지울 수 있는 지우개를 원했다. 시작 이전을 원했다. 내 모든 세월을 팔아버리고 어떤 앞선 시점으로 돌아가 다시는 앞으로 나아가지 않을 수 있다면, 나는 의문 없이 아무런 두려움 없이 그렇게 할 것이다.[18]

이 시점에 이르러서야 비로소 하타는 자신의 성공했다고 여겨온 삶을 반성하며 가능하다면 그것을 지우개로 지우고 싶다는 강력한 열망, 아니 모든 것이 시작되기 이전, 세상 밖으로 나오지 않은 태아상태에 머물러 있기를 희구한다. 그가 물이 맑아질 때까지 흘려보낸 불그스레한 갈색의 녹물은 그의 지워버리고 싶은 과거, 즉 죄책감으로 얼룩지고 남의 평판만을 의식해온 제스처 인생일 것이다. 그는 깨끗한 물속에서 재탄생한다. 이때 욕조는 어머니의 자궁이며, 창조의 요람이

---

18) 이창래, 위의 책, 144면.

다. 깨끗한 물은 태아를 감싸는 양수와 같은 창조력의 원천이고, 원수(原水)로서의 생명의 근원이며, 재생의 상징이자 K에게 참회하는 속죄의 물이라고 하겠다. 융에 의하면 물은 무의식의 가장 일반적인 상징이다. 하타의 자아 찾기는 그의 무의식으로 눈을 돌리게 만든 아니마로서의 여성 K를 기억함으로써, 그녀의 인도에 의해서 이루어진 것이다.

그 후 하타의 삶은 변화한다. 바다에서 수영하다 익사할 뻔한 손자 '토마스'와 친구 '레니'를 내적인 자발성에 의해 망설이지 않고 구하는가 하면 그의 내면이 요구하는 대로 서니와 화해한다. 그리고 마침내 그의 사회경제적 성공의 표지인 튜더풍의 저택을 팔 결심을 한다. 그는 그 돈으로 심장병을 앓고 있는 '히키' 부인의 아들을 위한 기부금을 낼 것이며, '히키' 부인이 사들여 운영하다 실패한 서니의료기기를 다시 사들여 자신과 서니의 이름으로 공동 등기할 예정이다. 그리고 가게 2층 아파트에서 서니와 손자 토마스 모자를 머물게 할 것이다. 그리고 그는 오랫동안 살던 그곳을 떠날 것이다. 가야 할 곳은 아직 정하지 않았다. 그러나 그는 한 바퀴 돌아서 다시 돌아올 것이다.

소설의 결말은 더 이상 타인지향적이고 집단적인 투사에 의하여 형성된 제스처가 아니라 외적 자아와 내적 자아가 조화를 이룬 하타를 보여준다. 마침내 그는 페르소나와 동일시된 자아를 벗어난 성숙한 자아를 실현한 것이다. 즉 진정한 자아정체성을 회복한 것이다.

사회심리적 생애발달을 8단계로 구분한 에릭슨(Erik Erikson)은 제8단계인 노년기를 '자아통합 대 절망'의 시기로 규정했다. 이 단계는 모든 갈등이 조화롭게 통일되며 성숙한 경지에 도달하는 시기이고, 죽음을 앞두고 자신의 삶을 통합하고 점검해야 하는 시기이다. 칠십

세의 하타는 자신의 지나온 인생에 대한 성찰을 통해 그야말로 자아
통합의 성숙한 경지에 성공적으로 도달한 것이다.

4. 탈식민과 다문화적 정체성

작가 이창래는 이 소설에서 단지 페르소나에 동일시해온 자아를 벗
어나 진정한 자아정체성을 실현하는 노년남성을 그리는 데에만 그 목
표를 두지 않았다. 아니 진정한 자아정체성의 실현이란 단순히 개인
의 심리학적 주제만이 아니다. 즉 『제스처 라이프』는 정신대로 끌려갔
던 여성에 관한 소설이자 피식민지 조선 혈통의 일본계 이민자인 하
타의 민족정체성을 묻는 탈식민주의적인 주제를 중요하게 내포하고
있다. 따라서 탈식민주의의 관점에서 이 소설의 주제를 재분석하지
않을 수 없다.

정신분석학적 탈식민주의 이론가 바바(Homi. Bhabha)는 기억하기
는 결코 자기반성이나 회고와 같은 정태적 행위가 아니다. 그것은 현
재의 외상을 이해하기 위해 조각난 과거를 짜 맞추어 보는 것, 고통스
러운 다시 떠올림이라고 했다.[19] 릴라 간디(Leela Gandhi) 역시 단순
히 식민기억들을 억압하는 것만으로 식민경험이라는 불편한 현실에
서 해방되거나 그것을 극복하는 일은 불가능하다고 했다.[20] 조선 혈통
의 일본계 이민자로서 미국사회에서 성공했지만 칠십에 이르러 정체

---

19) Homi. K. Bhabha, *The Location of Culture*, Routledge, London, 1994, p.63.
20) 릴라 간디, 이영욱 역, 『포스트식민주의란 무엇인가』, 현실문화연구, 2000, 16-17
면.

성(제스처 인생)에 대한 회의를 나타내는 하타를 제대로 이해하기 위해서는 그로 하여금 과거의 억압된 기억들을 복원하고 아무리 고통스럽더라도 과거의 기억들과 직면하게 만들어야 한다. 즉 현재까지도 그를 지배하는 종속의 흔적과 기억들, 다시 말해 일제 식민주의가 남긴 상처들로부터 자유로워지기 위한 탈식민화는 망각으로부터 벗어나는 일로부터 시작되기 때문이다.

  탈식민주의적인 주제를 드러내기 위해 작가는 주인공 하타를 조선인이자 일본인이며, 최종적으로 미국인이 된 다중적 정체성을 지닌 인물로 설정하고 있다. 그리고 일본인 가정에 입양된 이 인물을 대동아공영권이라는 이데올로기로 그들의 침략주의를 호도하며 동남아시아의 침략에 나선 군인(위생장교)으로 설정하여 정신대로 끌려온 조선여성 K와 만나도록 설정한다. 뿐만 아니라 입양아 서니를 한국에 파견된 흑인군인과 한국여성 간의 혼혈아로 설정하고, 그녀의 아들 토마스도 흑인남성과의 혼혈아로 설정함으로써 민족 또는 인종적 차원에서 정체성의 문제를 다차원적으로 제기하고 있다.

  하타의 삶을 지배해온 제스처로서의 인생은 그가 미국 이주 후에 새롭게 터득한 생존의 원리가 아니라 일본인 가정에 입양된 12살의 어린 나이로부터 시작된 것임이 밝혀진다. 그때부터 그는 그의 자아를 사회가 원하는 방향으로 일치시켜 왔다. 사회의 불침번으로 그 자신을 헌신하고 그의 모든 것을 사회에 의탁하여 해결해야 하며, 자아와 사회의 이상적인 공생관계야말로 강력한 힘을 발휘하는 동시에 해방의 기능을 한다는 사실을 어린 나이에 벌써 깨달았음을 그는 기억해낸다. 그것은 그가 자란 전체주의 사회인 일본의 국민교육이 의도한 결과였다. 작가는 일본 제국주의가 개인보다 전체(국가)를 먼저 생각하도록 국민을 어떻게 도구화하고 의식화해왔는가를 하타의 의식에서 잘 포착해낸다.

더욱이 하타는 입양으로 일본 국적이 되었지만 혈통상으로는 피식민지 조선인이었다. 따라서 비천하고 가난한 친부모에게 되돌려질지도 모른다는 입양아로서의 불안감 때문에, 사회로부터 배제되고 후원을 받지 못하게 될지도 모른다는 데 대한 피식민지인의 두려움 때문에 그의 일본인 되기는 더욱 철저했다. 그는 제국의 군인으로서 오점을 남기는 데 대한 두려움 때문에 그가 사랑했던 K의 죽여 달라는 요구를 외면했고, 결국 그녀를 수십 명의 일본군에게 윤간당한 후 살해당하도록 방치했다. 그는 미국에 이주한 이후까지 평생을 그런 두려움에 사로잡혀 살아왔음을 돌이켜 고백한다. 그 두려움이란 비천한 조선인으로 되돌려질지 모른다는 입양아로서의 불안감이자, 독립된 이후에도 일제의 영향으로부터 자유로울 수 없었던 피식민지 출신의 콤플렉스이다. 뿐만 아니라 동양계 이민자로서 미국의 주류사회로부터 배제될지도 모른다는 데 대한 디아스포라의 불안감이라고 할 수 있다.

> 나는 평생 그것을 두려워했다. 내가 구로하타 집안에 양자로 들어간 날부터 제국 육군에 입대한 날까지 계속된 두려움이었다. 심지어 서니 의료기기의 문을 연 날에 이르기까지도 계속된 두려움이었다.[21]

그런데 그가 의식의 차원에서 비천한 조선인으로서의 정체성을 삭제하고, 철저히 일본사회가 요구하는 일본인으로 동화되어 충성과 의

---

21) 이창래, 제2권, 70면.

무로 무장해왔음에도 불구하고 그의 내면은 두 개의 정체성 사이를
오가며 끊임없이 불안을 나타냈다.

> 좀 더 구체적으로는 내 진정한 본성이 전장의 시련 속에서 드러나기
> 를 바랐다. 그래서 혹시 나라는 인간을 내 친족이 사는 비천한 곳으로
> 부터 떼어내 길러낸 것이 과연 가치 있는 일이었냐고 의심하는 사람에
> 게 그것이 가치 있는 일이었음을 증명하고, 나아가 우리 모두의 내부에
> 있는 본질적이고 내적인 정신을 드러내고 싶었다. 그럼에도 나는 늘 궁
> 금했다. 훈련과 양육이 우리의 본질을 이루고 있는 단순한 흙과 재와
> 피보다 더 큰 힘을 지니는 것일까? 아니면 이런 사회적 단련은 결국 죽
> 은 자들의 썩어가는 옷처럼 떨어져 나가고 결국 그 밑의 뼈가 드러나는
> 것일까?[22]

그것은 조선인이라는 선천적인 혈통의 정체성(흙, 재, 피)과 일본인
으로서의 후천적 정체성(훈련, 양육) 사이에서 나타내는 분열이요, 불
안이다. 조선 출신의 K와의 만남도 필연적으로 정체성에 대한 그의 불
안을 뒤흔든다. 그녀가 조선인이냐고 두 번이나 물었을 때 이를 강하
게 부정했음에도 그는 그를 똑바로 보며 조선어로 말하는 그녀의 주
제넘은 태도에 흔들리며 묘하게 위압감을 느낀다. 그녀가 그의 일본
인이라는 정체성에 분열을 일으키며, 그가 의식적으로 거부해온 조
선인의 정체성을 환기했기 때문이다. K를 만난 후 그는 조금씩 변화
한다. 다른 일본병사들이 조선인 위안부를 '조센삐'라는 경멸적 단어
로 부르며 인간이 아니라 마치 우리 안의 짐승처럼 여기는 태도에 자

---

22) 이창래, 제1권, 161-162면.

신도 모르게 "잠시 몸이 얼어 붙었"고, 위안부를 부드러운 살덩어리들로, 사라지기 전에 얼른 가져야 할 짧고 따뜻한 쾌락으로, 그것이 전시의 기본적인 방식으로 여기는 그들과는 달리 K를 어떻게 보존할까, 어떻게 그녀를 그런 식으로 이용당하는 모든 일들로부터 떼어놓을까를 생각하게 된다.[23] 그것은 단지 젊은 남자로서 자신이 사랑하게 된 젊은 여자에 대한 소유욕과 보호본능으로부터 나온 것만이 아니었음을 그때 그는 의식하지 못했다.

　　이상하게 들리겠지만, 지금 나는 내가 늘 갈망했던 것과 똑같은 것을 K가 원했다고 생각한다. 그것은 받아들여지는 질서 속에 자기 자리를 갖는 것이었다. 그녀는 훌륭한 품성을 갖춘 젊은 여인이 되어, 그녀의 아버지에게 남동생만큼이나 의미 있는 존재가 되고 싶었다. 그녀는 배움과 우아함에 기초한 독립을 원했다. 그녀는 그녀 나름대로 헌신할 수 있는 일을 택하고 싶었다. 아이를 낳고 필요한 일을 하고 싶었다. 진정한 소명을 찾고 싶었다. 지금의 나처럼 늙고 싶어 했다. 물론 나와는 다른 색조로, 다른 마음으로 뒤를 돌아보겠지만, 내가 바란 것은 큰 집단을 이루는 것의 한 부분(비록 백만분의 일이라 해도)이 되는 것이었다. 그리고 제스처들뿐인 삶 이상의 어떤 것을 가지고 그 과정을 마치는 것이었다.[24]

그는 뒤늦게 전쟁이 K와 그로부터 어떤 것들을 빼앗아 갔는지를 비로소 깨닫게 된다. 돌이켜보건대, 전쟁의 폭력성은 K로부터 그녀의 생명을 비롯하여 인간답게 살고자 하는 그녀의 모든 꿈을 앗아가버렸지

---

23) 이창래, 제2권, 96-97면.
24) 이창래, 위의 책, 156면.

만 그 자신에게도 타인지향적인 제스처뿐인 인생을 살아가도록 만들었다. 수십 년의 세월이 흐른 지금 그는 그 시절을 되돌아보며, 그나 병사들, K나 다른 여자들, 그리고 나머지 사람들도 모두 중심을 구성하는 존재들이었으며, 동시에 전쟁기계에 자신과 서로를 먹이로 내주고 만 전쟁의 피해자들이라는 사실을 깨닫는다.

> 지금은 똑똑히 보이지만, 사실 나는 그 상황의 중요한 한 부분이었다. K와 다른 여자들도, 병사들과 나머지 사람들도 마찬가지였다. 사실 무시무시한 것은 우리가 중심에 있었다는 것이다. 순진하게 동시에 순진하지 않게 더 큰 과정들을 구성하고 있었다는 것이다. 그럼으로써 모든 것을 삼켜버리는 전쟁기계에 우리 자신을 또 서로를 먹이로 내주고 말았다는 것이다.[25)]

이 대목에서 재미한인 1.5세인 이창래의 독특한 역사의식이 드러난다. 만약 그가 순수한 한국작가였다면 결코 가질 수 없는, 전쟁에 대한 그의 개성적 인식은 한국의 독자들에게는 다소 생소하다. 위안부로서의 삶을 거부하고 살해당한 K나, 제국의 군인으로서 살아남은 하타나 다른 병사들 모두가 전쟁의 중심에서 큰 과정을 구성하는 존재였으며, 모든 것을 삼켜버리는 전쟁기계에 자신과 서로를 먹이로 내주고 만 피해자들이라는 인식은 이창래가 재미한인이었기에 가능한 태도일 것이다. 가해자와 피해자가 분명한 전쟁에서 그에 동원된 개인들 모두가 피해자라는 시각은 그가 만약 순수한 한국작가였다면 좀처럼 갖기 어려웠을 것이다.

---

25) 이창래, 위의 책, 156면.

하타의 일본인으로서의 정체성을 속임이나 위장의 의미가 함축된 패싱(passing)으로 파악한 이선주는 식민지 시대 일본에서 사는 조선인으로서 하타가 한 일본인 행세는 식민통치의 과정에서 살기 위해 자발적, 비자발적으로 택한 국적 감추기라는 정황을 고려해야 함에도 불구하고, 그의 일본인 되기는 너무 필사적이고 결연한 것이라고 비판했다.[26] 하지만 그가 필사적으로 피식민지인에서 제국의 국민으로 패싱하며, 조선인임을 부정하고 철저히 일본인으로 살아간 것, 뿐만 아니라 미국에 이민한 이후까지도 일본계로 행세한 것은 그만큼 피식민지 조선인에 대한 일본제국의 억압이 심각했기 때문일 것이다. 그 억압의 가장 확실한 예가 정신대로 동원된 K와 그 언니, 그리고 다른 소녀들이 아닌가? 그리고 그가 미국으로 이민한 이후까지도 조선인임을 계속 숨긴 것까지….

아무튼 미국에 이민한 하타는 그가 과거에 필사적으로 일본인처럼 되려고 노력했던 것처럼 미국인으로 동화되기 위해 노력한다. 그리고 그 노력은 성공을 거둔 것처럼 보인다. 하지만 그가 골프여행에서 다른 일본인을 만났을 때, 그 둘만이 다른 미국인들과 다르다는 느낌, 그곳 미국인들 사이에 그들이 끼어들 곳이 없다는 느낌에 사로잡힌다.[27] 또한 메리 번즈의 컨트리클럽에서 열리는 사교행사나 무도회에서 유일한 유색인종이라는 데 불편함을 느낀다.[28] 그것은 그가 일본계 미국인으로서 아무리 좋은 평판과 사회적 성공을 거두었다고 하더라도 바바가 말했듯이 '거의 같지만 똑같지 않은' 닮은꼴로서의 동양계 이주

---

26) 이선주, 앞의 논문, 238면.
27) 이창래, 제1권, 36면.
28) 이창래, 위의 책, 138면.

민에 불과했음을 자각했기 때문이다. 바바에 의하면 피지배자가 식민권력에 의해 제국에 동화되는 가운데 지배자를 모방하게 됨으로써 '거의 같지만 똑같지 않은' 닮은꼴로서의 피지배자는 식민통치에 필요한 인적 자원이 된다는 것이다.[29] 그는 노력하면 미국인과 똑같이 될 수 있다고 믿었지만 그게 아니었던 것이다.

그는 칠십에 이르러 과거를 돌이켜봄으로써 비로소 평생을 통해 부단히 주류사회로부터 인정받기 위해 노력해 온 것이 자신의 인생에서 오랜 어리석음이며, 그의 인생을 지속적으로 실패하게 만든 원인이었음을 깨닫는다. 그리고 그것이 일본인 가정에 입양된 12살의 나이로부터 시작된 것이었음을 기억해낸다. 작품의 서두에서 자랑스럽게 "이곳 사람들은 나를 안다"라고 말했던 것과 같은 사회적 인정이 그의 인생의 진정한 성공은 아니었다는 것을 자각한 것이다. 즉 릴라 간디의 말처럼 그는 과거에 대한 엄정한 사유를 함으로써 비로소 정신적 해방을 이룬 것이다.

그저 매일 밤 가게를 나오면서 슬쩍 돌아보았을 때, 저곳이 우리를 담아 줄 만한 곳이라는 믿음을 느끼게 될 수도 있다는 상상이다. 어쩌면 그것이야말로 내가 평생 동안 얻으려고 노력했던 것이 아닐까? 어렸을 때 일본인 부모의 손을 잡고 정규학교에 입학했을 때부터 영광스런 전쟁으로 일컬어지던 전쟁에 군인으로 참여할 때까지, 그리고 이 나라에, 그것도 매우 품위 있는 타운에 정착할 때까지 그것이 내 오랜 어리석음, 나의 지속적인 실패가 아닐까?[30]

29) 태혜숙, 『탈식민주의 페미니즘』, 여이연, 2001, 37면.
30) 이창래, 제2권, 42면.

탈식민주의 이론가 사이드(Edward. W. Said)의 파생(filiation)과 제휴(affiliation)라는 개념에 의한다면, 주인공의 삶은 '파생'에 대한 부정으로 인해 '제휴'의 삶이 제스처 라이프가 되고 만 경우이다. '파생'이란 세대와 세대 사이의 자연스러운 전이나 계속성, 또는 자신이 태어난 문화와 개인과의 관계를 의미한다. '제휴'는 태어난 이후에 갖게 되는 여러 가지 관계와 결속-예컨대 교우관계, 직업, 정당 활동 등-을 의미한다.[31]

하타의 경우 '파생'은 그가 부정했던 조선인으로서의 계속성으로, '제휴'는 입양 후 갖게 된 일본인, 또는 이민 후 미국에서의 관계나 미국인으로서의 새로운 정체성과 관련된다고 할 것이다. 그의 제스처 인생, 페르소나로서의 삶은 '파생'을 거부하고 '제휴'에만 매달림으로써 자아상실에 빠진 삶이다. 따라서 주인공의 새로운 자각은 파생에 대한 인정을 통해 진정한 제휴에 도달하고자 하는 것이다.

이 소설은 조선인이었지만 입양과 이민으로 후천적으로 일본계 미국인이라는 다중적 정체성을 획득한 하타와 달리 미국계 흑인군인과 한국여성 사이의 혼혈로 태어나 하타에게 입양된, 그리고 흑인과의 관계에서 아들을 낳은 서니라는 혼혈여성을 대조적으로 설정함으로써 미국사회로 이민한 동양계 이주민의 정체성 문제에 대한 대안을 제시하고자 한다. 즉 백인 주류사회에 적응시키려는 하타의 양육방식을 거부하고 가출한 서니가 당당하고 책임감 있게 살아가고 있는 모습을 통해서 피식민 경험과 전쟁경험, 그리고 이민경험이 있는 하타 세대와는 다른 서니 세대의 혈통이나 민족, 그리고 국가를 벗어난 자

---

31) 김성곤, 『포스트모더니즘과 현대미국소설』, 열음사, 1990, 129면.

리에 위치한 다문화적 정체성을 작가는 비전으로 제시한다. 즉 하타가 염려했던 것과는 달리 서니의 당당하고 독립적 삶이야말로 역설적으로 하타의 실패한 삶을 비춰주는 거울로 작용한다. 하타의 서니와의 화해는 단순한 부녀지간의 화해가 아니다. 그것은 하타로 하여금 서니의 삶의 방식에 대한 수용이며, 인정이다. 또한 그것은 하타의 동화주의적 삶(제스처 인생)이 실패이며, 서니의 다문화적 정체성에 대한 당당한 인정이 오히려 성공이라는 것을 말해준다.

현재 미국은 건국 초기의 동화주의가 갖는 부정적 측면이 드러나자 여러 민족의 문화적 다양성이 미국 발전에 도움이 된다는 다문화주의로 선회했다. 다문화주의는 이주문제의 적절한 해법을 모색하기 위한 시도로서, 이것의 핵심은 차이의 공존을 인정하고 이질적인 문화 간의 상호작용을 통해 사회의 다원화와 새로운 문화적 정체성을 지향하는 것이다. 다문화주의의 이상은 "상이한 국적, 체류자격, 인종, 문화적 배경, 성, 연령, 계층적 귀속감 등에 관계없이, 모든 인간이 인간으로서의 보편적 권리를 향유하고, 각각의 특수한 삶의 방식을 존중하며 공존할 수 있는, 다원주의적인 사회·문화·제도·정서적 인프라를 만들어내기 위한 집합적 노력"[32]이다.

결말에서 하타는 그의 사회적 성공의 상징이었던 저택을 팔고 내 살, 그리고 피, 내 뼈를 짊어지고 갈 것이며, 나는 한 바퀴 돌아서 다시 이곳에 이를 것이다. 마치 귀향을 하듯이라고 다짐한다. 이것은 그가 평생 억압해 왔던 조선인으로서의 콤플렉스를 벗고 다문화적 정체성을 인정한다는 의미이며, 그것이 결국 진정한 미국인으로 되기 위한

---

32) 오경석 외, 『한국에서의 다문화주의:현실과 쟁점』, 한울아카데미, 2007, 26면.

방식이라는 자각이다. 여기서 작가의 중요한 메시지를 읽을 수 있다. 즉 탈식민을 위해 다문화주의를 대안으로 제시한 것이다.

이 작품은 다민족 다문화의 미국사회에서 동양계 이민자들은 일방적인 동화보다는 동양인이라는 문화적 정체성을 인정함으로써 제스처 라이프를 벗어나 당당하고 진실한 삶을 살 수 있다는 메시지를 던져준다.

5. 결론

이 논문은 이창래의 『제스처 라이프』에 나타난 인물의 정체성 찾기라는 주제를 칼 융의 분석심리학과 탈식민주의 관점에서 고찰했다.

『제스처 라이프』의 주인공 하타는 조선인으로서 일본인 가정에 입양됨으로써 일본인이 되었으며, 태평양전쟁 때는 동남아시아에서 위생장교로 복무한다. 그 후 그는 미국에 이민하여 의료기기상을 운영하며, 예의바른 미국인으로 성공적인 삶을 살아왔다.

하지만 그는 70세에 이르러서 페르소나에 동일시해온 삶에 회의를 나타내며 진정한 자아 찾기의 여정에 나선다. 메리 번즈, 서니, K(끝애)는 하타로 하여금 페르소나에 동일시해온 삶을 단절하고 자아실현을 이루라고 촉구하는 아니마로서의 여성들이다. 하타의 자아 찾기는 결국 그의 무의식으로 눈을 돌리게 만든 여성 K를 기억함으로써, 그녀의 인도에 의해서 이루어진다. 소설의 결말은 더 이상 타인지향적이고 집단적인 투사에 의하여 형성된 제스처가 아니라 외적 자아와 내적 자아가 조화를 이룬 하타를 보여준다. 마침내 그는 페르소나와 동일시된 자아를 벗어나 성숙한 자아를 실현한 것이다.

또한 하타는 모범적인 일본인 그리고 미국인으로서 살아온 삶은 지배문화로부터 인정받기 위한 제스처 라이프였음을 자각한다. 그는 노력하면 모범적인 일본인도, 미국인도, 아버지도, 연인도 될 수 있다고 믿었지만 그것은 단지 타인지향적인 제스처 라이프, 즉 페르소나에 불과했음을 성찰한다. 그는 딸과의 화해를 시도하는 한편 그가 평생을 두고 억압해온 조선인으로서의 혈통적 정체성을 부정하지 않을 때에 비로소 미국인으로서도 진정한 삶을 살아갈 수 있다는 사실을 자각한다.

주인공의 삶은 사이드의 개념에 의한다면 파생에 대한 부정으로 인해 제휴의 삶이 제스처 라이프가 되고 만 경우이다. 따라서 주인공의 자각은 파생에 대한 인정을 통해 진정한 제휴에 도달하고자 하는 것이다. 이 작품은 하타의 자각뿐만 아니라 서니라는 인물을 통해서 다민족 다문화의 미국사회에서 동양계 이민자들은 주류사회에 대한 일방적 동화보다는 다문화적 정체성을 인정함으로써 제스처 라이프를 벗어나 진실한 삶을 살 수 있다는 메시지를 던져준다.

(『한국언어문학』 75, 한국언어문학회, 2010)

288

이창래의 『생존자』에 재현된 전쟁으로 인한 외상 후 스트레스 장애와 그 치유

1. 서론

재미한인작가 이창래는 2000년 뉴욕타임스에 '미국 문단의 가장 주목받는 작가'로 선정됨으로써 작가적 입지를 확고히 굳혔다. 이후 권위 있는 여러 문학상을 수상한 그는 2011년에는 노벨문학상 수상 후보로 거론되었을 만큼 문학적 역량을 높이 평가받고 있다.[1]

1965년 서울에서 태어난 이창래는 세 살 때 미국으로 이민한 1.5세 한인작가로서 『초당』(1931)을 쓴 강용흘이나 『순교자』(1964)를 쓴 김은국처럼 영어로 소설을 쓰고 있다. 『생존자(The Surrendered)』[2]는 그의 네 번째 작품으로 2011년 보스니아 내전 종식을 기념하기 위

---

1) 이창래는 그동안 『네이티브 스피커(Native Speaker)』(1995), 『제스처 라이프(A Gesture Life)』(1999), 『가족(Aloft)』(2004), 『생존자(The Surrendered)』(2010), 『만조의 바다 위에서(On Such a Full Sea)』 등 5편의 작품을 발표하였다.
2) 『생존자』의 원명은 'The Surrendered '로서 '항복자'라는 뜻이지만 국내에서는 '생존자'로 번역하였다.

해 제정된 데이턴 평화상을 수상했다.

이 소설은 한국전쟁이 발발했던 1950년대의 한국을 넘어서서 1934년의 만주, 1980년대 후반의 뉴욕과 이탈리아 등으로 시공간적 외연을 글로벌하게 확장하고 있다. 이와 같은 시공간적 확장을 통해 작가는 한국전쟁뿐만 아니라 만주사변과 솔페리노전투까지 아우르며, 이 소설을 단순히 한국전쟁에서 살아남은 전쟁고아의 개인적 문제를 넘어서서 인간 보편의 집단적 문제로 확대시킨다.

즉 전쟁은 전 지구적이고 보편적인 현상으로서 어느 전쟁을 막론하고 수많은 사상자를 발생시켰을 뿐만 아니라 살아남은 자들에게도 평생을 심각한 '외상 후 스트레스 장애'에 시달리게 만든다는 것을 보여주었다. 이창래는 한 인터뷰에서 이 소설은 아버지와 삼촌이 한국전쟁 당시 겪었던 일에서 시작됐지만 집단갈등이 인간의 정신에 미치는 영향을 다룬 것이라고 밝힌 바 있다.

『생존자』는 한국전쟁이 비단 한국만의 전쟁이 아니었음을 보여준다. 즉 유엔군으로 참전한 수많은 외국 병사들이나 전쟁으로 파괴된 한국을 돕고자 파견된 선교사들에게도 한국전쟁은 깊은 상흔을 남긴다. 이 작품에서 이창래는 시간적으로 1950년대에서 1980년대까지 관통하며, 아니 1934년까지 거슬러 올라가는 긴 시간에 걸쳐 반복되는 전쟁의 광기와 그 광기에 상처받은 인간을 소환해낸다. 전쟁은 개인들이 결코 회피할 수 없는 거대한 집단폭력으로서 수많은 사망자를 냈지만, 그 참혹한 전쟁에서 살아남은 자들에게도 정상적 삶을 파괴해왔음을 이 소설은 증언한다. 따라서 『생존자』는 전쟁소설이 아니라 전쟁이란 거대한 폭력 앞에 항복한 자들의 비극적인 생존 이야기이다.

『생존자』에 대한 국내의 연구로는 노은미[3], 진주영[4], 신혜정[5], 채근
병[6] 등의 논문이 있다. 노은미는『생존자』를 폭력의 기억을 항복과 저
항의 코드로 풀어낸 소설로 해석했으며, 진주영은 호모 사케르, 즉 '벌
거벗은 생명'이라는 관점에서 이창래의『제스처 라이프』와『생존자』
의 여성 캐릭터들의 자살이나 마찬가지인 죽음을 윤리의 잠재성을 드
러내는 전복적 행위로 해석했다. 신혜정은 전쟁으로 인한 외상의 후
유증은 공동체가 함께 이해하는 과정을 통해 극복할 수 있다는 희망
을 보여준 작품으로 해석했다. 채근병은『제스처 라이프』와『생존자』
의 현재와 과거를 교차하는 이중적 서사구조와 혼종성을 분석했다.

본고는 프로이트(Sigmund Freud)의 이론에 기대어『생존자』에 나
타난 전쟁으로 인한 '외상 후 스트레스 장애'의 원인과 증상, 그리고
치유 문제를 장소와 관련하여 규명하고자 한다. 아버지가 정신과 의
사였던 이창래는 이 작품뿐만 아니라『제스처 라이프』에서도 인간의
정신적 트라우마와 그 치유라는 주제를 관심 있게 천착한 바 있다.[7]

본고가 장소와 관련하여 작품의 의미를 파악하고자 하는 이유는
'장소가 인간이 세계를 경험하는 심오하고도 복잡한 측면을 갖기 때

---

3) 노은미,「폭력의 기억 :『항복자』에 나타난 저항의 심리학」,『현대영미소설』18-3,
   한국현대영미소설학회, 2011, 51-72면.
4) 진주영,「호모사케르의 윤리 : 창래 리의『제스처 라이프』와『항복한 자』연구」,『미
   국소설』20-2, 미국소설학회, 2013, 31-53면.
5) 신혜정,「이창래의『더 서렌더드』: 집단적 외상과 치유 가능성 모색」,『영어영문학
   연구』55-4, 영어영문학회, 2013, 375-396면.
6) 채근병,「이창래 소설에 나타난 '시간'의 구조와 '혼종'의 가치 -『제스처 라이프』와
  『생존자』를 중심으로」,『국제한인문학연구』12, 국제한인문학회, 2013, 317-340면.
7) 송명희,「주류사회에서 아웃사이더의 정체성 찾기 : 이창래의『제스처 라이프』를
   중심으로」,『한국언어문학』75, 한국언어문학회, 2010, 509-533면.

문이며, 하이데거가 말했듯이 장소는 인간 실존이 외부와 맺는 유대를 드러내는 동시에 인간의 자유와 실재성의 깊이를 확인하는 방식으로 인간을 위치시킨다고 보기 때문이다.[8]

2. '외상 후 스트레스 장애'와 기억하기

'외상 후 스트레스 장애(post traumatic stress disorder, PTSD)'는 "거의 모든 사람에게 외상으로 경험될 만큼 심한 감정적 스트레스를 경험했을 때 나타나는 장애이다. 즉 전쟁, 자동차, 기차, 비행기 등 교통수단으로 인한 사고와 산업장에서의 사고, 개인적 피해를 끼치는 폭행, 강간, 테러 및 폭동, 때로는 홍수, 폭풍, 지진, 화산폭발 등 생명을 위협하는 재난이 발생했을 때 당시에 받은 충격에 의해 발병한다."[9] 'PTSD는 심각한 외상을 보거나 직접 겪은 후에 나타나는 불안장애의 일종'[10]으로서 남자의 경우에는 전쟁 경험, 여자의 경우는 물리적 폭행이나 강간을 당한 경우에 많이 나타난다.

'PTSD 환자에서 보이는 중요한 세 가지 임상 양상은 첫째, 악몽에 시달리고 기억을 반추하는 등 위협적이었던 외상적 사건을 재경험하는 것이다. 둘째, 그러한 외상을 상기시키는 것을 지속적으로 회피하려 하거나 그러한 상기에 대한 반응을 마비시키려 하는 회피와 감정적 무감각이다. 셋째, 자율신경계의 과잉 각성상태이다. 이러한 상태

---

8) 에드워드 렐프, 김덕현 외 역,『장소와 장소상실』, 논형, 2005, 25면.
9) 김찬영,「외상 후 스트레스장애」,『대한내과학회지』69-3, 대한내과학회, 2005, 237면.
10) 최현석,『인간의 모든 감정』, 서해문집, 2011, 108면.

와 더불어 우울이나 불안, 일상생활에 대한 집중 곤란, 흥미 상실, 대
인관계에서 무관심하고 멍청한 태도를 보이면서 짜증, 놀람, 수면장애
등을 보인다. 그리고 뚜렷한 불안의 자율신경계 증상이 동반되는가
하면, 흔히 해리증상이나 공황발작 같은 증상이 나타나기도 하고, 착
각이나 환각도 있을 수 있다. 기억과 주의력 장애도 있다. 희생자가 있
을 경우 혼자 살아남은 데 대한 죄책감, 배척감, 수치감 등을 느낀다.
사고경험과 비슷한 위험상황을 회피하며 그런 비슷한 자극으로 증세
가 악화된다. 불안, 우울 및 지나친 흥분이나 폭발적이거나 갑작스런
충동적 행동을 보일 때도 있다. 약물 남용이나 알코올 남용이 병발하
기도 한다."[11]

『생존자』는 전쟁으로 인해 외상을 입은 세 명의 인생 역정(歷程)을
다룬다. 한국전쟁에서 고아로 살아남은 준(June), 한국전쟁의 참전 군
인이었던 헥터(Hector), 전쟁고아를 돌보기 위해 파견된 경기도 용인
의「새 희망고아원」태너 원장의 부인 실비(Sylvie) 등 세 인물이 겪은
외상적 사건은 모두 전쟁으로부터 야기되었다.

작중인물들은 외상적 사건을 경험한 후 스트레스가 발병하게 될 위
험인자를 지닌 어린 나이-11살의 준, 14살의 실비, 15살의 헥터-에
외상적 사건에 노출되었다.[12] 특히 유년기나 청소년기의 가족과 관련
된 외상은 개인의 의식에 더욱 깊은 상처로 각인되어 평생을 PTSD에
시달리게 만든다는 것을 세 인물들에게서 확인하지 않을 수 없다.

한국전쟁으로 보호해 줄 가족을 모두 잃은 준은 쌍둥이 동생들과

---

11) 김찬영, 앞의 글, 238면.
12) 김찬영, 위의 글, 238면.

피난 열차의 지붕에 오른다. 하지만 기차가 갑자기 멈춰 섰을 때 지붕에서 떨어져 여동생은 즉사하고, 남동생은 두 다리를 잃고 만다. 그런데 기차가 다시 움직이자 죽어가는 남동생을 남겨두고 그녀는 '오직 살아남기 위해 달리기' 시작한다. 그렇게 홀로 살아남아 고아원을 거쳐 미국으로 떠났지만 그때 겪은 외상은 평생을 짓누르는 고통의 원인이 된다.

작가는 제1장의 발단과 제19장의 결말을 바로 이 원초적 외상장면으로 설정하는 서사구조를 통해 평생을 관통하는 준의 고통을 상징적으로 나타내고 있다. 작품의 발단은 한국전쟁이 발발하자 아버지와 오빠는 공산군에 끌려가 죽고, 피난길에서 어머니와 언니마저 죽은 상황에서 삼촌 가족이 있는 부산으로 가기 위해 피난 열차의 지붕에 올라타 남쪽으로 가고 있는 상황에서 시작된다. 그리고 마지막 장은 다음과 같이 결말된다.

> 아직 끝이 아니었다.
> 준은 기차를 향해 달리고 있었다. 마지막 객차가 그녀로부터 멀어지고 있었다. 기차는 그녀가 따라잡을 수 없는 속도로 달리고 있는 듯 보였다.(중략)
> 마지막 객차의 바퀴가 날카로운 비명 소리를 내면서 섬광을 번쩍였다. 그것은 속도를 내며 멀어지려 하고 있었다. 그녀는 필사적으로 앞으로 몸을 기울이며 소리를 질렀다. 다음 순간 그녀는 숨을 멈춘 채 문의 시커먼 모서리를 향해 손을 뻗었다. 그녀의 뒤쪽으로 세상이 빠른 속도로 멀어졌다. 누군가가 그녀를 끌어올려 품어주었다. 그녀는 지면

에서 발을 뗐다. 살아남은 것이다.[13)]

준은 피를 흘리며 죽어가고 있는 남동생을 남겨둔 채 달리는 기차
에 올라타 필사적으로 살아남았지만 혼자 살아남은 데 대한 죄책감은
평생 그녀를 짓눌러 왔다. 그때 그녀와 동생들이 올라탄 피난열차의
지붕은 바슐라르적인 의미에서 외부세계의 위협과 공격으로부터 인
간을 보호해주는 피난처로서의 집의 상실, 그야말로 아무런 방비 없
이 위험에 노출된 상태를 의미한다. 전쟁이란 이처럼 보호처로서의
집을 상실하고 아무런 준비 없이 위험에 무방비로 노출된 상태로서
부모를 잃은 어린 소녀에게는 그 자체가 경악스런 공포 상태라고 하
지 않을 수 없다.

세 인물이 겪었던 외상적 사건들은 빈번한 플래시백(flashback)을
통해 퍼즐 맞추기처럼 조금씩 모습이 드러나다가 결말에 가서야 완전
한 서사적 기억으로 통합되는 구조를 갖고 있다. 조각조각 파편화된
외상적 사건의 기억들이 마지막에 가서야 온전한 형태로 복원되는 서
사구조는 '외상적 경험이 갖고 있는 비상징적인(unsymbolized), 비재
현적인(unrepresented), 통합되지 않은(unintegrated), 소화되지 않
은(unassimilated) 성격 때문이다. 지축을 뒤흔드는 지진의 폭발과 같
은 파괴적이며 원초적인 외상적 사건은 불시에 갑작스레 발생함으로
써 경험 주체는 그 충격을 흡수하고 그 사건을 해석할 수 있는 상징질
서와 재현체계의 부재에 노출될 수밖에 없다. 즉 외상적 사건은 그것
이 발생할 당시 상징질서에 충분히 통합되지 않았기 때문에 온전한

---

13) 이창래, 나중길 역, 『생존자』, RHK, 2013, 660-661면.

서사적 기억(narrative memory)이 될 수 없다. 그것은 주체가 그것을 받아들일 마음의 준비가 되기 전에 갑자기 경험됨으로써 사건이 일어난 과거에도 충분히 경험되지 않았으며, 현재에도 그것의 정확한 의미가 이해되지 않고 있다. 따라서 그것은 과거와 현재 그 어디에도 자리잡지 못한다. 즉 외상적 사건은 주체에게 완전한 이야기 구조를 가진 서사적 기억으로 통합될 수 없으며,[14] 그로 인해 PTSD에 지속적으로 시달리게 된다.

따라서 트라우마의 치유는 비상징적인, 비재현적인, 통합되지 않은, 소화되지 않은 경험에 대해서 말하게 하고, 기억하기라는 재현을 통해서 역사적 기억의 질서 속에 적당한 자리를 부여할 때에만 가능해진다. 즉 치유는 조각난 기억들이 재현 통합 소화되어 온전한 서사적 기억으로 복원될 때에 가능해지므로, 바로 여기에 기억하기의 필요성이 제기되는 것이다.

그러나 치유는 단순히 기억하기만으로는 충분하지 않다. '대상관계' 이론에서는 과거 기억에 대한 회복은 치료의 본질적인 목적이 아니라 부수적으로 일어나는 현상에 불과하다. 즉 과거 사건을 기억하는 것은 현재 일어나는 현상에 대해 설명력을 부여하지만 단지 과거 사건을 기억해내는 것 자체만으로는 치료적인 힘이 없다고 본다. 다시 말해 과거에 있었던 사실을 그대로 기억하는 것이 중요한 것이 아니라 그 사실이 어떻게 해석되고, 재해석되는지가 중요하다. 즉 트라우마의 치유에서 중요한 것은 사실에 대한 온전한 기억 그 자체가 아니라, 그 사실

---

14) 박찬부, 『에로스와 죽음』, 서울대학교출판문화원, 2013, 212-213면.

을 구성하는 구성개념과 기억하는 주체의 자기개념의 변화이다.'[15]

3. 트라우마와 치유 그리고 장소

『생존자』에서 '전쟁터', '새 희망고아원', '솔페리노교회'라는 세 장소는 작품 해석의 핵심적 관건이다. 첫째, 한국전쟁이 발발한 전쟁터 '한국'과 만주사변 직후의 '만주'는 등장인물들이 외상적 사건을 경험하는 장소이다. 둘째, 경기도 용인의 '새 희망고아원'은 외상을 경험한 세 사람이 새로운 희망을 찾고자 몸부림치는 장소지만 결국 이곳은 또 다른 외상적 사건을 경험하는 장소가 되고 만다. 그리고 이탈리아의 '솔페리노교회'는 준과 헥터의 PTSD의 치유에 있어 매우 중요한 장소로 의미화된다. 즉 세 장소는 등장인물들이 외상적 사건을 경험하고, PTSD에 시달리며, 그것을 치유해나가는 과정에서 매우 중요한 의미 기능을 띤 장소이다. 그밖에 뉴욕과 뉴저지주의 포트 리는 각각 준과 헥터가 PTSD에 시달리며 살았던 장소지만 여기서는 별도로 논의하지 않고 위의 장소들과 연관하여 언급하겠다.

1) 트라우마를 발생시킨 '전쟁터'

트라우마(trauma)라는 말은 어원적으로 외부의 강렬한 자극으로 인체의 피부가 찢기는 육체적 외상을 의미했지만 프로이트가 『쾌락원

---

15) 도상금, 「심리치료에서 기억의 문제」, 『심리과학』9-1, 심리과학회, 2000, 127면.

칙을 넘어서』(1920)에서 정신적 관점으로 바꾸어 재정의한 이후, 정
신적 외상을 의미하게 되었다.[16] 제1차 세계대전(1914-1918)을 목격
했던 프로이트는 공포스런 전쟁은 수많은 외상성 신경증을 일으킨다
고 했다. 그는 전쟁으로 인한 외상성 신경증을 '전쟁신경증'으로 명명
했다.[17] 그는 '불안(anxiety)은 설령 그것이 알려지지 않은 것일지라도
어떤 위험을 예기하거나 준비하는 특수한 상태로, 공포(fear)는 두려
워할 지정된 대상을 필요로 하는 상태로, 경악(fright)은 어떤 사람이
준비태세가 되어 있지 않은 채 위험 속에 뛰어들었을 때 얻게 되는 상
태로 구분했다.'[18] 즉 "불안은 위험을 예측하고 그것에 대비되어 있을
때 느끼는 마음의 상태를 말하는 것이고, 경악은 준비가 안 된 상태로
위험에 노출되었을 때 느끼는 공포의 감정으로 외상성 경험은 이것의
대표적인 예이다. 그러므로 불안은 경험 주체가 취하는 적극적, 능동
적 태도를 반영하는 반면 경악은 어떤 수동성, 혹은 준비 부재를 나타
낸다."[19]

『생존자』에 등장하는 세 명의 인물들이 전쟁에서 경험한 감정은 불
안이 아니라 무방비 상태로 위험에 노출된 경악의 공포감정이다. 즉
전쟁은 전혀 준비되지 않은 상태로 인물들을 위험에 노출되게 만든
외상성 경험이다. 그리고 이것은 인물들을 평생 PTSD에 시달리게 만
든 원인으로 작용한다.

11살짜리 전쟁고아 준의 "기차가 달리는 한 무슨 일이 있어도 기차

---

16) 박찬부, 앞의 책, 205면.
17) 프로이트, 박찬부 역, 「쾌락원칙을 넘어서」, 윤희기 · 박찬부 역, 『프로이트전집』
    11, 열린책들, 2003, 303면.
18) 프로이트, 위의 책, 276면.
19) 박찬부, 앞의 책, 207면.

에 붙어 있어야 하는" 절박한 소망은 갑자기 멈춰선 기차로 인해 산산 조각이 나고 만다. 작가는 준으로 하여금 기차에서 떨어져 죽어가는 동생을 뒤로 한 채, 살아남기 위해 필사적으로 열차를 향해 달리게 만 듦으로써 전쟁의 비인간성과 잔혹성을 고발한다.

그날 이후 '오직 살아남기 위해 달리는 삶', 즉 생존에의 강박관념 이야말로 그녀의 전 생애를 짓눌러 왔다. 골동품 가게를 운영하며 경 제적으로 성공한 외면적 삶과 달리 그녀의 내면은 평생 홀로 살아남 은 데 대한 죄책감과 강박적인 생존본능에 지배된 상처투성이의 고독 한 삶이었다. 그녀가 47세의 젊은 나이에 위암 말기라는 것은 그만큼 PTSD에 심각하게 시달려온 증거라고 할 수 있다. 알다시피 인간의 위 는 스트레스에 가장 민감하게 반응하는 신체 부위이다.

1934년 만주에서 실비에겐 대체 어떤 일이 일어났던 것일까? 만주 사변 직후 만주국을 세운 일본은 그 지역을 확실히 장악하기 위해서 점점 더 잔인해져 갔다. 일본군이 공산당과 국민당을 색출하는 과정 에서 선교사인 실비 부모는 물론, 다른 선교사 부부들이 무참하게 살 해되었고, 여성들에겐 성폭행이 자행되었다. 일본군은 실비가 첫사랑 의 감정을 느낀 국민당원인 영국 여권을 가진 중국인 수학 교사 벤저 민 리에게 동료들의 명단을 자백하라며 실비의 어머니에게 성폭행을 가해하도록 강제했다. 그리고 일본군은 벤저민의 눈꺼풀을 면도칼로 도려낸 후 14살의 소녀 실비의 옷을 벗기고 혁대를 끄르며 다가갔던 것이다.

"자 잘 봐둬. 이 병신 새끼야."
장교가 날카롭게 명령을 내리자 병사 하나가 실비의 앞으로 다가서

더니 자신의 혁대를 끄르기 시작했다.

벤저민이 다시 비명을 지르기 시작한 것은 바로 그때였다. 그는 매우 괴로운 표정을 지으며 큰소리로 동지들의 이름을 하나씩 장황하게 털어놓고 있었다.[20]

1945년 제2차 세계대전의 와중에 15세의 소년 헥터는 알코올중독에다 선천적으로 손발이 기형인 아버지를 방치해 운하에 빠져죽게 만들었다는 죄책감에 시달린다. 그는 한국전쟁에 충동적으로 참전하는데, 아버지는 늘 그에게 "너는 절대로 전쟁터로 나가지 마라. 절대로."라고 강조했었다. 하지만 전쟁이 종식된 몇 년 동안 헥터는 "또 다른 전쟁이 터지기를 내심 바라고 있었다. 그는 누군가를 죽이거나 자기 나라를 지키기 위해서가 아니라 자신을 처벌하려는 지극히 이기적인 이유로 전쟁을 갈구했다."[21] 즉 전쟁터로 나감으로써 아버지를 죽게 만들었다는 죄책감으로부터 도피하고 싶었던 것이다.

작품 속의 한국전쟁은 병사들 간의 전쟁이 아니라 "모택동이나 트루먼의 전쟁, 혹은 다른 누군가의 전쟁이었는지도 모른다. 그것은 처음부터 애국심과 저항, 강경 외교정책과 평화주의만 선동하는 전쟁이었다. 극단적인 대립으로 시작된 전쟁으로 미군은 5만 명 이상이 목숨을 잃었고, 적은 100만 명 이상 목숨을 잃"[22]는 참혹한 결과를 초래했다. 인해전술로 수많은 희생자를 낸 중공군의 실상은 절반만이 소총으로 무장했고, 나머지는 총검과 죽창, 심지어 자선장터의 장난감 북

---

20) 이창래, 앞의 책, 323면.
21) 이창래, 위의 책, 97면.
22) 이창래, 위의 책, 142면.

을 손에 든 자살부대나 다름없는 어린 소년병들이 대부분이었다.

헥터가 속한 부대의 첫 번째 포로가 되었던 중공군 병사도[23] 결코 적으로도 삼을 수 없는 열댓 살의 어린 소년이었다. 그런데 그 소년병은 포로수용소로 보내지는 정상적 절차가 무시된 채 헥터에게 사살 임무가 주어지지만 그가 망설이는 사이 그로부터 수류탄을 낚아채 자살을 하고 만다. "소년 병사를 우연히 만나 그런 일을 겪기 전에 헥터는 그들의 전쟁에서 의욕 넘치는 병사였다."[24] 하지만 그 사건 이후 그는 전쟁터가 싫어져 전사자 처리부대로 배속 요청을 한다. 그에게 한국전쟁은 아버지에 대한 죄책감을 해소시켜 주기는커녕 전쟁터에 절대 가지 말라던 아버지가 옳았다는 것을 확인시켜주었다. 뿐만 아니라 어린 소년병의 자살사건을 통해 가해자로서의 죄의식마저 느껴야 하는 또 다른 트라우마를 안겨주게 된다.

'전쟁터'는 그 어떤 전쟁을 막론하고 인간이 인간으로서의 최소한의 존엄성마저 앗아가버리는 가장 극단적인 '장소상실'[25]의 장소라고 할 수 있다. 이 작품에서 전쟁은 한국전쟁, 만주사변, 솔페리노전투를 막론하고 인간이 인간에게 가하는 집단적 폭력의 전형성을 보여준다. 그리고 등장인물들은 참혹한 전쟁의 외상 경험으로 인해 평생을 PTSD에 시달리는 삶을 살게 된다.

---

23) 그는 자신은 남한사람이었는데 한국군에 징집되었다가 공산주의자들에게 붙잡혀 중공군으로 재징집되었다고 주장했다.
24) 이창래, 앞의 책, 142면.
25) 에드워드 렐프, 앞의 책, 177-179면.

2) 희망이 좌절된 '새 희망고아원'

'새 희망고아원'은 전쟁으로 인한 외상을 지닌 준과 헥터 그리고 실비가 운명적으로 만나게 되는 장소이다. 거식증과 폭식증을 반복하고 도벽증 등 이상행동을 보이며 다른 아이들과도 잘 어울리지 못하고 말썽을 일으키는 문제아였던 준은 규율을 충실히 준수하는 모범적인 아이로 변해갔다. 준의 변화는 물론 실비의 사랑이 불러일으킨 것이지만 다른 한편에서 그녀 자신이 실비 부부에게 입양되어 미국으로 가기 위한 생존본능이 발동한 결과이기도 하다. 그러나 고아원의 아이들이 하나둘 미국에 입양되는 상황에서도 준의 간절한 소망은 실비의 남편 태너의 반대로 무산되고 만다.

그녀는 입양이 무산된 데 따른 절망감과 헥터의 방으로 들어가는 실비를 보고 질투심에 사로잡혀 고아원 나무계단과 벽에 등유를 끼얹고 헥터의 문 앞 땅바닥에도 등유를 뿌린다. 하지만 갑자기 실비가 밖으로 나오는 바람에 불을 지르지 못하고 예배당으로 들어와 역시 입양에서 제외된 민과 함께 그들이 아껴온 소지품들을 모두 난로에 집어던지고 마침내는 램프까지 던져 넣어 불이 나게 되었던 것이다. 그들은 "우리한테는 어느 누구도 필요 없어.", "이제 우리는 여기에 남아 있을 거야."라고 말하며 서로 부둥켜안고 불 속에서 타죽을 결심을 한다. 그것은 자신을 가해하고 파괴하는 마조히즘적 충동, 일종의 타나토스적 욕망에 사로잡힌 행동이었다. 즉 분노를 외부로 표출하는 공격이 아니라 그 자신의 내부로 향하게 만드는 죽음본능의 표출이었던 것이다.

실비는 부모가 잔인하게 살해당하는 장면을 목격하고, 그녀 자신도 성폭력에 노출되었던 만주에서의 트라우마로부터 벗어나기 위해서 태녀와 결혼하여 한국의 고아원에 왔다. 그곳에서 선교사였던 부모처럼 자신을 온전히 희생할 수 있는 또 다른 길을 발견하고자 했던 것이다. 하지만 "그녀의 마음은 어느 한 시점에 고정되어 조금도 앞으로 나아가지 않"[26]았다. '어느 한 시점'이란 바로 1934년 그녀가 그 끔찍한 외상적 사건을 경험한 시점이다. 그녀는 과거의 트라우마에 고착되어 출구를 찾지 못한 채 때로는 힘에 겨울 정도로 일에 몰두하는가 하면, 때로는 헥터와의 성적 일탈로, 때로는 마약을 통해 참혹한 전쟁의 외상 기억으로부터 벗어나고자 부단히 몸부림쳤다. 하지만 그녀는 끝내 그로부터 벗어나지 못한 채 불길에 갇혀 사망하고 만다. 화재로부터 준과 민을 구하려다 빠져나오지 못한 그녀의 죽음은 결코 자살이 아니었지만 그것은 타나토스적 충동에 사로잡힌 "자살이나 다름없는"[27] 것이었다.

휴전 후 '새 희망고아원'의 관리인이 된 헥터는 일중독자처럼 자학적으로 일을 하며 PTSD로부터 도피하고자 한다. 그에게 "고된 노동은 훈련이나 처벌이 아니라 자신을 지우는 방법, 즉 도피처로 삼았던 것이다." 밤이 되면 술과 쾌락 또는 싸움에 몸을 맡기던 그는 실비와 불륜에 빠져든다. 그리고 준은 그들의 밀회에 대한 목격자가 된다. 하지만 '새 희망고아원'에서 그는 더 큰 트라우마를 경험하게 된다. 왜냐하면 실비를 화재사고에서 구하지 못했기 때문이다.

그는 자신이 난로를 점검하는 야간 업무를 소홀히 해 난 불 때문에

---

26) 이창래, 앞의 책, 557면.
27) 진주영, 앞의 논문, 45면.

실비가 죽었다고 오해함으로써 그로 인한 죄책감으로 자살을 시도하는가 하면 50대 후반의 나이가 되도록 누구 하나 의지할 사람도 없이 폭력사건에 연루되거나 청소부로 일하며 고독하고 무기력하게 생존해 왔던 것이다. 즉 헥터는 정상적인 결혼도 하지 못한 채 일중독과 알코올중독, 그리고 섹스중독으로 고아원에서 만났던 준과 실비에 관한 기억과 자신만이 살아남은 데 대한 죄책감을 지우려고 애쓰며 살아왔다. 그리고 도라라는 여성을 만나 새로운 삶을 꿈꾼 바로 그 순간에 준이 찾아왔던 것이다. 하필이면 준이 헥터를 찾아달라고 의뢰한 조사관이 모는 차에 도라는 치어 죽고 만다.

만약 "전쟁만 터지지 않았더라면 그는 평범한 가정의 남편과 아빠가 되었을 것이고 일요일이면 친한 친구들과 야구를 즐겼을 것이다."[28] 아버지가 평범하게 살라는 뜻에서 영웅의 이름이 아닌 헥터라는 이름을 지어주었던 것처럼…. 그러나 전쟁은 그로부터 평범한 삶을 송두리째 앗아가 버렸던 것이다.

　　그는 한국을 떠난 뒤로 오랫동안 세상과 담을 쌓고 지냈다. 어떻게 보면 그는 땀 흘려 일하는 수도사처럼 생활했다. 끊이지 않는 고된 노동으로 고아원, 준, 실비 태너에 관한 모든 기억과 자기 자신까지 지워 버리려고 애쓴 것이다. 물론 술도 기억을 지우는 일에 일조를 했다. 하지만 외로움과 성욕이라는 큰 파도가 밀어닥쳤을 때 그는 감정의 물결에 자신을 온전히 내맡겼다. 그때 그는 자신이 끝이 보이지 않는, 빽빽하게 떼를 지어 움직이는 여자들 사이에서 헤엄을 치고 있는 것 같은 느낌을 받았다. 그는 여자들에게 불행이나 고통을 안겨줄 생각이 전혀

---

28) 이창래, 앞의 책, 143면.

없었지만 어쩌다보니 이 여자에서 저 여자로 계속해서 옮겨가게 되었
다. 교제를 하다가 깨질 때마다 여자들은 분노하여 울음을 터뜨리거나
고함을 질러 그를 괴롭혔고 그것은 결국 그가 좀 더 빨리 다른 여자를
찾도록 만들었다.[29]

'PTSD 환자들이 겪는 대표적인 증상은 성적인 것과 공격적인 반응
과 관련된 것'[30]이다. 헥터는 성적인 것과 공격적인 것 양 측면 모두에
서 비정상적 일탈을 보여주었다. 프로이트가 『쾌락원칙을 넘어서』에
서 말한 타나토스(thanatos)적 본능은 '죽는다'라는 자동사와 '죽인다'
라는 타동사를 다 포함할 수 있는 단어이다. 즉 그것은 주체 내부를 향
하는 자기파괴적 에너지로 작용할 수도 있고, 반대로 방향을 외부로
바꾸어 타자 파괴적인 에너지로 변형될 수도 있다.[31]

헥터의 주체 내부를 향한 죽음본능은 성적인 면에서 여성들과 진심
으로 사랑을 나눌 수 없는 일종의 상징적 거세이자 주이상스의 거부,
즉 마조히즘적 양태를 보여주었다. 그리고 주체 외부를 향한 죽음본
능은 그가 연루된 사소한 폭력사건들이 보여주듯 타자 파괴적인 에너
지로 변형되어 새디즘적 양태로 표출되었다. 그는 '살아가면서 고통
스런 과거 상황을 반복하고자 하는 반복강박(repetition compulsion)
의 충동'에[32] 지배되어 자신을 괴롭히며 살아왔던 것이다.

사랑하는 대상에 대한 상실은 사람에 따라 슬픔 또는 우울증을 유

---

29) 이창래, 위의 책, 365면.
30) 박찬부, 앞의 책, 265면.
31) 박찬부, 위의 책, 266면.
32) 프로이트, 앞의 책, 284-291면.

발하는데, 헥터의 경우는 실비라는 사랑하는 대상의 상실이 슬픔이 아니라 우울증을 유발했다고 할 수 있다. 슬픔과 우울증은 "심각할 정도로 고통스런 낙심, 외부세계에 대한 관심의 중단, 사랑할 수 있는 능력의 상실, 모든 행동의 억제" 등을 나타낸다. 하지만 슬픔과 달리 우울증은 "자신을 비난하고 자신에게 욕설을 퍼부을 정도로 자기 비하감을 느끼면서 급기야는 자신을 누가 처벌해 주었으면 하는 징벌에 대한 망상적 기대"를 갖게 하며, 무엇보다도 "슬픔에서는 나타나지 않는 자애심(自愛心)의 추락"을 내보인다. "슬픔의 경우는 빈곤해지고 공허해지는 것이 세상이지만, 우울증의 경우는 바로 자아가 빈곤해지는 것이다. 우울증 환자가 내보이는 자아는 쓸모없고, 무능력하고, 도덕적으로 타락한 자아이다. 그는 스스로를 비난하고, 스스로에게 욕설을 퍼붓고, 스스로가 이 사회에서 추방되어 처벌받기를 기대한다."[33] 귀국 후 헥터의 삶은 그야말로 우울증 환자처럼 자애심의 추락을 극단적으로 내보였다 할 수 있다.

뿐만 아니라 그의 무의식의 밑바닥에는 실비에 대한 죄책감이 억압되어 있었다. 그가 악취가 진동하는 화장실 청소를 하고났을 때 역한 냄새가 불러일으킨 기억이 그것을 확인시켜준다. "다른 무언가가 그의 기억에 되살아났다. 그것은 연기, 아니 재의 냄새였을까? 그는 그 기억이 아주 오래전에 자신의 머리에서 영원히 지워졌다고 생각하고 있었다. 그런데 그것은 그의 착각이었다."[34] 악취가 연상시킨 기억, 즉 그가 그의 의식에서 영원히 지워졌다고 여긴 기억이란 바로 화재사건

---

33) 프로이트, 윤희기 역, 「슬픔과 우울증」, 윤희기·박찬부 역, 『프로이트전집』11, 244-247면.
34) 이창래, 앞의 책, 155-156면.

으로 실비를 죽게 만들었다는 것이다. 화장실의 악취는 한국전쟁의 전
사자 처리부대에서 부패한 시체를 처리할 때 맡았던 악취를 떠올리게
했고, 연이어 화재사건으로 죽은 실비에 대한 기억을 불러일으켰다.

 '프루스트 현상'[35]이라는 말이 있다. 이 말은 과거에 맡았던 특정한
냄새를 통해 과거를 기억해내는 현상을 뜻한다. 이처럼 특정한 냄새
는 시각이나 청각 등의 다른 감각보다 더 빠르고 확실하게 과거의 기
억을 환기한다. 냄새는 의식적인 사고 과정을 거치지 않기 때문에 다
른 감각으로는 불가능한 경험을 경험하게 만든다. 즉 악취의 후각적
자극은 헥터의 무의식에 깊이 억압되어 있던 실비에 대한 기억을 순
식간에 환기시켰던 것이다.

 크리스탈(H. Krystal)에 의하면 외상을 안고 있는 전쟁 생존자들은
인간 세상에 대한 기본적인 신뢰감과 믿음 그리고 희망을 상실한 상
태에 놓여 있으며, 이들의 정신세계는 자신과 다른 인간(세계)을 연결
하는 관계성을 잃어버린 절망에 빠져 있다.[36] 준, 실비, 헥터가 보여준
행동양태는 그야말로 인간에 대한 기본적인 신뢰와 믿음, 그리고 희
망을 상실한, 즉 세계와의 관계성을 상실한 절망적 정신상태를 보여
주었다고 할 것이다.

 '새 희망고아원'은 세 사람 모두에게 새로운 희망을 꿈꾸게 한 장소
였다. 하지만 그곳은 준에게는 입양의 희망이 좌절된 장소이자 실비
의 죽음으로 인해 또 다른 트라우마를 안겨준 장소로, 헥터에게는 실

---

35) 이 말은 프랑스의 작가 마르셀 프루스트가 쓴『잃어버린 시간을 찾아서』에서 주인
    공 마르셀이 홍차에 적신 마들렌 과자의 냄새를 맡고 어린 시절에 대한 기억을 회
    상한 데서 비롯되었다.
36) 황헌영,「전쟁 관련 외상 후 스트레스 장애(PTSD)와 정신분석」,『한국기독교신학
    논총』26, 한국기독교학회, 2002, 391면에서 재인용.

비를 구하지 못한 데 대한 죄책감으로 평생을 무기력하게 살아가게 만든 결정적 트라우마를 불러일으킨 장소가 되고 말았다. 그리고 실비에게는 트라우마의 덫에서 빠져나오지 못한 채 자살이나 마찬가지의 죽음을 맞은 장소가 되고 말았다.

3) 치유의 장소 '솔페리노교회'

위암 말기의 시한부 판정을 받은 준이 주변을 모두 정리하고 헥터를 찾아내 함께 이탈리아로 가게 된 표면적인 이유는 8년 전 고등학교를 졸업하고 집을 떠난 아들 니콜라스를 찾기 위해서이다. 그녀는 아들 니콜라스[37]와 생부인 헥터를 이어주기 위해서 건강하지 못한 시한부 몸을 이끌고 마치 성지 순례에 오른 순례자처럼 이탈리아로 향한다. 그녀가 아들의 행방을 수소문해 달라고 의뢰한 조사관에 의하면 이탈리아는 아들이 있을 것으로 예상되는 장소이다. 그리고 아들은 8년 전 집을 떠나면서 런던을 거쳐 유럽여행을 한 후 이탈리아에 머물 것이라고 했다. 아들의 이탈리아 행은 아버지의 존재에 대해서 묻는 질문에 이탈리아 북부 만토바에서 잠시 살았다는 즉흥적 대답을 그녀가 했기 때문이다. 하지만 정말 그것은 즉흥적인 대답이었을까?

이탈리아 만토바는 실비가 그녀에게 주었던 책 『솔페리노의 기억 (Un Souvenir de Solferino)』과 관련된 장소, 즉 그 책의 배경이 된 솔

---

37) 화재사고로 실비가 죽은 후 헥터는 준을 미국으로 데려가기 위한 방편으로 그녀와 법적인 결혼을 하여 미국으로 나오고, 헤어지기 전날 우발적인 성관계로 헥터도 모르는 상태에서 니콜라스가 태어나게 되었다. 전쟁고아인 준의 사생아로 태어난 니콜라스는 도벽증을 보이는가 하면 한곳에 안주하지 못하고 떠돌다 죽었다는 점에서 전쟁의 간접적인 피해자이다.

페리노전투가 일어났던 곳이다. 그곳은 준이나 헥터가 경험했던 한
국전쟁과 마찬가지로 참혹한 전쟁이 일어났던 장소이다. 준의 마지막
여정이 이탈리아 만토바의 솔페리노로 설정된 것은 '새 희망고아원'
에서 만났던 실비와 관계가 있다. 즉 솔페리노는 실비에 관한 기억을
소환하기 위한 장소이다. 그곳은 실비가 이탈리아에 있을 때에 부모
님과 함께 실제로 가보았던 곳으로서 그녀는 그곳에서 솔페리노전투
가 얼마나 잔혹한 전쟁이었는지를 여관주인의 말과 솔페리노교회와
전쟁박물관 등을 통해 확인한 바 있다.

앙리 뒤낭이 쓴『솔페리노의 기억』은[38] 원래 실비의 책으로서 준이
실비로부터 훔쳤다가 돌려주었지만 미국으로 돌아가기 직전 실비가
그녀에게 선물했던 책이다. 자신이 입양되지 않는다는 사실을 알고
절망한 준은 자신의 모든 소지품들과 함께 책을 난로에 집어넣었다가
손에 엄청난 화상을 입으면서 다시 꺼냈는데, 이 책을 아들이 여행을
떠나면서 가져갔다. 그리고 이 책을 이미 죽은 아들 니콜라스를 사칭
한 닉 크럼프에게서 헥터가 강제로 받아냈다. 즉『솔페리노의 기억』은
실비 → 준 → 니콜라스 → 닉 크럼프 → 헥터와 준에게로 귀환한 것이
다.

이 책을 헥터는 '새 희망고아원'에서 실비로부터 빌려 읽었는데, 자
그마치 30만 명이 동원된 솔페리노전투의 참혹상은 그 자신이 한국전

---

38) 이 책은 '적십자 운동의 아버지'로 불리는 앙리 뒤낭이 쓴 저서이다. 1859년 6월
그는 사업 협의차 이탈리아 북부에서 전쟁 중인 나폴레옹 3세를 만나러 갔던 길에
북이탈리아의 통일을 위해 프랑스군과 오스트리아군이 치른 솔페리노전투의 비
참한 광경을 목격하게 된다. 이 전투에서 뒤낭은 국적에 관계없는 구호활동을 전
개했다. 그리고 그때 경험한 전쟁의 참혹함이『솔페리노의 기억』(1862)에 생생히
기록되어 있다.

쟁을 치르면서 목격한 장면들과 조금도 다르지 않았다. 책에 묘사된 섬뜩하고 비참한 상황은 그에게 가슴이 서늘해지면서 폐가 오그라들고 숨이 가빠지는 신체적 고통을 주었으며, 정신적으로는 자신의 존재 자체를 완전히 망각하게 만드는, 즉 완전히 이 세상에서 사라진 존재라는 느낌을 불러일으켰다. 그리고 그것은 아이러니하게도 그에게 심적인 위안을 주었다. 이때 헥터가 느낀 심적 위안은 바로 라캉이 말한 고통스러운 쾌락인 주이상스(jouissance)[39]와 유사한 감정이라고 할 수 있을 것이다.

그가 전쟁을 치르면서 직접 목격한 장면과 조금도 다르지 않아 글을 읽고 있자니 무척이나 고통스러웠다. 가슴이 서늘해지면서 폐가 오그라드는 것 같더니 숨이 가빠왔다. 그런 느낌이 사라지자 곧이어 온몸이 마비되는 것처럼 느껴졌다. 아무런 고통도 느낄 수 없는 시간, 그것은 반성이나 판단을 하기 위한 시간이 아니라 자신의 존재 자체를 완전히 잊어버린 시간이었다. 그 시간 속에서 그는 자기가 이미 죽어버렸거나 애당초 이 땅에 존재조차 하지 않았다는 느낌을 받았다. 그는 자신이 어느 누구에게도 영향을 미칠 수 없는 존재, 한순간 이 세상에서 완전히 사라진 존재라고 느꼈다. 그것은 그에게 심적 위안을 주었다.(중략) 더군다나 그런 섬뜩하고 무서운 내용이 담긴 책을 관심을 가지고 읽는 그녀를 헥터로서의 이해할 수가 없었다. 그는 그 책에 나온 비참한 상황이 그녀의 개인적인 시련과 관련이 있는 것은 아닌지 궁금해지지 않을 수 없었다.[40]

---

39) 딜런 에반스, 김종주 외 역, 『라깡 정신분석 사전』, 인간사랑, 1998, 430-433면.
40) 이창래, 앞의 책, 199-200면.

  그때 헥터는 실비의 몸에 난 마약 자국을 보고 그녀의 고통에 대해 궁금증을 가졌지만 정작 그녀가 어떤 시련을 겪었는지를 알지 못했기에 섬뜩하고 무서운 내용의 그 책을 관심 있게 읽는 그녀를 향해 "사모님이 군인이 되어 전쟁터에 나가 직접 싸워 보셨더라면 지금쯤 참상을 잊으려고 발버둥을 치고 있을 겁니다."라고 비난할 수 있었던 것이다.

  준 역시 고아원에서 실비가 소유한 이 책을 처음 읽게 되었으며, 실비에게 자주 책을 읽어달라고 졸랐다. 책에 그려진 전쟁의 참혹상은 마약처럼 그들에게 "고통과 환희를 안겨주었고 두 사람이 서로에게 더욱 매달리도록 만들었다." 즉 전쟁으로 인한 공통의 외상을 지닌 준과 실비는 책을 함께 읽으며 고통과 환희를 느꼈으며, 상호의존의 관계를 깊게 형성하여 갔다. 그들은 솔페리노전투라는 비극이 불러일으킨 공포에 공감하고 감정이입을 하며 궁극적으로는 카타르시스를 열망하였기에 그 책을 자주 읽었던 것이다. 그때 그들이 느낀 '고통과 환희'도 헥터의 경험과 마찬가지로 라캉이 말한 주이상스, 즉 고통스런 쾌락이라 할 수 있다. 또한 아리스토텔레스가 비극은 연민과 공포를 일으키는 사건에 의해 감정의 카타르시스를 낳는다고[41] 했듯이 실비와 준, 그리고 헥터는 연민과 공포를 불러일으킨 사건인 전쟁(비극)을 책을 통해 재경험하며 카타르시스, 즉 치유를 얻고자 했다.

  그리고 실비와 준 두 사람의 상호의존은 공통의 외상을 지닌 자들만이 가질 수 있는 동병상련의 연대감으로부터 가능했다. "실비와 그

---

41) 아리스토텔레스, 손명현 역, 「시학」, 『니코마스 윤리학/정치학/시학』, 동서문화사, 2007, 553면.

녀의 인간적 유대는 단순히 어머니와 딸의 관계가 아니라 전쟁의 재앙 때문에 외톨이가 될 수밖에 없었던 두 동료의 관계였"다.[42] 실비는 준과 자신을 동일시했고, 준에게 실비는 대체된 어머니였다. 준은 실비를 동성애의 감정을 갖고 독점하고자 했으며, 헥터와 실비와의 관계를 질투했다. 화재사고는 입양이 취소된 데 대한 절망감뿐만 아니라 실비와 헥터의 관계에 대한 준의 질투심이 복합적으로 작용하여 일어났던 것이다.

그러나 실비를 죽게 만든 화재사고는 준에게 또 하나의 외상 경험이었으며, 그녀의 기억의 깊은 심연에는 실비의 죽음에 대한 죄책감이 억압되어 있었다. 따라서 이를 치유하기 위해서는 실비와 관련된 과거 사건에 대해 완전한 서사적 기억으로 복원하는 과정이 필요하다. 그리고 그 기억에 대한 성찰을 통해서 자기개념의 변화가 일어나야 한다. 따라서 솔페리노교회까지 가는 길은 실비에 대한 기억을 소환하기 위한 여로이다. 이제껏 준의 무의식이 억압해온 트라우마를 직면하고 그곳에서 평안한 영면에 들기 위해서 반드시 필요한 과정이다. 이 여정에 헥터가 동반하게 된 것은 그가 니콜라스의 생부이기[43] 때문이지만 '새 희망고아원'에서 만난 실비에 대한 기억을 공유하고 있기 때문이다. 다시 말해 둘은 실비를 죽게 만든 화재사고와 깊이 연관되어 있으며, 실비에 대한 사랑과 추억, 그리고 그들만이 살아남은 데 대한 죄책감을 공유한 사이이다. 그리고 그 이전에 둘은 전쟁으로

---

42) 이창래, 앞의 책, 457면.
43) 헥터는 화재로 불길에 갇힌 준과 민을 구하려던 실비 부부가 불길에 갇혀 사망하게 되자 절망에 빠져 불길 속에 주저앉는다. 그를 엄청난 힘으로 불길 밖으로 데리고 나온 것은 준이었다.

인한 PTSD에 시달리며 살아온 공통점이 있다.

솔페리노까지의 여정에서 헥터는 실비와의 관계를 다시 떠올려 봄으로써 자신이 무엇을 오해했는지를 깨닫는다. 이때 헥터의 기억하기는 단순한 기억의 복원이 아니라 기억에 대한 재해석이며, 기억에 대한 자기개념의 변화를 보여주는 것이다.

> 그때 헥터는 그녀의 성적인 열정을 자신을 향한 깊은 사랑으로 오해하고 자기가 드디어 승리를 거두었다고 확신했다. 그때 헥터는 너무 어리고 무지해서 그녀가 연기를 하거나 속임수를 쓰는 것이 아니라 자신의 순수하고 맹렬한 욕구에 그녀가 몸을 내맡기고 있으며 자신의 주체할 수 없는 욕망에 그녀가 굴복하고 있다고 오해했다. 그리고 자기만큼이나 그녀도 그런 욕망에 몸부림치고 있다고 생각했다.[44]

'새 희망고아원'에서 실비도 헥터와 마찬가지로 끔찍한 전쟁으로 인한 PTSD에서 헤어 나오지 못하고 있었다. 즉 과거의 외상에 고착된 채 행복한 부부생활도 누리지 못하고 내면의 고통과 혼란, 그리고 무력감에 사로잡혀 있었던 것이다. 실비가 보여준 일중독, 성적 일탈, 마약중독은 PTSD 환자들에게서 나타나는 전형적인 증상들이다. 특히 실비는 "성인이 되어 결혼했어도 성적 수치심과 혐오증, 상징적 재현 체계의 정상성으로부터의 일탈과 퇴행으로부터 빚어진 온갖 부정적 감정들로 인해 '정상적인' 결혼생활을 하지 못"하고[45] 심신의 파국상태에 놓여있었다. 그녀가 무분별하게 헥터와 성적 일탈에 빠져 들었

---

44) 이창래, 앞의 책, 640면.
45) 박찬부, 앞의 책, 265면.

던 것은 만주에서의 트라우마로부터 벗어나기 위한 몸부림이었던 것이다.

그런데 그때 실비의 성적 일탈을 헥터는 그에 대한 성적인 욕망 또는 사랑으로 오해했었다는 것을 비로소 깨닫게 된다. 그는 준의 정신 착란을 가장한 고백을 통해서 화재사고의 진실을 비로소 완전하게 인지한다. "그녀가 끔찍한 화재를 불러일으킨 장본인이었다. 하지만 그것은 그녀 혼자만의 잘못이 아니었다. 그도 저속하고 맹목적인 탐욕이라는 나름의 방식으로 불을 지핀 것과 다름없었다. 그동안 그는 불길을 피해 밖으로 빠져나오지 말았어야 할 사람은 자신이라고 항상 믿어왔"[46]으며, 실비를 구하지 못한 죄책감에 평생을 시달려 왔던 것이다. 그러나 화재를 일으킨 장본인이 준이었다는 사실을 알게 되었지만 실비의 트라우마를 제대로 이해하지 못한 채 그녀를 성적 욕망의 대상으로 소유하려고 한 그의 '저속하고 맹목적인 탐욕'이 준으로 하여금 화재를 불러일으키게 했음을 뒤늦게 깨닫게 된 것이다.

헥터는 준에게 만약 그가 아팠다면 대신 그녀가 자신을 보살펴주었을지 질문한다.

"만약 몸이 아픈 사람이 당신이 아니라 나라면, 당신이 나를 보살펴 주었을지 궁금하군"
준은 조금도 흔들리지 않는 눈빛으로 그를 바라보았다.
"그러지는 못 했을 거예요. 지금껏 난 어느 누구를 제대로 돌봐 준 적이 없으니까."[47]

---

46) 이창래, 앞의 책, 638-639면.
47) 이창래, 위의 책, 653면.

지금껏 어느 누구도 제대로 돌봐 준 적이 없다는 준의 대답은 죽어 가는 남동생을 남겨둔 채 열차에 올라탄 것으로부터, 아들 니콜라스가 자라는 동안 도벽의 나쁜 습관에 빠져 있다는 것을 알고서도 그것을 방치해버린 것, 영국의 병원에서 아들이 부상당했다는 전화를 받고서도 그런 사람 알지 못한다며 매정하게 전화를 끊어버림으로써 결과적으로 아들을 죽게 만든 것, 그리고 대체된 어머니인 실비를 화재 사고로 죽게 만든 것 등 가장 가까운 가족에 대해서조차 결정적 순간에 외면해버리고, 오직 자신의 집요한 생존본능에 따라 앞만 보고 질주해온 인생에 대한 처절한 반성이다. 그녀는 솔페리노에 이르러서야 비로소 목숨을 부지하고 허기만을 달래며 간신히 살아온 날들이 과연 무슨 의미가 있었던가를 자문한다. 즉 자신의 마음을 성찰하는 기회를 갖게 된다. 그 결과 그녀의 일생은 여전히 피난길에 나선 것처럼 그 무엇으로도 채워지지 않은 정신적 허기에 시달려 왔으며, 그것은 심각한 내적 고통을 수반하는 추악한 생존본능이었음을 비로소 깨닫게 된다. 그녀는 억압된 과거에 대한 기억의 회복을 통해서 자기 자신에 대한 재해석을 시도하고, 자기개념의 변화를 불러일으켰지만 그것은 죽음 직전의 너무 늦은 시점에 이루어진 깨달음이었다.

그날 밤 이후로 그녀는 다음 기차를 기다리거나, 차라리 걷거나, 아니면 동생들을 데리고 한길에서 멀리 떨어진 곳으로 가서 양식도 없이 버티다가 동생들과 함께 죽어버렸더라면 오히려 낫지 않았을까 하는 생각을 종종 했다. 만약 그랬더라면 동생들도 사고를 당하지 않았을 것이고 자기도 고아원에 들어오지 않았을 것이다. 그녀는 목숨을 부지해온 날들이 과연 무슨 의미가 있나 싶었다. 그동안 허기만 달래며 간

신히 살아오지 않았는가? 어쩌면 자신은 아직도 피난길에 나서고 있는
지도 몰랐다. 이제 그녀가 느끼는 새로운 허기는 완전히 다른 모습이었
다. 그것은 더욱 심각한 고통을 수반하는 보기 흉한 자신의 마음이었
다.[48]

프로이트는 『쾌락원칙을 넘어서』에서 자기보존적 본능과 성적 본
능을 합한 삶의 본능을 에로스(eros)라고 했고, 공격적인 본능들로 구
성되는 죽음본능을 타나토스(thanatos)라고 본능을 이원화했다.[49] 삶
의 본능은 생명을 유지 발전시키고, 자신과 타인을 사랑하며, 한 종족
의 번창을 가져오게 한다. 죽음본능은 파괴의 본능이라고도 부르는데,
이것은 생물체가 무생물로 환원하려는 본능이다. 그런데 준의 생존본
능은 생명을 유지 발전시키고 자신과 타인을 사랑하며 한 종족의 번
창을 가져오게 한 것이 아니라 혈육의 죽음을 담보로 하였을 뿐만 아
니라 자신을 파괴하고 처벌하는 죽음본능이었음을 뒤늦게 각성하게
된 것이다.

준은 헥터의 도움을 받으며 솔페리노전투의 수많은 희생자들의 유
골이 안치된 '솔페리노교회'에 들어선다. 그것은 그들의 트라우마의
원인이 되었던 참혹한 전쟁 현장으로의 고통스런 귀환이다. 마치 연
어가 자신의 출생지로 돌아가 최후를 맞듯이 폭력적이고 고통스러웠
던 전쟁의 상징적 장소로 귀환하여 그동안의 망각에 반항하고 저항하
려는 것이다. 다시 떠올리는 일이 너무 고통스러워 억압해온 고통스
런 과거와 직면하여 망각된 기억을 복원하고 외상의 고통으로부터 벗

---

48) 이창래, 위의 책, 614면.
49) 프로이트, 박찬부 역, 「쾌락원칙을 넘어서」, 앞의 책, 304-343면.

어나기 위해 솔페리노교회를 찾은 것이다. 준과 헥터의 솔페리노로의
여행은 그들의 고통스러운 과거의 기억을 떠올리고 짜 맞추어 완전한
서사적 기억으로 복원함으로써 치유에 이르게 하기 위한 무의식적 동
기를 지니고 있었다.

준은 그동안의 삶에서 죄책감을 불러일으키는 고통스런 기억을 무
의식적으로 망각하며 살아왔다. 하지만 그것은 완전히 망각된 것이
아니라 무의식의 깊은 곳에 억압되어 끊임없이 스트레스를 일으켜왔
다는 것을 47세의 젊은 나이에 위암 말기 판정을 받게 된 데서 확인
하지 않을 수 없다. 공격적으로 앞만 보고 달려온 준의 외면적 인생은
'사랑하는 대상의 상실에 대한 슬픔을 극복한 듯이 보였지만 그것은
고통의 원인이 되었던 대상에서 완전히 해방된 것이 아니었다. 자아
가 극복하고 쟁취했다고 여기는 것이 자아에 은폐되어 있을 뿐'[50]이었
던 것이다.

솔페리노교회는 솔페리노전투를 기념하고 기억하기 위한 공식적인
메모리얼 공간은 아니다. 그곳은 솔페리노전투 중에 죽어 아무렇게나
파묻혔던 시체의 유골들을 수습하여 안치한 종교적 장소로서 전쟁으
로 인한 상처의 치유와 화해의 기능을 담당하고 있다. 그곳은 솔페리
노전투의 기억을 고스란히 간직하고 있는 역사적 장소이자 아직 살아
있지만 곧 죽어갈 또 다른 전쟁 희생자인 준과 헥터가 전쟁으로부터
받은 외상을 치유받고 영원한 휴식을 취할 장소인 것이다.

"언덕 위의 하얀색 교회는 북극성처럼 찬란하게 빛났다"라고 묘사
된 솔페리노교회 앞에 세워진 호텔에서 준은 이미 죽음의 그림자가

---

50) 프로이트, 윤희기 역, 「슬픔과 우울증」, 앞의 책, 259-260면.

드리워진 몸에 뜨거운 물을 받아 목욕을 하고 삼베로 된 하얀색의 옷으로 갈아입는다. 부어오른 그녀의 발에 신발 대신 헥터는 자신의 커다란 양말을 신겨 그녀를 안고 마침내 교회에 들어선다. 이때 욕조의 물에 몸을 씻는 행위로부터 수의를 연상시키는 삼베로 만든 하얀 옷과 염을 할 때 신기는 버선의 대용품인 커다란 양말은 그녀가 죽음의 마지막 의식을 치르고 있다는 것에 대한 은유이다.

이제 그들은 교회에 진열된 유골들처럼 전쟁의 참혹함을 끝내고 평화롭고 아름다운 존재로 영면을 취할 순간에 이른다. 마침내 평생을 지배해온 PTSD를 치유받고 평화를 얻을 순간을 맞이한 것이다. 그런데 두 사람의 치유는 살아생전에는 불가능하고, 죽음을 통해서만 가능한 치유이다. 헥터는 준이 자신을 직접 화장해달라는 부탁에 자신의 몸도 같이 화장하여 둘이 함께 저 세상으로 갈 수 있을 것이라 생각한다. 솔페리노교회는 준과 헥터 두 사람 모두의 치유의 공간, 영원한 안식의 공간이다. 이와 같은 서사적 결말은 모든 생명체의 목적은 죽음이고, 무기체로부터 나온 모든 유기체는 본능적으로 그 이전의 무생물 혹은 정지상태를 지향하는 죽음본능에 지배되어 있다고 한 프로이트의 말을 확인시켜준다고 하지 않을 수 없다.

이 작품에서 준이 맹렬한 생존본능으로 죄책감을 억압하고 은폐하며 살아왔다면, 헥터는 끊임없이 죄책감으로부터 도피하는 삶을 살아왔다 할 수 있다. 준은 세상에 대해서 강렬한 생존본능(에로스)으로 공격적인 삶을 살아왔으며, 외면적으로 그녀의 삶은 성공한 것처럼 보인다. 반면 헥터는 아버지를 죽게 만들었다는 죄책감으로부터 도피하기 위해 한국전쟁에 참전했으며, 소년병의 자살을 목격한 후 전쟁현장으로부터 도피했고, 실비를 죽게 만들었다는 죄책감으로부터 도피하기 위해서 자살을 도모했는가 하면 자학적으로 인생을 살아왔다. 즉 죽음본능(타나토스)을 자아 내부로 향하게 만든 마조히즘 형태의 삶을 살아왔다.

이 점에서 준과 헥터는 PTSD를 겪는 데 있어서도 서로 다른 양상을 보여주었다고 할 수 있다. 준은 헥터가 '아는 한 가장 강한 여자'로서 광기 어린 생존본능에 따라 치열한 삶(성공적 생존자)을 공격적으로 살아왔다면, 헥터는 우울증에 사로잡혀 자학적이고 도피적 삶(도피적 항복자)을 살아왔다고 할 수 있다. 하지만 성공적 생존자든 도피적 항복자든 둘은 동전의 양면처럼 다르지만 결국 같다. 즉 맹렬한 생존본능으로 살아온 준의 경우나, 자학적인 죽음본능에 따라 도피적으로 살아온 헥터의 경우나 모두 전쟁으로 인한 PTSD를 심각하게 겪어온 것이다.

이 작품의 원 제목 'The Surrendered'의 뜻은 '항복자'이다. 그들은 전쟁으로부터 살아남은 생존자들이지만 결과적으로는 비인간적인 전쟁의 폭력에 항복한 자들이다. 그들의 고통에 대한 치유와 해방은 죽음을 통해서만 가능하다는 것은 달리 말한다면 폭력적인 전쟁의 외상은 결코 살아서는 치유되거나 해방될 수 없다는 뜻이기도 하다. 작가는 폭력적인 전쟁으로 인해 야기된 외상의 치명적 성격을 죽음을 통한 치유라는 결말에서 다시 한 번 강조했다고 할 수 있다. 실비의 죽음에 대해서도 마찬가지의 해석이 가능할 것이다.

4. 결론

이 글은 프로이트의 이론에 기대어 이창래의『생존자』에 재현된 전쟁으로 인한 'PTSD'의 원인과 증상, 그리고 치유 문제를 장소와 관련하여 해석하였다.

'PTSD'는 심각한 외상을 보거나 직접 겪은 후에 나타나는 불안장애의 일종이다. 한국전쟁의 고아로 살아남은 준(June), 한국전쟁의 참전병사 헥터(Hector), 그리고 전쟁고아를 돌보는 '새 희망고아원'의 실비(Sylvie) 세 인물은 모두 전쟁으로 인해 끔찍한 외상적 사건을 경험한 후 혼자 살아남은 데 대한 죄책감으로 심각한 PTSD에 시달린다.

피난길에 보호해줄 가족을 모두 잃은 11살의 준은 죽어가는 동생을 남겨두고 오직 살아남기 위해 달리는 기차에 필사적으로 올라탔지만 홀로 살아남은 데 대한 죄책감은 평생 그녀를 짓눌러 왔다. 작가는 제1장의 발단과 제19장의 결말을 바로 이 원초적 외상장면으로 설정함으로써 평생을 관통하는 그녀의 고통을 상징적으로 나타내고 있다.

『생존자』는 퍼즐 맞추기처럼 조각난 기억들을 플래시백을 통해 조금씩 드러내다가 결말에 와서야 비로소 완전한 서사적 기억으로 통합하는 구조를 갖고 있다. 이러한 서사구조는 전혀 준비되지 않았으며, 완전한 재현, 통합, 소화과정을 거치지 못한 채 경험된 외상적 사건이 인물들에게 평생토록 PTSD를 일으켜 왔다는 사실을 말해준다. 외상의 치유는 파편화된 기억들이 완전한 서사적 기억으로 복원될 때에 가능해지지만 진정한 치유는 사실의 기억만으로는 부족하다. 즉 기억에 대한 재해석과 그 사실을 구성하는 구성개념, 즉 주체의 자기개념이 변화되어야 한다.

헥터는 알코올 중독의 아버지를 방치해 운하에 빠져 죽게 만들었다
는 죄책감으로부터 도피하기 위해 자학적으로 한국전쟁에 참전했다.
그는 어린 소년군이 그의 수류탄을 강탈하여 자살하는 참혹한 장면에
충격을 받는데, 휴전 후 '새 희망고아원'의 관리인이 되어 실비를 만나
게 된다.

'새 희망고아원'의 실비에게도 결코 지울 수 없는 전쟁으로 인한 트
라우마가 있다. 만주사변 직후 일본군에 의해 선교사인 부모가 잔혹
하게 살해당하는 현장을 지켜보아야 했던 실비는 그때 받은 끔찍한
트라우마로 인해 선교사 태너와 결혼을 하고서도 정상을 찾지 못한
채 일중독, 헥터와의 비정상적 섹스 탐닉, 그리고 마약 중독에 빠져든
다. 하지만 고아원의 화재사건으로 실비는 사망하고, 이것은 준과 헥
터에게 또 하나의 트라우마를 안겨준다.

『생존자』에서 '전쟁터', '새 희망고아원', '솔페리노교회'라는 세 개
의 장소는 작품 해석의 핵심적 관건이다. 첫째, 한국전쟁이 발발한 '전
쟁터' 한국과 만주사변 직후의 만주는 외상적 사건을 경험하는 장소
이다. 둘째, '새 희망고아원'은 외상을 경험한 인물들이 새로운 희망을
찾고자 몸부림치는 장소지만 결국 이곳은 또 다른 외상적 사건을 경
험하는 장소가 되고 만다. 그리고 마지막 이탈리아의 '솔페리노교회'
는 준과 헥터의 PTSD의 치유에 있어 매우 중요한 장소로 의미화된다.

준과 헥터는 솔페리노라는 폭력적이고 고통스러운 전쟁의 상징적
장소로 귀환하여 전쟁으로 인한 외상을 치유받고 영원한 안식을 취하
고자 한다. 즉 솔페리노교회는 솔페리노전투에서 희생된 자들의 유골
이 안치된 장소로서 곧 죽어갈 한국전쟁의 희생자인 준과 헥터가 전
쟁으로 인한 외상을 치유받고 영면을 취할 장소이기도 하다.

『생존자』에서 '준'이 광기어린 생존본능에 따라 치열한 삶(성공적 생존자)을 살아왔다면, '헥터'는 죽음본능에 사로잡혀 무기력하고 도피적인 삶(도피적 항복자)을 살아왔다고 할 수 있다. 하지만 이 둘은 동전의 양면처럼 다르지만 결국 같다. 즉 맹렬한 생존본능으로 살아온 준의 경우나, 자학적이고 도피적인 죽음본능으로 살아온 헥터의 경우나 모두 전쟁으로 인한 PTSD를 심각하게 겪어온 것이다.

이 작품의 영어 제목 'The Surrendered'의 뜻은 '항복자'이다. 작중 인물들은 전쟁으로부터 살아남은 생존자들이지만 결과적으로는 비인간적인 전쟁의 폭력에 항복한 자들이다. 그들의 치유가 죽음을 통한 영면을 통해서만 가능하다는 것은 달리 말한다면 폭력적인 전쟁의 외상은 결국 살아생전에는 치유될 수 없다는 뜻이기도 하다. 실비의 죽음에 대해서도 마찬가지의 해석이 가능할 것이다. 작가는 전쟁으로 인해 야기된 외상의 치명적 성격을 죽음을 통한 치유에서 다시 한 번 강조했다고 할 수 있다.

프로이트가 말한 죽음본능에 따르면 유기체들의 본래의 성격은 자기를 보존하는 것에 있는 것이 아니라 다만 '그 자신의 방식대로만 죽기를 바라는' 것이라고 할 수 있다. 역사 속에서 끊임없이 전쟁을 반복하고 있는 인간은 살아있는 유기체를 무기체로 만드는 죽음본능을 충실히 지향하는 아이러니한 존재인 것인가?

(『한국문학이론과 비평』62, 한국문학이론과비평학회, 2014)

참/고/문/헌

〈문학의 치유적 기능에 대한 고찰〉

1. 단행본

- 구인환 · 구창환, 『문학개론』, 삼영사, 2002.
- 김성곤, 『사유의 열쇠』, 산처럼, 2006.
- 변학수, 『문학치료』(2판), 학지사, 2009.
- 송명희, 『현대소설의 이론과 분석』, 푸른사상, 2006.
- 유종호, 『문학이란 무엇인가』, 민음사, 1991.
- 정운채, 『문학치료의 이론적 기초』, 문학과 치료, 2007.
- 아리스토텔레스, 손명현 역, 『니코마스 윤리학/정치학/시학』, 동서문화사, 2007.
- 아리스토텔레스, 유원기 역, 『영혼에 대하여』, 궁리, 2001.
- 알베레스, 이진구 · 박이문 역, 『20세기 문학의 결산』, 신양사, 1960.
- 플라톤, 이병길 역, 『국가론』, 박영사, 2007.

2. 논문

- 권혁성, 「아리스토텔레스와 레씽에서의 카타르시스」, 『미학』 59, 한국미학회, 2009, 51-98면.
- 김동우, 「시적 카타르시스의 이중적 개념과 문학치료」, 『문학치료연구』 21, 한국문학치료학회, 2011, 65-91면.
- 김석수, 「심리치료와 철학상담의 발전적 관계에 대한 모색」, 『사

회와 철학』17, 사회와 철학연구회, 2009, 65-96면.

- 김용수, 「플라톤과 아리스토텔레스의 논쟁을 중심으로 살펴본 연극 이론의 양면성」, 『한국연극학』 17, 한국연극학회, 2001, 57-96면.

- 김은애, 「아리스토텔레스의 『시학』에 나타난 '카타르시스' 이해」, 『인문학연구』 32, 한양대학교 수행인문학연구소, 2002, 141-170면.

- 김은애, 「레싱의 아리스토텔레스 수용」, 『독일문학』79, 한국독어 독문학회, 2001, 5-26면.

- 김효, 「아리스토텔레스의 카타르시스」, 『연극교육연구』 18, 한국 연극교육학회, 2011, 69-118면.

- 범효춘, 「'작품서사' 개념의 분화, 확대와 오용 양상」, 『문학치료 연구』 13, 한국문학치료학회, 2009, 83-107면.

- 변상영, 「미적경험으로서의 라사-아리스토텔레스의 카타르시 스와 비교를 중심으로」, 『동서철학연구』 24, 동서철학회, 2002, 257-282면.

- 서정혁, 「플라톤의 '예술가 추방론'에 대한 헤겔의 해석」, 『헤겔연 구』 28, 한국헤겔학회, 2010, 207-230면.

- 엄찬호, 「인문학의 치유적 의미에 대하여」, 『인문과학연구』25, 강 원대학교 인문과학연구소, 2010, 421-441면.

- 이국환, 「소설의 치유 기능과 카타르시스」, 『석당논총』 50, 동아 대학교 석당학술원, 2011, 497-536면.

- 정운채, 「서사의 힘과 문학치료방법론의 밑그림」, 『고전문학과 교육』 8, 한국고전문학교육학회, 2004.8, 159-176면.

    _____, 「질투에 대한 영화창작치료의 실제」, 『고전문학과 교육』 13, 한국고전문학교육학회, 2007, 233-257면.

• 최명규, 「문학의 기능과 효용성에 관한 역사적 고찰」, 『인문과학 연구』1, 국제대학 인문과학연구소, 1982, 103-119면.
• 황필호, 「플라톤은 왜 시인을 추방했는가: '국가론'을 중심으로」, 『교육철학』12-1, 한국교육철학학회, 1994, 277-291면.

〈마음을 치유하는 시 쓰기〉

1. 단행본

• 송명희, 『문학을 읽는 몇 가지 코드』, 한국문화사, 2017.
• 김정규, 『게슈탈트 심리치료』, 학지사, 2012.
• 변학수, 『통합문학치료』, 학지사, 2006.
• 루츠 폰 베르너·바바라 슐테-슈타이니케, 김동희 역, 『교양인이 되기 위한 즐거운 글쓰기』, 들녘, 2011.

2. 논문

• 배선윤·박찬부, 「은유치료-문학치료에 대한 은유적 접근」, 『대한문학치료연구』2-1, 대한문학치료학회, 2011.
• 이민용, 「인문치료의 관점에서 본 은유의 치유적 기능과 활용」, 『카프카연구』23, 한국카프카학회, 2010.
• 이봉희, 「문학치료에서 활용되는 글쓰기의 치유적 힘에 대한 고찰과 문학치료사례」, 『교양교육연구』8-1, 한국교양교육학회, 2014.

〈상처 치유에 이르는 길〉

1. 기초자료
• 신경숙 외, 『2001년도 이상문학상 수상작품집-신경숙 부석사』,
  문학사상사, 2001.

2. 단행본
• 김정규, 『게슈탈트 심리치료』, 학지사, 2012.
• 변학수, 『문학치료』, 학지사, 2007.
• 송명희, 『현대소설의 이론과 분석』, 푸른사상.
• 양재한 외, 『독서치료와 어린이 글쓰기 지도』, 태일사, 2003.
• 이부영, 『분석심리학』, 일조각, 1978.
• 전광식, 『고향』, 문학과지성사, 1999.
• 최병두, 『근대적 공간의 한계』, 삼인, 2002.
• 가스통 바슐라르, 곽광수 역, 『공간의 시학』, 민음사, 1990.
• 에드워드 렐프, 김덕현 외 역, 『장소와 장소상실』, 논형, 2005.
• 이-푸 투안, 구동희 · 심승희 역, 『공간과 장소』, 대윤, 1999.
  _____, 이옥진 역, 『토포필리아』, 에코리브로, 2011.
• 프로이트, 윤희기 역, 『무의식에 관하여 · 프로이드 전집 13』, 열
  린책들, 1997.

3. 논문
• 곽문숙, 「신경숙 소설에 나타난 관심의 미학 연구」, 한남대학교
  석사논문, 2004, 28-39면.

- 김동식, 「글쓰기 · 목소리 · 여백(餘白) : 신경숙의 『바이올렛』」, 『문학과 사회』56(2001년 겨울호), 문학과지성사, 2001, 178-188면.
- 김미영, 「신경숙 단편소설에 나타난 생태적 사유와 글쓰기」, 『한국문예비평연구』36, 한국현대문예비평학회, 2011, 311-344면.
- 김미현, 「소설 쓰기, 삶이 지고 가는 업」, 『창작과 비평』94(1996년 겨울호), 창작과비평사, 1996, 356-367면.
- 김영찬, 「글쓰기와 타자 : 신경숙의 『외딴방』론」, 『한국문학이론과 비평』15, 한국문학이론과비평학회, 2002, 166-186면.
- 김정진, 「서정소설의 인식에 관한 서론-신경숙의 「풍금이 있던 자리」를 중심으로」, 『한국문예비평연구』5, 한국현대문예비평학회, 1999, 257-271면.
- 김정진, 「페미니즘 소설의 양상」, 『한국어문학연구』9, 한국외국어대학교 한국어문학연구회, 1998, 71-86면.
- 김화영, 「태생지에서 빈 집으로 가는 흰 새-신경숙론」, 『문학동네』14(1988년 봄호), 문학동네, 1998, 354-394면.
- 류보선, 「모성의 지위와 탈낭만화」, 『종소리』, 문학동네, 2003, 275-291면.
- 박상영, 「신경숙의 〈풍금이 있던 자리〉의 정신분석학적 접근:반복 구조와 그 원인으로서 주체형성과정을 중심으로」, 『한국언어문학』62, 한국언어문학회, 2007, 399-425면.
- 박옥수, 「한국 단편소설의 번역에서 드러난 가독성의 규범-신경숙의 〈그 여자의 이미지〉 영역에 근거해서」, 『겨레어문학』48, 겨레어문학회, 2012, 165-190면.

- 박청호, 「신경숙 소설의 편지 서사 연구」, 『현대문학의 연구』35, 한국문학연구학회, 2008, 119-170면.
- 박현이, 「기억과 연대를 생성하는 고백적 글쓰기:신경숙의 『외딴방』론」, 『어문연구』48, 어문연구학회, 2005, 379-401면.
- 손정수, 「신경숙의 「부석사」와 그 작품 세계」, 신경숙 외, 『2001년도 이상문학상 수상작품집-신경숙 부석사』, 문학사상사, 2001, 343-350면.
- 송준호, 「서정성, 서사파괴와 작가의식 : 신경숙의 〈그는 언제 오는가〉의 경우」, 『국어문학』33, 국어문학회, 1998, 233-249면.
- 송지현, 「여성소설로서 신경숙 소설 읽기」, 『여성문학연구』4, 한국여성문학학회, 2000, 267-289면.
- 신승엽, 「성찰의 깊이와 기억의 섬세함, 민족문학을 넘어서」, 『창작과 비평』82(1993년 가을호), 창작과비평사, 1993, 92-109면.
- 오주리, 「신경숙의 『깊은 슬픔』에 나타난 사랑과 슬픔의 의미 연구」, 『한국문예비평연구』34, 한국현대문예비평학회, 2011, 279-308면.
- 우찬제, 「작가 신경숙을 말한다」, 신경숙 외, 『2001년도 이상문학상 수상작품집-신경숙 부석사』, 문학사상사, 2001, 351-365면.
- 음영철, 「한국 소설의 한류 가능성 모색-신경숙의 〈엄마를 부탁해〉를 중심으로」, 『겨레어문학 』49, 겨레어문학회, 2012, 93-116면.
- 이상경, 「'말해질 수 있는 것들'을 넘어서-신경숙론」, 『소설과 사상』6-1(1997년 봄호), 고려원, 1997, 264-285면.
- 이윤정, 「여성의 언어로 외딴방에서 걸어나오기-신경숙 소설의

문체적 특성」, 『여성학연구』16-1, 부산대학교 여성연구소, 2006, 133-147면.

• 이주미, 「신경숙 소설에 나타난 자기파멸의 심리적 메커니즘 : 『바이올렛』을 중심으로」, 『한민족문화연구』28, 한민족문화학회, 2009, 227-251면.

• 조동길, 「신경숙의 "부석사" : 접이불저의 인간관계 읽기」, 『한어 문교육』8, 한국언어문학교육학회, 2000, 337-354면.

• 황도경, 「생존의 말, 교신의 꿈-여성적 글쓰기의 양상」, 『이화여 문논집』14, 이화여자대학교 국어국문학과, 1996, 181-208면.

• 황도경, 「매장하기와 글쓰기 : 문체로 읽는 신경숙의 〈배드민턴 치 는 女子〉」, 『현대소설연구』33, 한국현대소설학회, 2007, 60-75면.

• Ruth Barraclough, 「소녀들의 사랑과 자살: 신경숙의 『외딴방』」, 『비교한국학』19-3, 국제비교한국학회, 2011, 307-338면.

〈자폐적인 내적 공간에 유폐된 자아〉

1. 기초자료
• 이승우, 「나는 오래 살 것이다」, 신경숙 외, 『2001년 이상문학상 작품집-부석사』, 문학사상사, 2001.

2. 단행본
• 이재선, 『한국문학 주제론』, 서강대학교 출판부, 1998.

• 롤랑 부르뇌프 · 레알 웨레, 김화영 역, 『현대소설론』, 현대문학,

1996.

• 바슐라르, 곽광수 역, 『공간의 시학』, 민음사, 1990.

• O.F.볼노브(Bollnow), 「인간과 그의 집」, 『열린 세계 닫힌 사회』, 새론출판사, 1981.

• 이-푸 투안, 구동회 · 심승희 역, 『공간과 장소』, 대윤, 1999.

• 린다 M. 글레논, 이수자 역, 『여성과 이원론』, 이화여자대학교 출판부, 1990.

3. 논문

• 박철화, 「해설: 빈자리와 와해, 그리고 언어」, 이승우, 『나는 아주 오래 살 것이다』, 문우당, 2002.

• 송명희, 「여성과 공간」, 『배달말』43 , 배달말학회, 2008.

• 우찬제, 「수성(獸性)적 현실과 수성(水性)적 상상력」, 『서평문화』 48, 한국간행물윤리위원회, 2002(겨울호).

• 한기, 「소설은 아주 오래 살 것이다, 혹은 존재 역설의 비의: 이승우의 『나는 아주 오래 살 것이다』를 읽고」, 『문예중앙』, 중앙 M&B, 2002.

〈여성과 공간〉

1. 기초자료

• 은희경, 『이상문학상 수상작품집 22-아내의 상자 외』, 문학사상사, 1998.

2. 단행본

- 김왕배,『도시, 공간, 생활세계』, 한울, 2000.
- 송명희,『섹슈얼리티 · 젠더 · 페미니즘』, 푸른사상, 2000.
  _____,『문학과 성의 이데올로기』, 새미, 1994.
- 신혜경,「공간문화와 여성」,『한국여성학』12권 2호, 한국여성학
  회, 1996.
- 여성한국사회연구회 편,『한국가족문화의 오늘과 내일』, 사회문
  화연구소, 1995.
- 이부영,『분석심리학』, 일조각, 1978.
- 이진경,『근대적 주거공간이 탄생』, 소명출판, 2001.
- 이효재 편,『가족연구의 관점과 쟁점』, 까치, 1988.
- 최선희,『공간의 이해와 인간공학』, 국제, 2001.
- 가스통 바슐라르, 곽광수 역,『공간의 시학』, 민음사, 1990.
- 다이내너 기틴스, 안호용 외 역,『가족은 없다』, 일신사, 2007.
- 린다 M. 글레논, 이수자 역,『여성과 이원론』, 이화여자대학교출
  판부,1990.
- 베아트리츠 콜로미나 엮음, 강미선 외 역,『섹슈얼리티와 공간』,
  동녘, 2005.
- 베티 프리단, 김행자 역,『여성의 신비』(상권), 평민사, 1978.
- 볼노브,「인간과 그의 집」,『열린 세계 닫힌 사회』, 새론출판사,
  1981.
- 실비라 플라스, 공경회 역,『벨 자』, 문예출판사, 2006.
- 앙드레 미셸, 변화순 · 김현주 역,『가족과 결혼의 사회학』, 한울
  아카데미, 1991.

• 에드워드 랠프, 김덕현 외 역,『장소와 장소상실』, 논형, 2005.
• 울리히 벡&엘리지베트 벡-게른샤임, 강수영 · 권기돈 · 배은경 역,『사랑은 지독한 그러나 너무나 정상적인 혼란』, 새물결, 1999.
• 이-푸 투안, 구동희 · 심승회 역,『공간과 장소』, 대윤, 1999.
• Ellen Moers(1976), Literary Women, New York: Doubleday Company.

3. 논문
• 장현숙,「틀벗어나기, 존재의 상징적 소멸-은희경의 단편「아내의 상자」를 중심으로」,『어문연구』108, 한국어문교육연구회, 2000, 110-133면.
• 조두영,「은희경의 단편소설「아내의 상자」에 대한 정신분석적 고찰」,『정신분석』10-2, 한국정신분석학회, 1999, 262-273면.

〈노년담론의 소설적 형상화〉

1. 기초자료
• 박완서,『너무도 쓸쓸한 당신』, 창작과비평사, 1998.
• 박완서,『친절한 복희씨』, 문학과지성사, 2007.

2. 단행본
• 김수영 외,『노년사회학』, 학지사, 2009.
• 문학을 생각하는 모임,『한국노년문학연구Ⅱ』, 국학자료원, 1998.

- 송명희, 『탈중심의 시학』, 새미, 1998.
- 윤진, 『성인 · 노인심리학』, 중앙적성출판사, 1991.
- 전홍남, 『한국현대노년소설연구』, 집문당, 2011.
- Breton, David Le, 홍성민 역, 『근대성과 육체의 정치학』, 동문선, 2003.
- Beauvoir, Simone de, 홍상희 · 박혜영 역, 『노년』개정판, 책세상, 2002.
- Althusser, Louis, 김웅권 역, 『재생산에 대하여-자크비데 서문』, 동문선, 2007.
- Shilling, Cris, 임인숙 역, 『몸의 사회학』, 나남출판, 1999.

3. 논문
- 김병익, 「험한 세상, 그리움으로 돌아가기」, 박완서, 『친절한 복희 씨』, 문학과지성사, 2007, 281-299면.
- 김효숙 · 권성호, 「유비쿼터스 미디어 환경에서 성공적 노화를 위한 협력학습 플랫폼 개발」, 『신앙과 학문』16-1, 기독교학문연구회, 2011, 61-81면.
- 박재간, 「노년기 여가생활의 실태와 정책과제」, 『노인복지정책 연구-노인여가의 현황과 과제』1997년 춘계호, 노인문제연구소, 1997, 7-51면.
- 박찬부, 「상징질서, 이데올로기, 그리고 주체의 문제」, 『영어영문 학』47-1, 영어영문학회, 2001, 63-85면.
- 변정화, 「시간, 체험, 그리고 노년의 삶」, 문학을 생각하는 모임, 『한국문학에 나타난 노인의식』, 백남문화사, 1996, 169-226면.

• 이정숙, 「현대소설에 나타난 노인들의 삶의 변화 양상」, 『현대소설연구』41, 한국현대소설학회, 2009, 247-279면.

• 정미숙 · 유제분, 「박완서 노년소설의 젠더시학」, 『한국문학논총』54, 한국문학회, 2010, 273-300면.

• 정진웅, 「노년 호명의 정치학 」, 『한국노년학』31-3, 2011, 751-765면.

_____「정체성으로서의 몸짓:종묘공원 노년남성들의'몸짓문화'의 의미」, 『한국노년학』31-1, 2011, 157-170면.

• 최명숙, 「박완서 노년소설 연구-『너무도 쓸쓸한 당신』을 중심으로」, 『문예연구』71, 2011, 30-48면.

• 최선희, 「박완서 소설에 나타난 노년의 삶-『너무도 쓸쓸한 당신』을 중심으로」, 『한국말글학』26, 한국말글학회, 2009, 139-171면.

〈재일한인소설의 정신분석〉

1. 기초자료

• 김학영, 하유상 역, 『얼어붙은 입』(『한국문학』1977년 9월호 별책부록), 한국문학, 1977.

• 김학영, 하유상 역, 『소설집-얼어붙은 입』, 화동출판사, 1992.

• 이양지, 김유동 역, 「나비타령」, 『유희』, 삼신각, 1989.

2. 단행본

• 고부응, 『초민족시대의 민족정체성』, 문학과지성사, 2002.

- 김종회 편,『한민족문화권의 문학』, 국학자료원, 2003.
- 유숙자,『재일한국인문학』, 월인, 2000.
- 이무석,『정신분석에로의 초대』, 이유, 2003.
- 태혜숙,『탈식민주의 페미니즘』, 여이연, 2001.
- 한일관계사학회,『한국과 일본, 왜곡과 콤플렉스의 역사』, 자작나무, 1998.
- 한일민족문제학회 편,『재일조선인 그들은 누구인가』, 삼인, 2003.
- Moore-Gilbert, Bart, 이경원 역,『탈식민주의! 저항에서 유희로』, 한길사, 2001.
- Fanon, Frantz, 이석호 역,『검은 피부, 하얀 가면』, 인간사랑, 1998.
- Kagan & Havemann, 김유진 외 공역,『심리학개론』, 형설출판사, 1983.
- Gandhi, Leela, 이영욱 역,『포스트식민주의란 무엇인가』, 현실문화연구, 2000.

3. 논문

- 김영하,「엷어지는 민족의식」,『문학과 비평』18, 문학과비평사, 1991, 279-291면.
- 김원우,「주변문학으로서의 망향 열등감 소외」,『동국대학교 일본학』19, 동국대학교 일본학연구소, 2000, 42-62면.
- 김환기,「김학영 문학과 '벽'」,『동국대학교 일본학』19, 동국대학교 일본학연구소, 2000, 244-263면.

　　　　　, 「김학영의 『얼어붙은 입』론」, 『일어일문학연구』39, 한국
일어일문학회, 2001, 269-286면.

　　　　　, 「이양지 문학론-현세대의 '무의식'과 '자아' 찾기-」, 『일
어일문학연구』43, 한국일어일문학회, 2002, 293-315면.

　　　　　, 「이양지 문학과 전통가락」, 『일어일문학연구』45, 한국일
어일문학회, 2003, 259-281면.

　　　　　, 「이양지의 『유희』론」, 『일어일문학연구』41, 한국일어일
문학회, 2002, 233-252면.

• 변화영, 「문학교육과 디아스포라-재일한국인 이양지의 소설을
중심으로」, 『한국문학이론과 비평』32, 한국문학이론과비평학회,
2006, 141-168면.

• 신은주, 「서울의 이방인, 그 주변」, 『일본근대문학-연구와 비평』
3, 한국일본근대문학회, 2004, 133-152면.

• 심원섭, 「『유희』 이후의 이양지-수행으로서의 글쓰기」, 『동국대
학교 일본학』19, 동국대학교 일본학연구소, 2000, 264-291면.

　　　　　, 「이양지의 '나' 찾기 작업-'있는 그대로 받아들이기' 방
법과 관련하여」, 『현대문학의 연구』15, 한국문학연구학회, 2000,
11-33면.

　　　　　, 「재일 조선어문학연구 현황과 금후의 연구방향」, 『현대
문학의 연구』29, 한국문학연구학회, 2006, 91-117면.

• 유숙자, 「김학영론」, 『비교문학』24, 한국비교문학회, 1999, 234-
252면.

• 윤상인, 「전환기 재일한국인 문학」, 『동국대학교 일본학』19, 동국
대학교 일본학연구소, 2000, 90-106면.

- 이양지, 「모국유학을 결심했을 때까지」, 『한국논단』16, 1990.12, 214-231면.
- 이한창, 「재일교포문학연구」, 『외국문학』1994년 겨울호, 1994. 12, 78-102면.
    _____, 「재일동포문학에 나타난 부자간의 갈등과 화해」, 『일어일문학연구』60, 일어일문학회, 2007, 55-76면.
    _____, 「재일 교포문학의 주제연구」, 『일본학보』29, 한국일본학회, 1992, 307-337면.
- 황봉모, 「이양지론-한국에서 작품을 쓴 재일한국인」, 『일어교육』32, 한국일본어교육학회, 2005, 165-186면.

〈『그늘의 집』의 장소와 산책자 그리고 치유〉

1. 기초자료

- 현월, 신은주 · 홍순애 역, 『그늘의 집』, 문학동네, 2000.

2. 단행본

- 권용선, 『세계와 역사의 몽타주, 벤야민의 아케이드 프로젝트』, 그린비, 2009.
- 박찬부, 『에로스와 죽음』, 서울대학교출판부, 2013.
- 신용하 편, 『공동체 이론』, 문학과지성사, 1985.
- 윤인진, 『코리안 디아스포라』, 고려대학교출판부, 2004.
- 최병두 외, 『지구 · 지방화와 다문화 공간』, 푸른길, 2011.

- 태혜숙, 『탈식민주의 페미니즘』, 여이연, 2001.
- 루이스 코저, 박재환 역, 『갈등의 사회적 기능』, 한길사, 1980.
- 에드워드 렐프, 김덕현 외 역, 『장소와 장소상실』, 논형, 2005.
- 질 발렌타인, 박경환 역, 『사회지리학』, 논형, 2009.
- 프로이트, 윤희기 역, 『무의식에 관하여-프로이드 전집 13』, 열린 책들, 1997.

3. 논문
- 구재진, 「국가의 외부와 호모 사케르로서의 디아스포라-현월의 「그늘의 집」 연구」, 『비평문학』32, 한국비평문학회, 2009, 7-26면.
- 김형주 · 최정기, 「공동체의 경계와 여백에 대한 탐색」, 『민주주의와 인권』14-2, 전남대학교 5.18연구소, 2014, 159-191면.
- 김환기, 「현월(玄月) 문학의 실존적 글쓰기」, 『日本學報』61-2, 한국일본학회, 2004, 439-455면.
  _____, 「전후 재일코리언 문학의 변용과 특징 : 오사카 이쿠노(大阪生野) 지역의 소설을 중심으로」, 『日本學報』86, 한국일본학회, 2011, 167-181면.
- 문재원, 「재일코리안 디아스포라 문학사의 경계와 해체-현월(玄月)과 가네시로가즈키(金城一紀)의 작품을 중심으로」, 『동북아문화연구』26, 동북아문화학회, 2011, 5-21면.
- 박정이, 「현월 「그늘의 집("蔭の棲みか)」의 '그늘'의 실체」, 『일어일문학』46, 대한일어일문학회, 2010, 227-239면.
- 박진영, 「한국현대소설에 나타난 '야행(夜行)' 모티프와 '밤 산책자' 연구」, 『Journal of Korean Culture』31, 한국어문학국제학술

포럼, 2015, 151-174면.

• 윤미애, 「도시, 기억, 산보」, 『오늘의 문예비평』51, 오늘의문예비평, 2003. 12, 209-225면.

_____, 「도시 산보와 기억」, 『독어교육』29, 한국독어교육학회, 2004, 521-539면.

• 이용균, 「이주자의 주변화와 거주공간의 분리」, 『한국도시지리학회지』16-3, 한국도시지리학회, 2013, 87-100면.

• 장안순, 「무대배우의 고독(舞臺役者の孤獨)-집단(集村)에서 노조무(望)의 정체성」, 『일어일문학』35, 대한일어일문학회, 2007, 275-239면.

• 황봉모, 「현월(玄月)의 「그늘의 집(“蔭の棲みか)」-'서방'이라는 인물-」, 『일본연구』23, 한국외국어대학교 일본연구소, 2004, 381-403면.

_____, 「현월(玄月)의 「그늘의 집(“蔭の棲みか)」-욕망과 폭력」, 『일어일문학연구』54-2, 일어일문학회, 2005, 121-138면.

〈주류사회에서 아웃사이더의 정체성 찾기〉

1. 기초자료
• 이창래, 정영목 역, 『제스쳐라이프』제1권 · 제2권, 중앙 M&B, 2000.

• Chang-rae Lee, *A Gesture Life*, New York: Riverhead Books, 1999.

2. 단행본

• 김성곤, 『포스트모더니즘과 현대미국소설』, 열음사, 1990.

• 이부영, 『분석심리학』, 일조각, 1978.

• 오경석 외, 『한국에서의 다문화주의:현실과 쟁점』, 한울아카데미, 2007.

• 태혜숙, 『탈식민주의 페미니즘』, 여이연, 2001.

• Bellemin-Noel, Jean, 최애영 · 심재중 역, 『문학텍스트의 정신분석』, 동문선, 2001.

• Bhabha, Homi. K, *The Location of Culture*, Routledge, London, 1994.

• Gandhi, Leela, 이영욱 역, 『포스트식민주의란 무엇인가』, 현실문화연구, 2000.

3. 논문

• 고양성 · 노종진, 「이창래의 『네이티브 스피커』와 『제스츄어 인생』에 나타난 등장인물의 존재의식과 정체성」, 『영어영문학 연구』47-2, 2005, 143-166면.

• 권택영, 「응시로서의 『제스쳐인생』-이창래와 라캉의 다문화적 윤리」, 『영어영문학』48-1, 2002, 243-261면.

• 김미영, 「『제스쳐라이프에 나타난 숭고미의 교육적 가치」, 『국어국문학』141, 국어국문학회, 2005, 429-458면.

• 나영균, 「『제스츄어 인생』: 신역사주의적 고찰」, 『현대영미소설』7-2, 현대영미소설학회, 2000, 1-12면.

• 박보량, 「『제스쳐 라이프(*A Gesture Life*): 이민사회 속에서의 하

타의 정체성 모색」」,『미국소설』2-2, 미국소설학회, 2005, 127-
149면.

• 유제분,「재현의 윤리 :『제스처 라이프』의 종군위안부에 대한
기억과 애도」,『현대영미소설』13-3, 현대영미소설학회, 2006,
85-89면.

• 윤정헌,「한인소설에 나타난 이주민의 정체성」,『한국문예비평연
구』21, 한국문예비평학회, 2006, 115-135면.

• 이선주,「이창래의『제스처인생』-패싱, 동화와 디아스포라」,『미
국학』31-2, 서울대학교 미국학 연구소, 2008, 235-264면.

• 이소희,「『제스처 인생』에 나타난 젠더화된 트라우마」,『현대영미
소설』13-1, 현대영미소설학회, 2006, 133-156면.

• 장사선,「재미한인소설에 나타난 폭거와 응전」,『한국현대문학연
구』18, 한국현대문학연구학회, 2005, 481-509면.

• Carroll, Hamilton, "Traumatic Patriarchy : Reading Gendered
Nationalism in Chang-rae Lee's *A Gesture Life*.", *Modern Fiction
Studies* 51:3, pp.592-616.

• Chang, Joan C.H., "*A Gesture Life*": Reviewing the the Model
Minority Complex in a Global Context." *Journal of American
Studies* 37:1, pp.131-152.

• Lee, Hae-Nyeon, "A Comparative Study on Korean Writer'
Post-Colonialism",『비교한국학』16-1, 국제비교한국학회, 2008,
pp.111-133.

〈이창래의 『생존자』에 재현된 전쟁으로 인한 외상후 스트레스 장애
와 그 치유〉

1. 기초자료
• 이창래, 나중길 역, 『생존자』, RHK, 2013.

2. 단행본
• 박찬부, 『에로스와 죽음』, 서울대학교출판문화원, 2013.
• 최현석, 『인간의 모든 감정』, 서해문집, 2011.
• 딜런 에반스, 김종주 외 역, 『라깡 정신분석 사전』, 인간사랑, 1998.
• 아리스토텔레스, 손명현 역, 「시학」, 『니코마스 윤리학/정치학/시
  학』, 동서문화사, 2007.
• 에드워드 렐프, 김덕현 외 역, 『장소와 장소상실』, 논형, 2005.
• 프로이트, 윤희기 · 박찬부 역, 『프로이트전집』11, 열린책들,
  2003.

3. 논문
• 김찬영, 「외상 후 스트레스 장애」, 『대한내과학회지』69-3, 대한내
  과학회, 2005, 237- 240면.
• 노은미, 「폭력의 기억 : 『항복자』에 나타난 저항의 심리학」, 『현대
  영미소설』18-3, 한국현대영미소설학회, 2011, 51-72면.
• 도상금, 「심리치료에서 기억의 문제」, 『심리과학』9-1, 심리과학
  회, 2000, 117-137면.
• 송명회, 「주류사회에서 아웃사이더의 정체성 찾기 : 이창래의 『제

스처 라이프』를 중심으로」, 『한국언어문학』75, 한국언어문학회, 2010, 509-533면.

• 신혜정, 「이창래의 『더 서렌더드』 : 집단적 외상과 치유 가능성 모색」, 『영어영문학 연구』55-4, 영어영문학회, 2013, 375-396면.

• 진주영, 「호모사케르의 윤리 : 창래 리의 『제스처 라이프』와 『항복한 자』 연구」, 『미국소설』20-2, 미국소설학회, 2013, 31-53면.

• 채근병, 「이창래 소설에 나타난 '시간'의 구조와 '혼종'의 가치 - 『제스처 라이프』와 『생존자』를 중심으로」, 『국제한인문학연구』12, 국제한인문학회, 2013, 317-340면.

• 황헌영, 「전쟁 관련 외상 후 스트레스 장애(PTSD)와 정신분석」, 『한국기독교신학논총』26, 한국기독교학회, 2002, 381-411면.

찾/아/보/기

송 명 희

현재 부경대학교 국어국문학과 명예교수, 〈문학예술치료학회〉 창립회장을 맡고 있으며, 〈한국문학이론과 비평학회〉 회장과 〈한국언어문학교육학회〉 회장, 〈부경대학교 인문사회과학연구소〉 소장을 역임했다. 『현대문학』을 통해 1980년 8월에 문학평론가로 등단했다.

문화체육관광부 우수학술도서에 『타자의 서사학』(푸른사상, 2004), 『젠더와 권력 그리고 몸』(푸른사상, 2007), 『페미니즘 비평』(한국문화사, 2012), 『인문학자 노년을 성찰하다』(푸른사상, 2012), 대한민국학술원 우수학술도서에 『미주지역한인문학의 어제와 오늘』(2010), 『트랜스내셔널리즘과 재외한인문학』(지식과교양, 2017) 등이 있다.

그밖의 저서에 『여성해방과 문학』(지평, 1988), 『문학과 성의 이데올로기』(새미, 1994), 『이광수의 민족주의와 페미니즘』(국학자료원, 1997), 『탈중심의 시학』(새미, 1998), 『섹슈얼리티 · 젠더 · 페미니즘』(푸른사상, 2000), 『현대소설의 이론과 분석』(푸른사상, 2006), 『디지털시대의 수필 쓰기와 읽기』(푸른사상, 2006), 『시 읽기는 행복하다』(박문사, 2009), 『소설서사와 영상서사』(푸른사상, 2010), 『여성과 남성에 대해 생각한다』(푸른사상, 2010), 『수필학의 이론과 비평』(푸른사상, 2014), 『페미니스트 나혜석을 해부하다』(지식과교양, 2015), 『에세이로 인문학을 읽다』(수필과비평, 2016), 『캐나다한인문학연구』(지식과교양, 2016), 『한국문학의 담론분석』(한국문화사, 2016), 『문학을 읽는 몇 가지 코드』(한국문화사, 2017), 『다시 살아나라, 김명순-김명순의 삶과 문학』(지식과교양, 2019)가 있다.

편저에 『페미니즘 정전읽기1, 2』(푸른사상, 2002), 『이양하수필전집』(현대문학, 2009), 『김명순 작품집』(지만지, 2008), 『김명순 소설집 외로운 사람들』(한국문화사, 2011), 『김명순 단편집』(지만지, 2011)이 있다.

공저에 『여성의 눈으로 읽는 문화』(새미, 1997), 『페미니즘과 우리시대의 성담론』(새미, 1998), 『페미니스트, 남성을 말한다』(푸른사상, 2000), 『우리 이혼할까요』(푸른사상, 2003), 『한국현대문학사』(현대문학, 2002), 『한국현대문학사』(집문당, 2004), 『부산시민을 위한 근대인물사』(선인, 2004), 『나혜석 한국근대사를 거닐다』(푸른사상, 2011), 『박화성, 한국문학사를 관통하다』(푸른사상, 2013), 『배리어프리 화면해설 글쓰기』(지식과교양, 2017), 『여성과 문학』(월인, 2018), 『재외한인문학 예술과 치료』(지식과교양, 2018)가 있다.

시집에 『우리는 서로에게 가는 길을 잃어버렸다』(푸른사상, 2002)가 있다.

에세이집에 『여자의 가슴에 부는 바람』(일념, 1991), 『나는 이런 남자가 좋다』(푸른사상, 2002), 『인문학의 오솔길을 걷다』(푸른사상, 2014)가 있다.

수상에 〈한국비평문학상〉(1994), 〈봉생문화상〉(1998), 이주홍문학상(2002), 〈부경대학교 학술상〉(2002), 〈부경대학교 교수우수업적상〉(2008, 2010), 〈신곡문학상 대상〉(2013), 〈부경대학교 우수연구상〉(2013)을 수상했다.

치유 코드로 소설을 읽다

초 판 인 쇄 | 2019년 9월 27일
초 판 발 행 | 2019년 9월 27일

지 은 이 송명회

책 임 편 집 윤수경

발 행 처 도서출판 지식과교양
등 록 번 호 제2010-19호
주 소 서울시 강북구 우이동108-13 힐파크103호
전 화 (02) 900-4520 (대표) / 편집부 (02) 996-0041
팩 스 (02) 996-0043
전 자 우 편 kncbook@hanmail.net

ISBN 978-89-6764-149-8 93810   정가 26,000원